Diogenes Taschenbuch 170/10

Jeremias Gotthelf
Ausgewählte Werke
in zwölf Bänden
Herausgegeben von
Walter Muschg

Zehnter Band

Jeremias Gotthelf

Die schwarze Spinne

—

Elsi, die seltsame Magd

—

Kurt von Koppigen

Ausgewählte Erzählungen II

Diogenes

Veröffentlicht als Diogenes Taschenbuch, 1978
Lizenzausgabe mit freundlicher Genehmigung
des Birkhäuser Verlags, Basel
Alle Rechte vorbehalten
80/78/8/1
ISBN 3 257 20570 8

Einleitung des Herausgebers

Es ist interessant, zu sehen, wie Gotthelf, als er sich vom Naturalismus seiner Frühwerke abkehrte und zur Darstellung der «Sonnseite» des Bauernlebens überging, unsicher mehrere Wege zu dem neuen Ziel erprobte. Obschon ihm im «Uli» bereits der große Wurf einer idealisierenden Bauernidylle gelungen war, versuchte er sich in den ersten Vierzigerjahren noch in ganz andersartigen Richtungen. Er hatte offenbar das Bedürfnis, den Anschluß an das Schrifttum der Zeit zu finden. Literatur der Zeit hieß um 1840 noch romantische Literatur. Die romantische Schule war damals eben im Begriff, zu verblühen, und ihre Anhänger pflegten einige Spezialitäten, die sich großer Beliebtheit erfreuten.

Eine dieser Spezialitäten war die visionäre Traumerzählung, zu der Jean Paul den Hauptanstoß gegeben hatte. Gotthelf ahmte sie im «Silvestertraum» und in den «Schlachtfeldern» nach, ließ sie aber rasch liegen. Sein Drang nach priesterlicher Verkündigung und seine von Mystik nicht freie Frömmigkeit führten ihn auf dieses luftige Geleise, als er sich über den stilgerechten Ausdruck seines Wesens noch nicht klar war. Länger verharrte er auf dem Gebiet der geschichtlichen Erzählung, die seit dem Bekanntwerden von Walter Scotts historischen Romanen auch in Deutschland einen breiten Aufschwung nahm. Scotts Werke hatten auch den jungen Gotthelf begeistert. Er fand in ihnen vieles, was ihn tief ansprach: die Andacht zur vaterländischen Vergangenheit, die mit patriotischem Stolz gemischte Freude an den kraftstrotzenden Gestalten und Ereignissen der heimischen Geschichte, die wirkungsvolle Verwendung sagenhafter Elemente, überhaupt volkstümlicher Anschauungen und Bräuche. Das alles lag auch in der biedermeierlichen Schweiz in der Luft. Ihre Schriftsteller veröffentlichten eine Menge populärer Balladen und Sagengeschichten, patriotischer Lieder, Novellen und Schauspiele, die allerdings selten das Dilettantische überragten, aber mit der Verherrlichung alteidgenössischen Heldentums viel zum erwachenden schweizerischen Nationalgefühl der Restaurationszeit beitrugen.

Ein Sohn dieser Zeit war auch Gotthelf. Er teilte die Begeisterung der ersten liberalen Generation für die schweizerische Vergangenheit. Er sah diese Vergangenheit mit denselben gläubig verklärenden Augen. Schillers «Wilhelm Tell» und Johannes von Müllers «Geschichten schweizerischer Eidgenossenschaft» galten auch ihm als ihre unübertrefflich wahren und großen Darstellungen. Dazu las er gern und viel in neueren historischen Werken. Er liebte die vaterländische Geschichte um ihrer selbst willen; man spürt es seinen Erzählungen an, daß er sich gut in ihr auskennt und besonders über die bernischen Dinge in allen Einzelheiten Bescheid weiß. Das verführte ihn eine Zeitlang zu dem Glauben, daß er als Geschichtsdichter etwas Besonderes zu sagen habe.

Aber auch darin täuschte er sich. Er war auch hier von den Anschauungen seiner Zeit und vom literarischen Stil der Spätromantik abhängig. An diese Grenze stieß sein ungestümes Temperament sehr rasch. Er konnte seine historischen Novellen wohl mit stimmungsvollen Landschaftsbildern, leidenschaftlichen Kampfszenen und unheimlichem Spuk ausstatten; im Ganzen blieben sie doch in der modischen Schablone stecken. Ihre Menschen redeten aus den muffigen Larven des geschichtlichen Mummenschanzes, über den diese ganze vormärzliche Museumspoesie nicht hinauskam. Schon die Sprache dieser Erzählungen verrät auf Schritt und Tritt, daß Gotthelf mit ihnen seinen eigensten Lebensboden verläßt. Er verfällt immer wieder in das gestelzte Pathos und den hochtrabend-phrasenhaften Stil der damaligen Patrioten, der längst unlesbar geworden ist, und läßt sich auch in der Darstellung zu einer für uns ungenießbar gewordenen Breite verleiten. Oft beginnt er prachtvoll, entgleist dann aber in den leidigen Schwulst und findet den Ausgang aus ihm nicht mehr. Und doch haben diese Mängel eine Kehrseite, die es erklärt, warum er hartnäckiger in dieser Richtung tastete und weshalb ihm hier einige bedeutende Leistungen gelangen. Es war eben doch nicht nur eine literarische Zeitmode, sondern auch ein echt dichterisches Interesse, was ihn zu historischen Stoffen führte.

Der Blick in die Vergangenheit gehört zu jedem großen Erzähler, besonders zum idealisierenden Epiker, der Gotthelf seit dem «Uli» zu werden im Begriff war. Der große Epiker ist allwissend, er durchschaut das von ihm dargestellte Stück Welt bis auf den Grund. Er sieht nicht nur, was ist, sondern auch, was war. So ist ja schon in die «Wassernot» als Mittelstück die Sage vom Ritter von Brandis eingelegt. Erst dieser Fernblick ermöglicht es dem Erzähler, das Gegenwärtige in das Licht des zeitlos Gültigen zu rücken. Was heute geschieht, ist immer so gewesen und wird immer so sein. Diese «homerische» Zeitlosigkeit liegt über Gotthelfs großen Bauernszenen, und ihr geht er auch in der Geschichte nach. Überall dort, wo es ihm gelingt, die Vergangenheit in dieses Licht zu rücken, wirkt er auch hier original. An diesen Stellen interessiert ihn nicht mehr der antiquarische Kram der Geschichtsbücher, er blickt über alle historische Vergangenheit hinaus in das Gewesensein selbst, in das Meer der Zeit, das die geschichtlichen Tatsachen umspült. An den Menschen und Dingen ferner Jahrhunderte verblaßt dann das geschichtliche Kolorit, sie sehen aus wie die Menschen und Dinge der zeitlosen Gegenwart, und die Luftfarbe der Vergangenheit dient nur dazu, diese Einheit hervortreten zu lassen. So ist es aber, wie gesagt, nur auf den Höhepunkten der geschichtlichen Novellen. Sie waren ein Seitentrieb, der abstarb, als Gotthelf seines reifen, typisierenden Stils sicher war.

Die schwarze Spinne (1842 veröffentlicht) ist ein Juwel nicht nur der historischen, sondern der kürzeren Erzählungen Gotthelfs überhaupt. Hier ist ihm etwas Einzigartiges gelungen, sowohl im Motiv wie in der künstlerischen Form. Der Rang dieser Geschichte, die sogar Gottfried Keller nicht erwähnt, wurde erst in unserer Zeit erkannt und durch zahlreiche neue Ausgaben unterstrichen. Wir bewundern an ihr vieles, was sie zu einer der größten Novellen in deutscher Sprache macht: den stofflichen Griff, die seherische Kraft in der Darstellung des Sagenthemas, den herrlichen Rahmen mit der Schilderung der sonntäglichen Taufgesellschaft in einem reichen Bauernhaus, der den «homerischen» Gotthelf auf der hellsten Höhe zeigt, den Kontrast zwischen der heitern Rahmenhandlung und der unheimlichen Sage von der Spinne, deren zweimaliger Ausbruch in genialer Variation erzählt ist, und schließlich die meisterhafte formale und gedankliche Verknüpfung der beiden Handlungen. Gotthelf erzählt hier offenbar eine echte Volkssage, die er selbst an einer solchen Taufe gehört haben mag. Der runde Tisch, an dem einst die überlebenden Männer der Katastrophe Platz hatten, ist heute noch im «Bären» zu Sumiswald zu sehen; der dunkle Fensterpfosten am Haus im obern Hornbach bei Wasen, in den die Spinne eingeschlossen sein sollte, hat noch in unserm Jahrhundert existiert und ist erst 1914 im Zusammenhang mit einem nicht restlos aufgeklärten Betrugshandel verschwunden. Den Hintergrund dieser volkstümlichen Tradition bildet die Erinnerung an den Schwarzen Tod, der im Mittelalter wiederholt auch die schweizerischen Gegenden entvölkerte. Aber unter Gotthelfs Hand wuchs sich das Motiv zu einer Gestalt aus, an der man das Wesen des großen dichterischen Symbols studieren kann. Seine Spinne verkörpert kein besonderes geschichtliches Ereignis mehr. Sie ist ein Sinnbild jeder denkbaren Katastrophe, vor allem jeder geistigen Heimsuchung, und der heutige Ruhm der Novelle beruht darauf, daß sie die heutigen Ausbrüche des Dämonischen mit einer Gewalt darstellt, an die keine zeitgenössische Dichtung heranreicht.

Ohne Zweifel war sich Gotthelf dieses prophetischen Zugs bewußt. Die Pestspinne erhielt durch ihn deshalb ein so ungeheures Leben, weil er alles in sie eingehen ließ, was ihn selbst dämonisch beunruhigte. Dazu gehörte wohl immer noch die Erregung durch die Emmenschlange beim Hochwasser von 1837, die Erregung durch die Laster und Leidenschaften, gegen die er in seinen ersten Werken gekämpft hatte. Die schillernde Vieldeutigkeit dieses Ungetüms hat auch einen erotischen Einschlag, der von seiner Entstehung aus einem Kuß bis zu seiner zweiten Überwältigung immer wieder stark hervortritt. Da es schlechthin das Böse bedeutet, ist in ihm alles enthalten, was für Gotthelf das Böse ist. In «Geld und Geist», wo dieses Böse auch wie ein Dämon ausbricht, ist es die Lieblosigkeit, der Egoismus, die Gottlosigkeit. Im «Anne Bäbi» ist es der Aberglaube, die Herrschsucht der Beschränkten. In den politischen Werken ist es der Zeitgeist, diese moderne Form des Paktierens mit dem Teufel. Er wird im Vorwort zu «Zeitgeist und Berner Geist» in Wendungen beschworen, die unmittelbar an die Sprache der «Schwarzen Spinne» erinnern. Man tut ihr also keine Gewalt an, wenn man sie auch als politische Prophetie auffaßt. Im Zentrum steht aber doch die religiöse Bedeutung, die immer wieder betont wird und mit der bei Gotthelf alles andere, insbesondere das Politische, gegeben ist.

Dieses religiöse Thema ist in das Motiv der Taufe gekleidet, die den Menschen vor der Macht des Teufels errettet und von den Bauern zum Gegenstand ihres Handels mit dem «Grünen» gemacht wird. Es ist außerordentlich und für den heutigen Leser befremdlich, wie aufwühlend Gotthelf dieses dogmatische Motiv gestaltet. Gerade an diesem heiklen Punkt sieht man ins Innerste seiner Erzählung hinein, und es ist auch der springende Punkt der künstlerischen Gestaltung. Das Sakrament der Taufe spielt, wenn man näher zusieht, nicht nur in der Erzählung von der Spinne, sondern auch in der Rahmenhandlung eine Rolle: dort, wo die schöne Gotte plötzlich die Fassung verliert, weil sie vergessen hat, nach dem Namen des Kindes zu fragen, und eine kleine Höllenqual aussteht, weil sie nach dem Volksglauben annimmt, daß sie damit den Täufling unglücklich macht. Nicht daß er deswegen dem Teufel verfällt; nur «neugierig» werde er deshalb, meint sie. Es ist ein lächerlicher Aberglaube, der sie die Predigt überhören läßt und der sich in allgemeines Lachen auflöst, aber doch eine harmlose Form desselben Aberglaubens, der in der Spinnengeschichte zum Pakt mit dem Teufel führt. Schon im ersten Kapitel des «Bauernspiegels» macht sich Jeremias über die Angst seiner Eltern lustig, er könnte ungetauft sterben und dadurch die Seligkeit verlieren. Auch im «Schulmeister» ist (im 15. Kapitel des zweiten Teils) ausführlich davon die Rede. Peter Käser läßt sich beim Tod seines Kindes durch das Geschwätz dummer Weiber zu diesem Aberglauben verleiten und wird von Mädeli und dem Pfarrer nur mit Mühe eines Bessern belehrt. Es ist also gewiß nicht theologische Beschränktheit, wenn Gotthelf die Spinnenerzählung auf den Glauben aufbaut, daß ein getauftes Kind vor dem Zugriff des Teufels geschützt sei. Der mittelalterliche Schauplatz erlaubte ihm, diesen Glauben in seiner Tragik aufflammen zu lassen. Er selbst stand ihm mit der Freiheit des Dichters gegenüber, die es ihm ermöglichte, das Motiv zum Symbol zu vertiefen. Als gläubiger Christ aber verstand er ihn doch so gut, daß er auch seinen religiösen Ernst erschütternd zum Ausdruck bringen konnte. Nicht dogmatisch, sondern dichterisch nimmt er diesen Glauben hier ernst. Er glaubt nicht an die ewige Verdammnis der Ungetauften, aber er glaubt an den Teufel und den ewigen Kampf zwischen Gut und Böse. Deshalb läßt die Erzählung den dogmatischen Einwand vergessen und reißt den Leser bis zum unvergleichlichen Ausklang der letzten Sätze mit.

Das Kleinod der Geschichten aus der Franzosenzeit, dem «Übergang» von 1798, auf den Gotthelf ja auch sonst gern hinweist, ist *Elsi, die seltsame Magd* (Erstdruck 1843). Die kleine Erzählung von der schönen Müllerstochter, die aus Gram über den Verfall ihrer Familie ihre Herkunft verleugnet, unter fremden Leuten als Magd dient, aus Stolz alle Freier abweist, um die Schande ihres Hauses nicht preisgeben zu müssen, auch den treuen Christen zur Verzweiflung treibt und sich erst in der Schlacht mit dem Sterbenden vereinigt, ist nicht mit der religiösen Symbolik der «Schwarzen Spinne» beladen, sondern spricht schlicht und unmittelbar durch ihre einfache Handlung. Aber auch in ihr hat ein Grundthema Gotthelfs seine klassische Gestalt gefunden. Elsi verkörpert wie Resli in «Geld und Geist», wie Barthli, wie Vreneli im «Uli» und so manche andere adelige Frauengestalt das Wesen des Volkes, das mit allen Fasern an der Heimat, am Herkommen hängt und erst in der höchsten Not seine wahre Kraft zeigt. In der Verschlossenheit dieser schönen Unbekannten, ihrem hartnäckigen Schweigen, das bis zur Verstocktheit geht, tritt ein von Gotthelf immer wieder dargestellter und verklärter Grundzug seiner aristokratischen Bauernnaturen hervor, den er dem oberflächlich bewegten, windigen Treiben der Welt, hier der Revolution, als Zeichen echter Menschenwürde gegenüberstellt. Elsi ist die Seele des Bernervolkes, das sich den fremden Eroberern und Menschheitsbeglückern instinktiv, aber von seinen Führern im Stich gelassen entgegenwirft. Wie das Landvolk sich in stummer Erbitterung für die überlieferte heilige Ordnung wehrt, so hält sie schweigend und entsagend an ihrer geschändeten Familienehre fest. Die verhaltene Erdenschwere des bernischen Bauerntums, das im Ansturm der Revolution nur kämpfend sterben konnte, erhielt in diesem Mädchen ein wunderbares Denkmal. Das «Kuraschierte» und «Herrscherliche», das Gotthelf an den Frauen so sehr liebt, steigert sich in ihm zur Höhe des heroischen Opfertodes für die Heimat. Schon Elsis Mutter ist eine solche stolz für ihre Liebe büßende Frau gewesen, und Christen wird eben deshalb von Elsi bezaubert, weil auch er lieber schweigend verzichtet und hochmütig scheint, als daß er seinen Adel preisgibt.

Das Heldentum, das in den meisten geschichtlichen Erzählungen Gotthelfs im Schablonenhaften steckenbleibt, ist hier vollendet vertieft. Elsis Stolz streift an Hybris und wird zur menschlichen Schuld am Geliebten. Es wirkt in ihm etwas vom Fluch der schlechten Eltern wie in den Vergeltungsgeschichten. Die seelische Größe des Mädchens zeigt sich darin, wie es in der entscheidenden Stunde den Fluch zerreißt. Es reift in seinem Schmerz zu einer innern Stärke, die es zur tragischen Sühne befähigt. Die «Elsi» ist eine tragische Dichtung, sie steigt aus dem Geschichtlichen ins höchste Menschliche auf und steht dadurch in der Mitte zwischen den historischen Erzählungen und den großen Bauerndichtungen der mittleren Zeit. Der tragische Schluß ist sowohl im geschichtlichen Thema wie in Gotthelfs Auffassung des adligen Menschseins begründet. Daraus ergibt sich, daß auch seine schönste Liebesgeschichte – wie alle hohen Liebesgeschichten der Weltliteratur – mit dem Untergang der Liebenden endet. Das war es wohl, weshalb Gottfried Keller, der Dichter von «Romeo und Julia auf dem Dorfe», gerade diese Novelle so sehr bewunderte, daß er sie neben Goethes «Hermann und Dorothea» stellte. Gotthelf selbst muß sie besonders geliebt und sorgfältig erwogen haben, da er schon in der «Wassernot» auf ihr Motiv anspielt. Die genauen Orts- und Zeitangaben und die Erwähnung von Elsis Familiennamen scheinen darauf hinzudeuten, daß er auch hier eine mündliche Überlieferung verwertete.

Im *Kurt von Koppigen* (Erstdruck 1844, in unserer erweiterten Fassung 1850 erschienen) läßt Gotthelf seiner geschichtlichen

Phantasie wie nirgends die Zügel schießen. Er zeigt am schönsten, wie es um diese Phantasie bestellt ist. Diese Raubrittergeschichte spielt in der Gegend von Utzenstorf, wo der Dichter seine wilde Jugend verlebte und mit Weg und Steg gründlich vertraut war. Er kostet in märchenhafter Steigerung die Erinnerung an seine Kindheit aus, wenn er das Treiben des mittelalterlichen Taugenichtses schildert (auch Jeremias wird ja im 24. Kapitel des «Bauernspiegels» aus Menschenhaß zum Wegelagerer). Er rühmt das Mittelalter als eine Zeit der ungebrochenen Kraft, wo die Herrschaft zwischen Mensch und Tier noch unentschieden, die Emme noch nicht gezähmt war. Sein Auge ruht entzückt auf den wildreichen Wäldern und den wildstarken Menschen dieser paradiesischen Epoche, und seine Freude verrät etwas vom Ekel an der weichlichen Gegenwart, von dem er in den ersten Sätzen spricht. Dazu passen die spöttischen Seitenblicke, die unbekümmerten Anachronismen, ausgelassenen Vergleiche und politischen Ausfälle, die ihm in seinem strömenden Fabulieren unterlaufen. Er bringt es fertig, in diesem spätmittelalterlichen Kulturbild von Advokaten, Hausierern und Tagsatzungsgesandten, von Gasbeleuchtung, Lord Palmerston und der Schauspielerin Rachel zu reden, ohne daß die Einheit der Erzählung durchbrochen wird. Sie liegt eben nicht im Stoff, sondern in seiner unbändigen Phantasie, und für diese gilt im Grund auch, was Goethe von Shakespeares geschichtlichen Dramen gesagt hat: «Niemand hat das materielle Kostüm mehr verachtet als er; er kennt recht gut das innere Menschenkostüm, und hier gleichen sich alle. Man sagt, er habe die Römer vortrefflich dargestellt; ich finde es nicht; es sind lauter eingefleischte Engländer, aber freilich Menschen sind es, Menschen von Grund aus, und denen paßt wohl auch die römische Toga. Hat man sich einmal hierauf eingerichtet, so findet man seine Anachronismen höchst lobenswürdig, und gerade, daß er gegen das äußere Kostüm verstößt, das ist es, was seine Werke so lebendig macht.»

Dieses Lob gilt beim «Koppigen» allerdings nur für die allgemeine Zeitschilderung samt all den köstlich geflunkerten Nebenfiguren, die den Hintergrund für das Räuberleben des Helden bilden. Kurt selbst ist eine blasse, zwiespältige Gestalt, mit der sich Gotthelf in einem Dilemma befindet. Seine Roheit wird nämlich nicht als unverbrauchte Natur bewundert, sondern als ein Gegenstück zur Prahlhanserei der heutigen Gernegroße hingestellt und zu Fall gebracht. Er wird zuletzt sogar ein moderner «Zerrissener» und muß im Schrecknis der wilden Jagd den Ausbruch eines schlotternden Schuldgefühls erleben. Hier hört die Poesie der Geschichte auf und beginnt wieder die literarische Schablone, die in der Bekehrung des Sünders und in der Engelserscheinung am Waldbrunnen ihren üblen Höhepunkt erreicht. Dieser glücklicherweise übers Knie abgebrochene Schluß läßt das Vorausgehende nur um so heller leuchten. Auch die Gestalt der Agnes bleibt unglaubhaft, während Kurts böse Mutter Grimhilde den großen Dichter verrät. Diese ewig keifende, durch ihr Unglück verbitterte Hexe hat samt ihrem ramponierten Schlößchen und ihrem Verhältnis zum mißratenen Sohn zur Mutter Zendelwalds in Gottfried Kellers Legende «Die Jungfrau als Ritter» Modell gestanden. Gedeckt durch das geschichtliche Kostüm stellt Gotthelf das Verhältnis Mutter-Sohn hier so kritisch dar wie sonst nirgends. Grimhildes Kampf mit der Schwiegertochter wandelt ein aus dem «Schulmeister» und dem «Anne Bäbi» wohlbekanntes Motiv ab. Den reinsten Genuß bereitet aber die aus dem Vollen schöpfende, übermütige Erzählweise des «Koppigen», die den Leser mit immer neuen Tollheiten überrascht und in die Phantasiewelt entrückt, die Gotthelf hier als seine Heimat heraufbeschwört.

Die schwarze Spinne

****

Über die Berge hob sich die Sonne, leuchtete in klarer Majestät in ein freundliches, aber enges Tal und weckte zu fröhlichem Leben die Geschöpfe, die geschaffen sind, an der Sonne ihres Lebens sich zu freuen. Aus vergoldetem Waldessaume schmetterte die Amsel ihr Morgenlied, zwischen funkelnden Blumen in perlendem Grase tönte der sehnsüchtigen Wachtel eintönend Minnelied, über dunkeln Tannen tanzten brünstige Krähen ihren Hochzeitreigen oder krächzten zärtliche Wiegenlieder über die dornichten Bettchen ihrer ungefiederten Jungen.

In der Mitte der sonnenreichen Halde hatte die Natur einen fruchtbaren, beschirmten Boden eingegraben; mittendrin stand stattlich und blank ein schönes Haus, eingefaßt von einem prächtigen Baumgarten, in welchem noch einige Hochäpfelbäume prangten in ihrem späten Blumenkleide; halb stund das vom Hausbrunnen bewässerte üppige Gras noch, halb war es bereits dem Futtergange zugewandert. Um das Haus lag ein sonntäglicher Glanz, den man mit einigen Besenstrichen, angebracht Samstagabends zwischen Tag und Nacht, nicht zu erzeugen vermag, der ein Zeugnis ist des köstlichen Erbgutes angestammter Reinlichkeit, die alle Tage gepflegt werden muß, der Familienehre gleich, welcher eine einzige unbewachte Stunde Flecken bringen kann, die Blutflecken gleich unauslöschlich bleiben von Geschlecht zu Geschlecht, jeder Tünche spottend.

Nicht umsonst glänzte die durch Gottes Hand erbaute Erde und das von Menschenhänden erbaute Haus im reinsten Schmucke; über beide erglänzte heute ein Stern am blauen Himmel, ein hoher Feiertag. Es war der Tag, an welchem der Sohn wieder zum Vater gegangen war zum Zeugnis, daß die Leiter noch am Himmel stehe, auf welcher Engel auf- und niedersteigen und die Seele des Menschen, wenn sie dem Leibe sich entwindet und ihr Heil und Augenmerk beim Vater droben war und nicht hier auf Erden; es war der Tag, an welchem die ganze Pflanzenwelt dem Himmel entgegenwächst und -blüht in voller Üppigkeit, dem Menschen ein alle Jahre neu werdendes Sinnbild seiner eigenen Bestimmung. Wunderbar klang es über die Hügel her, man wußte nicht, woher das Klingen kam, es tönte wie von allen Seiten; es kam von den Kirchen her draußen in den weiten Tälern; von dort her kündeten die Glocken, daß die Tempel Gottes sich öffnen allen, deren Herzen offen seien der Stimme ihres Gottes.

Ein reges Leben bewegte sich um das schöne Haus. In des Brunnens Nähe wurden mit besonderer Sorgfalt Pferde gestriegelt, stattliche Mütter, umgaukelt von lustigen Füllen; im breiten Brunnentroge stillten behaglich blickende Kühe ihren Durst, und zweimal mußte der Bube Besen und Schaufel nehmen, weil er die Spuren ihrer Behaglichkeit nicht sauber genug weggeräumt. Herzhaft wuschen am Brunnen mit einem handlichen Zwilchfetzen stämmige Mägde ihre rotbrächten Gesichter, die Haare in zwei Knäuel über den Ohren zusammengedreht, trugen mit eilfertiger Emsigkeit Wasser durch die geöffnete Türe, und in mächtigen Stößen hob sich gerade und hoch in die blaue Luft empor aus kurzem Schornsteine die dunkle Rauchsäule.

Langsam und gebeugt ging an einem Hakenstock der Großvater um das Haus, sah schweigend dem Treiben der Knechte und Mägde zu, streichelte hier ein Pferd, wehrte dort einer Kuh ihren schwerfälligen Mutwillen, zeigte mit dem Stecken dem unachtsamen Buben noch hier und dort vergessene Strohhalme und nahm dazu fleißig aus der langen Weste tiefer Tasche das Feuerzeug, um seine Pfeife, an der er des Morgens trotz ihres schweren Atems so wohl lebte, wieder anzuzünden.

Auf rein gefegter Bank vor dem Hause neben der Türe saß die Großmutter, schönes Brot schneidend in eine mächtige Kachel, dünn und in eben rechter Größe jeden Bissen, nicht so unachtsam wie Köchinnen oder Stubenmägde, die manchmal Stücke machen, an denen ein Walfisch ersticken müßte. Wohlgenährte, stolze Hühner und schöne Tauben stritten sich um die Brosamen zu ihren Füßen, und wenn ein schüchternes Täubchen zu kurz kam, so warf ihm die Großmutter ein Stücklein eigens zu, es tröstend mit freundlichen Worten über den Unverstand und den Ungestüm der Andern.

Drinnen in der weiten, reinen Küche knisterte ein mächtiges Feuer von Tannenholz, in weiter Pfanne knallten Kaffeebohnen, die eine stattliche Frau mit hölzerner Kelle durcheinanderrührte, nebenbei knarrte die Kaffeemühle zwischen den Knieen einer frischgewaschenen Magd; unter der offenen Stubentüre aber stund, den offenen Kaffeesack noch in der Hand, eine schöne, etwas blasse Frau und sagte: «Du, Hebamme, röste mir den Kaffee heute nicht so schwarz, sie könnten sonst meinen, ich hätte das Pulver sparen mögen. Des Göttis Frau ist gar grausam mißtreu und legt einem alles zu Ungunsten aus. Es kömmt heute auf ein halb Pfund mehr oder weniger nicht an. Vergiß auch ja nicht, das Weinwarm zu rechter Zeit bereit zu halten! Der Großvater würde meinen, es wäre nicht Kindstaufe, wenn man den Gevatterleuten nicht ein Weinwarm aufstellen würde, ehe sie zur Kirche gehen. Spare nichts daran, hörst du! Dort in der Schüssel auf der Kachelbank ist Safran und Zimmet, der Zucker ist hier auf dem Tische, und nimm Wein, daß es dich dünkt, es sei wenigstens halb zu viel; an einer Kindstaufe braucht man nie Kummer zu haben, daß sich die Sache nicht brauche.»

Man hört, es soll heute die Kindtaufe gehalten werden im Hause, und die Hebamme versieht das Amt der Köchin ebenso geschickt als früher das Amt der Wehmutter; aber sputen muß sie sich, wenn sie zu rechter Zeit fertig werden und am einfachen Herde alles kochen soll, was die Sitte fordert.

Aus dem Keller kam mit einem mächtigen Stück Käse in der Hand ein stämmiger Mann, nahm vom blanken Kachelbank den ersten besten Teller, legte den Käse darauf und wollte ihn in die Stube auf den Tisch tragen von braunem Nußbaumholz. «Aber Benz, aber Benz», rief die schöne, blasse Frau, «wie würden sie lachen, wenn wir keinen bessern Teller hätten an der Kindstaufe!» Und zum glänzenden Schrank aus Kirschbaumholz, Buffert genannt, ging sie, wo hinter Glasfenstern des Hauses Zierden prangten. Dort nahm sie einen schönen Teller, blau gerändert, in der Mitte einen großen Blumenstrauß, der umgeben war von sinnigen Sprüchen, zum Beispiel:

> O Mensch, faß in Gedanken:
> Drei Batzen gilt ds Pfund Anken.
>
> Gott gibt dem Menschen Gnad,
> Ich aber wohn im Maad.
>
> In der Hölle, da ist es heiß,
> Und der Hafner schafft mit Fleiß.
>
> Die Kuh, die frißt das Gras;
> Der Mensch, der muß ins Grab.

Neben den Käse stellte sie die mächtige Züpfe, das eigentümliche Berner Backwerk, geflochten wie die Zöpfe der Weiber, schön braun und gelb aus dem feinsten Mehl, Eiern und Butter gebacken, groß wie ein Jähriges und fast ebenso

Die schwarze Spinne

schwer; und oben und unten pflanzte sie noch zwei Teller. Hoch aufgetürmt lagen auf denselben die appetitlichen Küchlein, Habküchlein auf dem einen, Eierküchlein auf dem andern. Heiße, dicke Nidel stund in schön geblümten Häfen zugedeckt auf dem Ofen, und in der dreibeinigen, glänzenden Kanne mit gelbem Deckel kochte der Kaffee. So harrte auf die erwarteten Gevatterleute ein Frühstück, wie es Fürsten selten haben und keine Bauren auf der Welt als die Berner. Tausende von Engländern rennen durch die Schweiz, aber weder einem der abgejagten Lords noch einer der steifbeinichten Ladies ist je ein solches Frühstück geworden.

«Wenn sie nur bald kämen, es wäre alles bereit», seufzte die Hebamme. «Es geht jedenfalls eine gute Zeit, bis alles fertig ist und ein jedes seine Sache gehabt hat, und der Pfarrer ist grausam pünktlich und gibt scharfe Verweise, wenn man nicht da ist zu rechter Zeit.» «Der Großvater erlaubt auch nie, das Wägeli zu nehmen», sagte die junge Frau. «Er hat den Glauben, daß ein Kind, welches man nicht zur Taufe trage, sondern führe, träge werde und sein Lebtag seine Beine nie recht brauchen lerne. Wenn nur die Gotte da wäre, die versäumt am längsten, die Göttene machen es kürzer und könnten immerhin nachlaufen.» Die Angst nach den Gevatterleuten verbreitete sich durchs ganze Haus. «Kommen sie noch nicht?» hörte man allenthalben; in allen Ecken des Hauses schauten Gesichter nach ihnen aus, und der Türk bellte aus Leibeskräften, als ob er sie herbeirufen wollte. Die Großmutter aber sagte: «Ehemals ist das doch nicht so gewesen, da wußte man, daß man an solchen Tagen zu rechter Zeit aufzustehen habe und der Herr niemanden warte.» Endlich stürzte der Bub in die Küche mit der Nachricht, die Gotte komme.

Sie kam, schweißbedeckt und beladen wie das Neujahrkindlein. In der einen Hand hatte sie die schwarzen Schnüre eines großen, blumenreichen Wartsäckleins, in welchem, in ein fein weißes Handtuch gewickelt, eine große Züpfe stach, ein Geschenk für die Kindbetterin. In der andern Hand trug sie ein zweites Säcklein, und in demselben war eine Kleidung für das Kind nebst etwelchen Stücken zu eigenem Gebrauch, namentlich schöne weiße Strümpfe, und unter dem einen Arme hatte sie noch eine Drucke mit dem Kränzchen und der Spitzenkappe mit den prächtigen schwarzseidenen Haarschnüren. Freudig tönten ihr die Gottwillchen entgegen von allen Seiten, und kaum hatte sie Zeit, von ihren Bürden eine abzustellen, um den entgegengestreckten Händen freundlich zu begegnen. Von allen Seiten streckten sich dienstbare Hände nach ihren Lasten, und unter der Türe stand die junge Frau, und da ging ein neues Grüßen an, bis die Hebamme in die Stube mahnte: Sie könnten ja drinnen einander sagen, was der Brauch sei.

Und mit handlichen Manieren setzte die Hebamme die Gotte hinter den Tisch, und die junge Frau kam mit dem Kaffee, wie sehr auch die Gotte sich weigerte und vorgab, sie hätte schon gehabt. Des Vaters Schwester täte es nicht, daß sie ungegessen aus dem Hause ginge, das schade jungen Mädchen gar übel, sage sie. Aber sie sei schon alt, und die Jungfrauen möchten auch nicht zu rechter Zeit auf, deswegen sei sie so spät; wenn es an ihr allein gelegen hätte, sie wäre längstens da. In den Kaffee wurde die dicke Nidel gegossen, und wie sehr die Gotte sich wehrte und sagte, sie liebe es gar nicht, warf ihr doch die Frau ein Stück Zucker in denselben. Lange wollte es die Gotte nicht zulassen, daß ihretwegen die Züpfe angehauen würde, indessen mußte sie sich ein tüchtiges Stück vorlegen lassen und essen. Käse wollte sie lange nicht, es hätte dessen gar nicht nötig, sagte sie. Sie werde meinen, es sei nur halbmagern, und deshalb schätze sie ihn nicht, sagte die Frau, und die Gotte mußte

Die schwarze Spinne

sich ergeben. Aber Küchli wollte sie durchaus nicht, die wüßte sie gar nicht wohin tun, sagte sie. Sie glaube nur, sie seien nicht sauber, und werde an bessere gewöhnt sein, erhielt sie endlich zur Antwort. Was sollte sie anders machen als Küchli essen! Während dem Nöten aller Art hatte sie abgemessen in kleinen Schlücken das erste Kacheli ausgetrunken, und nun erhob sich ein eigentlicher Streit. Die Gotte kehrte das Kacheli um, wollte gar keinen Platz mehr haben für fernere Guttaten und sagte: Man solle sie doch in Ruhe lassen, sonst müßte sie sich noch verschwören. Da sagte die Frau, es sei ihr doch so leid, daß sie ihn so schlecht finde, sie hätte doch der Hebamme dringlichst befohlen, ihn so gut als möglich zu machen; sie vermöchte sich dessen wahrhaftig nichts, daß er so schlecht sei, daß ihn niemand trinken möge, und an der Nidle sollte es doch auch nicht fehlen, sie hätte dieselbe abgenommen, wie sie es sonst nicht alle Tage im Brauch hätte. Was sollte die arme Gotte anders machen als noch ein Kacheli sich einschenken lassen!

Ungeduldig war schon lange die Hebamme herumgetrippelt, und endlich bändigte sie das Wort nicht länger, sondern sagte: «Wenn ich dir etwas helfen kann, so sage es nur, ich habe wohl Zeit dazu.» «He, pressiere doch nicht», sagte die Frau. Die arme Gotte aber, die rauchte wie ein Dampfkessel, verstand den Wink, versorgete den heißen Kaffee so schnell als möglich und sagte zwischen den Absätzen, zu denen der glühende Trank sie zwang: «Ich wäre schon lange zweg, wenn ich nicht mehr hätte nehmen müssen, als ich hinunterbringen kann, aber ich komme jetzt.»

Sie stund auf, packte die Säcklein aus, übergab Züpfe, Kleidung, Einbund – ein blanker Neutaler, eingewickelt in den schön gemalten Taufspruch – und machte manche Entschuldigung, daß alles nicht besser sei. Darein aber redete die Hausmutter mit manchem Ausruf, wie das keine Art und

Gattung hätte, sich so zu verköstigen, wie man es fast nicht nehmen dürfte, und wenn man das gewußt hätte, so hätte man sie gar nicht ansprechen dürfen. Nun ging auch das Mädchen an sein Werk, verbeiständet von der Hebamme und der Hausfrau, und wendete das Möglichste an, eine schöne Gotte zu sein von Schuh und Strümpfen an bis hinauf zum Kränzchen auf der kostbaren Spitzenkappe. Die Sache ging umständlich zu, trotz der Ungeduld der Hebamme, und immer war der Gotte die Sache nicht gut genug und bald dies, bald das nicht am rechten Ort. Da kam die Großmutter herein und sagte: «Ich muß doch auch kommen und sehen, wie schön unsere Gotte sei.» Nebenbei ließ sie fallen, daß es schon das zweite Zeichen geläutet habe und beide Götteni draußen in der äußern Stube seien.

Draußen saßen allerdings die zwei männlichen Paten, ein alter und ein junger, den neumodischen Kaffee, den sie alle Tage haben konnten, verschmähend, hinter dem dampfenden Weinwarm, dieser altertümlichen, aber guten Bernersuppe, bestehend aus Wein, geröstetem Brot, Eiern, Zucker, Zimmet und Safran, diesem ebenso altertümlichen Gewürze, das an einem Kindstaufeschmaus in der Suppe, im Voressen, im süßen Tee vorkommen muß. Sie ließen es sich wohlschmecken, und der alte Götti, den man Vetter nannte, hatte allerlei Späße mit dem Kindbettimann und sagte ihm, daß sie ihm heute nicht schonen wollten, und dem Weinwarm an gönne er es ihnen; daran sei nichts gespart, man merke, daß er seinen zwölfmäßigen Sack letzten Dienstag dem Boten mit nach Bern gegeben, um ihm Safran zu bringen. Als sie nicht wußten, was der Vetter damit meine, sagte er: Letzthin habe sein Nachbar Kindbetti haben müssen; da habe er dem Boten einen großen Sack mitgegeben und sechs Kreuzer mit dem Auftrage, er solle ihm doch in diesem Sacke für sechs Kreuzer von dem gelben Pulver bringen, ein Mäß oder anderthalbes, von dem man an den Kindstaufen in allem haben müsse, seine Weiber wollten es einmal so haben.

Da kam die Gotte hinein wie eine junge Morgensonne und wurde von den Mitgevattern Gottwillchen geheißen und zum Tisch gezogen und ein großer Teller voll Weinwarm vor sie gestellt, und den sollte sie essen, sie hätte wohl noch Zeit, während man das Kind zurecht mache. Das arme Kind wehrte sich mit Händen und Füßen, behauptete, es hätte gegessen für manchen Tag, es könne nicht mehr schnaufen. Aber da half alles nichts. Alt und Jung war mit Spott und Ernst hinter ihm, bis es zum Löffel griff, und seltsam, ein Löffel nach dem andern fand noch sein Plätzchen. Doch da kam schon wieder die Hebamme mit dem schön eingewickelten Kinde, zog ihm das gestickte Käppchen an mit dem rosenroten Seidenbande, legte dasselbe in das schöne Dackbettlein, steckte ihm das süße Lulli ins Mäulchen und sagte: Sie begehre niemand zu versäumen und hätte gedacht, sie wolle alles zurecht machen, man könne dann immer gehen, wann man wolle. Man umstand das Kind und rühmte es wie billig, und es war auch ein wunderappetitlich Bübchen. Die Mutter freute sich des Lobes und sagte: «Ich wäre auch so gerne mit zur Kirche gekommen und hätte es Gott empfehlen helfen; und wenn man selbst dabei ist, wenn das Kind getauft wird, so sinnet man um so besser daran, was man versprochen hat. Zudem ist es mir so unbequem, wenn ich noch eine ganze Woche lang nicht vor das Dachtrauf darf, jetzt, wo man alle Hände voll zu tun hat mit dem Anpflanzen.» Aber die Großmutter sagte, so weit sei es doch noch nicht, daß ihre Sohnsfrau wie eine arme Frau in den ersten acht Tagen ihren Kirchgang tun müsse, und die Hebamme setzte hinzu, sie hätte es gar nicht gerne, wenn junge Weiber mit den Kindern zur Kirche gingen. Sie hätten immer Angst, es gehe daheim etwas Krummes, hätten doch nicht die rechte Andacht in der Kirche, und auf dem Heimweg pressierten sie zu stark, damit ja nichts versäumt werde, erhitzten sich, und gar Manche sei übel krank geworden und gar gestorben.

Da nahm die Gotte das Kind im Dachbette auf die Arme, die Hebamme legte das schöne weiße Tauftuch mit den schwarzen Quasten in den Ecken über das Kind, sorgfältig den schönen Blumenstrauß an der Gotte Brust schonend, und sagte: «So geht jetzt in Gottes heiligen Namen!» Und die Großmutter legte die Hände ineinander und betete still einen inbrünstigen Segen. Die Mutter aber ging mit dem Zuge hinaus bis unter die Türe und sagte: «Mein Bübli, mein Bübli, jetzt sehe ich dich drei ganze Stunden nicht, wie halte ich das aus!» Und alsobald schoß es ihr in die Augen, rasch fuhr sie mit dem Fürtuch darüber und ging ins Haus.

Rasch schritt die Gotte die Halde ab den Kirchweg entlang, auf ihren starken Armen das muntere Kind, hintendrein die zwei Götteni, Vater und Großvater, deren Keinem in Sinn kam, die Gotte ihrer Last zu entledigen, obgleich der jüngere Götti in einem stattlichen Meyen auf dem Hute das Zeichen der Ledigkeit trug und in seinem Auge etwas wie großes Wohlgefallen an der Gotte, freilich alles hinter der Blende großer Gelassenheit verborgen. Der Großvater berichtete, welch schrecklich Wetter es gewesen sei, als man ihn zur Kirche getragen; vor Hagel und Blitz hätten die Kirchgänger kaum geglaubt, mit dem Leben davonzukommen. Hintenher hätten die Leute ihm allerlei geweissaget dieses Wetters wegen, die Einen einen schrecklichen Tod, die Anderen großes Glück im Kriege; nun sei es ihm gegangen in aller Stille wie den Andern auch, und im fünfundsiebenzigsten Jahre werde er weder frühe sterben noch großes Glück im Kriege machen.

Die schwarze Spinne

Mehr als halben Weges waren sie gegangen, als ihnen die Jungfrau nachgesprungen kam, welche das Kind nach Hause zu tragen hatte, sobald es getauft war, während Eltern und Gevatterleute nach alter schöner Sitte noch der Predigt beiwohnten. Die Jungfrau hatte auch anwenden wollen nach Kräften, um auch schön zu sein. Ob dieser handlichen Arbeit hatte sie sich verspätet und wollte jetzt der Gotte das Kind abnehmen; aber diese ließ es nicht, wie man ihr auch zuredete. Das war eine gar zu gute Gelegenheit, dem schönen ledigen Götti zu zeigen, wie stark ihre Arme seien und wie viel sie erleiden möchten. Starke Arme an einer Frau sind einem rechten Bauer viel anständiger als zarte, als so liederliche Stäbchen, die jeder Bysluft, wenn er ernstlich will, auseinanderwehen kann; starke Arme an einer Mutter sind schon vielen Kindern zum Heil gewesen, wenn der Vater starb und die Mutter die Rute allein führen, alleine den Haushaltungswagen aus allen Löchern heben mußte, in die er geraten wollte.

Aber auf einmal ists, als ob jemand die starke Gotte an den Züpfen halte oder sie vor den Kopf schlage; sie prallt ordentlich zurück, gibt der Jungfrau das Kind, bleibt dann zurück und stellt sich, als ob sie mit dem Strumpfband zu tun hätte. Dann kömmt sie nach, gesellt sich den Männern bei, mischt sich in die Gespräche, will den Großvater unterbrechen, ihn bald mit diesem, bald mit jenem ablenken von dem Gegenstand, den er gefaßt hat. Der aber hält, wie alte Leute meist gewohnt sind, seinen Gegenstand fest und knüpft unverdrossen den abgerissenen Faden immer neu wieder an. Nun macht sie sich an des Kindes Vater und versucht diesen durch allerlei Fragen zu Privatgesprächen zu verführen; allein der ist einsilbig und läßt den angesponnenen Faden immer wieder fallen. Vielleicht hat er seine eigenen Gedanken, wie jeder Vater sie haben sollte, wenn man ihm ein Kind zur

Taufe trägt und namentlich das erste Bübchen. Je näher man der Kirche kam, desto mehr Leute schlossen dem Zuge sich an; die Einen warteten schon mit den Psalmenbüchern in der Hand am Wege, Andere sprangen eiliger die engen Fuß-wege hinunter, und einer großen Prozession ähnlich rückten sie ins Dorf.

Zunächst der Kirche stand das Wirtshaus, die so oft in naher Beziehung stehen und Freud und Leid mit einander teilen, und zwar in allen Ehren. Dort stellte man ab, machte das Bübchen trocken, und der Kindbettimann bestellte eine Maß, wie sehr auch alle einredeten, er solle doch das nicht machen, sie hätten ja erst gehabt, was das Herz verlangt, und möchten weder Dickes noch Dünnes. Indessen, als der Wein einmal da war, tranken doch alle, vornehmlich die Jungfrau; die wird gedacht haben, sie müsse Wein trinken, wenn jemand ihr Wein geben wolle, und das geschehe durch ein langes Jahr durch nicht manchmal. Nur die Gotte war zu keinem Tropfen zu bewegen trotz allem Zureden, das kein Ende nehmen wollte, bis die Wirtin sagte: Man solle doch nachlassen mit Nötigen, das Mädchen werde ja zusehends blässer, und Hoffmannstropfen täten ihm nöter als Wein. Aber die Gotte wollte deren auch nicht, wollte kaum ein Glas bloßes Wasser, mußte sich endlich einige Tropfen aus einem Riechfläschchen aufs Nastuch schütten lassen, zog unschuldigerweise manchen verdächtigen Blick sich zu und konnte sich nicht rechtfertigen, konnte sich nicht helfen lassen. An gräßlicher Angst litt die Gotte und durfte sie nicht merken lassen. Es hatte ihr niemand gesagt, welchen Namen das Kind erhalten solle und den die Gotte nach alter Übung dem Pfarrer, wenn sie ihm das Kind übergibt, ein-zuflüstern hat, da derselbe die eingeschriebenen Namen, wenn viele Kinder zu taufen sind, leicht verwechseln kann.

Im Hast ob den vielen zu besorgenden Dingen und der

Die schwarze Spinne

Angst, zu spät zu kommen, hatte man die Mitteilung dieses Namens vergessen, und nach diesem Namen zu fragen, hatte ihr ihres Vaters Schwester, die Base, ein für allemal streng verboten, wenn sie ein Kind nicht unglücklich machen wolle; denn sobald eine Gotte nach des Kindes Namen frage, so werde dieses zeitlebens neugierig. Diesen Namen wußte sie also nicht, durfte nicht darnach fragen, und wenn ihn der Pfarrer auch vergessen hatte und laut und öffentlich darnach fragte oder im Verschuß den Buben Mädeli oder Bäbeli taufte, wie würden da die Leute lachen, und welche Schande wäre dies ihr Leben lang! Das kam ihr immer schrecklicher vor; dem starken Mädchen zitterten die Beine wie Bohnenstauden im Winde, und vom blassen Gesichte rann ihm der Schweiß bachweise.

Jetzt mahnte die Wirtin zum Aufbrechen, wenn sie vom Pfarrer nicht wollten angerebelt werden; aber zur Gotte sagte sie: «Du, Meitschi, stehst das nicht aus, du bist ja weiß wie ein frischgewaschenes Hemd.» Das sei vom Laufen, meinte diese, es werde ihr wieder bessern, wenn sie an die frische Luft komme. Aber es wollte ihr nicht bessern, ganz schwarz schienen ihr alle Leute in der Kirche, und nun fing noch das Kind zu schreien an, mörderlich und immer mörderlicher. Die arme Gotte begann es zu wiegen in ihren Armen, heftiger und immer heftiger, je lauter es schrie, daß Blätter stoben von ihrem Meyen an der Brust. Auf dieser Brust ward es ihr enger und schwerer, laut hörte man ihr Atemfassen. Je höher ihre Brust sich hob, um so höher flog das Kind in ihren Armen, und je höher es flog, um so lauter schrie es, und je lauter es schrie, um so gewaltiger las der Pfarrer die Gebete. Die Stimmen prasselten ordentlich an den Wänden, und die Gotte wußte nicht mehr, wo sie war; es sauste und brauste um sie wie Meereswogen, und die Kirche tanzte mit ihr in der Luft herum. Endlich sagte der

Pfarrer «Amen», und jetzt war der schreckliche Augenblick da, jetzt sollte es sich entscheiden, ob sie zum Spott werden sollte für Kind und Kindeskinder; jetzt mußte sie das Tuch abheben, das Kind dem Pfarrer geben, den Namen ihm ins rechte Ohr flüstern. Sie deckte ab, aber zitternd und bebend, reichte das Kind dar, und der Pfarrer nahm es, sah sie nicht an, frug sie nicht mit scharfem Auge, tauchte die Hand ins Wasser, netzte des plötzlich schweigenden Kindes Stirne und taufte kein Mädeli, kein Bäbeli, sondern einen Hans Uli, einen ehrlichen, wirklichen Hans Uli.

Da wars der Gotte, als ob nicht nur sämtliche Emmentaler Berge ihr ab dem Herzen fielen, sondern Sonne, Mond und Sterne, und aus einem feurigen Ofen sie jemand trage in ein kühles Bad; aber die ganze Predigt durch bebten ihr die Glieder und wollten nicht wieder stille werden. Der Pfarrer predigte recht schön und eindringlich, wie eigentlich das Leben der Menschen nichts anders sein solle als eine Himmelfahrt; aber zu rechter Andacht brachte es die Gotte nicht, und als man aus der Predigt kam, hatte sie schon den Text vergessen. Sie mochte gar nicht warten, bis sie ihre geheime Angst offenbaren konnte und den Grund ihres blassen Gesichtes. Viel Lachens gab es, und manchen Witz mußte sie hören über die Neugierde und wie sich die Weiber davor fürchten und sie doch allen ihren Mädchen anhängten, während sie den Buben nichts täte. Da hätte sie nur getrost fragen können.

Schöne Haberäcker, niedliche Flachsplätze, herrliches Gedeihen auf Wiese und Acker zogen aber bald die Aufmerksamkeit auf sich und fesselten die Gemüter. Sie fanden manchen Grund, langsam zu gehn, stille zu stehn; und doch hatte die schöne, steigende Maiensonne allen warm gemacht, als sie heimkamen, und ein Glas kühlen Weins tat jedermann wohl, wie sehr man sich auch dagegen sträubte. Dann setzte man sich vor das Haus, während in der Küche die Hände emsig sich rührten, das Feuer gewaltig prasselte. Die Hebamme glühte wie einer der Drei aus dem feurigen Ofen. Schon vor eilf rief man zum Essen, aber nur die Diensten, speiste die vorweg und zwar reichlich; aber man war doch froh, wenn sie, die Knechte namentlich, einem aus dem Wege kamen.

Etwas langsam floß den vor dem Hause Sitzenden das Gespräch, doch versiegte es nicht; vor dem Essen stören die Gedanken des Magens die Gedanken der Seele, indessen läßt man nicht gerne diesen innern Zustand inne werden, sondern bemäntelt ihn mit langsamen Worten über gleichgültige Gegenstände. Schon stand die Sonne überem Mittag, als die Hebamme mit flammendem Gesicht, aber immer noch blanker Schürze unter der Türe erschien und die allen willkommene Nachricht brachte, daß man essen könnte, wenn alle da wären. Aber die meisten der Geladenen fehlten noch, und die schon früher nach ihnen gesandten Boten brachten wie die Knechte im Evangelium allerlei Bescheid, mit dem Unterschied jedoch, daß eigentlich alle kommen wollten, nur jetzt noch nicht; der Eine hatte Werkleute, der Andere Leute bestellt, und der Dritte mußte noch wohin – aber warten solle man nicht auf sie, sondern nur fürfahren in der Sache. Rätig war man bald, dieser Mahnung zu folgen, denn wenn man allen warten müßte, sagte man, so könne das gehen, bis der Mond käme; nebenbei freilich brummte die Hebamme: Es sei doch nichts Dümmeres als ein solches Wartenlassen, im Herzen wäre doch jeder gerne da, und zwar je eher, je lieber, aber es solle es niemand merken. So müsse man die Mühe haben, alles wieder an die Wärme zu stellen, wisse nie, ob man genug habe, und werde nie fertig.

War aber schon der Rat wegen den Abwesenden schnell gefaßt, so war man doch mit den Anwesenden noch nicht fertig, hatte bedenkliche Mühe, sie in die Stube, sie zum Sitzen zu bringen, denn Keiner wollte der Erste sein, bei diesem nicht, bei jenem nicht. Als endlich alle saßen, kam die Suppe auf den Tisch, eine schöne Fleischsuppe, mit Safran gefärbt und gewürzt und mit dem schönen weißen Brot, das die Großmutter eingeschnitten, so dick gesättigt, daß von der Brühe wenig sichtbar war. Nun entblößten sich alle Häupter, die Hände falteten sich, und lange und feierlich betete jedes für sich zu dem Geber jeder guten Gabe. Dann erst griff man langsam zum blechernen Löffel, wischte denselben am schönen, feinen Tischtuch aus und ließ sich an die Suppe, und mancher Wunsch wurde laut: Wenn man alle Tage eine solche hätte, so begehrte man nichts anderes. Als man mit der Suppe fertig war, wischte man die Löffel am Tischtuch wieder aus, die Züpfe wurde herumgeboten, jeder schnitt sich sein Stück ab und sah zu, wie die Voressen an Safranbrühe aufgetragen wurden, Voressen von Hirn, von Schaffleisch, saure Leber. Als die erledigt waren in bedächtigem Zugreifen, kam, in Schüsseln hoch aufgeschichtet, das Rindfleisch, grünes und dürres, jedem nach Belieben, kamen dürre Bohnen und Kannenbirenschnitze, breiter Speck dazu und prächtige Rückenstücke von dreizentnerigen Schweinen, so schön rot und weiß und saftig. Das folgte sich langsam alles, und wenn ein neuer Gast kam, so wurde von der Suppe her alles wieder aufgetragen, und jeder mußte da anfangen wo die Andern auch, Keinem wurde ein einziges Gericht geschenkt. Zwischendurch schenkte Benz, der Kindbettimann, aus den schönen weißen Flaschen, welche eine Maß enthielten und mit Wappen und Sprüchen reich geziert waren, fleißig ein. Wohin seine Arme nicht reichen mochten, trug er Andern das Schenkamt auf, nötete ernstlich zum Trinken, mahnte sehr oft: «Machet doch aus, er ist dafür da, daß man ihn trinkt.» Und wenn die Hebamme eine

Die schwarze Spinne

Schüssel hineintrug, so brachte er ihr sein Glas, und Andere brachten die ihren ihr auch, so daß wenn sie allemal gehörig hätte Bescheid tun wollen, es in der Küche wunderlich hätte gehen können.

Der jüngere Götti mußte manche Spottrede hören, daß er die Gotte nicht besser zum Trinken zu halten wisse; wenn er das Gesundheitmachen nicht besser verstehe, so kriege er keine Frau. Oh, Hans Uli werde keine begehren, sagte endlich die Gotte, die ledigen Bursche hätten heutzutage ganz andere Sachen im Kopf als das Heiraten, und die meisten vermöchten es nicht einmal mehr. He, sagte Hans Uli, das dünke ihn nichts anders. Solche Schlärpli, wie heutzutage die meisten Mädchen seien, geben gar teure Frauen; die Meisten meinten ja, um eine brave Frau zu werden, hätte man nichts nötig als ein blauseidenes Tüchlein um den Kopf, Händschli im Sommer und gestickte Pantöffeli im Winter. Wenn einem die Kühe fehlten im Stalle, so sei man freilich übel geschlagen, aber man könne doch ändern; wenn man aber eine Frau habe, die einen um Haus und Hof bringe, so sei es austubaket, die müsse man behalten. Es sei einem daher nützlicher, man sinne anderen Sachen nach als dem Heiraten und lasse Mädchen Mädchen sein.

«Ja, ja, du hast ganz recht», sagte der ältere Götti, ein kleines, unscheinbares Männchen in geringen Kleidern, den man aber sehr in Ehren hielt und ihm Vetter sagte, denn er hatte keine Kinder, wohl aber einen bezahlten Hof und hunderttausend Schweizerfranken am Zins; «ja, du hast recht», sagte der, «mit dem Weibervolk ist gar nichts mehr. Ich will nicht sagen, daß nicht hie und da noch eine ist, die einem Hause wohl ansteht, aber die sind dünn gesäet. Sie haben nur Narrenwerk und Hoffart im Kopf, ziehen sich an wie Pfauen, ziehen auf wie sturme Störche, und wenn eine einen halben Tag arbeiten soll, so hat sie drei Tage lang

Kopfweh und liegt vier Tage im Bett, ehe sie wieder bei ihr selber ist. Als ich um meine Alte buhlte, da war es noch anders, da mußte man noch nicht so im Kummer sein, man kriege statt einer braven Hausmutter nur einen Hausnarr oder gar einen Hausteufel.»

«He, he, Götti Uli», sagte die Gotte, die schon lange reden wollte, aber nicht dazu gekommen war, «es würde einen meinen, es seien nur zu deinen Zeiten rechte Baurentöchter gewesen. Du kennst sie nur nicht und achtest dich der Mädchen nicht mehr, wie es so einem alten Manne auch wohl ansteht; aber es gibt sie noch immer so gut als zur Zeit, wo deine Alte noch jung gewesen ist. Ich will mich nicht rühmen, aber mein Vater hat schon manchmal gesagt, wenn ich so fortfahre, so tue ich noch die Mutter selig durch, und die ist doch eine berühmte Frau gewesen. So schwere Schweine wie voriges Jahr hat mein Vater noch nie auf den Markt geführt. Der Metzger hat ihm manchmal gesagt: Er möchte das Meitschi sehen, welches die gemästet habe. Aber über die heutigen Buben hat man zu klagen; was um der lieben Welt willen ist dann mit diesen? Tubaken, im Wirtshaus sitzen, die weißen Hüte auf der Seite tragen und die Augen aufsperren wie Stadttore, allen Kegelten, allen Schießeten, allen schlechten Meitschene nachstreichen, das können sie; aber wenn einer eine Kuh melken oder einen Acker fahren soll, so ist er fertig, und wenn er ein Werkholz in die Finger nimmt, so tut er dumm wie ein Herr oder gar wie ein Schreiber. Ich habe mich schon manchmal hoch verredet, ich wolle keinen Mann, oder ich wisse dann für gewiß, wie ich mit ihm fahren könne, und wenn schon hie und da noch einer einen Bauer abgibt, so weiß man doch noch lange nicht, was er für ein Mann wird.» Da lachten die Andern gar sehr, trieben dem Mädchen das Blut ins Gesicht und das Gespött mit ihm: Wie lange es wohl meine, daß man einen auf die Probe nehmen müsse, bis man für gewiß wisse, was er für ein Mann werde.

So unter Lachen und Scherz nahm man viel Fleisch zu sich, vergaß auch die Kannenbirenschnitze nicht, bis endlich der ältere Götti sagte: Es dünke ihn, man sollte einstweilen genug haben und etwas vom Tische weg; die Beine würden unter dem Tische ganz steif, und eine Pfeife schmecke nie besser, als wenn man zuvor Fleisch gegessen hätte. Dieser Rat erhielt allgemeinen Beifall, wie auch die Kindbettileute einredeten, man solle doch nicht vom Tische weg; wenn man einmal davon sei, so bringe man die Menschen fast nicht mehr dazu. «Habe doch nicht Kummer, Base», sagte der Vetter, «wenn du etwas Gutes auf den Tisch stellst, so hast du mit geringer Mühe uns wieder dabei, und wenn wir uns ein wenig strecken, so geht es um so handlicher wieder mit dem Essen.»

Die Männer machten nun die Runde in den Ställen, taten einen Blick auf die Bühne, ob noch altes Heu vorhanden sei, rühmten das schöne Gras und schauten in die Bäume hinauf, wie groß der Segen wohl sein möge, der von ihnen zu hoffen sei. Unter einem der noch blühenden Bäume machte der Vetter Halt und sagte: Da schicke es sich wohl am besten, abzusitzen und ein Pfeifchen anzustecken; es sei gut kühl da, und wenn die Weiber wieder etwas Gutes angerichtet hätten, so sei man nahe bei der Hand. Bald gesellte sich die Gotte zu ihnen, die mit den andern Weibern den Garten und die Pflanzplätze besehen hatte. Der Gotte kamen die andern Weiber nach, und eine nach der Andern ließ sich nieder ins Gras, vorsichtig die schönen Kittel in Sicherheit bringend, dagegen ihre Unterröcke mit dem hellen roten Rande der Gefahr aussetzend, ein Andenken zu erhalten vom grünen Grase.

Der Baum, um den die ganze Gesellschaft sich lagerte, stand oberhalb des Hauses am sanften Anfang der Halde.

Zuerst ins Auge fiel das schöne, neue Haus; über dasselbe weg konnten die Blicke schweifen an den jenseitigen Talesrand, über manchen schönen, reichen Hof und weiterhin über grüne Hügel und dunkle Täler weg.

«Du hast da ein stattliches Haus, und alles ist gut angegeben dabei», sagte der Vetter, «jetzt könnt ihr auch sein darin und habt Platz für alles; ich konnte nie begreifen, wie man sich in einem so schlechten Hause so lange leiden kann, wenn man Geld und Holz genug zum Bauen hat, wie ihr zum Exempel.» «Vexier nicht, Vetter», sagte der Großvater, «es hat von beidem nichts zu rühmen; dann ist das Bauen eine wüste Sache, man weiß wohl, wie man anfängt, aber nie, wie man aufhört, und manchmal ist einem noch dies im Wege oder das, an jedem Orte etwas anders.»

«Mir gefällt das Haus ganz ausnehmend wohl», sagte eine der Frauen. «Wir sollten auch schon lange ein neues haben, aber wir scheuen immer die Kosten. Sobald mein Mann aber kommt, muß er dieses recht besehen; es dünkt mich, wenn wir so eins haben könnten, ich wäre im Himmel. Aber fragen möchte ich doch, nehmt es nicht für ungut, warum da gleich neben dem ersten Fenster der wüste schwarze Fensterposten ist, der steht dem ganzen Hause übel an.»

Der Großvater machte ein bedenkliches Gesicht, zog noch härter an seiner Pfeife und sagte endlich: Es hätte an Holz gefehlt beim Aufrichten, kein anderes sei gleich bei der Hand gewesen, da habe man in Not und Eile einiges vom alten Hause genommen. «Aber», sagte die Frau, «das schwarze Stück Holz war ja noch dazu zu kurz, oben und unten ist es angesetzt, und jeder Nachbar hätte euch von Herzen gerne ein ganz neues Stück gegeben.» «Ja, wir haben es halt nicht besser gsinnet und durften unsere Nachbaren nicht immer von neuem plagen, sie hatten uns schon genug geholfen mit Holz und Fahren», antwortete der Alte.

«Hör, Ätti», sagte der Vetter, «mache nicht Schneckentänze, sondern gib die Wahrheit an und aufrichtigen Bericht. Schon manches habe ich raunen hören, aber Punktum das Wahre nie vernehmen können. Jetzt schickte es sich so wohl, bis die Weiber den Braten zweg haben; du würdest uns damit so kurze Zeit machen, darum gib aufrichtigen Bericht.» Noch manchen Schneckentanz machte der Großvater, ehe er sich dazu verstund; aber der Vetter und die Weiber ließen nicht nach, bis er es endlich versprach, jedoch unter dem ausdrücklichen Vorbehalt, daß ihm dann lieber wäre, was er erzähle, bliebe unter ihnen und käme nicht weiter. So etwas scheuen gar viele Leute an einem Hause, und er möchte in seinen alten Tagen nicht gerne seinen Leuten böses Spiel machen.

«Allemal, wenn ich dieses Holz betrachte», begann der ehrwürdige Alte, «so muß ich mich verwundern, wie das wohl zuging, daß aus dem fernen Morgenlande, wo das Menschengeschlecht entstanden sein soll, Menschen bis hieher kamen und diesen Winkel in diesem engen Graben fanden, und muß denken, was die, welche bis hierher verschlagen oder gedrängt wurden, alles ausgestanden haben werden und wer sie wohl mögen gewesen sein. Ich habe viel darüber nachgefragt, aber nichts erfahren können, als daß diese Gegend schon sehr früh bewohnt gewesen, ja Sumiswald, noch ehe unser Heiland auf der Welt war, eine Stadt gewesen sein soll; aber aufgeschrieben steht das nirgends. Doch das weiß man, daß es schon mehr als sechshundert Jahre her ist, daß das Schloß steht, wo jetzt der Spital ist; und wahrscheinlich um dieselbe Zeit stund auch hier schon ein Haus und gehörte samt einem großen Teil der Umgegend zu dem Schlosse, mußte dorthin Zehnten und Bodenzinse geben, Frondienste leisten, ja die Menschen waren leibeigen und nicht eigenen Rechtens, wie jetzt jeder ist, sobald er zu Jahren kömmt. Gar ungleich hatten es damals die Menschen, und nahe bei einander wohnten Leibeigene, welche die besten Händel hatten, und solche, die schwer, fast unerträglich gedrückt wurden, ihres Lebens nicht sicher waren. Ihr Zustand hing jeweilen von ihren Herren ab; die waren gar ungleich und doch fast unumschränkt Meister über ihre Leute, und diese fanden Keinen, dem sie so leichtlich und wirksam klagen konnten. Die, welche zu diesem Schlosse gehörten, sollen es schlimmer gehabt haben zu Zeiten als die Meisten, welche zu andern Schlössern gehörten. Die meisten andern Schlösser gehörten einer Familie, kamen von dem Vater auf den Sohn, da kannten der Herr und seine Leute sich von Jugend auf, und gar Mancher war seinen Leuten wie ein Vater. Dieses Schloß kam nämlich frühe in die Hände von Rittern, die man die Teutschen nannte, und der, welcher hier zu befehlen hatte, den nannte man den Comthur. Diese Obern wechselten nun, und bald war einer da aus dem Sachsenland und bald einer aus dem Schwabenland; da kam keine Anhänglichkeit auf, und ein jeder brachte Brauch und Art mit aus seinem Lande.

Nun sollten sie eigentlich in Polen und im Preußenlande mit den Heiden streiten, und dort, obgleich sie eigentlich geistliche Ritter waren, gewöhnten sie sich fast an ein heidnisch Leben und gingen mit andern Menschen um, als ob kein Gott im Himmel wäre, und wenn sie dann heimkamen, so meinten sie noch immer, sie seien im Heidenlande, und trieben das gleiche Leben fort. Denn die, welche lieber im Schatten lustig lebten als im wüsten Lande blutig stritten, oder die, welche ihre Wunden heilen, ihren Leib stärken mußten, kamen auf die Güter, welche der Orden, so soll man die Gesellschaft der Ritter genannt haben, in Deutschland und in der Schweiz besaß, und taten jeder nach seiner Art und was ihm wohlgefiel. Einer der Wüstesten soll der

Hans von Stoffeln gewesen sein aus dem Schwabenlande, und unter ihm soll es sich zugetragen haben, was ihr von mir wissen wollt und was sich bei uns von Vater auf den Sohn vererbt hat.

Diesem Hans von Stoffeln fiel es bei, dort hinten auf dem Bärhegenhubel ein großes Schloß zu bauen; dort, wo man noch jetzt, wenn es wild Wetter geben will, die Schloß, geister ihre Schätze sonnen sieht, stand das Schloß. Sonst bauten die Ritter ihre Schlösser über den Straßen, wie man jetzt die Wirtshäuser an die Straßen baut, beides, um die Leute besser plündern zu können, auf verschiedene Weise freilich. Warum aber der Ritter dort auf dem wilden, wüsten Hubel in der Einöde ein Schloß haben wollte, wissen wir nicht; genug, er wollte es, und die Bauren, welche zum Schlosse gehörten, mußten es bauen. Der Ritter fragte nach keinem von der Jahreszeit gebotenen Werk, nicht nach dem Heuet, nicht nach der Ernte, nicht nach dem Säet. So und so viel Züge mußten fahren, so und so viel Hände mußten arbeiten, zu der und der Zeit sollte der letzte Ziegel gedeckt, der letzte Nagel geschlagen sein. Dazu schenkte er keine Zehntgarbe, kein Mäß Bodenzins, kein Fasnachthuhn, ja nicht einmal ein Fasnachtei; Barmherzigkeit kannte er keine, die Bedürfnisse armer Leute kannte er nicht. Er ermunterte sie auf heidnische Weise mit Schlägen und Schimpfen, und wenn einer müde wurde, langsamer sich rührte oder gar ruhen wollte, so war der Vogt hinter ihm mit der Peitsche, und weder Alter noch Schwachheit ward verschont. Wenn die wilden Ritter oben waren, so hatten sie ihre Freude dran, wenn die Peitsche recht knallte, und sonst trieben sie noch manchen Schabernack mit den Arbeitern; wenn sie ihre Arbeit mutwillig verdoppeln konnten, so sparten sie es nicht und hatten dann große Freude an ihrer Angst, an ihrem Schweiß.

Endlich war das Schloß fertig, fünf Ellen dick die Mauren; niemand wußte, warum es da oben stand, aber die Bauren waren froh, daß es einmal stand, wenn es doch stehen mußte, der letzte Nagel geschlagen, der letzte Ziegel oben war.

Sie wischten sich den Schweiß von den Stirnen, sahen mit betrübtem Herzen sich um in ihrem Besitztum, sahen seufzend, wie weit der unselige Bau sie zurück gebracht. Aber war doch ein langer Sommer vor ihnen und Gott über ihnen, darum faßten sie Mut und kräftig den Pflug und trösteten Weib und Kind, die schweren Hunger gelitten und denen Arbeit eine neue Pein schien.

Aber kaum hatten sie den Pflug ins Feld geführt, so kam Botschaft, daß alle Hofbauren eines Abends zur bestimmten Stunde im Schlosse zu Sumiswald sich einfinden sollten. Sie bangten und hofften. Freilich hatten sie von den gegenwärtigen Bewohnern des Schlosses noch nichts Gutes genossen, sondern lauter Mutwillen und Härte, aber es dünkte sie billig, daß die Herren ihnen etwas täten für den unerhörten Frondienst, und weil es sie so dünkte, so meinten Viele, es dünke die Herren auch so und sie werden an selbem Abend ihnen ein Geschenk machen oder einen Nachlaß verkünden wollen.

Sie fanden sich am bestimmten Abend zeitig und mit klopfendem Herzen ein, mußten aber lange warten im Schloßhofe, den Knechten zum Gespött. Die Knechte waren auch im Heidenlande gewesen. Zudem wird es gewesen sein wie jetzt, wo jedes halbbatzige Herrenknechtlein das Recht zu haben meint, gesessene Bauren verachten zu können und verhöhnen zu dürfen.

Endlich wurden sie in den Rittersaal entboten; vor ihnen öffnete sich die schwere Türe, drinnen saßen um den schweren Eichentisch die schwarzbraunen Ritter, wilde Hunde zu ihren Füßen, und obenan der von Stoffeln, ein wilder, mächtiger Mann, der einen Kopf hatte wie ein doppelt Bernmäß, Augen machte wie Pflugsräder und einen Bart hatte wie eine alte Löwenmähne. Keiner ging gerne zuerst hinein, einer stieß den Andern vor. Da lachten die Ritter, daß der Wein über die Humpen spritzte, und wütend stürzten die Hunde vor; denn wenn diese zitternde, zagende Glieder sehen, so meinen sie, dieselben gehören einem zu jagenden Wilde. Den Bauren aber ward nicht gut zumute, es dünkte sie, wenn sie nur wieder daheim wären, und einer drückte sich hinter den Andern. Als endlich Hunde und Ritter schwiegen, erhob der von Stoffeln seine Stimme, und sie tönte wie aus einer hundertjährigen Eiche. «Mein Schloß ist fertig, doch noch eines fehlt, der Sommer kömmt, und droben ist kein Schattengang. In Zeit eines Monates sollt ihr mir einen pflanzen, sollt hundert ausgewachsene Buchen nehmen aus dem Münneberg mit Ästen und Wurzeln und sollt sie mir pflanzen auf Bärhegen, und wenn eine einzige Buche fehlt, so büßt ihr mir es mit Gut und Blut. Drunten steht Trunk und Imbiß, aber morgen soll die erste Buche auf Bärhegen stehn.»

Als von Trunk und Imbiß einer hörte, meinte er, der Ritter sei gnädig und gut gelaunt, und begann zu reden von ihrer notwendigen Arbeit und dem Hunger von Weib und Kind und vom Winter, wo die Sache besser zu machen wäre. Da begann der Zorn des Ritters Kopf größer und größer zu schwellen, und seine Stimme brach los wie der Donner aus einer Fluh, und er sagte ihnen: Wenn er gnädig sei, so seien sie übermütig. Wenn im Polenlande einer das nackte Leben habe, so küsse er einem die Füße, hier hätten sie Kind und Rind, Dach und Fach und doch nicht satt. «Aber gehorsamer und genügsamer mache ich euch, so wahr ich Hans von Stoffeln bin, und wenn in Monatsfrist die hundert Buchen nicht oben stehen, so lasse ich euch peitschen, bis kein Fingerlang mehr ganz an euch ist, und Weiber und Kinder werfe ich den Hunden vor.»

Da wagte Keiner mehr eine Einrede, aber auch Keiner begehrte von dem Trunk und Imbiß; sie drängten sich, als der zornige Befehl gegeben war, zur Türe hinaus, und jeder wäre gerne der Erste gewesen, und weithin folgte ihnen des Ritters donnernde Stimme nach, der andern Ritter Gelächter, der Knechte Spott, der Rüden Geheul.

Als der Weg sich beugte, vom Schlosse sie nicht mehr konnten gesehen werden, setzten sie sich an des Weges Rand und weinten bitterlich; Keiner hatte einen Trost für den Andern, und Keiner hatte den Mut zu rechtem Zorn, denn Not und Plage hatten den Mut ihnen ausgelöscht, so daß sie keine Kraft mehr zum Zorne hatten, sondern nur noch zum Jammer. Über drei Stunden weit sollten sie durch wilde Wege die Buchen führen mit Ästen und Wurzeln den steilen Berg hinauf, und neben diesem Berge wuchsen viele und schöne Buchen, und die mußten sie stehen lassen! In Monatsfrist sollte das Werk geschehen sein, zwei Tage drei, den dritten vier Bäume sollten sie schleppen durchs lange Tal, den steilen Berg auf mit ihrem ermatteten Vieh. Und über alles dieses war es der Maimond, wo der Bauer sich rühren muß auf seinem Acker, fast Tag und Nacht ihn nicht verlassen darf, wenn er Brot will und Speise für den Winter.

Wie sie da so ratlos weinten, Keiner den Andern ansehen, in den Jammer des Andern sehen durfte, weil der seinige schon über ihm zusammenschlug, und Keiner heim durfte mit der Botschaft, Keiner den Jammer heimtragen mochte zu Weib und Kind, stund plötzlich vor ihnen, sie wußten nicht woher, lang und dürre ein grüner Jägersmann. Auf dem kecken Barett schwankte eine rote Feder, im schwarzen Gesichte flammte ein rotes Bärtchen, und zwischen der gebogenen Nase und dem zugespitzten Kinn, fast unsichtbar wie eine Höhle unter überhangendem Gestein, öffnete sich ein Mund und frug: «Was gibt es, ihr guten Leute, daß ihr dasitzet und heulet, daß es Steine aus dem Boden sprengt und Äste ab den Bäumen?» Zweimal frug er also, und zweimal erhielt er keine Antwort.

Da ward noch schwärzer des Grünen schwarz Gesicht, noch röter das rote Bärtchen, es schien darin zu knistern und zu spretzeln wie Feuer im Tannenholz; wie ein Pfeil spitzte sich der Mund, dann tat er sich auseinander und frug ganz holdselig und mild: «Aber ihr guten Leute, was hilft es euch, daß ihr dasitzet und heulet? Ihr könnt da heulen, bis es eine neue Sündflut gibt oder euer Geschrei die Sterne aus dem Himmel sprengt; aber damit wird euch wahrscheinlich wenig geholfen sein. Wenn euch aber Leute fragen, was ihr hättet, Leute, die es gut mit euch meinen, euch vielleicht helfen könnten, so solltet ihr, statt zu heulen, antworten und ein vernünftig Wort reden, das hülfe euch viel mehr.» Da schüttelte ein alter Mann das weiße Haupt und sprach: «Haltet es nicht für ungut, aber das, worüber wir weinen, nimmt kein Jägersmann uns ab, und wenn das Herz einmal im Jammer verschwollen ist, so kommen keine Worte mehr daraus.»

Da schüttelte sein spitziges Haupt der Grüne und sprach: «Vater, Ihr redet nicht dumm, aber so ist es doch nicht. Man mag schlagen, was man will, Stein oder Baum, so gibt es einen Ton von sich, es klaget. So soll auch der Mensch klagen, soll alles klagen, soll dem ersten Besten klagen, vielleicht hilft ihm der erste Beste. Ich bin nur ein Jägersmann, wer weiß, ob ich nicht daheim ein tüchtiges Gespann habe, Holz und Steine oder Buchen und Tannen zu führen!»

Als die armen Bauren das Wort Gespann hörten, fiel es ihnen allen ins Herz, ward da zu einem Hoffnungsfunken, und alle Augen sahen auf ihn, und dem Alten ging der

Mund noch weiter auf, er sprach: Es sei nicht immer richtig, dem Ersten dem Besten zu sagen, was man auf dem Herzen hätte; da man ihm es aber anhöre, daß er es gut meine, daß er vielleicht helfen könne, so wolle man kein Hehl vor ihm haben. Mehr als zwei Jahre hätten sie schwer gelitten unter dem neuen Schloßbau, kein Hauswesen sei in der ganzen Herrschaft, welches nicht bitterlich im Mangel sei. Jetzt hätten sie frisch aufgeatmet, in der Meinung, endlich freie Hände zu haben zur eigenen Arbeit, hätten mit neuem Mut den Pflug ins Feld geführt, und soeben hätte der Comthur ihnen befohlen, aus im Münneberg gewachsenen Buchen in Monatsfrist beim neuen Schloß einen neuen Schattengang zu pflanzen. Sie wüßten nicht, wie das vollbringen in dieser Frist mit ihrem abgekarrten Vieh, und wenn sie es vollbrächten, was hülfe es ihnen? Anpflanzen könnten sie nicht und müßten nachher Hungers sterben, im Fall die harte Arbeit sie nicht schon tötete. Diese Botschaft dürften sie nicht heimtragen, möchten nicht zum alten Elend noch den neuen Jammer schütten.

Da machte der Grüne ein gar mitleidiges Gesicht, hob drohend die lange, magere, schwarze Hand gegen das Schloß empor und vermaß sich zu schwerer Rache gegen solche Tyrannei. Ihnen aber wolle er helfen. Sein Gespann, wie keines sei im Lande, solle vom Kilchstalden weg, diesseits Sumiswald, ihnen alle Buchen, so viele sie dorthin zu bringen vermöchten, auf Bärhegen führen, ihnen zulieb, den Rittern zum Trotz und um geringen Lohn.

Da horchten hoch auf die armen Männer bei diesem unerwarteten Anerbieten. Konnten sie um den Lohn einig werden, so waren sie gerettet, denn bis an den Kilchstalden konnten sie die Buchen führen, ohne daß ihre Landarbeit darüber versäumt und sie zugrunde gingen. Darum sagte der Alte: «So sag an, was du verlangst, auf daß wir mit dir des

Handels einig werden mögen.» Da machte der Grüne ein pfiffig Gesicht; es knisterte in seinem Bärtchen, und wie Schlangenaugen funkelten sie seine Augen an, und ein greulich Lachen stand in beiden Mundwinkeln, als er ihn von einander tat und sagte: «Wie ich gesagt, ich begehre nicht viel, nicht mehr als ein ungetauftes Kind.»

Das Wort zuckte durch die Männer wie ein Blitz, eine Decke fiel es von ihren Augen, und wie Spreu im Wirbelwinde stoben sie aus einander.

Da lachte hell auf der Grüne, daß die Fische im Bache sich bargen, die Vögel das Dickicht suchten, und grausig schwankte die Feder am Hute, und auf und nieder ging das Bärtchen. «Besinnet euch oder suchet bei euren Weibern Rat, in der dritten Nacht findet ihr hier mich wieder!» so rief er den Fliehenden mit scharf tönender Stimme nach, daß die Worte in ihren Ohren hängen blieben, wie Pfeile mit Widerhaken hängen bleiben im Fleische.

Blaß und zitternd an der Seele und an allen Gliedern stäubten die Männer nach Hause; Keiner sah nach dem Andern sich um, Keiner hätte den Hals gedreht, nicht um alle Güter der Welt. Als so verstört die Männer dahergestoben kamen wie Tauben, vom Vogel gejagt, zum Taubenschlag, da drang mit ihnen der Schrecken in alle Häuser, und alle bebten vor der Kunde, welche den Männern die Glieder also durcheinanderwarf.

In zitternder Neugierde schlichen die Weiber den Männern nach, bis sie dieselben an den Orten hatten, wo man im Stillen ein vertraut Wort reden konnte. Da mußte jeder Mann seinem Weibe erzählen, was sie im Schloß vernommen, das hörten sie mit Wut und Fluch; sie mußten erzählen, wer ihnen begegnet, was er ihnen angetragen. Da ergriff namenlose Angst die Weiber, ein Wehgeschrei ertönte über Berg und Tal, einer jeden ward, als hätte ihr eigen Kind der

Ruchlose begehrt. Ein einziges Weib schrie nicht den Andern gleich. Das war ein grausam handlich Weib, eine Lindauerin soll es gewesen sein, und hier auf dem Hofe hat es gewohnt. Es hatte wilde, schwarze Augen und fürchtete sich nicht viel vor Gott und Menschen. Böse war es schon geworden, daß die Männer dem Ritter nicht rundweg das Begehren abgeschlagen; wenn es dabei gewesen, es hätte ihm es sagen wollen, sagte es. Als sie vom Grünen hörte und seinem Antrage und wie die Männer davongestoben, da ward sie erst recht böse und schalt die Männer über ihre Feigheit und daß sie dem Grünen nicht kecker ins Gesicht gesehen; vielleicht hätte er mit einem andern Lohne sich auch begnügt, und da die Arbeit für das Schloß sei, würde es ihren Seelen nichts schaden, wenn der Teufel sie mache. Sie ergrimmte in der Seele, daß sie nicht dabei gewesen, und wäre es nur, damit sie einmal den Teufel gesehen und auch wüßte, was er für ein Aussehen hätte. Darum weinte dieses Weib nicht, sondern redete in seinem Grimme harte Worte gegen den eigenen Mann und gegen alle andern Männer.

Des folgenden Tages, als in stilles Gewimmer das Wehgeschrei verglommen war, saßen die Männer zusammen, suchten Rat und fanden keinen. Anfangs war die Rede von neuem Bitten bei dem Ritter; aber niemand wollte bitten gehen, Keinem schien Leib und Leben feil. Einer wollte Weiber und Kinder schicken mit Geheul und Jammer, der aber verstummete schnell, als die Weiber zu reden begannen; denn schon damals waren die Weiber in der Nähe, wenn die Männer im Rate saßen. Sie wußten keinen Rat, als in Gottes Namen Gehorsam zu versuchen; sie wollten Messen lesen lassen, um Gottes Beistand zu gewinnen, wollten Nachbaren um nächtliche geheime Hülfe ansprechen, denn eine offenbare hätten ihnen ihre Herren nicht erlaubt, wollten sich teilen; die Hälfte sollte bei den Buchen schaffen, die andere Hälfte Haber säen und des Viehes warten. Sie hofften auf diese Weise und mit Gottes Hülfe täglich wenigstens drei Buchen auf Bärhegen hinauf zu schaffen; vom Grünen redete niemand, ob niemand an ihn dachte, ist nicht verzeichnet worden.

Sie teilten sich ein, rüsteten die Werkzeuge, und als der erste Maitag über seine Schwelle kam, sammelten die Männer sich am Münneberg und begannen mit gefaßtem Mute die Arbeit. In weitem Ringe mußten die Buchen umgraben, sorgfältig die Wurzeln geschont, sorgfältig die Bäume, damit sie sich nicht verletzten, zur Erde gelassen werden. Noch war der Morgen nicht hoch am Himmel, als drei zur Abfahrt bereit lagen, denn immer drei sollten zusammen geführt werden, damit man auf dem schweren Weg mit Hand und Vieh sich gegenseitig helfen könne. Aber schon stund die Sonne im Mittag, und noch waren sie mit den drei Buchen nicht zum Walde hinaus, schon stand sie hinter den Bergen, und noch waren die Züge nicht über Sumiswald hinaus; erst der neue Morgen fand sie am Fuße des Berges, auf dem das Schloß stand und die Buchen sollten gepflanzet werden. Es war, als ob ein eigener Unstern Macht hätte über sie. Ein Mißgeschick nach dem andern traf sie: die Geschirre zerrissen, die Wagen brachen, Pferde und Ochsen fielen oder weigerten den Gehorsam. Noch ärger ging es am zweiten Tage. Neue Not brachte immerfort neue Mühe, unter rastloser Arbeit keuchten die Armen, und keine Buche war noch oben, keine vierte Buche über Sumiswald hinaus geschafft.

Der von Stoffeln schalt und fluchte; je mehr er schalt und fluchte, um so größer ward der Unstern, um so stättiger das Vieh. Die andern Ritter lachten und höhnten und freuten sich gar sehr über das Zappeln der Bauren, den Zorn des von Stoffeln. Sie hatten gelacht über des von Stoffeln neues

Schloß auf dem nackten Gipfel. Da hatte der geschworen: In Monatsfrist müßte ein schöner Laubgang droben sein. Darum fluchte er, darum lachten die Ritter, und weinen taten die Bauren.

Eine fürchterliche Mutlosigkeit erfaßte diese, keinen Wagen hatten sie mehr ganz, keinen Zug unbeschädigt, in zwei Tagen nicht drei Buchen zur Stelle gebracht, und alle Kraft war erschöpft.

Nacht war es geworden, schwarze Wolken stiegen auf, es blitzte zum ersten Male in diesem Jahre. An den Weg hatten sich die Männer gesetzt; es war die gleiche Beugung des Weges, in welcher sie vor drei Tagen gesessen waren, sie wußten es aber nicht. Da saß der Hornbachbauer, der Lindauerin Mann, mit zwei Knechten, und Andere mehr saßen auch bei ihnen. Sie wollten da auf Buchen warten, die von Sumiswald kommen sollten, wollten ungestört sinnen über ihr Elend, wollten ruhen lassen ihre zerschlagenen Glieder.

Da kam rasch, daß es fast pfiff, wie der Wind pfeift, wenn er aus den Kammern entronnen ist, ein Weib daher, einen großen Korb auf dem Kopfe. Es war Christine, die Lindauerin, des Hornbachbauren Eheweib, zu dem derselbe gekommen war, als er einmal mit seinem Herrn zu Felde gezogen war. Sie war nicht von den Weibern, die froh sind, daheim zu sein, in der Stille ihre Geschäfte zu beschicken, und die sich um nichts kümmern als um Haus und Kind. Christine wollte wissen, was ging, und wo sie ihren Rat nicht dazu geben konnte, da ginge es schlecht, so meinte sie.

Mit der Speise hatte sie daher keine Magd gesandt, sondern den schweren Korb auf den eigenen Kopf genommen und die Männer lange gesucht umsonst; bittere Worte ließ sie fallen darüber, sobald sie dieselben gefunden. Unterdessen war sie aber nicht müßig, die konnte noch reden und schaffen zu gleicher Zeit. Sie stellte den Korb ab, deckte den

Kübel ab, in welchem das Hafermus war, legte das Brot und den Käse zurecht und steckte jedem gegenüber für Mann und Knecht die Löffel ins Mus und hieß auch die Andern zugreifen, die noch speislos waren. Dann frug sie nach der Männer Tagewerk und wieviel geschaffet worden in den zwei Tagen. Aber Hunger und Worte waren den Männern ausgegangen, und Keiner griff zum Löffel, und Keiner hatte eine Antwort. Nur ein leichtfertig Knechtlein, dem es gleichgültig war, regne oder sonnenscheine es in der Ernte, wenn nur das Jahr umging und der Lohn kam und zu jeder Essenszeit das Essen auf den Tisch, griff zum Löffel und berichtete Christine, daß noch keine Buche gepflanzet sei und alles gehe, als ob sie verhext wären.

Da schalt die Lindauerin, daß das eitel Einbildung wäre und die Männer nichts als Kindbetterinnen; mit Schaffen und Weinen, mit Hocken und Heulen werde man keine Buchen auf Bärhegen bringen. Ihnen würde nur ihr Recht widerfahren, wenn der Ritter seinen Mutwillen an ihnen ausließe; aber um Weib und Kinder willen müsse die Sache anders zur Hand genommen werden. Da kam plötzlich über die Achsel des Weibes eine lange schwarze Hand, und eine gellende Stimme rief: «Ja, die hat recht!» Und mitten unter ihnen stand mit grinsendem Gesicht der Grüne, und lustig schwankte die rote Feder auf seinem Hute. Da hob der Schreck die Männer von dannen, sie stoben die Halde auf wie Spreu im Wirbelwinde.

Nur Christine, die Lindauerin, konnte nicht fliehen; sie erfuhr es, wie man den Teufel leibhaftig kriegt, wenn man ihn an die Wand male. Sie blieb stehen wie gebannt, mußte schauen die rote Feder am Barett und wie das rote Bärtchen lustig auf- und niederging im schwarzen Gesichte. Gellend lachte der Grüne den Männern nach, aber gegen Christine machte er ein zärtlich Gesicht und faßte mit höflicher

Gebärde ihre Hand. Christine wollte sie wegziehen, aber sie entrann dem Grünen nicht mehr; es war ihr, als zische Fleisch zwischen glühenden Zangen. Und schöne Worte begann er zu reden, und zu den Worten zwitzerte lüstern sein rot Bärtchen auf und ab. So ein schön Weibchen habe er lange nicht gesehen, sagte er, das Herz lache ihm im Leibe; zudem habe er sie gerne mutig, und gerade die seien ihm die Liebsten, welche stehen bleiben dürften, wenn die Männer davonliefen.

Wie er so redete, kam Christinen der Grüne immer weniger schreckhaft vor. Mit dem sei doch noch zu reden, dachte sie, und sie wüßte nicht, warum davonlaufen, sie hätte schon viel Wüstere gesehen. Der Gedanke kam ihr immer mehr: mit dem ließe sich etwas machen, und wenn man recht mit ihm zu reden wüßte, so täte er einem wohl einen Gefallen, oder am Ende könnte man ihn übertölpeln wie die andern Männer auch. Er wüßte gar nicht, fuhr der Grüne fort, warum man sich so vor ihm scheue; er meine es doch so gut mit allen Menschen, und wenn man so grob gegen ihn sei, so müsse man sich nicht wundern, wenn er den Leuten nicht immer täte, was ihnen am liebsten wäre. Da faßte Christine ein Herz und antwortete: Er erschrecke aber die Leute auch, daß es schrecklich wäre. Warum habe er ein ungetauft Kind verlangt, er hätte doch von einem andern Lohn reden können, das komme den Leuten gar verdächtig vor; ein Kind sei immer ein Mensch, und ungetauft eins aus den Händen geben, das werde kein Christ tun. «Das ist mein Lohn, an den ich gewohnt bin, und um anderen fahre ich nicht, und was frägt man doch so einem Kinde nach, das noch niemand kennt! So jung gibt man sie am liebsten weg, hat man doch noch keine Freude an ihnen gehabt und keine Mühe mit ihnen. Ich aber habe sie je jünger, je lieber; je früher ich ein Kind erziehen kann auf meine Manier, um

Die schwarze Spinne

so weiter bringe ich es, dazu habe ich aber das Taufen gar nicht nötig und will es nicht.» Da sah Christine wohl, daß er mit keinem andern Lohn sich werde begnügen wollen; aber es wuchs in ihr immer mehr der Gedanke: das wäre doch der Einzige, der nicht zu betrügen wäre.

Darum sagte sie: Wenn aber einer etwas verdienen wolle, müßte er sich mit dem Lohne begnügen, den man ihm geben könne; sie aber hätten gegenwärtig in keinem Hause ein ungetauft Kind, und in Monatsfrist gebe es keins, und in dieser Zeit müßten die Buchen geliefert sein. Da schwänzelte gar höflich der Grüne und sagte: «Ich begehre das Kind ja nicht zum voraus. Sobald man mir verspricht, das erste zu liefern ungetauft, welches geboren wird, so bin ich schon zufrieden.» Das gefiel Christine gar wohl. Sie wußte, daß es in geraumer Zeit kein Kind geben werde in ihrer Herren Gebiet. Wenn nun einmal der Grüne sein Versprechen gehalten und die Buchen gepflanzt seien, so brauche man ihm gar nichts mehr zu geben, weder ein Kind noch was anderes; man lasse Messen lesen zu Schutz und Trutz und lache tapfer den Grünen aus, so dachte Christine. Sie dankte daher schon ganz herzhaft für das gute Anerbieten und sagte: Es sei zu bedenken, und sie wolle mit den Männern darüber reden. «Ja», sagte der Grüne, «da ist gar nichts mehr weder zu denken noch zu reden. Für heute habe ich euch bestellt, und jetzt will ich den Bescheid; ich habe noch an gar vielen Orten zu tun und bin nicht bloß wegen euch da. Du mußt mir zu- oder absagen, nachher will ich von dem ganzen Handel nichts mehr wissen.» Christine wollte die Sache verdrehen, denn sie nahm sie nicht gerne auf sich, sie wäre sogar gerne zärtlich geworden, um Stündigung zu erhalten; allein der Grüne war nicht aufgelegt, wankte nicht, «jetzt oder nie», sagte er. Sobald aber der Handel geschlossen sei um ein einzig Kind, so wolle er in jeder Nacht so viel Buchen auf Bärhegen führen, als man ihm vor Mitternacht unten an den Kirch╱ stalden liefere, dort wollte er sie in Empfang nehmen. «Nun, schöne Frau, bedenke dich nicht», sagte der Grüne und klopfte Christine holdselig auf die Wange. Da klopfte doch ihr Herz, sie hätte lieber die Männer hineingestoßen, um hintendrein sie schuld geben zu können. Aber die Zeit drängte, kein Mann war da als Sündenbock, und der Glaube verließ sie nicht, daß sie listiger als der Grüne sei und wohl ein Einfall kommen werde, ihn mit langer Nase abzuspeisen. Darum sagte Christine: Sie für ihre Person wolle zugesagt haben; wenn aber dann später die Männer nicht wollten, so vermöchte sie sich dessen nicht, und er solle es sie nicht ent╱ gelten lassen. Mit dem Versprechen, zu tun, was sie könne, sei er hinlänglich zufrieden, sagte der Grüne. Jetzt schauder╱ te es Christine doch an Leib und Seele; jetzt, meinte sie, komme der schreckliche Augenblick, wo sie mit Blut von ihrem Blute dem Grünen den Akkord unterschreiben müsse. Aber der Grüne machte es viel leichtlicher und sagte: Von hübschen Weibern begehre er nie eine Unterschrift, mit einem Kuß sei er zufrieden. Somit spitzte er seinen Mund gegen Christines Gesicht, und Christine konnte nicht flie╱ hen, war wiederum wie gebannt, steif und starr. Da berührte der spitzige Mund Christines Gesicht, und ihr war, als ob von spitzigem Eisen aus Feuer durch Mark und Bein fahre, durch Leib und Seele; und ein gelber Blitz fuhr zwischen ihnen durch und zeigte Christine freudig verzerrt des Grünen teuflisch Gesicht, und ein Donner fuhr über sie, als ob der Himmel zersprungen wäre.

Verschwunden war der Grüne, und Christine stund wie versteinert, als ob tief in den Boden hinunter ihre Füße Wur╱ zeln getrieben hätten in jenem schrecklichen Augenblick. Endlich war sie ihrer Glieder wieder mächtig, aber im Ge╱ müte brauste und sauste es ihr, als ob ein mächtiges Wasser seine Fluten wälze über turmhohen Felsen hinunter in schwarzen Schlund. Wie man im Donner der Wasser die eigene Stimme nicht hört, so ward Christine der eigenen Gedanken sich nicht bewußt im Tosen, das donnerte in ihrem Gemüte. Unwillkürlich floh sie den Berg hinan, und immer glühender fühlte sie ein Brennen an ihrer Wange, da wo des Grünen Mund sie berührt; sie rieb, sie wusch, aber der Brand nahm nicht ab.

Es war eine wilde Nacht. In Lüften und Klüften heulte und toste es, als ob die Geister der Nacht Hochzeit hielten in den schwarzen Wolken, die Winde die wilden Reigen spielten zu ihrem grausen Tanze, die Blitze die Hochzeitfackeln wären und der Donner der Hochzeitsegen. In dieser Jahreszeit hatte man eine solche Nacht noch nie erlebt.

In finsterem Bergestale regte es sich um ein großes Haus, und Viele drängten sich um sein schirmend Obdach. Sonst treibt im Gewittersturm die Angst um den eigenen Herd den Landmann unter das eigene Dach, und sorgsam wachend, solange das Gewitter am Himmel steht, wahret und hütet er das eigene Haus. Aber jetzt war die gemeinsame Not größer als die Angst vor dem Gewitter. Diese trieb sie in diesem Hause zusammen, an welchem vorbeigehen mußten die, welche der Sturm aus dem Münneberg trieb, und die, welche von Bärhegen sich geflüchtet. Den Graus der Nacht ob dem eigenen Elend vergessend, hörte man sie klagen und grollen über ihr Mißgeschick. Zu allem Unglück war noch das Toben der Natur gekommen. Pferde und Ochsen waren scheu geworden, betäubt, hatten Wagen zertrümmert, sich über Felsen gestürzt, und schwer verwundet stöhnte Mancher in tiefem Schmerze, laut auf schrie Mancher, dem man zerrissene Glieder einzog und zusammenband.

In das Elend hinein flüchteten sich auch in schauerlicher Angst die, welche den Grünen gesehen, und erzählten bebend die wiederholte Erscheinung. Bebend hörte die Menge, was die Männer erzählten, drängte sich aus dem weiten, dunkeln Raume dem Feuer zu, um welches die Männer saßen; und wenn der Wind durch die Sparren fuhr oder Donner über dem Hause rollte, so schrie laut auf die Menge und meinte, es breche durchs Dach der Grüne, sich zu zeigen in ihrer Mitte. Als er aber nicht kam, als der Schreck vor ihm verging, als das alte Elend blieb und der Jammer der Leidenden lauter wurde, da stiegen allmählig die Gedanken auf, die den Menschen, der in der Not ist, so gerne um seine Seele bringen. Sie begannen zu rechnen, wie viel mehr wert sie alle seien als ein einzig ungetauft Kind; sie vergassen immer mehr, daß die Schuld an einer Seele tausendmal schwerer wiege als die Rettung von tausend und abermal tausend Menschenleben.

Diese Gedanken wurden allmählig laut und begannen sich zu mischen als verständliche Worte in das Schmerzensgestöhn der Leidenden. Man fragte näher nach dem Grünen, grollte, daß man ihm nicht besser Rede gestanden; genommen hätte er niemand, und je weniger man ihn fürchte, um so weniger tue er den Menschen. Dem ganzen Tale hätten sie vielleicht helfen können, wenn sie das Herz am rechten Orte gehabt hätten. Da begannen die Männer sich zu entschuldigen. Sie sagten nicht, daß es sich mit dem Teufel nicht spassen lasse, daß wer ihm ein Ohr leihe, bald den ganzen Kopf ihm geben müsse, sondern sie redeten von des Grünen schrecklicher Gestalt, seinem Flammenbarte, der feurigen Feder auf seinem Hute, einem Schloßturme gleich, und dem schrecklichen Schwefelgeruch, den sie nicht hätten ertragen mögen. Christines Mann aber, der gewöhnt worden war, daß sein Wort erst durch die Zustimmung seiner Frau Kraft erhielt, sagte, sie sollten nur seine Frau fragen, die könne ihnen sagen, ob es jemand hätte aushalten mögen; und daß die ein kuraschiertes Weib sei, wüßten alle. Da sahen alle nach Christine sich um, aber Keiner sah sie. Es hatte jeder nur an seine Rettung gedacht und an Andere nicht, und wie jetzt jeder am Trocknen saß, so meinte er, die Andern säßen ebenso. Jetzt erst fiel allen bei, daß sie Christine seit jenem schrecklichen Augenblick nicht mehr gesehen, und ins Haus war sie nicht gekommen. Da begann der Mann zu jammern und alle Andern mit ihm, denn es ward ihnen allen, als ob Christine allein zu helfen wüßte.

Plötzlich ging die Türe auf, und Christine stand mitten unter ihnen; die Haare trieften, rot waren ihre Wangen, und ihre Augen brannten noch dunkler als sonst in unheimlichem Feuer. Eine Teilnahme, deren Christine sonst nicht gewohnt war, empfing sie, und jeder wollte ihr erzählen, was man gedacht und gesagt und wie man Kummer um sie gehabt. Christine sah bald, was alles zu bedeuten hatte, und verbarg ihre innere Glut hinter spöttische Worte, warf den Männern ihre übereilte Flucht vor und wie Keiner um ein arm Weib sich bekümmert und Keiner sich umgesehen, was der Grüne mit ihr beginne. Da brach der Sturm der Neugierde aus, und jeder wollte zuerst wissen, was nun der Grüne mit ihr angefangen, und die Hintersten hoben sich hoch auf, um besser zu hören und die Frau näher zu sehen, die dem Grünen so nahe gestanden. Sie sollte nichts sagen, meinte Christine zuerst, man hätte es nicht um sie verdient, als Fremde sie übel geplaget im Tale, die Weiber ihr einen übeln Namen angehängt, die Männer sie allenthalben im Stiche gelassen, und wenn sie nicht besser gesinnet wäre als alle und wenn sie nicht mehr Mut als alle hätte, so wäre noch jetzt weder Trost noch Ausweg da. So redete Christine noch lange, warf harte Worte gegen die Weiber, die ihr nie hätten glauben wollen, daß der Bodensee größer sei als der Schloß- teich, und je mehr man ihr anhielt, um so härter schien sie zu werden und stützte sich besonders darauf, daß, was sie zu sagen hätte, man ihr übel auslegen, und wenn die Sache gut käme, ihr keinen Dank haben werde; käme sie aber übel, so lüde man ihr alle Schuld auf und die ganze Verantwortung.

Als endlich die ganze Versammlung vor Christine wie auf den Knieen lag mit Bitten und Flehen und die Verwundeten laut aufschrieen und anhielten, da schien Christine zu erweichen und begann zu erzählen, wie sie standgehalten und mit dem Grünen Abrede getroffen; aber von dem Kusse sagte sie nichts, nichts davon, wie er sie auf der Wange gebrannt und wie es ihr getoset im Gemüte. Aber sie erzählte, was sie seither gesinnet im verschlagenen Gemüte. Das Wichtigste sei, daß die Buchen nach Bärhegen geschafft würden; seien die einmal oben, so könne man immer noch sehen, was man machen wolle, die Hauptsache sei, daß bis dahin, soviel ihr bekannt, unter ihnen kein Kind werde geboren werden.

Vielen lief es kalt den Rücken auf bei der Erzählung, aber daß man dann noch immer sehen könne, was man machen wolle, das gefiel allen wohl.

Nur ein junges Weibchen weinte gar bitterlich, daß man unter seinen Augen die Hände hätte waschen können, aber sagen tat es nichts. Ein alt, ehrwürdig Weib dagegen, hochgestaltet und mit einem Gesichte, vor dem man sonst sich beugen oder vor ihm fliehen mußte, trat in die Mitte und sprach: Gottvergessen wäre es gehandelt, auf das Ungewisse das Gewisse stellen und spielen mit dem ewigen Leben. Wer mit dem Bösen sich einlasse, komme vom Bösen nimmer los, und wer ihm den Finger gebe, den behalte er mit Leib und Seele. Aus diesem Elend könne niemand helfen als Gott; wer ihn aber verlasse in der Not, der versinke in der Not. Aber diesmal verachtete man der Alten Rede, und schweigen hieß man das junge Weibchen; mit Weinen und Heulen sei einem diesmal nicht geholfen, da bedürfe man Hülfe anderer Art, hieß es.

Rätig wurde man bald, die Sache zu versuchen. Bös könne das kaum gehen im bösesten Fall; aber nicht das erstemal sei es, daß Menschen die schlimmsten Geister betrogen, und wenn sie selbst nichts wüßten, so fände wohl ein Priester Rat und Ausweg. Aber in finsterm Gemüte soll Mancher gedacht haben, wie er später bekannte: gar viel Geld und Umtriebe wage er nicht eines ungetauften Kindes wegen.

Als der Rat nach Christines Sinn gefaßt wurde, da war es, als ob alle Wirbelwinde über dem Hause zusammenstießen, die Heere der wilden Jäger vorübersausten; die Posten des Hauses wankten, die Balken bogen sich, Bäume splitterten am Hause wie Speere auf einer Ritterbrust. Blaß wurden drinnen die Menschen, Grauen überfiel sie, aber den Rat lösten sie nicht; bei grauendem Morgen begannen sie seine Ausführung.

Schön und hell war der Morgen, Gewitter und Hexenwerke verschwunden; die Äxte hieben noch einmal so scharf als sonst, der Boden war locker, und jede Buche fiel gerade, wie man sie haben wollte, kein Wagen brach mehr, das Vieh war willig und stark und die Menschen geschützt vor jedem Unfall wie durch unsichtbare Hand.

Nur eines war sonderbar. Unterhalb Sumiswald führte damals noch kein Weg ins hintere Tal, dort war noch Sumpf, den die zügellose Grüne bewässerte; man mußte den Stalden auf durchs Dorf fahren an der Kirche vorbei. Sie fuhren wie an den frühern Tagen immer drei Züge auf einmal, um einander helfen zu können mit Rat, Kraft und Vieh, und hatten nun nur durch Sumiswald zu fahren, außerhalb des Dorfes den Kirchstalden ab, an dem eine kleine Kapelle stand; unterhalb desselben auf ebenem Wege hatten sie die Buchen abzulegen. Sobald sie den Stalden auf waren und auf ebenem Wege gegen die Kirche kamen, so ward das Gewicht der Wagen nicht leichter, sondern schwerer und schwerer; sie mußten Tiere vorspannen, so viele sie deren hatten, mußten unmenschlich auf sie schlagen, mußten selbst Hand an die Speichen legen, dazu scheuten die sanftesten Rosse, als ob etwas Unsichtbares vom Kirchhofe her ihnen im Wege stehe, und ein dumpfer Glockenton, fast wie der verirrte Schall einer fernen Totenglocke, kam von der Kirche her, daß ein eigentümlich Grauen die stärksten Männer ergriff und jedesmal Menschen und Tiere bebten, wenn man gegen die Kirche kam. War man einmal vorbei, so konnte man ruhig fahren, ruhig abladen, ruhig zu frischer Ladung wieder gehen.

Sechs Buchen lud man selbigen Tags neben einander ab an die abgeredete Stelle, sechs Buchen waren am folgenden Morgen zu Bärhegen oben gepflanzet, und durchs ganze Tal hin hatte niemand eine Achse gehört, die sich umgedreht um ihre Spule, niemand der Fuhrleute üblich Geschrei, der Pferde Wiehern, der Ochsen einförmig Gebrüll. Aber sechs Buchen standen oben, die konnte sehen, wer wollte, und es waren die sechs Buchen, die man unten an dem Stalden hingelegt hatte, und nicht andere.

Da war das Staunen groß im ganzen Tale, und die Neugierde regte sich bei männiglich. Absonderlich die Ritter nahm es wunder, welche Pacht die Bauren geschlossen und auf welche Weise die Buchen zur Stelle geschafft würden. Sie hätten gerne auf heidnische Weise den Bauren das Geheimnis ausgepreßt. Allein sie sahen bald, daß die Bauren auch nicht alles wüßten, da sie selbst halb erschrocken waren. Zudem wehrte der von Stoffeln. Dem war es nicht nur gleichgültig, wie die Buchen nach Bärhegen kamen, im Gegenteil, wenn nur die Buchen heraufkamen, so sah er gerne, daß die Bauren dabei geschont wurden. Er hatte wohl gesehen, daß der Spott der Ritter ihn zu einer Unbesonnenheit verleitet hatte, denn wenn die Bauren zugrunde gingen, die Felder unbestellt blieben, so hatte die Herrschaft den größten Schaden dabei; allein, was der von Stoffeln einmal gesagt hatte, dabei blieb es. Die Erleichterung, welche die Bauren sich verschafft, war ihm daher ganz recht und ganz gleichgültig, ob sie dafür ihre Seelen verschrieben; denn was gingen ihn der Bauren Seelen an, wenn einmal der Tod ihre Leiber genommen! Er lachte jetzt über seine Ritter und schützte die Bauren vor ihrem Mutwillen.

Diese wollten den Handel doch ergründen und sandten Knappen zur Wache; die fand man des Morgens halb tot in Gräben, wohin eine unsichtbare Hand sie geschleudert. Da zogen zwei Ritter hin auf Bärhegen. Es waren kühne Degen, und wo ein Wagnis zu bestehen gewesen im Heidenland, da hatten sie es bestanden. Am Morgen fand man sie erstarrt am Boden, und als sie der Rede wieder mächtig waren, sagten sie, ein roter Ritter mit feuriger Lanze hätte sie niedergerannt. Hie und da konnte eine neugierige Weibsseele sich nicht enthalten, wenn es Mitternacht war, durch eine Spalte oder Luke nach dem Wege im Tale zu sehen. Alsbald wehete ein giftiger Wind sie an; das Gesicht schwoll auf, wochenlang konnte man weder Nase noch Augen sehen, den Mund mit Mühe finden. Da verging den Leuten das Spähen, und kein Auge sah mehr zu Tale, wenn Mitternacht über demselben lag.

Einmal aber kam plötzlich einen Mann das Sterben an; er bedurfte des letzten Trostes, aber niemand durfte den Priester holen, denn Mitternacht war nahe, und der Weg führte am Kilchstalden vorbei. Da lief ein unschuldig Bübchen, Gott und Menschen lieb, aus Angst um den Vater ungeheißen Sumiswald zu. Als er gegen den Kilchstalden kam, sah er von dort die Buchen auffahren vom Boden, jede von zwei feurigen Eichhörnchen gezogen, und nebenbei sah er reiten auf schwarzem Bocke einen grünen Mann; eine feurige Geisel hatte er in der Hand, einen feurigen Bart im Gesichte, und auf dem Hute schwankte glutrot eine Feder. So sei der Zug gefahren hoch durch die Lüfte über alle Egg weg und schnell wie ein Augenblick. Solches sah der Knabe, und niemand tat ihm was.

Noch waren nicht drei Wochen vergangen, so stunden neunzig Buchen auf Bärhegen, machten einen schönen Schattengang, denn alle schlugen üppig aus, keine einzige verdorrte. Aber die Ritter und auch der von Stoffeln ergingen sich nicht oft darin, es wehte sie allemal ein heimlich Grauen an; sie hätten von der Sache lieber nichts mehr gewußt, aber Keiner machte ihr ein Ende, es tröstete ein jeder sich: Fehle es, so trage der Andere die Schuld.

Den Bauren aber wohlete es mit jeder Buche, welche oben war, denn mit jeder Buche wuchs die Hoffnung, dem Herrn zu genügen, den Grünen zu betrügen; er hatte ja kein Unterpfand, und war die hundertste einmal oben, was frugen sie dann dem Grünen nach! Indessen waren sie der Sache noch nicht sicher; alle Tage fürchteten sie, er spiele ihnen einen Schabernack und lasse sie im Stiche. Am Urbanustage brachten sie ihm die letzten Buchen an den Kilchstalden, und Alt und Jung schlief wenig in selber Nacht; man konnte fast nicht glauben, daß er ohne Umstände und ohne Kind oder Pfand die Arbeit vollende.

Am folgenden Morgen lange vor der Sonne waren Alt und Jung auf den Beinen, in allen regte sich die gleiche neugierige Angst, aber lange wagte sich Keiner auf den Platz, wo die Buchen lagen; man wußte nicht, lag dort eine Beize für die, welche den Grünen betrügen wollten.

Ein wilder Küherbub, der Zieger von der Alp gebracht, wagte es endlich, sprang voran und fand keine Buchen

Die schwarze Spinne

mehr, und keine Hinterlist tat auf dem Platze sich kund. Noch trauten sie dem Spiele nicht; ihnen vorauf mußte der Küherbub nach Bärhegen. Dort war alles in der Ordnung, hundert Buchen standen in Reih und Glied, keine war verdorret, Keinem aus ihnen lief das Gesicht auf, Keinem tat ein Glied weh. Da stieg der Jubel hoch in ihren Herzen, und viel Spott gegen den Grünen und gegen die Ritter floß. Zum drittenmal sandten sie aus den wilden Küherbub und ließen dem von Stoffeln sagen, es sei auf Bärhegen nun alles in der Ordnung, er möchte kommen und die Buchen zählen. Dem aber ward es graulicht, und er ließ ihnen sagen, sie sollten machen, daß sie heimkämen. Gerne hätte er ihnen sagen lassen, sie sollten den ganzen Schattengang wieder wegschaffen, aber er tat es nicht, seiner Ritter wegen; es sollte nicht heißen, er fürchte sich, aber er wußte nicht um der Bauren Pacht und wer sich in den Handel mischen könnte.

Als der Kühersbub den Bescheid brachte, da schwollen die Herzen noch trotziger auf; die wilde Jugend tanzte im Schattengange, wildes Jodeln hallte von Kluft zu Kluft, von Berg zu Berg, hallte an den Mauren des Schlosses Sumiswald wider. Bedächtige Alte warnten und baten, aber trotzige Herzen achten bedächtiger Alten Warnung nicht; wenn dann das Unglück da ist, so sollen es die Alten mit ihrem Zagen und Warnen herbeigezogen haben. Die Zeit ist noch nicht da, wo man es erkennt, daß der Trotz das Unglück aus dem Boden stampft. Der Jubel zog sich über Berg und Tal in alle Häuser, und wo noch eines Fingers lang Fleisch im Rauche hing, da ward es gekocht, und wo noch eine Handgroß Butter im Hafen war, da wurde geküchelt.

Das Fleisch ward gegessen, die Küchli schwanden, der Tag war verronnen, und ein anderer Tag stieg am Himmel auf. Immer näher kam der Tag, an welchem ein Weib ein Kind gebären sollte; und je näher der Tag kam, um so dringlicher kam die Angst wieder: der Grüne werde sich wieder künden, fordern, was ihm gehöre, oder ihnen eine Beize legen.

Den Jammer jenes jungen Weibes, welches das Kind gebären sollte, wer will ihn ermessen! Im ganzen Hause tönte er wider, ergriff nach und nach alle Glieder des Hauses, und Rat wußte niemand, wohl aber, daß dem, mit dem man sich eingelassen, nicht zu trauen sei. Je näher die verhängnisvolle Stunde kam, um so näher drängte das arme Weibchen sich zu Gott, umklammerte nicht mit den Armen allein, sondern mit dem Leibe und der Seele und aus ganzem Gemüte die heilige Mutter, bittend um Schutz um ihres gebenedeiten Sohnes willen. Und ihr ward immer klarer, daß im Leben und Sterben in jeder Not der größte Trost bei Gott sei, denn wo der sei, da dürfe der Böse nicht sein und hätte keine Macht.

Immer deutlicher trat der Glaube vor dessen Seele, daß wenn ein Priester des Herren mit dem Allerheiligsten, dem heiligen Leibe des Erlösers, bei der Geburt zugegen wäre und bewaffnet mit kräftigen Bannsprüchen, so dürfte kein böser Geist sich nahen und alsobald könnte der Priester das neugeborne Kind mit dem Sakramente der Taufe versehen, was die damalige Sitte erlaubte; dann wäre das arme Kind der Gefahr für immer entrissen, welche die Vermessenheit der Väter über ihns gebracht. Dieser Glaube stieg auch bei den Andern auf, und der Jammer des jungen Weibes ging ihnen zu Herzen; aber sie scheuten sich, dem Priester ihre Pacht mit dem Satan zu bekennen, und niemand war seither zur Beichte gegangen, und niemand hatte ihm Rede gestanden. Es war ein gar frommer Mann, selbst die Ritter des Schlosses trieben keine Kurzweil mit ihm, er aber sagte ihnen die Wahrheit. Wenn einmal die Sache getan sei, so könne er sie nicht mehr hindern, hatten die Bauren gedacht; aber jetzt war doch niemand gerne der Erste, der es ihm sagte, das Gewissen sagte ihnen wohl warum.

Endlich drang einem Weibe der Jammer zu Herzen; es lief hin und offenbarte dem Priester den Handel und des armen Weibes Wunsch. Gewaltig entsetzte sich der fromme Mann, aber mit leeren Worten verlor er die Zeit nicht; kühn trat er für eine arme Seele in den Kampf mit dem gewaltigen Widersacher. Er war einer von denen, die den härtesten Kampf nicht scheuen, weil sie gekrönt werden wollen mit der Krone des ewigen Lebens und weil sie wohl wissen, es werde Keiner gekrönet, er kämpfe dann recht.

Ums Haus, in welchem das Weib ihrer Stunde harrte, zog er den heiligen Bann mit geweihtem Wasser, den böse Geister nicht überschreiten dürfen, segnete die Schwelle ein, die ganze Stube, und ruhig gebar das Weib, und ungestört taufte der Priester das Kind. Ruhig blieb es auch draußen, am klaren Himmel flimmerten die hellen Sterne, leise Lüfte spielten in den Bäumen. Ein wiehernd Gelächter wollten die Einen gehört haben von ferne her; die Andern aber meinten, es seien nur die Käuzlein gewesen an des Waldes Saum.

Alle, die dawaren, aber freuten sich höchlich, und alle Angst war verschwunden, auf immer, wie sie meinten; hatten sie den Grünen einmal angeführt, so konnten sie es immer tun mit dem gleichen Mittel.

Ein großes Mahl ward zugerichtet, weither wurden die Gäste entboten. Umsonst mahnte der Priester des Herrn von Schmaus und Jubel ab, mahnte, zu zagen und zu beten, denn noch sei der Feind nicht besiegt, Gott nicht gesühnt. Es sei ihm im Geiste, als dürfe er ihnen keine Buße zur Sühnung auferlegen, als nahe sich eine Buße gewaltig und schwer aus Gottes selbsteigener Hand. Aber sie hörten ihn nicht, wollten ihn befriedigen mit Speise und Trank. Er aber ging betrübt weg, bat für die, welche nicht wüßten, was sie täten, und rüstete sich, mit Beten und Fasten zu kämpfen als ein getreuer Hirt für die anvertraute Herde.

Mitten unter den Jubilierenden ist auch Christine gesessen, aber sonderbar stille mit glühenden Wangen, düstern Augen; seltsam sah man es zucken in ihrem Gesichte. Christine war bei der Geburt zugegen gewesen als erfahrne Wehmutter, war bei der plötzlichen Taufe zu Gevatter gestanden mit frechem Herzen ohne Furcht; aber wie der Priester das Wasser sprengte über das Kind und es taufte in den drei höchsten Namen, da war es ihr, als drücke man ihr plötzlich ein feurig Eisen auf die Stelle, wo sie des Grünen Kuß empfangen. In jähem Schrecken war sie zusammengezuckt, das Kind fast zur Erde gefallen, und seither hatte der Schmerz nicht abgenommen, sondern ward glühender von Stunde zu Stunde. Anfangs war sie stille gesessen, hatte den Schmerz erdrückt und heimlich die schweren Gedanken gewälzet in ihrer erwachten Seele; aber immer häufiger fuhr sie mit der Hand nach dem brennenden Fleck, auf dem ihr eine giftige Wespe zu sitzen schien, die ihr einen glühenden Stachel bohre bis ins Mark hinein. Als keine Wespe zu verjagen war, die Stiche immer heißer wurden, die Gedanken immer schrecklicher, da begann Christine ihre Wange zu zeigen, zu fragen, was darauf zu sehen sei, und immer von neuem frug Christine; aber niemand sah etwas, und bald mochte niemand mehr mit dem Spähen auf den Wangen die Lust sich verkürzen. Endlich konnte sie noch ein alt Weib erbitten; eben krähte der Hahn, der Morgen graute, da sah die Alte auf Christines Wange einen fast unsichtbaren Fleck. Es sei nichts, sagte die, das werde schon vergehn, und ging weiter.

Und Christine wollte sich trösten, es sei nichts und werde bald vergehn; aber die Pein nahm nicht ab, und unmerklich wuchs der kleine Punkt, und alle sahen ihn und frugen sie, was es da Schwarzes gebe in ihrem Gesichte. Sie dachten nichts Besonders, aber die Reden fuhren ihr wie Stiche ins

Die schwarze Spinne

Herz, weckten die schweren Gedanken wieder auf, und immer und immer mußte sie denken, daß auf den gleichen Fleck der Grüne sie geküßt und daß die gleiche Glut, die damals wie ein Blitz durch ihr Gebein gefahren, jetzt bleibend in demselben brenne und zehre. So wich der Schlaf von ihr, das Essen schmeckte ihr wie Feuerbrand, unstet lief sie hiehin, dorthin, suchte Trost und fand keinen; denn der Schmerz wuchs immer noch, und der schwarze Punkt ward größer und schwärzer, einzelne dunkle Streifen liefen von ihm aus, und nach dem Munde hin schien sich auf dem runden Flecke ein Höcker zu pflanzen.

So litt und lief Christine manchen langen Tag und manche lange Nacht und hatte keinem Menschen die Angst ihres Herzens geoffenbaret und was sie vom Grünen auf diese Stelle erhalten; aber wenn sie gewußt hätte, auf welche Weise sie dieser Pein los werden könnte, sie hätte alles im Himmel und auf Erden geopfert. Sie war von Natur ein vermessen Weib, jetzt aber erwildet in wütendem Schmerze.

Da geschah es, daß wiederum ein Weib ein Kind erwartete. Diesmal war die Angst nicht groß, die Leute wohlgemut; sobald sie zu rechter Zeit für den Priester sorgten, meinten sie des Grünen spotten zu können. Nur Christine war es nicht so. Je näher der Tag der Geburt kam, desto schrecklicher ward der Brand auf ihrer Wange, desto mächtiger dehnte der schwarze Punkt sich aus; deutliche Beine streckte er von sich aus, kurze Haare trieb er empor, glänzende Punkte und Streifen erschienen auf seinem Rücken, und zum Kopfe ward der Höcker, und glänzend und giftig blitzte es aus demselben wie aus zwei Augen hervor. Laut auf schrien alle, wenn sie die giftige Kreuzspinne sahen auf Christines Gesicht, und voll Angst und Grauen flohen sie, wenn sie sahen, wie sie fest saß im Gesichte und aus demselben herausgewachsen. Allerlei redeten die Leute, der Eine riet dies, der Andere ein anderes; aber alle mochten Christine gönnen, was es auch sein mochte, und alle wichen ihr aus und flohen sie, wo es nur möglich war. Je mehr die Leute flohen, desto mehr trieb es Christine ihnen nach, sie fuhr von Haus zu Haus; sie fühlte wohl, der Teufel mahne sie an das verheißene Kind, und um das Opfer den Leuten einzureden mit unumwundenen Worten, fuhr sie ihnen nach in Höllenangst. Aber das kümmerte die Andern wenig; was Christine peinigte, tat ihnen nicht weh, was sie litt, hatte nach ihrer Meinung sie verschuldet, und wenn sie ihr nicht mehr entrinnen konnten, so sagten sie zu ihr: «Da siehe du zu. Keiner hat ein Kind verheißen, darum gibt auch Keiner eins.» Mit wütender Rede setzte sie dem eigenen Manne zu. Dieser floh wie die Andern, und wenn er nicht mehr fliehen konnte, so sprach er Christine kaltblütig zu, das werde schon bessern, das sei ein Malzeichen, wie gar viele Menschen deren hätten; wenn es einmal ausgewachsen sei, so höre der Schmerz auf, und leicht sei es dann abzubinden.

Unterdessen aber hörte der Schmerz nicht auf, jedes Bein war ein Höllenbrand, der Spinne Leib die Hölle selbst, und als des Weibes erwartete Stunde kam, da war es Christine, als umwalle sie ein Feuermeer, als wühlten feurige Messer in ihrem Mark, als führen feurige Wirbelwinde durch ihr Gehirn. Die Spinne aber schwoll an, bäumte sich auf, und zwischen den kurzen Borsten hervor quollen giftig ihre Augen. Als Christine in ihrer glühenden Pein nirgends Teilnahme, die Kreißende wohl bewacht fand, da stürzte sie einer Wirbelsinnigen gleich den Weg entlang, den der Priester kommen mußte.

Raschen Schrittes kam derselbe der Halde entlang, begleitet vom handfesten Sigrist; die heiße Sonne und der steile Weg hemmten die Schritte nicht, denn es galt, eine Seele zu retten, ein unendlich Unglück zu wenden, und von entfern tem Kranken kommend, bangte dem Priester vor schrecklicher Säumnis. Verzweifelnd warf Christine sich ihm in den Weg, umfaßte seine Knie, bat um Lösung aus ihrer Hölle, um das Opfer des Kindes, das noch kein Leben kenne, und die Spinne schwoll noch höher auf, funkelte schrecklich schwarz in Christines rot angelaufenem Gesichte, und mit gräßlichen Blicken glotzte sie nach des Priesters heiligen Geräten und Zeichen. Dieser aber schob Christine rasch zur Seite und schlug das heilige Zeichen; er sah da den Feind wohl, aber er ließ den Kampf, um eine Seele zu retten. Christine aber fuhr auf, stürmte ihm nach und versuchte das Äußerste; doch des Sigristen starke Hand hielt das wütende Weib vom Priester ab, und zur Zeit noch konnte er das Haus schützen, in geweihte Hände das Kind empfangen und in die Hände dessen legen, den die Hölle nie überwältigt.

Draußen hatte unterdessen Christine einen schrecklichen Kampf gekämpfet. Sie wollte das Kind ungetauft in ihre Hände, wollte hinein ins Haus, aber starke Männer wehrten es. Windstöße stießen an das Haus, der fahle Blitz umzüngelte es, aber die Hand des Herrn war über ihm; es wurde das Kind getauft, und Christine umkreiste vergeblich und machtlos das Haus. Von immer wilderer Höllenqual ergriffen, stieß sie Töne aus, die nicht Tönen glichen aus einer Menschenbrust; das Vieh schlotterte in den Ställen und riß sich von den Stricken, die Eichen im Walde rauschten auf, sich entsetzend.

Im Hause begann der Jubel über den neuen Sieg, des Grünen Ohnmacht, seiner Helfershelferin vergebliches Ringen; draußen aber lag Christine von entsetzlicher Pein zu Boden geworfen, und in ihrem Gesichte begannen Wehen zu kreißen, wie sie noch keine Wöchnerin erfahren auf Erden, und die Spinne im Gesichte schwoll immer höher auf und brannte immer glühender durch ihr Gebein.

Da war es Christine, als ob plötzlich das Gesicht ihr

platze, als ob glühende Kohlen geboren würden in demselben, lebendig würden, ihr gramselten über das Gesicht weg, über alle Glieder weg, als ob alles an ihm lebendig würde und glühend gramsle über den ganzen Leib weg. Da sah sie in des Blitzes fahlem Scheine langbeinig, giftig, unzählbar schwarze Spinnchen laufen über ihre Glieder, hinaus in die Nacht, und den entschwundenen liefen langbeinig, giftig, unzählbar andere nach. Endlich sah sie keine mehr den frühern folgen, der Brand im Gesichte legte sich, die Spinne ließ sich nieder, ward zum fast unsichtbaren Punkte wieder, schaute mit erlöschenden Augen ihrer Höllenbrut nach, die sie geboren hatte und ausgesandt zum Zeichen, wie der Grüne mit sich spaßen lasse.

Matt, einer Wöchnerin gleich, schlich Christine nach Hause; wenn schon die Glut so heiß nicht mehr brannte auf dem Gesichte, die Glut im Herzen hatte nicht abgenommen, wenn schon die matten Glieder nach Ruhe sich sehnten, der Grüne ließ ihr keine Ruhe mehr; wen er einmal hat, dem macht er es so.

Drinnen im Hause aber, da jubelten sie und freuten sich und hörten lange nicht, wie das Vieh brüllte und tobte im Stalle. Endlich fuhren sie doch auf, man ging, nachzusehen; schreckensblaß kamen die wieder, die gegangen waren, und brachten die Kunde, die schönste Kuh liege tot, die übrigen tobten und wüteten, wie sie es nie gesehen. Da sei es nicht richtig, etwas Absonderliches walte da. Da verstummte der Jubel, alles lief nach dem Vieh, dessen Gebrüll erscholl über Berg und Tal, aber Keiner hatte Rat. Gegen den Zauber versuchte man weltliche und geistliche Künste, aber alle umsonst; ehe noch der Tag graute, hatte der Tod das sämtliche Vieh im Stalle gestreckt. Wie es aber hier stumm wurde, so begann es hier zu brüllen und dort zu brüllen; die dawaren, hörten, wie in ihre Ställe die Not gebrochen, wehlich das

Vieh seine Meister zu Hülfe rief in seiner grausen Angst. Als ob die Flamme aus ihrem Dache schlüge, eilten sie heim, aber Hülfe brachten sie keine; hier wie dort streckte der Tod das Vieh, Wehgeschrei von Menschen und Tieren erfüllte Berge und Täler, und die Sonne, welche das Tal so fröhlich verlassen, sah in entsetzlichen Jammer hinein.

Als die Sonne schien, sahen endlich die Menschen, wie es in den Ställen, in denen das Vieh gefallen war, wimmle von zahllosen schwarzen Spinnen. Diese krochen über das Vieh, das Futter, und was sie berührten, war vergiftet, und was lebendig war, begann zu toben, ward bald vom Tode gestreckt. Von diesen Spinnen konnte man keinen Stall, in dem sie waren, säubern, es war, als wüchsen sie aus dem Boden herauf, konnte keinen Stall, in dem sie noch nicht waren, vor ihnen behüten, unversehens krochen sie aus allen Wänden, fielen haufenweise von der Diele. Man trieb das Vieh auf die Weiden, man trieb es nur dem Tode in den Rachen. Denn wie eine Kuh auf eine Weide den Fuß setzte, so begann es lebendig zu werden am Boden; schwarze, langbeinige Spinnen sproßten auf, schreckliche Alpenblumen, krochen auf am Vieh, und ein fürchterlich wehlich Geschrei erscholl von den Bergen nieder zu Tale. Und alle diese Spinnen sahen der Spinne auf Christines Gesicht ähnlich wie Kinder der Mutter, und solche hatte man noch keine gesehen.

Das Geschrei der armen Tiere war auch zum Schlosse gedrungen, und bald kamen ihm auch Hirten nach, verkündend, daß ihr Vieh gefallen von den giftigen Tieren, und in immer höherem Zorne vernahm der von Stoffeln, wie Herde um Herde verloren gegangen, vernahm, welchen Pacht man mit dem Grünen gehabt, wie man ihn zum zweiten Male betrogen und wie die Spinnen ähnlich seien, wie Kinder der Mutter, der Spinne in der Lindauerin Gesicht, die mit dem Grünen den Bund gemacht alleine und nie rechten Bericht darüber gegeben. Da ritt der von Stoffeln in grimmem Zorn den Berg hinauf und donnerte die Armen an, daß er nicht um ihretwillen Herde um Herde verlieren wolle; was er geschädigt worden, müßten sie ersetzen, und was sie versprochen, das müßten sie halten, was sie freiwillig getan, das müßten sie tragen. Schaden leiden ihretwegen wolle er nicht, oder leide er, so müßten sie ihn büßen tausendfältig. Sie könnten sich vorsehen. So redete er zu ihnen, unbekümmert um das, was er ihnen zumutete; und daß er sie dazu getrieben, fiel ihm nicht bei, nur was sie getan, rechnete er ihnen zu.

Den Meisten schon war es aufgedämmert, daß die Spinnen eine Plage des Bösen seien, eine Mahnung, den Pacht zu halten, und daß Christine Näheres darum wissen müßte, ihnen nicht alles gesagt hätte, was sie mit dem Grünen verhandelt. Nun zitterten sie wieder vor dem Grünen, lachten seiner nicht mehr, zitterten vor ihrem weltlichen Herrn; wenn sie diese befriedigten, was sagte der geistliche Herr dazu, erlaubte er es, und hätte dann der keine Buße für sie? So in der Angst versammelten sich die Angesehensten in einsamer Scheuer, und Christine mußte kommen und klaren Bescheid geben, was sie eigentlich verhandelt.

Christine kam, verwildert, rachedurstig, aufs neue von der wachsenden Spinne gefoltert.

Als sie das Zagen der Männer sah und keine Weiber, da erzählte sie Punktum, was ihr begegnet: wie der Grüne sie schnell beim Worte genommen und ihr zum Pfande einen Kuß gegeben, den sie nicht mehr geachtet als andere; wie ihr jetzt auf selbigem Fleck die Spinne gewachsen sei unter Höllenpein vom Augenblick an, als man das erste Kind getauft; wie die Spinne, eben als man das zweite Kind getauft und den Grünen genarrt, unter Höllenwehen die

Spinnen geboren in ungemeßner Zahl; denn narren lasse er sich nicht ungestraft, wie sie es fühle in tausendfachen Todesschmerzen. Jetzt wachse die Spinne wieder, die Pein mehre sich, und wenn das nächste Kind nicht des Grünen werde, so wisse niemand, wie gräßlich die einbrechende Plage sei, wie gräßlich des Ritters Rache.

So erzählte Christine, und die Herzen der Männer bebten, und lange wollte Keiner reden. Nach und nach kamen aus den angstgepreßten Kehlen abgebrochene Laute hervor, und wenn man sie zusammensetzte, so meinten sie gerade, was Christine meinte, aber kein Einzelner hatte seine Einwilligung gegeben in ihren Rat. Nur einer stund auf und redete kurz und deutlich: Das Beste schiene ihm, Christine totzuschlagen; sei einmal die tot, so könnte der Grüne an der Toten sich halten, hätte keine Handhabe mehr an den Lebendigen. Da lachte Christine wild auf, trat ihm unter das Gesicht und sagte: Er solle zuschlagen, ihr sei es recht, aber der Grüne wolle nicht sie, sondern ein ungetauft Kind, und wie er sie gezeichnet, ebenso gut könne er die Hand zeichnen, die an ihr sich vergreife. Da zuckte es in des Mannes Hand, der allein geredet, er setzte sich und hörte schweigend dem Rate der Andern. Und abgebrochen, wo Keiner alles sagte, sondern jeder nur etwas, das wenig bedeuten sollte, kam man überein, das nächste Kind zu opfern; aber Keiner wollte seine Hand bieten dazu, niemand das Kind an den Kilchstalden tragen, wo man die Buchen hingelegt hatte. Zum allgemeinen Besten, wie sie meinten, den Teufel zu brauchen, hatte Keiner sich gescheut, aber persönliche Bekanntschaft mit ihm zu machen, begehrte Keiner. Da erbot sich Christine willig dazu, denn hatte man einmal mit dem Teufel zu tun gehabt, so konnte es das zweitemal wenig mehr schaden. Man wußte wohl, wer das nächste Kind gebären sollte, aber man redete nichts davon, und der Vater desselben war nicht zugegen. Verständigt mit und ohne Worte ging man auseinander.

Das junge Weib, welches in jener grauenvollen Nacht, wo Christine Bericht vom Grünen brachte, gezaget und geweinet hatte, es wußte damals nicht warum, erwartete nun das nächste Kind. Die frühern Vorgänge machten es nicht getrost und zuversichtlich, eine unnennbare Angst lag auf seinem Herzen, es konnte sie weder mit Beten noch Beichten wegbringen. Ein verdächtiges Schweigen schien ihm ihns zu umringen, niemand sprach von der Spinne mehr, verdächtig schienen ihm alle Augen, die auf ihm ruhten, schienen ihm zu berechnen die Stunde, in welcher sie seines Kindes habhaft werden, den Teufel versöhnen könnten.

So einsam und verlassen fühlte es sich gegen die unheimliche Macht um sich; keinen Beistand hatte es als seine Schwiegermutter, eine fromme Frau, die zu ihm stund, aber was vermag eine alte Frau gegen eine wilde Menge! Es hatte seinen Mann, der hatte alles Gute wohl versprochen; aber wie jammerte der um sein Vieh und gedachte so wenig des armen Weibes Angst! Es hatte der Priester verheißen, zu kommen, so schnell und so früh zu kommen, als man ihn verlange, aber was konnte begegnen vom Augenblicke an, da man gesandt, bis daß er kam; und das arme Weib hatte keinen zuverlässigen Boten als den eigenen Mann, der ihm Schutz und Wache sein sollte, und das arme Weibchen wohnte dazu noch mit Christine in einem Hause, und ihre Männer waren Brüder, und keine eigenen Verwandte hatte es, als Waise war es ins Haus gekommen! Man kann sich des armen Weibes Herzensangst denken; nur im Beten mit der frommen Mutter fand es einiges Vertrauen, das alsobald wieder schwand, sobald es in die bösen Augen sah.

Unterdessen war die Krankheit noch immer da, sie unterhielt den Schrecken. Freilich, nur hie und da fiel ein Stück, zeigten die Spinnen sich. Aber sobald bei jemand der Schreck nachließ, sobald irgend einer dachte oder sagte: Das Übel lasse von selbsten nach, und man sollte sich wohl bedenken, ehe man an einem Kinde sich versündige, so flammte auf Christines Höllenpein, die Spinne blähte sich hoch auf, und dem, der so gedacht oder geredet, kehrte mit neuer Wut der Tod in seine Herde ein. Ja, je näher die erwartete Stunde kam, um so mehr schien die Not wieder zuzunehmen, und sie erkannten, daß sie bestimmte Abrede treffen müßten, wie sie des Kindes sicher und sonder Fehl sich bemächtigen könnten. Den Mann fürchteten sie am meisten, und Gewalt gegen ihn zu brauchen, war ihnen zuwider. Da übernahm Christine, ihn zu gewinnen, und sie gewann ihn. Er wollte um die Sache nicht wissen, wollte seinem Weibe zu Willen sein, den Priester holen, aber nicht eilen, und was in seiner Abwesenheit vorgehe, darnach wolle er nicht fragen; so fand er sich mit seinem Gewissen ab, mit Gott wollte er sich durch Messen abfinden, und für des armen Kindes Seele sei vielleicht auch noch etwas zu tun, dachte er, vielleicht gewinne der fromme Priester es dem Teufel wieder ab, dann seien sie aus dem Handel, hätten das Ihre getan und den Bösen doch geprellt. So dachte der Mann, und jedenfalls, es möge nun gehen, wie es wolle, so hätte er an der ganzen Sache keine Schuld, sobald er nicht mit selbsteigenen Händen dabei tätig sei.

So war das arme Weibchen verkauft und wußte es nicht, hoffte mit Bangen nach Rettung, und beschlossen im Rate der Menschen war der Stoß in sein Herz; aber was der droben beschlossen hatte, das deckten noch die Wolken, die vor der Zukunft liegen.

Es war ein gewitterhaftes Jahr und die Ernte gekommen; alle Kräfte wurden angespannt, um in den heitern Stunden das Korn unter das sichere Dach zu bringen. Es war ein heißer Nachmittag gekommen, schwarze Häupter streckten die Wolken über die dunklen Berge empor, ängstlich ums Dach flatterten die Schwalben, und dem armen Weibchen ward es so eng und bang allein im Hause, denn selbst die Großmutter war draußen auf dem Acker, zu helfen mit dem Willen mehr als mit der Tat. Da zuckte zweischneidend der Schmerz ihm durch Mark und Bein, es dunkelte vor seinen Augen, es fühlte das Nahen seiner Stunde und war allein. Die Angst trieb es aus dem Hause, schwerfällig schritt es dem Acker zu, aber bald mußte es sich niedersetzen; es wollte in die Ferne die Stimme schicken, aber diese wollte nicht aus der beklemmten Brust. Bei ihm war ein klein Bübchen, das erst seine Beinchen brauchen lernte, das nie noch auf eigenen Beinen auf dem Acker gewesen war, sondern nur auf der Mutter Arm. Dieses Bübchen mußte das arme Weib als seinen Boten brauchen, wußte nicht, ob es den Acker finden, ob seine Beinchen dahin ihns tragen würden. Aber das treue Bübchen sah, in welcher Angst die Mutter war, und lief und fiel und stand wieder auf, und die Katze jagte sein Kaninchen, Tauben und Hühner liefen ihm um die Füße, stoßend und spielend sprang sein Lamm ihm nach, aber das Bübchen sah alles nicht, ließ sich nicht säumen und richtete treulich seine Botschaft aus.

Atemlos erschien die Großmutter, aber der Mann säumte; nur das Fuder solle er noch ausladen, hieß es. Eine Ewigkeit verstrich, endlich kam er, und wiederum verstrich eine Ewigkeit, endlich ging er langsam auf den langen Weg, und in Todesangst fühlte das arme Weib, wie seine Stunde schneller und schneller nahte.

Frohlockend hatte Christine draußen auf dem Acker allem zugesehen. Heiß brannte wohl die Sonne zu der schweren Arbeit, aber die Spinne brannte fast gar nicht mehr, und leicht schien ihr der Gang in den nächsten Stunden. Sie

Die schwarze Spinne

trieb fröhlich die Arbeit und eilte mit dem Heimgehn nicht, wußte sie doch, wie langsam der Bote war. Erst als die letzte Garbe geladen war und Windstöße das nahende Gewitter verkündeten, eilte Christine ihrer Beute zu, die ihr gesichert war; so meinte sie. Und als sie heimging, da winkte sie bedeutungsvoll manchem Begegnenden, sie nickten ihr zu, trugen rasch die Botschaft heim; da schlotterte manches Knie, und manche Seele wollte beten in unwillkürlicher Angst, aber sie konnte nicht.

Drinnen im Stübchen wimmerte das arme Weib, und zu Ewigkeiten wurden die Minuten, und die Großmutter vermochte den Jammer nicht zu stillen mit Beten und Trösten. Sie hatte das Stübchen wohl verschlossen und schweres Geräte vor die Türe gestellt. Solange sie alleine im Hause waren, war es noch dabei zu sein, aber als sie Christine heimkommen sahen, als sie ihren schleichenden Tritt an der Türe hörten, als sie draußen noch manch andern Tritt hörten und heimliches Flüstern, kein Priester sich zeigte, kein anderer treuer Mensch und näher und näher der sonst so ersehnte Augenblick trat, da kann man sich denken, in welcher Angst die armen Weiber schwammen wie in siedendem Öle, ohne Hülfe und ohne Hoffnung. Sie hörten, wie Christine nicht von der Türe wich; es fühlte das arme Weib seiner wilden Schwägerin feurige Augen durch die Türe hindurch, und sie brannten es durch Leib und Seele. Da wimmerte das erste Lebenszeichen eines Kindes durch die Türe, unterdrückt so schnell als möglich, aber zu spät. Die Türe flog auf von wütendem, vorbereitetem Stoße, und wie auf seinen Raub der Tiger stürzt, stürzt Christine auf die arme Wöchnerin. Die alte Frau, die dem Sturm sich entgegenwirft, fällt nieder, in heiliger Mutterangst rafft die Wöchnerin sich auf, aber der schwache Leib bricht zusammen, in Christines Händen ist das Kind; ein gräßlicher Schrei bricht aus dem

Herzen der Mutter, dann hüllt sie in schwarzen Schatten die Ohnmacht.

Zagen und Grauen ergriff die Männer, als Christine mit dem geraubten Kinde herauskam. Das Ahnen einer grausen Zukunft ging ihnen auf, aber Keiner hatte Mut, die Tat zu hemmen, und die Furcht vor des Teufels Plagen war stärker als die Furcht vor Gott. Nur Christine zagte nicht, glühend leuchtete ihr Gesicht, wie es dem Sieger leuchtet nach überstandenem Kampfe, es war ihr, als ob die Spinne in sanftem Jucken ihr liebkose; die Blitze, die auf ihrem Wege zum Kilchstalden sie umzüngelten, schienen ihr fröhliche Lichter, der Donner ein zärtlich Grollen, ein lieblich Säuseln der racheschnaubende Sturm.

Hans, des armen Weibes Mann, hatte sein Versprechen nur zu gut gehalten. Langsam war er seines Weges gegangen, hatte bedächtig jeden Acker beschauet, jedem Vogel nachgesehen, den Fischen im Bache abgewartet, wie sie sprangen und Mücken fingen vor dem einbrechenden Gewitter. Dann juckte er vorwärts, rasche Schritte tat er, einen Ansatz zum Springen nahm er; es war etwas in ihm, das ihn trieb, das ihm die Haare auf dem Kopfe emportrieb: es war das Gewissen, das ihm sagte, was ein Vater verdiene, der Weib und Kind verrate, es war die Liebe, die er doch noch hatte zu seinem Weibe und seiner Leibesfrucht. Aber dann hielt ihn wieder ein Anderes, und das war stärker als das Erste, es war die Furcht vor den Menschen, die Furcht vor dem Teufel und die Liebe zu dem, was dieser ihm nehmen konnte. Dann ging er wieder langsamer, langsam wie ein Mensch, der seinen letzten Gang tut, der zu seiner Richtstätte geht. Vielleicht war es auch so, weiß doch gar mancher Mensch nicht, daß er den letzten Gang tut; wenn er es wüßte, er täte ihn nicht oder anders.

So war es spät geworden, ehe er auf Sumiswald kam.

Schwarze Wolken jagten über den Münneberg her, schwere Tropfen fielen, versengten im Staube, und dumpf begann das Glöcklein im Turme die Menschen zu mahnen, daß sie denken möchten an Gott und ihn bitten, daß er sein Gewitter nicht zum Gerichte werden lasse über sie. Vor seinem Hause stand der Priester, zu jeglichem Gange gerüstet, damit er bereit sei, wenn sein Herr, der über seinem Haupte daherfuhr, zu einem Sterbenden oder einem brennenden Hause oder sonstwohin ihn rufe. Als er Hans kommen sah, erkannte er den Ruf zum schweren Gange, schürzte sein Gewand und sandte Botschaft seinem läutenden Sigrist, daß er sich ablösen lasse am Glockenstrang und sich einfinde zu seinem Begleit. Unterdessen stellte er Hans einen Labetrunk vor, so wohltätig nach raschem Laufe in schwüler Luft, dessen Hans nicht bedürftig war; aber der Priester ahnte die Tücke des Menschen nicht. Bedächtig labte sich Hans. Zögernd fand der Sigrist sich ein und nahm gerne teil an dem Tranke, den Hans ihm bot. Gerüstet stand vor ihnen der Priester, verschmähend jeden Trank, den er zu solchem Gang und Kampf nicht bedurfte. Er hieß ungerne von der Kanne weggehen, die er aufgestellt, ungerne verletzte er die Rechte des Gastes; aber er kannte ein Recht, das höher war als das Gastrecht, das säumige Trinken fuhr ihm zornig durch die Glieder.

Er sei fertig, sagte er endlich, ein bekümmert Weib harre, und über ihm sei eine grauenvolle Untat, und zwischen das Weib und die Untat müßte er stehn mit heiligen Waffen, darum sollten sie nicht säumen, sondern kommen; droben werde wohl noch etwas sein für den, der den Durst hier unten nicht gelöscht. Da sprach Hans, des harrenden Weibes Mann, es eile nicht so sehr, bei seinem Weibe gehe jede Sache schwer. Und alsobald flammte ein Blitz in die Stube, daß alle geblendet waren, und ein Donner brach los überm

Hause, daß jeder Posten am Haus, jedes Glied im Hause bebte. Da sprach der Sigrist, als er seinen Segensspruch vollendet: «Hört, wie es macht draußen, und der Himmel hat selbst bestätigt, was Hans gesagt, daß wir warten sollen, und was nützte es, wenn wir gingen; lebendig kämen wir doch nimmer hinauf, und er selbst hat ja gesagt, daß es bei seinem Weibe nicht solche Eile habe.»

Und allerdings stürmte ein Gewitter daher, wie man in Menschengedenken nicht oft erlebt. Aus allen Schlünden und Gründen stürmte es heran, stürmte von allen Seiten, von allen Winden getrieben über Sumiswald zusammen, und jede Wolke ward zum Kriegesheer, und eine Wolke stürmte an die andere, eine Wolke wollte der andern Leben, und eine Wolkenschlacht begann, und das Gewitter stund, und Blitz auf Blitz ward entbunden, und Blitz auf Blitz schlug zur Erde nieder, als ob sie sich einen Durchgang bahnen wollten durch der Erde Mitte auf der Erde andere Seite. Ohne Unterlaß brüllte der Donner, zornesvoll heulte der Sturm, geborsten war der Wolken Schoß, Fluten stürzten nieder. Als so plötzlich und gewaltig die Wolkenschlacht losbrach, da hatte der Priester dem Sigristen nicht geantwortet, aber sich nicht niedergesetzt, und ein immer steigendes Bangen ergriff ihn; ein Drang kam ihn an, sich hinauszustürzen in der Elemente Toben, aber seiner Gefährten wegen zauderte er. Da war ihm, als höre er durch des Donners schreckliche Stimme eines Weibes markdurchschneidenden Weheruf. Da ward ihm plötzlich der Donner zu Gottes schrecklichem Scheltwort seiner Säumnis, er machte sich auf, was auch die beiden Andern sagen mochten. Er schritt, gefaßt auf alles, hinaus in die feurigen Wetter, in des Sturmes Wut, der Wolken Fluten; langsam, unwillig kamen die Beiden ihm nach.

Es sauste und brauste und tosete, als sollten diese Töne

zusammenschmelzen zur letzten Posaune, die der Welten Untergang verkündet, und feurige Garben fielen über das Dorf, als sollte jede Hütte aufflammen; aber der Diener dessen, der dem Donner seine Stimme gibt und den Blitz zu seinem Knechte hat, hat sich vor diesem Mitknecht des gleichen Herren nicht zu fürchten, und wer auf Gottes Wegen geht, kann getrost Gottes Wettern das Seine überlassen. Darum schritt der Priester unerschrocken durch die Wetter dem Kilchstalden zu, die geweihten heiligen Waffen trug er bei sich, und bei Gott war sein Herz. Aber nicht in gleichem Mute folgten ihm die Andern, denn nicht am gleichen Orte war ihr Herz; sie wollten nicht den Kilchstalden ab, nicht in solchem Wetter, nicht in später Nacht, und Hans hatte noch einen besondern Grund, warum er nicht wollte. Sie baten den Priester, umzukehren, auf andern Wegen zu gehen; Hans wußte nähere, der Sigrist bessere; Beide warnten vor den Wassern im Tale, der aufgeschwollenen Grüne. Aber der Priester hörte nicht, achtete ihre Rede nicht; von einem wunderbaren Drange getrieben, eilte er auf den Flügeln des Gebetes dem Kilchstalden zu, sein Fuß stieß an keinen Stein, sein Auge ward durch keinen Blitz geblendet; bebend und weit hinter ihm, gedeckt, wie sie meinten, durch das Heiligste, das der Priester selbsten trug, folgten Hans und der Sigrist ihm nach.

Als sie aber hinauskamen vor das Dorf, wo ins Tal hinunter der Stalden sich senkt, da steht der Priester plötzlich still und schirmt mit der Hand die Augen. Unterhalb der Kapelle schimmert in des Blitzes Schein eine rote Feder, und des Priesters scharfes Auge sieht aus grünem Hage hervorragen ein schwarzes Haupt, und auf diesem schwankt die rote Feder. Und wie er noch länger schaut, sieht er am jenseitigen Abhange in schnellstem Laufe, wie gejagt von des Windes wildestem Stoße, daherfliegen eine wilde Gestalt dem dunkeln Haupte zu, auf dem einer Fahne gleich die rote Feder schwankte.

Da loderte im Priester auf der heilige Kampfesdrang, der, sobald sie den Bösen ahnen, über die kömmt, die gottgeweihten Herzens sind, wie der Trieb über das Samenkorn kömmt, wenn das Leben in ihns dringt, wie er in die Blume dringt, wenn sie sich entfalten soll, wie er über den Helden kömmt, wenn sein Feind das Schwert erhebt. Und wie der Lechzende in des Stromes kühle Flut, wie der Held zur Schlacht stürzte der Priester den Stalden nieder, stürzte zum kühnsten Kampf, drang zwischen den Grünen und Christine, die eben das Kindlein in des Andern Arme legen wollte, mitten hinein, schmetterte zwischen sie die drei höchsten heiligen Namen, hält das Heiligste dem Grünen ans Gesicht, sprengt heiliges Wasser über das Kind und trifft Christine zugleich. Da fährt mit fürchterlichem Wehegeheul der Grüne von dannen, wie ein glutroter Streifen zuckt er dahin, bis die Erde ihn verschlingt; vom geweihten Wasser berührt, schrumpft mit entsetzlichem Zischen Christine zusammen wie Wolle im Feuer, wie Kalch im Wasser, schrumpft zischend, flammensprühend zusammen bis auf die schwarze, hochaufgeschwollene, grauenvolle Spinne in ihrem Gesichte, schrumpft mit dieser zusammen, zischt in diese hinein, und diese sitzt nun giftstrotzend, trotzig mitten auf dem Kinde und sprüht aus ihren Augen zornige Blitze dem Priester entgegen. Dieser sprengt ihr Weihwasser entgegen, es zischt wie auf heißem Steine gewöhnliches Wasser; immer größer wird die Spinne, streckt immer weiter ihre schwarzen Beine aus über das Kind, glotzt immer giftiger den Priester an; da faßt dieser in feurigem Glaubensmut nach ihr mit kühner Hand. Es ist, als wenn er griffe in glühende Stacheln hinein, aber unerschüttert greift er fest, schleudert das Ungeziefer weg, faßt das Kind und eilt mit ihm sonder

Weile der Mutter zu. Und wie sein Kampf zu Ende war, stillte sich auch der Kampf der Wolken, sie eilten wieder in ihre dunkeln Kammern; bald flimmerte in stillem Sternenlicht das Tal, in dem kurz zuvor die wildeste Schlacht getobet, und fast atemlos ereilte der Priester das Haus, in welchem an Mutter und Kind die Freveltat begangen worden.

Dort war die Mutter noch ohnmächtig, mit dem gellenden Schrei hatte sie ihr Leben fortgesendet; neben ihr saß betend die Alte, sie traute noch auf Gott, daß er mächtiger sei als der Teufel böse. Mit dem Kinde brachte der Priester der Mutter auch das Leben zurück. Als sie erwachend das Kindlein wieder sah, durchfloß sie eine Wonne, wie sie nur die Engel im Himmel kennen, und auf der Mutter Armen taufte der Priester das Kind im Namen Gottes des Vaters, des Sohnes und des Heiligen Geistes; und jetzt war es entrissen des Teufels Gewalt auf immer, bis es sich ihm freiwillig übergeben wollte. Aber vor dem hütete es Gott, in dessen Gewalt jetzt seine Seele übergeben worden, während der Leib von der Spinne vergiftet blieb.

Bald schied seine Seele wieder, und wie mit Brandflecken war das Leibchen gezeichnet. Die arme Mutter weinte wohl, aber wo jeder Teil wieder dahin gehet, wo er hingehöret, zu Gott die Seele, zur Erde der Leib, da findet sich der Trost ein, früher dem, später jenem.

Sobald der Priester sein heilig Amt verrichtet hatte, begann er ein seltsam Jucken zu fühlen in Hand und Arm, womit er die Spinne weggeschleudert. Kleine schwarze Flecken sah er auf der Hand, sichtbarlich wurden sie größer und schwollen auf, Todesschauer rieselte ihm durchs Herz. Er segnete die Weiber und eilte heim; die heiligen Waffen wollte er als getreuer Streiter wieder dahin bringen, wo sie hingehörten, damit sie einem Andern nach ihm zur Hand seien. Hochauf schwoll der Arm, schwarze Beulen quollen immer höher auf; er kämpfte mit des Todes Mattigkeit, aber er erlag ihr nicht.

Als er an den Kilchstalden kam, da sah er Hans, den gottvergessenen Vater, von dem man nicht wußte, wo er geblieben, mitten im Wege auf dem Rücken liegen. Hochgeschwollen und brandschwarz war sein Gesicht, und mitten auf demselben saß groß und schwarz und grausig die Spinne. Als der Pfarrer kam, blähte sie sich auf, giftig bäumten sich die Haare auf ihrem Rücken, giftig und sprühend glotzten ihre Augen ihn an; sie tat wie die Katze, wenn sie sich rüstet zu einem Sprung in ihres Todfeindes Gesicht. Da begann der Priester einen guten Spruch und hob die heiligen Waffen, und sie Spinne schrak zusammen, kroch langbeinig vom schwarzen Gesichte, verlor sich in zischendem Grase. Darauf ging der Pfarrer vollends heim, stellte das Allerheiligste an seinen Ort, und während wilde Schmerzen den Leib zum Tode rissen, harrte in süßem Frieden seine Seele ihres Gottes, für den sie recht gestritten in kühnem Gotteskampfe, und lange ließ Gott sie nicht harren.

Aber solch süßer Friede, der still des Herren harrt, war hinten im Tale, war oben auf den Bergen nicht. Von dem Augenblicke an, als Christine mit dem geraubten Kinde den Berg hinunter gefahren war dem Teufel zu, war heilloser Schreck in alle Herzen gefahren. Während dem fürchterlichen Ungewitter bebten die Menschen in den Schrecken des Todes, denn ihre Herzen wußten wohl, wenn Gottes Hand vernichtend über sie komme, so sei es mehr als wohlverdient. Als das Gewitter vorüber war, lief die Kunde von Haus zu Haus, wie der Pfarrer das Kindlein zurückgebracht und getauft, aber kein Hans, keine Christine gesehen worden.

Der grauende Morgen fand lauter bleiche Gesichter, und die schöne Sonne färbte sie nicht, denn alle wußten wohl, daß nun erst das Schrecklichste kommen werde. Da hörte

Die schwarze Spinne

man, daß mit schwarzen Beulen der Pfarrer gestorben, man fand Hans mit schrecklichem Gesichte, und von der gräßlichen Spinne, in die Christine verwandelt worden, hörte man seltsam verwirrte Worte.

Es war ein schöner Erntetag, aber keine Hand rührte sich zur Arbeit; die Leute liefen zusammen, wie man es pflegt am Tage nach dem Tage, an welchem ein großes Unglück begegnet ist. Sie fühlten erst jetzt in ihren bebenden Seelen so recht, was es heiße, von irdischer Not und Plage mit einer unsterblichen Seele sich loskaufen zu wollen, fühlten, daß ein Gott im Himmel sei, der alles Unrecht, das armen Kindern, die sich nicht wehren können, angetan wird, fürchterlich räche. So stunden sie bebend zusammen und jammerten, und wer bei den Andern war, der durfte nicht mehr heim; und doch war Zank und Streit unter ihnen, und einer gab den Andern schuld, und jeder wollte abgemahnet und gewarnet haben, und jeder hatte nichts darwider, daß Strafe die Schuldigen treffe, sich und sein Haus wollte aber jeder ohne Strafe. Und wenn sie in diesem schrecklichen Harren und Streiten ein neu unschuldig Opfer gewußt hätten, es wäre Keiner gewesen, der nicht an demselben gefrevelt, in der Hoffnung, sich selbst zu retten.

Da schrie mitten im Haufen einer entsetzlich auf; es war ihm, als sei er in einen glühenden Dorn getreten, als nagle man mit glühendem Nagel den Fuß an den Boden, als ströme Feuer durch das Mark seiner Gebeine. Der Haufe fuhr auseinander, und alle Augen sahen nach dem Fuße, gegen den die Hand des Schreienden fuhr. Auf dem Fuße aber saß schwarz und groß die Spinne und glotzte giftig und schadenfroh in die Runde. Da starrte allen zuerst das Blut in den Adern, der Atem in der Brust, der Blick im Auge, und ruhig und schadenfroh glotzte die Spinne umher, und der Fuß ward schwarz, und im Leibe wars, als kämpfe zischend und wütend Feuer mit Wasser; die Angst sprengte die Fesseln des Schreckens, der Haufe stob aus einander. Aber in wunderbarer Schnelle hatte die Spinne ihren ersten Sitz verlassen und kroch diesem über den Fuß und jenem an die Ferse, und Glut fuhr durch ihren Leib, und ihr gräßlich Geschrei jagte die Fliehenden noch heftiger. In Windeseile, in Todesschrecken, wie das gespenstige Wild vor der wilden Jagd, stoben sie ihren Hütten zu, und jeder meinte hinter sich die Spinne, verrammelte die Türe und hörte doch nicht auf zu beben in unsäglicher Angst.

Und einen Tag war die Spinne verschwunden, kein neues Todesgeschrei hörte man; die Leute mußten die verrammelten Häuser verlassen, mußten Speise suchen fürs Vieh und sich, sie taten es mit Todesangst. Denn wo war jetzt die Spinne, und konnte sie nicht hier sein und unversehens auf den Fuß sich setzen? Und wer am vorsichtigsten niedertrat und mit den Augen am schärfsten spähte, der sah die Spinne plötzlich sitzend auf Hand oder Fuß, sie lief ihm übers Gesicht, saß schwarz und groß ihm auf der Nase und glotzte ihm in die Augen; feurige Stacheln wühlten sich in sein Gebein, der Brand der Hölle schlug über ihm zusammen, bis der Tod ihn streckte.

So war die Spinne bald nirgends, bald hier, bald dort, bald im Tale unten, bald auf den Bergen oben; sie zischte durchs Gras, sie fiel von der Decke, sie tauchte aus dem Boden auf. An hellem Mittage, wenn die Leute um ihr Habermus saßen, erschien sie glotzend unten am Tisch, und ehe die Menschen vom Schrecken auseinandergesprengt, war sie allen über die Hände gelaufen, saß oben am Tisch auf des Hausvaters Haupte und glotzte über den Tisch, die schwarz werdenden Hände weg. Sie fiel des Nachts den Leuten ins Gesicht, begegnete ihnen im Walde, suchte sie heim im Stalle. Die Menschen konnten sie nicht meiden, sie war nirgends und allenthalben, konnten im Wachen vor ihr sich nicht schützen, waren schlafend vor ihr nicht sicher. Wenn sie am sichersten sich wähnten unterem freien Himmel, auf eines Baumes Gipfel, so kroch Feuer ihnen den Rücken auf, der Spinne feurige Füße fühlten sie im Nacken, sie glotzte ihnen über die Achsel. Das Kind in der Wiege, den Greis auf dem Sterbebette schonte sie nicht; es war ein Sterbet, wie man noch von keinem wußte, und das Sterben daran war schrecklicher, als man es je erfahren, und schrecklicher noch als das Sterben war die namenlose Angst vor der Spinne, die allenthalben war und nirgends, die, wenn man am sichersten sich wähnte, einem todbringend plötzlich in die Augen glotzte.

Die Kunde von diesem Schrecken war natürlich alsobald ins Schloß gedrungen und hatte auch dorthin Schreck und Streit gebracht, soweit er bei den Regeln des Ordens stattfinden konnte. Dem von Stoffeln machte es bange, daß auch sie ebenso heimgesucht werden möchten wie früher ihr Vieh, und der verstorbene Priester hatte manches geäußert, welches ihm jetzt die Seele aufrührte. Er hatte ihm manchmal gesagt, daß alles Leid, welches er den Bauren antue, auf ihn zurückfahre; aber er hatte es nie geglaubt, weil er meinte, Gott werde einen Unterschied zu machen wissen zwischen einem Ritter und einem Bauer, hätte er sie doch sonst nicht so verschieden erschaffen. Aber jetzt ward ihm doch angst, es gehe nach des Priesters Wort, gab harte Worte seinen Rittern und meinte, es käme jetzt schwere Strafe ihrer leichtfertigen Worte wegen. Die Ritter aber wollten auch nicht schuld sein, und einer schob es dem Andern zu, und wenns auch Keiner sagte, so meintens doch alle, das gehe eigentlich nur den von Stoffeln an, denn wenn man es recht nehme, so sei der an allem schuld. Und neben diesem sahen sie einen jungen Polenritter an, der hatte eigentlich die meisten leichtfertigen

Worte über das Schloß gesprochen und den von Stoffeln am meisten gereizt zum neuen Bau und vermessenen Schattengange. Der war noch sehr jung, aber der Wildeste von allen, und wenns eine vermessene Tat galt, so war er voran; er war wie ein Heide und fürchtete weder Gott noch Teufel.

Der merkte wohl, was die Andern meinten, aber ihm nicht sagen durften, merkte auch ihre heimliche Angst. Darum höhnte er sie und sagte, wenn sie vor einer Spinne sich fürchteten, was sie dann gegen Drachen machen wollten! Dann wappnete er sich gut und ritt ins Tal hinauf, sich vermessend, nicht zurückkehren zu wollen, bis sein Roß die Spinne zertreten, seine Faust sie zerdrückt. Wilde Hunde sprangen um ihn her, der Falke saß ihm auf der Faust, am Sattel hing die Lanze, lustig bäumte sich das Pferd; halb schadenfroh, halb ängstlich sah man ihn aus dem Schlosse reiten und gedachte der nächtlichen Wache auf Bärhegen, wo die Kraft der weltlichen Waffen gegen diesen Feind so schlecht sich bewährt hatte.

Er ritt am Saume eines Tannenwaldes dem nächsten Gehöfte zu, scharfen Auges spähend um und über sich. Als er das Haus erblickte, Leute darum, rief er den Hunden, machte das Haupt des Falken frei, lose klirrte in der Scheide der Dolch. Wie der Falke die geblendeten Augen zum Ritter kehrte, seines Winkes gewärtig, prallte er ab der Faust und schoß in die Luft, die hergesprungenen Hunde heulten auf und suchten mit dem Schweife zwischen den Beinen das Weite. Vergebens ritt und rief der Ritter, seine Tiere sah er nicht wieder. Da ritt er den Menschen zu, wollte Kunde einziehen; sie stunden ihm, bis er nahe kam. Da schrien sie gräßlich auf und flohen in Wald und Schlucht, denn auf des Ritters Helm saß schwarz, in übernatürlicher Größe die Spinne und glotzte giftig und schadenfroh ins Land. Was er suchte, das trug der Ritter und wußte es nicht; in glühen-

Die schwarze Spinne

dem Zorne rief und ritt er den Menschen nach, rief immer wütender, ritt immer toller, brüllte immer entsetzlicher, bis er und sein Roß über eine Fluh hinab zu Tale stürzten. Dort fand man Helm und Leib, und durch den Helm hindurch hatten die Füße der Spinne sich gebrannt dem Ritter bis ins Gehirn hinein, den schrecklichsten Brand ihm dort entzündet, bis er den Tod gefunden.

Da kehrte der Schreck erst recht ein ins Schloß; sie schlossen sich ein und fühlten sich doch nicht sicher, sie suchten nach geistigen Waffen, fanden aber lange niemand, der sie zu führen wußte und zu führen wagte. Endlich ließ sich ein ferner Pfaffe locken mit Geld und Wort; er kam und wollte ausziehen mit heiligem Wasser und heiligen Sprüchen gegen den bösen Feind. Dazu aber stärkte er sich nicht mit Gebet und Fasten, sondern er tafelte des Morgens früh mit den Rittern und zählte die Becher nicht und lebte wohl an Hirsch und Bär. Dazwischen redete er viel von seinen geistigen Heldentaten und die Ritter von ihren weltlichen, und die Becher zählte man sich nicht nach, und die Spinne vergaß man. Da löschte auf einmal alles Leben aus, die Hände hielten erstarrt Becher oder Gabel, der Mund blieb offen, stier waren alle Augen auf einen Punkt gerichtet, nur der von Stoffeln trank den Becher leer und erzählte an einer Heldentat im Heidenlande. Aber auf seinem Kopfe saß groß die Spinne und glotzte um den Rittertisch, aber der Ritter fühlte sie nicht. Da begann die Glut zu strömen durch Gehirn und Blut, gräßlich schrie er auf, fuhr mit der Hand nach dem Kopfe, aber die Spinne war nicht mehr dort, war in ihrer schrecklichen Schnelle den Rittern allen über ihre Gesichter gelaufen, Keiner konnte es wehren; einer nach dem Andern schrie auf, von Glut verzehrt, und von des Pfaffen Glatze nieder glotzte sie in den Greuel hinein, und mit dem Becher, der nicht aus seiner Hand wollte, wollte der Pfaffe den Brand löschen, der loderte vom Kopfe herab durch Mark und Bein. Aber der Waffe trotzte die Spinne und glotzte von ihrem Throne herab in den Greuel, bis der letzte Ritter den letzten Schrei ausgestoßen, am letzten Atemzuge geendet.

Im Schlosse blieben nur wenige Diener verschont, die nie Hohn mit den Bauren getrieben; sie erzählten, wie schrecklich es gegangen. Das Gefühl, daß den Rittern ihr Recht geschehen, tröstete aber die Bauren nicht; der Schreck ward immer größer, gräßlicher. Mancher suchte zu fliehen. Die Einen wollten das Tal verlassen, aber gerade die fielen der Spinne zu. Auf dem Wege fand man ihre Leichname. Andere flohen auf die hohen Berge, aber droben vor ihnen war die Spinne, und wenn sie sich gerettet glaubten, so saß ihnen die Spinne im Nacken oder im Gesicht. Das Untier ward immer boshafter, immer teuflischer. Es überraschte nicht mehr unerwartet, brannte nicht mehr unversehens den Tod ein; es saß vor dem Menschen im Grase, hing über ihm am Baume, glotzte giftig ihn an. Dann floh der Mensch, so weit seine Füße ihn trugen, und stund er atemlos stille, so saß die Spinne vor ihm und glotzte giftig ihn an. Floh er abermal und mußte er abermals die Schritte hemmen, so saß sie wieder vor ihm, und konnte er nicht mehr fliehen, dann erst kroch sie langsam an ihn heran und gab ihm den Tod.

Da versuchte wohl Mancher in der Verzweiflung Widerstand und ob die Spinne nicht zu töten sei, warf zentnerige Steine auf sie, wenn sie vor ihm im Grase saß, schlug mit Keulen, mit Beilen nach ihr, aber alles umsonst; der schwerste Stein erdrückte sie nicht, das schärfste Beil verletzte sie nicht, unversehens saß sie dem Menschen im Gesicht, unversehrt kroch sie an ihn heran. Flucht, Widerstand, alles war eitel. Da ging alles Hoffen aus, und Verzweiflung füllte das Tal, saß auf den Bergen.

Ein einziges Haus hatte das Untier bis dahin verschont und war nie in demselben erschienen; es war das Haus, in welchem Christine gewohnt, aus welchem sie das Kindlein geraubet. Ihren eigenen Mann hatte sie auf einsamer Weide angefallen, dort fand man seinen Leichnam gräßlich zugerichtet wie keinen andern, seine Züge zerrissen in unaussprechlichem Schmerze; an ihm hatte sie ihren gräßlichsten Zorn ausgelassen, das gräßlichste Wiedersehn dem Ehemanne bereitet. Aber wie es zuging, hat niemand gesehen. Zum Hause war sie noch nicht gekommen; ob sie es bis zuletzt sparen wollte, oder ob sie sich scheute davor, das erriet man nicht. Aber nicht weniger als an andern Orten war die Angst eingekehrt.

Das fromme Weibchen war genesen, und es zagte nicht für sich, aber fast sehr um sein treues Bübchen und dessen Schwesterchen und wachte über sie Tag und Nacht, und die treue Großmutter teilte seine Sorgen und Wachen. Und gemeinsam beteten sie zu Gott, daß er ihnen ihre Augen offen halten möchte zur Wache, daß er sie erleuchten und stärken möchte zur Rettung der unschuldigen Kindlein.

Oft war es ihnen, wenn sie so wachten lange Nächte durch, als sehen sie die Spinne glimmen und glitzern in dunkelm Winkel, als glotze sie zum Fenster herein; dann ward ihre Angst groß, denn sie wußten keinen Rat, wie vor der Spinne die Kindlein schützen, und um so brünstiger baten sie Gott um seinen Rat und Beistand. Sie hatten allerlei Waffen zur Hand gelegt, aber wie sie hörten, daß der Stein seine Schwere, das Beil seine Schärfe verliere, sie wieder beiseite gelegt. Da kam es der Mutter immer deutlicher vor, immer lebendiger in den Sinn: wenn jemand es wagen würde, die Spinne mit der Hand zu fassen, so vermöchte man sie zu überwältigen. Sie hörte auch von Leuten, die, als der Stein nichts half, mit der Hand sie zu erdrücken versuchten, allein vergeblich. Ein gräßlicher Glutstrom, der durch Hand und Arm zuckte, tilgte jede Kraft und brachte den Tod ins Herz. Es kam ihr auch vor, zu erdrücken vermöchte sie die Spinne nicht, aber sie erfassen dürfte sie wohl, und so viel Kraft würde ihr Gott verleihen, dieselbe irgendwohin zu tun, sie unschädlich zu machen. Sie hatte schon oft gehört, wie kundige Männer Geister eingesperrt hätten in ein Loch in Felsen oder Holz, welches sie mit einem Nagel zugeschlagen, und solange den Nagel niemand ausziehe, müsse der Geist gebannt im Loche sein.

Gleiches zu versuchen, drängte der Geist sie immer mehr. Sie bohrte ein Loch in das Bystal, das ihr am nächsten lag zur rechten Hand, wenn sie bei der Wiege saß, rüstete einen Zapfen, der scharf ins Loch paßte, weihte ihn mit geheiligtem Wasser, legte einen Hammer zurecht und betete nun Tag und Nacht zu Gott um Kraft zur Tat. Aber manchmal war das Fleisch stärker als der Geist, und schwerer Schlaf drückte ihr die Augen zu; dann sah sie im Traume die Spinne, glotzend auf ihres Bübchens goldenen Locken, dann fuhr sie aus dem Traume, fuhr nach des Bübchens Locken. Dort war aber keine Spinne, ein Lächeln saß auf seinem Gesichtchen, wie Kindlein lächeln, wenn sie ihren Engel im Traume sehen; der Mutter aber glitzerten in allen Ecken der Spinne giftige Augen, und auf lange wich der Schlaf von ihr.

So hatte sie auch einmal nach strengem Wachen der Schlaf überwältigt, und dicht umnachtete er sie. Da war es ihr, als stürze der fromme Priester, der in der Rettung ihres Kindleins gestorben, herbei aus weiten Räumen und rufe aus der Ferne her: «Weib, wache auf, der Feind ist da!» Dreimal rief er so, und erst beim drittenmal rang sie sich los aus des Schlafes engen Banden; aber wie sie die schweren Augenlider mühsam hob, sah sie langsam, giftgeschwollen die Spinne schreiten übers Bettlein hinauf dem Gesichte ihres Bübchens zu. Da dachte sie an Gott und griff mit rascher Hand die Spinne. Da fuhren Feuerströme von derselben aus, der treuen Mutter durch Hand und Arm bis ins Herz hinein; aber Muttertreue und Mutterliebe drückten die Hand ihr zu, und zum Aushalten gab Gott die Kraft. Unter tausendfachen Todesschmerzen drückte sie mit der einen Hand die Spinne ins bereitete Loch, mit der andern den Zapfen davor und schlug mit dem Hammer ihn fest.

Drinnen sauste und brauste es, wie wenn mit dem Meere die Wirbelwinde streiten; das Haus wankte in seinen Grundfesten, aber fest saß der Zapfen, gefangen blieb die Spinne. Die treue Mutter aber freute sich noch, daß sie ihre Kindlein gerettet, dankte Gott für seine Gnade, dann starb sie auch den gleichen Tod wie alle; aber ihre Muttertreue löschte die Schmerzen aus, und die Engel geleiteten ihre Seele zu Gottes Thron, wo alle Helden sind, die ihr Leben eingesetzt für Andere, die für Gott und die Ihren alles gewagt.

Nun war der schwarze Tod zu Ende. Ruhe und Leben kehrten ins Tal zurück. Die schwarze Spinne ward nicht mehr gesehen zur selben Zeit, denn sie saß in jenem Loche gefangen, wo sie jetzt noch sitzt.»

«Was, dort im schwarzen Holz?» schrie die Gotte und fuhr eines Satzes vom Boden auf, als ob sie in einem Ameisenhaufen gesessen wäre. An jenem Holze war sie gesessen in der Stube. Und jetzt brannte sie ihr Rücken, sie drehte sich, sie schaute hinter sich, fuhr mit der Hand auf und ab und kam nicht aus der Angst, die schwarze Spinne sitze ihr im Nacken.

Auch den Andern waren die Herzen zugeklemmt, als der Großvater schwieg. Es war ein großes Schweigen über sie gekommen. Spott mochte niemand wagen, der Sache beistimmen auch nicht gerne; es hörte jeder lieber auf das erste Wort des Andern, um darnach die eigene Rede richten zu können, so verfehlt man sich am wenigsten. Da kam die Hebamme, die schon mehrere Male gerufen hatte, ohne Antwort zu bekommen, hergelaufen; ihr Gesicht brannte hochrot, es war, als ob die Spinne auf demselben herumgekrochen wäre. Sie begann zu schmälen, daß niemand kommen wolle, wie laut sie auch rufe. Das sei ihr doch auch eine wunderliche Sache; wenn man gekochet habe, so wolle niemand zum Tisch, und wenn dann alles nicht mehr gut sei, so solle sie schuld sein an allem, sie wisse wohl, wie es gehe. So fettes Fleisch, wie drinnen stehe, könne niemand mehr essen, wenn es kalt geworden; dazu sei es noch gar ungesund.

Nun kamen die Leute wohl, aber gar langsam, und Keines wollte das Erste bei der Türe sein, der Großvater mußte der Erste sein. Es war diesmal nicht sowohl die übliche Sitte, nicht den Schein haben zu wollen, als möge man nicht warten, bis man zum Essen komme; es war das Zögern, das alle befällt, wenn sie am Eingang stehen eines schauerlichen Ortes, und doch war drinnen nichts Schauerliches. Hell glänzten auf dem Tische, frisch gefüllt, die schönen Weinflaschen, zwei glänzende Schinken prangten, gewaltige Kalbs- und Schafbraten dampften, frische Zöpfen lagen dazwischen, Teller mit Tateren, Teller mit dreierlei Küchlene waren dazwischengezwängt, und auch die Kännchen mit dem süßen Tee fehlten nicht. So wars ein schönes Schauen, und doch achteten sich alle desselben wenig; aber alle sahen sich um mit ängstlichen Augen, ob nicht die Spinne aus irgend einer Ecke glitzere oder gar vom prangenden Schinken herab sie anglotze mit ihren giftigen Augen. Man sah sie nirgends, und doch machte niemand die üblichen Komplimente: Was man doch sinne, noch so viel aufzustellen, wer das doch essen solle, man habe bereits mehr als zu viel; sondern alle drängten sich an die untern Ecken des Tisches, niemand wollte hinauf.

Umsonst mahnte man die Gäste nach oben und zeigte auf die leeren Plätze, sie stunden unten wie angenagelt; vergebens schenkte der Kindbettimann ein und rief, sie sollten doch kommen und Gesundheit machen, es sei eingeschenkt. Da nahm derselbe die Gotte beim Arme und sagte: «Sei du das Witzigeste und gib das Exempel.» Aber mit aller Kraft, und die war nicht klein, sperrte sich die Gotte und rief: «Nicht um tausend Pfund sitze ich mehr da oben! Es gramselt mir den Rücken auf und nieder, als führe man mir mit Nesseln daran herum. Und säße ich dort vor dem Bystal, so fühlte ich die schreckliche Spinne sonder Unterlaß im Nacken.» «Daran bist du schuld, Großvater», sagte die Großmutter, «warum bringst du solche Dinge aufs Tapet. So etwas trägt heutzutag nichts mehr ab und kann dem ganzen Hause schaden. Und wenn einst die Kinder aus der Schule kommen und weinen und klagen, die andern Kinder hielten ihnen vor, ihre Großmutter sei eine Hexe gewesen und ins Bystal gebannt, so hast du es dann.»

«Sei ruhig, Großmutter», sagte der Großvater, «man hat heutzutag alles bald wieder vergessen und behält nichts mehr lange im Gedächtnis wie ehedem. Man hat die Sache von mir haben wollen, und es ist besser, die Leute vernehmen Punktum die Wahrheit, als daß sie selbst etwas ersinnen; die Wahrheit bringt unserem Hause keine Unehre. Aber kommt und sitzet; seht, vor den Zapfen will ich selbsten sitzen. Bin ich doch schon viel tausend Tage da gesessen ohne Furcht und ohne Zagen und darum auch ohne Gefährde. Nur wenn böse Gedanken in mir aufstiegen, die dem Teufel zur Handhabe werden konnten, so war es mir, als schnurre es hinter mir, wie eine Katze schnurret, wenn man sich mit ihr anläßt, ihr den Balg streicht, ihr behaglich wird, und mir fuhr es den Rücken auf seltsam und absonderlich. Sonst aber hält sie sich mäusestill da innen, und solange man hier außen Gott nicht vergißt, muß sie warten da innen.»

Da faßten die Gäste Mut und setzten sich, aber ganz nahe zum Großvater rückte niemand. Jetzt endlich konnte der Kindbettimann vorlegen, legte ein mächtiges Stück Braten seiner Nachbarin auf den Teller; diese schnitt ein Stückchen ab und legte den Rest auf des Nachbars Teller, ihn mit dem Daumen von der Gabel streifend. So ging das Stück um, bis einer sagte, er denke, er behalte es, es sei noch mehr, wo das gewesen sei; ein neues Stück begann die Runde. Während der Kindbettimann einschenkte und vorlegte und die Gäste ihm sagten, er hätte heute einen strengen Tag, ging die Hebamme herum mit dem süßen Tee, stark gewürzt mit Safran und Zimmet, bot allen an und fragte: Wer ihn liebe, solle es nur sagen, er sei für alle da. Und wer sagte, er sei Liebhaber, dem schenkte sie Tee in den Wein und sagte: Sie liebe ihn auch, man möge den Wein viel besser ertragen, er mache einem nicht Kopfweh. Man aß und trank. Aber kaum war der Lärm vorbei, der allemal entsteht, wenn man hinter neue Gerichte geht, so ward man wieder stille, und ernst wurden die Gesichter; man merkte wohl, alle Gedanken waren bei der Spinne. Scheu und verstohlen blickten die Augen nach dem Zapfen hinter des Großvaters Rücken, und doch scheute jeder sich, wieder davon anzufangen.

Da schrie laut auf die Gotte und wäre fast vom Stuhle gefallen. Eine Fliege war über den Zapfen gelaufen; sie hatte geglaubt, der Spinne schwarze Beine gramselten zum Loche heraus, und zitterte vor Schreck am ganzen Leibe. Kaum ward sie ausgelacht, ihr Schreck war willkommener Anlaß, von neuem von der Spinne anzufangen; denn wenn einmal eine Sache unsere Seele recht berührt hat, so kommt dieselbe nicht so schnell davon los.

«Aber hör mal, Vetter», sagte der ältere Götti, «ist die

Spinne seither nie aus dem Loche gekommen, sondern immer darin geblieben seit so vielen hundert Jahren?» E, sagte die Großmutter, es wäre besser, man schwiege von der ganzen Sache, man hätte ja den ganzen Nachmittag davon geredet. «E, Mutter», sagte der Vetter, «laß deinen Alten reden, er hat uns recht kurze Zeit gemacht, und vorhalten wird euch das Ding niemand, stammet ihr ja nicht von Christine ab. Und du bringst unsere Gedanken doch nicht von der Sache ab, und wenn wir nicht von ihr reden dürfen, so reden wir auch von nichts anderem, dann gibts keine kurze Zeit mehr. Nun, Großvater, rede, deine Alte wird es uns nicht vergönnen.» «He, wenn ihr es zwingen wollet, so zwinget es meinethalben, aber gescheuter wäre es gewesen, man hätte jetzt von etwas anderm angefangen und besonders jetzt auf die Nacht hin», sagte die Großmutter.

Da begann der Großvater, und alle Gesichter spannten sich wieder: «Was ich weiß, ist nicht mehr viel, aber was ich weiß, will ich sagen; es kann sich vielleicht in der heutigen Zeit jemand ein Exempel daran nehmen, schaden würde es wahrhaftig Vielen nichts.

Als die Leute die Spinne eingesperrt wußten, sie ihres Lebens wieder sicher waren, da soll es ihnen gewesen sein, als seien sie im Himmel und der liebe Gott mit seiner Seligkeit mitten unter ihnen, und lange ging es gut. Sie hielten sich zu Gott und flohen den Teufel, und auch die Ritter, die frisch eingezogen waren ins Schloß, hatten Respekt vor Gottes Hand und hielten milde die Menschen und halfen ihnen auf.

Dieses Haus aber betrachteten alle mit Ehrfurcht, fast wie eine Kirche. Anfangs schauderte es sie freilich, wenn sie es ansahen, den Kerker der schrecklichen Spinne sahen und dachten, wie leicht sie da losbrechen und das Elend von vornen anfangen könnte mit des Teufels Gewalt. Aber sie sahen bald, daß da Gottes Gewalt stärker sei als die des

Teufels, und aus Dank gegen die Mutter, die für alle gestorben, halfen sie den Kindern und bauten ihnen unentgeltlich den Hof, bis sie ihn selbsten arbeiten konnten. Die Ritter wollten ihnen bewilligen, ein neues Haus zu bauen, damit sie vor der Spinne sich nicht zu fürchten hätten oder diese durch Zufall im bewohnten Hause loskomme, und viele Nachbaren wollten ihnen helfen, die der Scheu vor dem Untier, vor dem sie so schrecklich gezittert, nicht los werden konnten. Aber die alte Großmutter wollte es nicht tun. Sie lehrte ihre Enkel: Hier sei die Spinne gebannt durch Gott Vater, Sohn und Heiligen Geist; solange diese drei heiligen Namen gelten in diesem Hause, solange in diesen drei heiligen Namen an diesem Tische gegessen und getrunken werde, so lange seien sie vor der Spinne sicher und diese fest im Loche, und kein Zufall mache etwas an der Sache. Hier an diesem Tische, hinter ihnen die Spinne, werden sie nie vergessen, wie nötig ihnen Gott und wie mächtig er sei; so mahne sie die Spinne an Gott und müsse dem Teufel zum Trotz ihnen zum Heil werden. Ließen sie aber von Gott, und wäre es hundert Stunden von da, so könnte die Spinne sie finden oder der Teufel selbst. Das faßten die Kinder, blieben im Hause, wuchsen gottesfürchtig auf, und über dem Hause war der Segen Gottes.

Das Bübchen, welches so treu an der Mutter gewesen, so treu die Mutter an ihm, wuchs auf zu einem stattlichen Manne, der lieb war Gott und Menschen und Gnade bei den Rittern fand. Darum ward er auch gesegnet mit zeitlichem Gut und vergaß Gott nie darob, ward nie geizig damit; er half Andern in ihren Nöten, wie er wünschte, daß ihm geholfen werde in der letzten Not, und wo er zu schwach zu eigener Hülfe war, da ward er ein um so kräftigerer Fürsprecher bei Gott und Menschen. Er ward gesegnet mit einem weisen Weibe, und zwischen ihnen war ein unergründlicher

Friede; darum blühten fromm ihre Kinder auf, und Beide fanden spät einen sanften Tod. Seine Familie blühte fort in Gottesfurcht und Rechttun.

Ja, über dem ganzen Tale lag der Segen Gottes, und Glück war in Feld und Stall und Friede unter den Menschen. Die schreckliche Lehre war den Menschen zu Herzen gegangen, sie hielten fest an Gott; was sie taten, taten sie in seinem Namen, und wo einer dem Andern helfen konnte, da säumte er nicht. Vom Schlosse her ward ihnen kein Übel, aber viel Gutes. Immer weniger Ritter wohnten dort, denn immer härter ward der Streit im Heidenlande und immer nöter jede Hand, die fechten konnte; die aber, welche im Schlosse waren, mahnte täglich die große Totenhalle, in der die Spinne an Rittern wie an den Bauren ihre Macht geübt, daß Gott mit gleicher Kraft über jedem sei, der von ihm abfalle, sei er Bauer oder Ritter.

So schwanden viele Jahre in Glück und Segen, und das Tal ward berühmt vor allen andern. Stattlich waren ihre Häuser, groß ihre Vorräte, manch Geldstück ruhte im Kasten, ihr Vieh war das schönste zu Berg und Tal, und ihre Töchter waren berühmt landauf, landab und ihre Söhne gerne gesehen überall. Und dieser Ruhm welkte nicht über Nacht wie dem Jonas seine Schattenstaude, sondern er dauerte von Geschlecht zu Geschlecht; denn in der gleichen Gottesfurcht und Ehrbarkeit wie die Väter lebten auch die Söhne von Geschlecht zu Geschlecht. Aber wie gerade in den Birnbaum, der am flüssigsten genähret wird, am stärksten treibt, der Wurm sich bohrt, ihn umfrißt, welken läßt und tötet, so geschieht es, daß wo Gottes Segenstrom am reichsten über die Menschen fließt, der Wurm in den Segen kömmt, die Menschen bläht und blind macht, daß sie ob dem Segen Gott vergessen, ob dem Reichtum den, der ihn gegeben hat, daß sie werden wie die Israeliten, die, wenn

Gott ihnen geholfen, ob goldenen Kälbern ihn vergaßen.

So wurden, nachdem viele Geschlechter dahingegangen, Hochmut und Hoffart heimisch im Tale, fremde Weiber brachten und mehrten beides. Die Kleider wurden hoffärtiger, Kleinode sah man glänzen, ja selbst an die heiligen Zeichen wagte die Hoffart sich, und statt daß ihre Herzen während dem Beten inbrünstig bei Gott gewesen wären, hingen ihre Augen hoffärtig an den goldenen Kugeln ihres Rosenkranzes. So ward ihr Gottesdienst Pracht und Hoffart, ihre Herzen aber hart gegen Gott und Menschen. Um Gottes Gebote bekümmerte man sich nicht, seines Dienstes, seiner Diener spottete man; denn wo viel Hoffart ist oder viel Geld, da kömmt gerne der Wahn, daß man seine Gelüsten für Weisheit hält und diese Weisheit höher als Gottes Weisheit. Wie sie früher von den Rittern geplagt worden waren, so wurden sie jetzt hart gegen das Gesinde und plagten dieses, und je weniger sie selbst arbeiteten, um so mehr muteten sie diesem zu, und je mehr sie Arbeit von Knechten und Mägden forderten, um so mehr behandelten sie dieselben wie unvernünftiges Vieh, und daß diese auch Seelen hätten, die zu wahren seien, dachten sie nicht. Wo viel Geld oder viel Hoffart ist, da fängt das Bauen an, einer schöner als der Andere, und wie früher die Ritter bauten, so bauten jetzt sie, und wie früher die Ritter sie plagten, so schonten sie jetzt weder Gesinde noch Vieh, wenn der Bauteufel über sie kam. Dieser Wandel war auch über dieses Haus gekommen, während der alte Reichtum geblieben war.

Fast zweihundert Jahre waren verflossen, seit die Spinne im Loche gefangen saß, da war ein schlau und kräftig Weib hier Meister; sie war keine Lindauerin, aber doch glich sie Christine in vielen Stücken. Sie war auch aus der Fremde, der Hoffart, dem Hochmute ergeben, und hatte einen einzigen Sohn; der Mann war unter ihrer Meisterschaft gestorben.

Die schwarze Spinne

Dieser Sohn war ein schöner Bube, hatte ein gutes Gemüt und war freundlich mit Mensch und Vieh; sie hatte ihn auch gar lieb, aber sie ließ es ihn nicht merken. Sie meisterte ihn jeden Schritt und Tritt, und keiner war ihr recht, den sie ihm nicht erlaubt, und längst war er erwachsen und durfte nicht zur Kameradschaft und an keine Kilbi ohne der Mutter Begleit. Als sie ihn endlich alt genug glaubte, gab sie ihm ein Weib aus ihrer Verwandtschaft, eins nach ihrem Sinn. Jetzt hatte er zwei Meister statt nur einen, und beide waren gleich hoffärtig und hochmütig, und weil sie es waren, so sollte auch Christen es sein, und wenn er freundlich war und demütig, wie es ihm so wohl anstund, so erfuhr er, wer Meister war.

Schon lange war das alte Haus ihnen ein Dorn im Auge, und sie schämten sich seiner, da die Nachbaren neue Häuser hatten und doch kaum so reich als sie waren. Die Sage von der Spinne und was die Großmutter gesagt, war damals noch in jedermanns Gedächtnis, sonst wäre das alte Haus längst schon eingerissen worden, aber alle wehrten es ihnen. Sie nahmen aber dieses Wehren immer mehr für Neid, der ihnen kein neues Haus gönne. Zudem ward es ihnen immer unheimeliger im alten Hause. Wenn sie hier am Tische saßen, so war es ihnen, entweder als schnurre hinter ihnen behaglich die Katze, oder als ginge leise das Loch auf und die Spinne ziele nach ihrem Nacken. Ihnen fehlte der Sinn, der das Loch vermachte, darum fürchteten sie sich immer mehr, das Loch möchte sich öffnen. Darum fanden sie einen guten Grund, ein neues Haus zu bauen, in dem sie die Spinne nicht zu fürchten hätten, wie sie meinten. Das alte wollten sie dem Gesinde überlassen, das ihrer Hoffart oft im Wege war; so wurden sie rätig.

Christen tat es sehr ungerne, er wußte, was die alte Großmutter gesagt, und glaubte, daß der Familiensegen an das

Familienhaus geknüpfet sei, und vor der Spinne fürchtete er sich nicht, und wenn er hier oben am Tische saß, so schien es ihm, er könne am andächtigsten beten. Er sagte, wie er es meinte, aber seine Weiber hießen ihn schweigen, und weil er ihr Knecht war, so schwieg er auch, weinte aber oft bitterlich, wenn sie es nicht sahen.

Dort, oberhalb des Baumes, unter welchem wir gesessen, sollte ein Haus gebaut werden, wie Keiner eins hätte in der ganzen Gegend. In hoffärtiger Ungeduld, weil sie keinen Verstand vom Bauen hatten und nicht warten mochten, bis sie mit dem neuen Hause hochmütig tun konnten, plagten sie beim Bauen Gesinde und Vieh übel, schonten selbst die heiligen Feiertage nicht und gönnten ihnen auch des Nachts nicht Ruhe, und kein Nachbar war, der ihnen helfen konnte, daß sie zufrieden waren, dem sie nicht Böses nachgewünscht, wenn er nach unentgeltlicher Hülfe, wie man sie schon damals einander leistete, wieder heimging, um auch zu seiner Sache zu sehen.

Als man aufrichtete und den ersten Zapfen in die Schwelle schlug, so rauchte es aus dem Loche herauf wie nasses Stroh, wenn man es anbrennen will; da schüttelten die Werkleute bedenklich die Köpfe und sagten es heimlich und laut, daß der neue Bau nicht alt werden werde, aber die Weiber lachten darüber und achteten des Zeichens sich nicht. Als endlich das Haus erbauet war, zogen sie hinüber, richteten sich ein mit unerhörter Pracht und gaben als sogenannte Hausräuki eine Kilbi, die drei Tage lang dauerte und Kind und Kindeskinder noch davon erzählten im ganzen Emmental.

Aber während allen dreien Tagen soll man im ganzen Hause ein seltsam Surren gehört haben wie das einer Katze, welcher es behaglich wird, weil man ihr den Balg streicht. Doch die Katze, von welcher es kam, konnte man trotz alles Suchens nicht finden; da ward Manchem unheimlich, und trotz aller Herrlichkeit lief er mitten aus dem Feste. Nur die Weiber hörten nichts oder achteten sich dessen nicht, mit dem neuen Hause meinten sie alles gewonnen.

Ja, wer blind ist, sieht auch die Sonne nicht, und wer taub ist, hört auch den Donner nicht. Darum freuten die Weiber des neuen Hauses sich, wurden alle Tage hoffärtiger, dachten an die Spinne nicht, sondern führten im neuen Hause ein üppiges, arbeitsloses Leben mit Putzen und Essen; kein Mensch konnte es ihnen treffen, und an Gott dachten sie nicht.

Im alten Hause blieb das Gesinde alleine, lebte, wie es wollte, und wenn Christen dasselbe auch unter seiner Aufsicht haben wollte, so duldeten die Weiber es nicht und schalten ihn, die Mutter aus Hochmut hauptsächlich, das Weib aus Eifersucht zumeist. Daher war drunten keine Ordnung und bald auch keine Gottesfurcht, und wo kein Meister ist, geht es so durchweg. Wenn kein Meister oben am Tische sitzt, kein Meister im Hause die Ohren spitzt, kein Meister draußen und drinnen die Zügel hält, so meint sich bald der der Größte, welcher am wüstesten tut, und der der Beste, welcher die ruchlosesten Reden führt.

So ging es zu im Hause drunten, und das sämtliche Gesinde glich bald einem Rudel Katzen, wenn sie am wüstesten tun. Von Beten wußte man nichts mehr, hatte darum weder vor Gottes Willen noch vor seinen Gaben Respekt. Wie die Hoffart der Meisterweiber keine Grenzen mehr kannte, so hatte der tierische Übermut des Gesindes keine Schranken mehr. Man schändete ungescheut das Brot, trieb das Habermus über den Tisch weg mit den Löffeln sich an die Köpfe, ja verunreinigte viehisch die Speise, um boshaft den Andern die Lust am Essen zu vertreiben. Sie neckten die Nachbaren, quälten das Vieh, höhnten jeden Gottesdienst, leugneten alle höhere Gewalt und plagten auf alle

Weise den Priester, der strafend zu ihnen geredet hatte; kurz sie hatten keine Furcht mehr vor Gott und Menschen und taten alle Tage wüster. Das wüsteste Leben führten Knechte und Mägde, und doch plagten sie einander wie nur möglich, und als die Knechte nicht mehr wußten, wie sie auf neue Art die Mägde quälen konnten, da fiel es einem ein, mit der Spinne im Loche die Mägde zu schrecken oder zahm zu machen. Er schmiß Löffel voll Habermus oder Milch an den Zapfen und schrie, die drinnen werde wohl hungrig sein, weil sie so viel hundert Jahre nichts gehabt. Da schrien die Mägde gräßlich auf und versprachen alles, was sie konnten, und selbst den andern Knechten graute es.

Da das Spiel sich ungestraft wiederholte, so wirkte es nicht mehr; die Mägde schrien nicht mehr, versprachen nichts mehr, und die andern Knechte begannen es auch zu treiben. Nun fing der an, mit dem Messer gegen das Loch zu fahren, mit den gräßlichsten Flüchen sich zu vermessen, er mache den Zapfen los und wolle sehen, was drinnen sei, und sie müßten einmal auch was Neues sehn. Das weckte neues Entsetzen, und der Bursche, der das tat, ward allen Meister und konnte zwingen, was er wollte, besonders bei den Mägden.

Das soll aber auch ein seltsamer Mensch gewesen sein, man wußte nicht, woher er kam. Er konnte sanft tun wie ein Lamm und reißend wie ein Wolf; war er alleine bei einem Weibsbilde, so war er ein sanftes Lamm, vor der Gesellschaft aber war er wie ein reißender Wolf und tat, als ob er alle haßte, als ob er über alles aus wolle mit wüsten Taten und Worten; Solche sollen den Weibsbildern aber gerade die Liebsten sein. Darum entsetzten sich die Mägde öffentlich vor ihm, sollen ihn aber doch, wenn sie alleine waren, am liebsten von allen gehabt haben. Er hatte ungleiche Augen, aber man wußte nicht, von welcher Farbe, und beide haßten einander, sahen nie den gleichen Weg; aber unter langem

Die schwarze Spinne

Augenhaar und demütigem Niedersehn wußte er es zu verbergen. Sein Haar war schön gelockt, aber man wußte nicht, war es rot oder falb; im Schatten war es das schönste Flachshaar, schien aber die Sonne darauf, so hatte kein Eichhörnchen einen rötern Pelz. Er quälte wie Keiner das Vieh. Dasselbe haßte ihn auch darnach. Von den Knechten meinte ein jeder, er sei sein Freund, und gegen jeden wies er die Andern auf. Den Meisterweibern war er unter allen alleine recht, er alleine war oft im obern Hause, dann taten unten die Mägde wüst; sobald er es merkte, steckte er sein Messer an den Zapfen und begann sein Drohen, bis die Mägde zum Kreuze krochen. Doch behielt dieses Spiel auch nicht lange seine Wirkung. Die Mägde wurden dessen gewohnt und sagten endlich: «Tue es doch, wenn du darfst, aber du darfst nicht.»

Es nahte Weihnacht, die heilige Nacht. An das, was dieselbe uns weihet, dachten sie nicht, ein lustiges Leben hatten sie abgeraten in derselben. Im Schlosse drunten hauste ein alter Ritter nur, und der bekümmerte sich wenig mehr ums Zeitliche; ein schelmischer Vogt verwaltete alles zu seinem Vorteil. Um ein Schelmenstück hatten sie diesem edlen Ungarwein abgehandelt, neben welchem Lande die Ritter in großem Streite lagen; des edlen Weines Kraft und Feuer kannten sie nicht. Ein fürchterliches Unwetter kam herauf mit Blitz und Sturm wie selten sonst um diese Zeit, keinen Hund hätte man unter dem Ofen hervorgejagt. Zur Kirche zu gehen, hielt es sie nicht ab, sie wären bei schönem Wetter auch nicht gegangen, hätten den Meister alleine gehen lassen; aber es hielt Andere ab, sie zu besuchen; sie blieben allein im alten Hause beim edlen Weine.

Sie begannen den heiligen Abend mit Fluchen und Tanzen, mit wüstern und ärgern Dingen; dann setzten sie sich zum Mahle, wozu die Mägde Fleisch gekocht hatten, weißen Brei und was sie sonst Gutes stehlen konnten. Da ward die Roheit immer gräßlicher, sie schändeten alle Speisen, lästerten alles Heilige; der genannte Knecht spottete des Priesters, teilte Brot aus und trank seinen Wein, als ob er die Messe verwaltete, taufte den Hund unterem Ofen, trieb es, bis es angst und bange den Andern wurde, wie ruchlos sie sonst auch waren. Da stach er mit dem Messer ins Loch und fluchte, er wolle ihnen noch ganz andere Dinge zeigen. Als sie darob nicht erschrecken wollten, weil er das Gleiche schon manchmal getrieben, und mit dem Messer gegen den Zapfen kaum viel abzubringen war, so griff er in halber Raserei nach einem Bohrer, vermaß sich aufs Schrecklichste, sie sollten es erfahren, was er könne, büßen ihr Lachen, daß ihnen die Haare zu Berge ständen, und drehte mit wildem Stoße den Bohrer in den Zapfen hinein. Laut aufschreiend stürzten alle auf ihn zu, aber ehe jemand es hindern konnte, lachte er wie der Teufel selbst, tat einen kräftigen Ruck am Bohrer.

Da bebte von ungeheurem Donnerschlag das ganze Haus, der Missetäter stürzte rücklings nieder; ein roter Glutstrom brach aus dem Loche hervor, und mittendrin saß groß und schwarz, aufgeschwollen im Gifte von Jahrhunderten, die Spinne und glotzte in giftiger Lust über die Frevler hin, die versteinert in tödlicher Angst kein Glied bewegen konnten, dem schrecklichen Untiere zu entrinnen, das langsam und schadenfroh ihnen über die Gesichter kroch, ihnen einimpfte den feurigen Tod.

Da erbebte das Haus von schrecklichem Wehgeheul, wie hundert Wölfe es nicht auszustoßen vermögen, wenn der Hunger sie peinigt. Und bald erscholl ein ähnliches Wehgeschrei aus dem neuen Hause, und Christen, der eben den Berg auf kam von der heiligen Messe, meinte, es seien Räuber eingebrochen, und seinem starken Arme trauend, stürzte er den Seinen zu Hülfe. Er fand keine Räuber, aber den Tod;

mit diesem rangen Weib und Mutter und hatten schon keine Stimme mehr in den hoch aufgelaufenen schwarzen Gesichtern; ruhig schlummerten seine Kinder, und gesund und rot waren ihre munteren Gesichter. Es stieg in Christen die schreckliche Ahnung dessen auf, was geschehen war; er stürzte ins untere Haus, dort sah er die Diensten alle verendet, die Stube zur Totenkammer geworden, geöffnet das schauerliche Loch im Bystal, in des scheußlich entstellten Knechtes Hand den Bohrer und auf des Bohrers Spitze den schrecklichen Zapfen. Jetzt wußte er, was da geschehen war, schlug die Hände über dem Kopfe zusammen, und wenn die Erde ihn verschlungen hätte, so wäre es ihm recht gewesen. Da kroch etwas hinterem Ofen hervor, schmiegte sich ihm an; entsetzt fuhr er zusammen, aber es war nicht die Spinne, es war ein armes Bübchen, das er um Gottes willen ins Haus genommen und unter dem ruchlosen Gesinde gelassen hatte, wie es ja auch jetzt viel geschieht, daß man Kinder um Gottes willen nimmt und sie dem Teufel in die Hände spielt. Das hatte keinen Teil genommen an den Greueln des Gesindes, war erschreckt hinter den Ofen geflohn; ihns allein hatte die Spinne verschont, es konnte nun den Hergang erzählen.

Aber noch während das Bübchen erzählte, scholl durch Wind und Wetter Angstgeschrei von andern Häusern her. Wie in hundertjähriger, aufgeschwellter Lust flog die Spinne durch die Talschaft, las zuerst die üppigsten Häuser sich aus, wo man am wenigsten an Gott dachte, aber am meisten an die Welt, daher von dem Tod am wenigsten wissen mochte.

Noch war es nicht Tag geworden, so war die Kunde in jeglichem Hause: die alte Spinne sei losgebrochen, gehe aufs neue todbringend um in der Gemeinde; schon lägen Viele tot, und hinten im Tale fahre Schrei um Schrei zum Himmel auf von den Gezeichneten, die sterben müßten. Da kann man sich denken, welch Jammer im Lande war, welche

Angst in allen Herzen, was das für eine Weihnacht war in Sumiswald. An die Freude, die sie sonst bringt, konnte keine Seele denken, und solcher Jammer kam vom Frevel der Menschen. Der Jammer aber ward alle Tage größer, denn schneller, giftiger als das frühere Mal war die Spinne jetzt. Bald war sie zuvorderst, bald zuhinderst in der Gemeinde; auf den Bergen, im Tale erschien sie zu gleicher Zeit. Wie sie früher meist hier einen, dort einen gezeichnet hatte zum Tode, so verließ sie jetzt selten ein Haus, ehe sie alle vergiftet; erst wenn alle im Tode sich wanden, setzte sie sich auf die Schwelle und glotzte schadenfroh in die Vergiftung, als ob sie sagen wollte: sie sei es und sei doch wieder da, wie lange man sie auch eingesperrt.

Es schien, als ob sie wüßte, ihr sei wenig Zeit vergönnt, oder als ob sie sich viele Mühe sparen wollte; sie tat, wo sie konnte, Viele auf einmal ab. Darum lauerte sie am liebsten auf die Züge, welche die Toten zur Kirche geleiten wollten. Bald hier, bald dort, am liebsten unten am Kilchstalden tauchte sie mitten in den Haufen auf oder glotzte plötzlich vom Sarge herab auf die Begleitenden. Da fuhr dann ein schreckliches Wehgeschrei aus dem begleitenden Zuge zum Himmel auf; Mann um Mann fiel nieder, bis der ganze Zug der Begleitenden am Wege lag, und rang mit dem Tode, bis kein Leben mehr unter ihnen war und um den Sarg ein Haufen Tote lag, wie tapfere Krieger um ihre Fahne liegen, von der Übermacht erfaßt. Da wurden keine Toten mehr zur Kirche gebracht, niemand wollte sie tragen, niemand geleiten; wo der Tod sie streckte, da ließ man sie liegen.

Verzweiflung lag überem ganzen Tale. Wut kochte in allen Herzen, strömte in schrecklichen Verwünschungen gegen den armen Christen aus; an allem sollte jetzt er schuld sein. Jetzt auf einmal wußten alle, daß Christen das alte Haus nicht hätte verlassen, das Gesinde nicht sich selbst überlassen sollen. Auf einmal wußten alle, daß der Meister für sein Gesinde mehr oder minder verantwortlich sei, daß er wachen solle über Beten und Essen, wehren solle gottlosem Leben, gottlosen Reden und gottlosem Schänden der Gaben Gottes. Jetzt war allen auf einmal Hoffart und Hochmut vergangen, sie taten diese Laster in die unterste Hölle hinunter und hätten es kaum Gott geglaubt, daß sie dieselben noch vor wenig Tagen so schmählich an sich getragen; sie waren alle wieder fromm, hatten die schlechtesten Kleider an und die alten verachteten Rosenkränze wieder in den Händen und überredeten sich selbst, sie seien immer gleich fromm gewesen, und an ihnen fehlte es nicht, daß sie Gott nicht das Gleiche überredeten. Christen allein unter ihnen allen sollte gottlos sein, und Flüche wie Berge kamen von allen Seiten auf ihn her. Und war er doch vielleicht unter allen der Beste, aber sein Wille lag gebunden in seiner Weiber Willen, und dieses Gebundensein ist allerdings eine schwere Schuld für jeden Mann, und schwerer Verantwortung entrinnt er nicht, weil er anders ist, als Gott ihn will. Das sah Christen auch ein, darum war er nicht trotzig, pochte nicht, gab sich schuldiger dar, als er war; aber damit versöhnte er die Leute nicht, erst jetzt schrien sie einander zu, wie groß seine Schuld sein müsse, da er so viel auf sich nehme, so weit sich unterziehe, es ja selbst bekenne, er sei nichts wert.

Er aber betete Tag und Nacht zu Gott, daß er das Übel wende; aber es ward schrecklicher von Tag zu Tag. Er ward es inne, daß er gutmachen müsse, was er gefehlt, daß er sich selbst zum Opfer geben müsse, daß an ihm liege die Tat, die seine Ahnfrau getan. Er betete zu Gott, bis ihm so recht feurig im Herzen der Entschluß emporwuchs, die Talschaft zu retten, das Übel zu sühnen, und zum Entschluß kam der standhafte Mut, der nicht wankt, immer bereit ist zur gleichen Tat, am Morgen wie am Abend.

Da zog er herab mit seinen Kindern aus dem neuen Haus ins alte Haus, schnitt zum Loch einen neuen Zapfen, ließ ihn weihen mit heiligem Wasser und heiligen Sprüchen, legte zum Zapfen den Hammer, setzte zu den Betten der Kinder sich und harrte der Spinne. Da saß er, betete und wachte und rang mit dem schweren Schlaf festen Mutes und wankte nicht; aber die Spinne kam nicht, ob sie sonst allenthalben war; denn immer größer ward der Sterbet, immer wilder die Wut der Überlebenden.

Mitten in diesen Schrecken sollte ein wildes Weib ein Kind gebären. Da kam den Leuten die alte Angst, ungetauft möchte die Spinne das Kindlein holen, das Pfand ihrer alten Pacht. Das Weib gebärdete sich wie unsinnig, hatte kein Gottvertrauen, desto mehr Haß und Rache im Herzen.

Man wußte, wie die Alten gegen den Grünen sich geschützt vor Zeiten, wenn ein Kind geboren werden sollte, wie der Priester der Schild war, den sie zwischen sich und den ewigen Feind gestellt. Man wollte auch nach dem Priester senden, aber wer sollte der Bote sein? Die unbegrabenen Toten, welche die Spinne bei den Leichenzügen erfaßt, sperrten die Wege, und würde wohl ein Bote über die wilden Höhen der Spinne, die alles zu wissen schien, entgehen können, wenn er den Priester holen wollte? Es zagten alle. Da dachte endlich der Mann des Weibes: wenn die Spinne ihn haben wolle, so könne sie ihn daheim fassen wie auf dem Wege; wenn ihm der Tod bestimmt sei, so entrinne er ihm hier nicht und dort nicht.

Er machte sich auf den Weg; aber Stunde um Stunde rann vorüber, kein Bote kam wieder. Wut und Jammer wurde immer entsetzlicher, die Geburt rückte immer näher. Da riß das Weib in der Wut der Verzweiflung vom Lager sich auf, stürzte hin nach Christes Haus, dem tausendfach Verwünschten, der betend bei seinen Kindern saß, des Kampfes mit der

Spinne gewärtig. Weither schon tönte ihr Geschrei, ihre Verwünschungen donnerten an Christes Türe, lange ehe sie dieselbe aufriß und den Donner in die Stube ihm brachte. Als sie hereinstürzte so schrecklichen Angesichtes, da fuhr er auf; er wußte erst nicht, war es Christine in ihrer ursprünglichen Gestalt. Aber unter der Türe hemmte der Schmerz ihren Lauf, an den Türpfosten wand sie sich, die Flut ihrer Verwünschungen ausgießend über den armen Christen. Er sollte der Bote sein, wenn er nicht verflucht sein wolle mit Kind und Kindeskindern in Zeit und Ewigkeit. Da überwallete der Schmerz ihr Fluchen, und ein Söhnlein ward geboren vom wilden Weibe auf Christes Schwelle, und alle, die ihr gefolget waren, stoben ins Weite, des Schrecklichsten gewärtig. Das unschuldige Kindlein hielt Christen in den Armen; stechend und wild, giftig starrten aus des Weibes verzerrten Zügen dessen Augen ihn an, und es ward ihm immer mehr, als trete die Spinne aus ihnen heraus, als sei sie es selbst. Da kam eine Kraft Gottes in ihn, und ein übermenschlicher Wille ward in ihm mächtig; einen innigen Blick warf er auf seine Kinder, hüllte das neugeborne Kind in sein warm Gewand, sprang über das glotzende Weib den Berg hinunter das Tal entlang, Sumiswald zu. Zur heiligen Weihe wollte er das Kindlein selbsten tragen zur Sühne der Schuld, die auf ihm lag, dem Haupte seines Hauses; das Übrige überließ er Gott. Tote hemmten seinen Lauf, vorsichtig mußte er seine Tritte setzen. Da ereilte ihn ein leichter Fuß, es war das arme Bübchen, dem es graute bei dem wilden Weibe, das ein kindlicher Trieb dem Meister nachgetrieben. Wie Stacheln fuhr es durch Christes Herz, daß seine Kinder alleine bei dem wütenden Weibe seien. Aber sein Fuß stund nicht stille, strebte dem heiligen Ziele zu.

Schon war er unten am Kilchstalden, hatte die Kapelle im Auge, da glühte es plötzlich vor ihm mitten im Wege, es regte sich im Busche; im Wege saß die Spinne, im Busche wankte rot ein Federbusch, und hoch hob sich die Spinne als wie zum Sprunge. Da rief Christen mit lauter Stimme zum dreieinigen Gott, und aus dem Busche tönte ein wilder Schrei, es schwand die rote Feder; in des Bübchens Arme legte er das Kind und griff, dem Herren seinen Geist empfehlend, mit starker Hand die Spinne, die, wie gebannt durch die heiligen Worte, am gleichen Flecke sitzen blieb. Glut strömte durch sein Gebein, aber er hielt fest; der Weg war frei, und das Bübchen, verständigen Sinnes, eilte dem Priester zu mit dem Kinde. Christen aber, Feuer in der starken Hand, eilte geflügelten Laufes seinem Hause zu. Schrecklich war der Brand in seiner Hand, der Spinne Gift drang durch alle Glieder. Zu Glut ward sein Blut. Die Kraft wollte erstarren, der Atem stocken; aber er betete fort und fort, hielt Gott fest vor Augen, hielt aus in der Hölle Glut. Schon sah er sein Haus, mit dem Schmerz wuchs sein Hoffen, unter der Türe war das Weib. Als dasselbe ihn kommen sah ohne Kind, stürzte es sich ihm entgegen einer Tigerin gleich, der man die Jungen geraubt, es glaubte an den schändlichsten Verrat. Es achtete sich seines Winkens nicht, hörte nicht die Worte aus seiner keuchenden Brust, stürzte in seine vorgestreckten Hände, klammerte an sie sich an; in Todesangst mußte er die Wütende schleppen zum Hause herein, muß frei die Arme kämpfen, ehe es ihm gelingt, ins alte Loch die Spinne zu drängen, mit sterbenden Händen den Zapfen vorzuschlagen. Er vermags mit Gottes Hülfe. Den sterbenden Blick wirft er auf die Kinder, hold lächeln sie im Schlafe. Da wird es ihm leicht, eine höhere Hand scheint seine Glut zu löschen, und laut betend schließt er zum Tode seine Augen, und Frieden und Freude fanden die auf seinem Gesichte, die vorsichtig und angstvoll kamen, zu schauen, wo das Weib geblieben. Erstaunt sahen sie das Loch verschlagen, aber das

Weib fanden sie versengt und verzerrt im Tode liegen; an Christes Hand hatte sie den feurigen Tod geholt. Noch standen sie und wußten nicht, was geschehen war, als mit dem Kinde das Bübchen wiederkehrte, vom Priester begleitet, der das Kind schnell getauft nach damaliger Sitte und wohlgerüstet und mutvoll dem gleichen Kampfe entgegengehen wollte, in dem sein Vorgänger siegreich das Leben gelassen. Aber ein solch Opfer forderte Gott nicht von ihm, den Kampf hatte schon ein Anderer bestanden.

Lange faßten die Leute nicht, welch große Tat Christen vollbracht. Als ihnen endlich Glaube und Erkenntnis kam, da beteten sie freudig mit dem Priester, dankten Gott für das neu geschenkte Leben und für die Kraft, die er Christen gegeben. Diesem aber baten sie im Tode noch ihr Unrecht ab und beschlossen, mit hohen Ehren ihn zu begraben, und sein Andenken stellte sich glorreich wie das eines Heiligen in aller Seelen.

Sie wußten nicht, wie ihnen war, als der so schreckliche Schreck, der fort und fort durch ihre Glieder zitterte, auf einmal geschwunden war und sie mit Freuden wieder in den blauen Himmel hinauf sehen konnten ohne Angst, die Spinne krieche unterdessen auf ihre Füße. Sie beschlossen viele Messen und einen allgemeinen Kilchgang; vor allem wollten sie die beiden Leichen bestatten, Christen und seine Drängerin, dann sollten auch die Andern eine Stätte finden, soweit es möglich war.

Es war ein feierlicher Tag, als das ganze Tal zur Kirche wanderte, und auch in manchem Herzen war es feierlich; manche Sünde ward erkannt, manch Gelübde ward getan, und von dem Tage an wurde viel übertriebenes Wesen auf den Gesichtern und in den Kleidern nicht mehr gesehen.

Als in der Kirche und auf dem Kirchhofe viele Tränen geflossen, viele Gebete geschehen waren, gingen alle aus der ganzen Talschaft, welche zur Begräbnis gekommen waren – und gekommen waren alle, die ihrer Glieder mächtig waren –, zum üblichen Imbiß ins Wirtshaus. Da geschah es nun, daß wie üblich Weiber und Kinder an einem eigenen Tische saßen, die sämtliche erwachsene Mannschaft aber Platz hatte an dem berühmten Scheibentische, der jetzt noch im «Bären» zu Sumiswald zu sehen ist. Er ward aufbewahret zum Andenken, daß einst nur noch zwei Dutzend Männer waren, wo jetzt an zwei Tausende wohnen, zum Andenken, daß auch das Leben der Zweitausende in der Hand dessen stehe, der die zwei Dutzend gerettet. Damals säumte man sich nicht lange an der Gräbt; es waren die Herzen zu voll, als daß viel Speise und Trank Platz gehabt hätte. Als sie aus dem Dorfe hervor auf die freie Höhe kamen, sahen sie eine Röte am Himmel, und als sie heimkamen, fanden sie das neue Haus niedergebrannt bis auf den Boden; wie es zugegangen, erfuhr man nie.

Aber was Christen an ihnen getan, vergaßen die Leute nicht, an seinen Kindern vergalten sie es. Fromm und wacker erzogen sie dieselben in den frömmsten Häusern; an ihrem Gute vergriff sich keine Hand, obgleich keine Rechnung zu sehen war. Es wurde gemehret und wohl besorgt, und als die Kinder auferwachsen waren, so waren sie nicht nur nicht um ihr Gut betrogen, sondern noch viel weniger um ihre Seelen. Es wurden rechtschaffene, gottesfürchtige Menschen, die Gnade bei Gott hatten und Wohlgefallen bei den Menschen, die Segen im Leben fanden und im Himmel noch mehr. Und so blieb es in der Familie, und man fürchtete die Spinne nicht, denn man fürchtete Gott; und wie es gewesen war, so soll es, so Gott will, auch bleiben, solange hier ein Haus steht, solange Kinder den Eltern folgen in Wegen und Gedanken.»

Hier schwieg der Großvater, und lange schwiegen alle,

und die Einen sannen dem Gehörten nach, und die Andern meinten, er schöpfe Atem und fahre dann weiters fort.

Endlich sagte der ältere Götti: «An dem Scheibentisch bin ich manchmal gesessen und habe von dem Sterbet gehört und daß nach demselben sämtliche Mannschaft in der Gemeinde daran Platz gehabt. Aber wie Punktum alles zugegangen, das konnte mir niemand sagen. Die Einen stürmten dies und Andere anders. Aber sage mir, wo hast du denn alles das vernommen?»

«He», sagte der Großvater, «das erbte sich bei uns vom Vater auf den Sohn, und als das Andenken davon bei den andern Leuten im Tale sich verlor, hielt man es in der Familie sehr heimlich und scheuete sich, etwas davon unter die Menschen zu lassen. Nur in der Familie redete man davon, damit kein Glied derselben vergesse, was ein Haus bauet und ein Haus zerstört, was Segen bringt und Segen vertreibt. Du hörst es meiner Alten wohl noch an, wie ungern sie es hat, wenn man so öffentlich davon redet. Aber mich dünkt, es täte je länger je nöter, davon zu reden, wie weit man es mit Hochmut und Hoffart bringen kann. Darum tue ich auch nicht mehr so geheim mit der Sache, und es ist nicht das erstemal, daß ich unter guten Freunden sie erzählet. Ich denke immer, was unsere Familie so viele Jahre im Glücke erhalten, das werde Andern auch nicht schaden, und recht sei es nicht, ein Geheimnis mit dem zu machen, was Glück und Gottes Segen bringt.»

«Du hast recht, Vettermann», antwortete der Götti, «aber fragen muß ich dich doch noch: war denn das Haus, welches du vor sieben Jahren einrissest, das uralte? Ich kann das fast nicht glauben.»

«Nein», sagte der Großvater. «Das uralte Haus war gar baufällig geworden schon vor fast dreihundert Jahren, und der Segen Gottes in Feldern und Matten hatte schon lange nicht mehr Platz darin. Und doch wollte es die Familie nicht verlassen, und ein neues bauen durfte sie nicht; sie hatte nicht vergessen, wie es dem früheren ergangen. So kam sie in große Verlegenheit und fragte endlich einen weisen Mann, der zu Haslebach gewohnt haben soll, um Rat. Der soll geantwortet haben: Ein neues Haus könnten sie wohl bauen an die Stelle des alten und nicht anderswo; aber zwei Dinge müßten sie wohl bewahren, das alte Holz, worin die Spinne sei, den alten Sinn, der ins alte Holz die Spinne geschlossen, dann werde der alte Segen auch im neuen Hause sein.

Sie bauten das neue Haus und fügten ihm ein mit Gebet und Sorgfalt das alte Holz, und die Spinne rührte sich nicht, Sinn und Segen änderten sich nicht.

Aber auch das neue Haus ward wiederum alt und klein, wurmstichig und faul sein Holz; nur der Posten hier blieb fest und eisenhart. Mein Vater hätte schon bauen sollen, er konnte es erwehren, es kam an mich. Nach langem Zögern wagte ich es. Ich tat wie die Frühern, fügte das alte Holz dem neuen Hause bei, und die Spinne regte sich nicht. Aber gestehen will ich es: mein Lebtag betete ich nie so inbrünstig wie damals, als ich das verhängnisvolle Holz in Händen hatte; die Hand, der ganze Leib brannte mich, unwillkürlich mußte ich sehen, ob mir nicht schwarze Flecken wüchsen an Hand und Leib, und ein Berg fiel mir von der Seele, als endlich alles an seinem Orte stund. Da ward meine Überzeugung noch fester, daß weder ich noch meine Kinder und Kindeskinder etwas von der Spinne zu fürchten hätten, solange wir uns fürchten vor Gott.»

Da schwieg der Großvater, und noch war der Schauer nicht verflogen, der ihnen den Rücken herauf gekrochen, als sie hörten, der Großvater hätte das Holz in Händen gehabt, und sie dachten, wie es ihnen wäre, wenn sie es auch darein nehmen müßten.

Endlich sagte der Vetter: «Es ist nur schade, daß man nicht weiß, was an solchen Dingen wahr ist. Alles kann man kaum glauben, und etwas muß doch an der Sache sein, sonst wäre das alte Holz nicht da.» Sei jetzt daran wahr, was da wolle, so könne man viel daraus lernen, sagte der jüngere Götti, und dazu hätten sie noch kurze Zeit gehabt; es dünke ihn, er sei erst aus der Kirche gekommen.

Sie sollten nicht zu viel sagen, sagte die Großmutter, sonst fange ihr Alter ihnen eine neue Geschichte an; sie sollten jetzt auch einmal essen und trinken, es sei ja eine Schande, wie niemand esse und trinke. Es sollte doch nicht alles schlecht sein, sie hätten angewendet, so gut sie es verstanden.

Nun ward viel gegessen, viel getrunken und zwischendurch gewechselt manche verständige Rede, bis groß und golden am Himmel der Mond stund, die Sterne aus ihren Kammern traten, zu mahnen die Menschen, daß es Zeit sei, schlafen zu gehn in ihre Kämmerlein. Die Menschen sahen die geheimnisvollen Mahner wohl, aber sie saßen da so heimelig, und jedem klopfte es unheimlich unterem Brusttuch, wenn er ans Heimgehn dachte; und wenn es schon Keiner sagte, so wollte doch Keiner der Erste sein.

Endlich stund die Gotte auf und schickte mit zitterndem Herzen zum Weggehn sich an; doch es fehlte ihr an sicheren Begleitern nicht, und mit einander verließ die ganze Gesellschaft das gastliche Haus mit vielem Dank und guten Wünschen, allen Bitten an Einzelne, an die Gesamtheit, doch noch länger zu bleiben, es werde ja nicht finster, zum Trotz.

Bald war es still ums Haus, bald auch still in demselben. Friedlich lag es da, rein und schön glänzte es in des Mondes Schein das Tal entlang; sorglich und freundlich barg es brave Leute in süßem Schlummer, wie die schlummern, welche Gottesfurcht und gute Gewissen im Busen tragen, welche nie die schwarze Spinne, sondern nur die freundliche

Sonne aus dem Schlummer wecken wird. Denn wo solcher Sinn wohnet, darf sich die Spinne nicht regen, weder bei Tage noch bei Nacht. Was ihr aber für eine Macht wird, wenn der Sinn ändert, das weiß der, der alles weiß und jedem seine Kräfte zuteilt, den Spinnen wie den Menschen.

Elsi, die seltsame Magd

****

Reich an schönen Tälern ist die Schweiz, wer zählte sie wohl auf? In keinem Lehrbuch stehn sie alle verzeichnet. Wenn auch nicht eins der schönsten, so doch eines der reichsten ist das Tal, in welchem Heimiswyl liegt und das oberhalb Burgdorf ans rechte Ufer der Berner Emme sich mündet. Großartig sind die Berge nicht, welche es einfassen, in absonderlichen Gestalten bieten sie dem Auge sich nicht dar; es sind mächtige Emmentaler Hügel, die unten heitergrün und oben schwarzgrün sind, unten mit Wiesen und Äckern eingefaßt, oben mit hohen Tannen bewachsen. Weit ist im Tale die Fernsicht nicht, da es ein Quertal ist, welches in nordwestlicher Richtung ans Hauptal stößt; die Alpen sieht man daher nur auf beiden Eggen, welche das Tal umfassen, da aber auch in heller Pracht und gewaltigem Bogen am südlichen Himmel. Herrlich ist das Wasser, das allenthalben aus Felsen bricht, einzig sind die reichbewässerten Wiesen und trefflich der Boden zu jeglichem Anbau, reich ist das Tal und schön und zierlich die Häuser, welche das Tal schmücken. Wer an den berühmten Emmentaler Häusern sich erbauen will, der findet sie zahlreich und ausgezeichnet in genanntem Tale.

Auf einem der schönen Höfe lebte im Jahr 1796 als Magd Elsi Schindler (dies soll aber nicht der rechte Name gewesen sein); sie war ein seltsam Mädchen, und niemand wußte, wer sie war und woher sie kam. Im Frühjahr hatte es einmal noch spät an die Türe geklopft, und als der Bauer zum Läuferli hinausguckte, sah er ein großes Mädchen draußen stehen mit einem Bündel unter dem Arme, das über Nacht fragte, nach altherkömmlicher Sitte, nach welcher jeder geldlose Wanderer, oder wer sonst gerne das Wirtshaus meidet, um Herberge frägt in den Bauernhäusern und nicht nur umsonst ein Nachtlager erhält, bald im warmen Stall, bald im warmen Bette, sondern auch abends und morgens sein Essen und manchmal noch einen Zehrpfennig auf den Weg. Es gibt deren Häuser im Bernbiet, welche die Gastfreundschaft täglich üben den Morgenländern zum Trotz und deren Haus selten eine Nacht ohne Übernächtler ist. Der Bauer hieß das Mädchen hereinkommen, und da sie eben am Essen waren, hieß er es gleich zuechehocke. Auf der Bäurin Geheiß mußte das Weibervolk auf dem Vorstuhl sich zusammenziehen, und zu unterst auf selbigen setzte sie die Übernächtlerin.

Man aß fort, aber einige Augenblicke hörte man des Redens nicht viel, alle mußten auf das Mädchen sehen. Dasselbe war nämlich nicht nur groß, sondern auch stark gebaut und schön von Angesicht. Gebräunt war dasselbe wohl, aber wohl geformt, länglich war das Gesicht, klein der Mund, weiß die Zähne darin; ernst und groß waren die Augen, und ein seltsam Wesen, das an einer Übernächtlerin besonders auffiel, machte, daß die Essenden nicht fertig wurden mit Ansehen. Es war eine gewisse adeliche Art an dem Mädchen, die sich weder verleugnen noch annehmen läßt, und es kam allen vor, als säße sie da unten als des Meisters Tochter oder als eine, die an einem Tische zu befehlen oder zu regieren gewohnt sei. Es verwunderten sich daher alle, als das Mädchen auf die endlich erfolgte Frage des Bauern: «Wo chunst und wo wottsch?» antwortete: Es sei ein arm Meitli, die Eltern seien ihm gestorben, und es wolle Platz suchen als Jungfere da in den Dörfern unten. Das Mädchen mußte noch manche Frage ausstehen, so ungläubig waren alle am Tisch. Und als endlich der Bauer mehr zur

Probe als im Ernste sagte: «Wenn es dir ernst ist, so kannst hier bleiben, ich mangelte eben eine Jungfere», und das Mädchen antwortete, das wäre ihm gerade das Rechte, so brauchte es nicht länger herumzulaufen, so verwunderten sich alle noch mehr und konnten es fast nicht glauben, daß das eine Jungfere werde sein wollen.

Und doch war es so und dem Mädchen bitterer Ernst, aber freilich dazu war es nicht geboren. Es war eine reiche Müllerstochter aus vornehmem Hause, aus einem der Häuser, von denen ehedem, als man das Geld nicht zu nutzen pflegte, die Sage ging, bei Erbschaften und Teilungen sei das Geld nicht gezählt, sondern mit dem Mäß gemessen worden. Aber in der letzten Hälfte des vergangenen Jahrhunderts war ein grenzenloser Übermut eingebrochen, und Viele taten so übermütig wie der verlorne Sohn, ehe er zu den Trebern kam. Damals war es, daß reiche Bauernsöhne mit Neutalern in die Wette über die Emme warfen und machten «Welcher weiter?». Damals war es, als ein reicher Bauer, der zwölf Füllimähren auf der Weide hatte, an einem starkbesuchten Jahrmarkt austrommeln ließ: Wer mit dem Rifershäuserbauer zu Mittag essen und sein Gast sein wolle, der solle um zwölf Uhr im Gasthause zum Hirschen sein. So einer war auch des Mädchens Vater gewesen. Bald hielt er eine ganze Stube voll Leute zu Gast, bald prügelte er alle, die in einem Wirtshause waren, und leerte es; am folgenden Morgen konnte er dann ausmachen um schwer Geld dutzendweise. Er war imstande, als Dragoner an einer einzigen Musterung hundert bis zweihundert Taler zu brauchen und ebenso viel an einem Markt zu verkegeln. Wenn er zuweilen recht einsaß in einem Wirtshause, so saß er dort acht Tage lang, und wer ins Haus kam, mußte mit dem reichen Müller trinken, oder er kriegte Schläge von ihm. Auf diese Weise erschöpft man eine Goldgrube, und der Müller ward nach und nach arm, wie sehr auch seine arme Frau dagegen sich wehrte und nach Vermögen zur Sache sah.

Sie sah das Ende lange voraus, aber aus falscher Scham deckte sie ihre Lage vor den Leuten zu. Ihre Verwandten hatten es ungern gesehen, daß sie den Müller geheiratet, denn sie war von braven Leuten her, welchen das freventliche Betragen des Müllers zuwider war; sie hatte es erzwungen und auf Besserung gehofft, aber diese Hoffnung hatte sie betrogen – wie noch manche arme Braut – und statt besser war es immer schlimmer gekommen. Sie durfte dann nicht klagen gehen, und darum merkten auch die Leute, gäb wie sie sich wunderten, wie lange der Müller es mache könnte, den eigentlichen Zustand der Dinge nicht, bis die arme Frau, das Herz vom Geier des Grams zerfressen, ihr Haupt neigte und starb. Da war nun niemand mehr, der sorgte und zudeckte; Geldmangel riß ein, und wo der sichtbar wird, da kommen wie Raben, wenn ein Aas gefallen, die Gläubiger gezogen und immer mehrere, denn einer zieht den andern nach, und keiner will der letzte sein. Eine ungeheure Schuldenlast kam an Tag, der Geltstag brach aus, verzehrte alles, und der reiche Müller ward ein alter, armer Hudel, der in der Kehr gehen mußte von Haus zu Haus gar manches Jahr, denn Gott gab ihm ein langes Leben. So aus einem reichen Mann ein armer Hudel zu werden und als solcher so manches Jahr umgehen zu müssen von Haus zu Haus, ist eine gerechte Strafe für den, der in Schimpf und Schande seine Familie stürzt und sie so oft noch um mehr bringt als um das leibliche Gut. So einer ist aber auch eine lebendige Predigt für die übermütige Jugend, ob welcher sie lernen mag das Ende, welches zumeist dem Übermute gesetzet ist.

Zwei Söhne hatte der Müller, diese waren schon früher der väterlichen Roheit entronnen, hatten vor ihr im fremden Kriegsdienst Schutz gesucht. Eine Tochter war geblieben im

Hause, die schönste, aber auch die stolzeste Müllerstochter das Land auf und ab. Sie hatte wenig teilgenommen an den Freuden der Jugend; sie gefielen ihr nicht, man hielt sie zu stolz dazu. Freier hatten sie umlagert haufenweise, aber einer gefiel ihr so schlecht als der andere, ein jeder erhielt so wenig ein freundlich Wort als der andere. Ein jeder derselben ward ihr Feind und verschrie ihren Übermut. Zu einem aber ward sie nie zu stolz erfunden, zur Arbeit nämlich und zu jeglicher Dienstleistung, wo Menschen oder Vieh derselben bedurften. Von Jugend an war sie früh auf, griff alles an, und alles stund ihr wohl, und gar oft waren es die Eltern, die ihren Willen hemmten, ihr dies und jenes verboten, weil sie meinten, einer reichen Müllerstochter zieme solche Arbeit nicht. Dann schaffte sie gar manches heimlich, und oft, wenn ihre kranke Mutter des Nachts erwachte, sah sie ihre Tochter am Bette sitzen, während sie doch einer Magd zu wachen befohlen, ihre Tochter aber mit allem Ernst zu Bette gehen geheißen hatte.

Als nun die Mutter gestorben war und das Unglück ausbrach, da wars, als wenn ein Blitz sie getroffen. Sie jammerte nicht, aber sie schien stumm geworden, und die Leute hatten fast ein Grausen ob ihr, denn man sah sie oft stehen auf hohem Vorsprung oder an tiefem Wasser und ob den Mühlrädern am Bache, und alle sagten, es gebe sicher ein Unglück, aber niemand reichte die Hand, selbigem auf irgend eine Weise vorzubeugen. Alle dachten, und Viele sagten es, es geschehe Elsi recht, Hochmut komme vor dem Falle, und so sollte es allen gehen, die so stolz wie Elsi täten; und als dasselbe am Morgen, als alles aufgeschrieben werden sollte, verschwunden war, sagten alle: Da hätte mans, und sie hätten es längst gesagt, daß es diesen Ausweg nehmen würde. Man suchte es in allen Bächen, an jungen Tannen, und als man es nirgends fand, da deuteten Einige darauf hin, daß einer sei, der schon Viele geholt und absonderlich Stolze und

Übermütige, und noch nach manchem Jahre ward stolzen Mädchen darauf hingedeutet, wie einer sei, der gerade Stolze am liebsten nehme; sie sollen nur denken an die reiche Müllerstochter, die so ungesinnet verschwunden sei, daß man weder Haut noch Haar je wieder von ihr gesehen.

So übel war es indes Elsi nicht ergangen, aber Böses hatte es allerdings in den ersten Tagen im Sinne gehabt. Es war ihm gewesen, als klemme jemand ihm das Herz entzwei, als türmten sich Mühlsteine an seiner Seele auf; es war ein Zorn, eine Scham in ihm, und die brannten ihns, als ob es mitten in der Hölle wäre. Allen Leuten sah es an, wie sie sein Unglück ihm gönnten, und wenn man ihm alle Schätze der Welt geboten hätte, es wäre nicht imstande gewesen, einem einzigen Menschen ein freundlich Wort zu geben.

Indessen wachte über dem armen Kinde eine höhere Hand und ließ aus dessen Stolze eine Kraft emporwachsen, welche demselben zu einem höhern Entschlusse half; denn so tut es Gott oft, eben aus dem Kerne, den die Menschen verworfen, läßt er emporwachsen die edelste Frucht. Der Stolz des Mädchens war ein angeborner Ekel gegen alles Niedere, geistig Hemmende, und wer es einmal beten gesehen hätte, hätte auch gesehen, wie es sich demütigen konnte vor dem, in dem nichts Niederes, nichts Gemeines ist. Aber sein Inneres verstund es nicht, sein Äußeres beherrschte es nicht, und darum gebärdete es sich wie eine reiche Müllerstochter, welcher die ganze Welt nicht vornehm genug ist. Da weg wollte es, aber vor der Untat schauderte es; die Schande wollte es seiner Familie nicht antun, wollte nicht die Seele mit dem Leibe verderben, aber wie sich helfen, wußte es lange nicht. Da, in stiller Nacht, als eben seine Angst um einen Ausweg am größten war, öffnete ihm Gott denselben. Weit weg wollte es ziehen, Dienst suchen als niedere Magd an einsamem Orte, dort in Stille und Treue unbekannt sein

Leben verbringen, solange es Gott gefalle. Wie in starken Gemütern kein langes Werweisen ist, wenn einmal ein Weg offen steht, so hatte es noch in selber Nacht sich aufgemacht, alle Hoffart dahinten gelassen, nur mitgenommen, was für eine Magd schicklich war, keinem Menschen ein Wort gesagt und war durch einsame Steige fortgegangen aus dem heimischen Tale. Manchen Tag war es gegangen in die Kreuz und Quere, bald gefiel es ihm nicht, bald gedachte es an bekannte Namen, die hier oder dort wohnten, und so war es gekommen bis ins Heimiswyltal. Dort hinten im heimeligen Tale gefiel es ihm, es suchte Dienst und fand ihn.

Die rasche Aufnahme desselben war anfangs der Bäurin nicht recht; sie kapitelte den Mann ab, daß er ihr da eine aufgebunden habe, die so zimpfer aussehe und zu hochmütig, um sich etwas befehlen zu lassen. Des tröstete sie der Bauer, indem das Mädchen ja nicht für eine bestimmte Zeit gedungen sei, man also dasselbe schicken könne, sobald es sich nicht als anständig erweise. Auch dem übrigen Gesinde war die Aufnahme des Mädchens nicht recht, und lang ging dasselbe um ihns herum wie Hühner um einen fremden Vogel, der in ihrem Hof absitzt.

Aber bald erkannte die Bäurin, daß sie in Elsi ein Kleinod besitze, wie sie keines noch gehabt, wie es mit Geld nicht zu bezahlen ist. Elsi verrichtete, was es zu tun hatte, nicht nur meisterhaft, sondern es sinnete auch selbst, sah, was zu tun war, und tat es ungeheißen rasch und still, und wenn die Bäurin sich umsah, so war alles schon abgetan als wie von unsichtbaren Händen, als ob die Bergmännlein dagewesen wären. Das nun ist einer Meisterfrau unbeschreiblich anständig, wenn sie nicht an alles sinnen, allenthalben nachsehen muß, wenn sie nicht nur das Schaffen, sondern auch das Sinnen übertragen kann; aber sie findet selten einen Dienst, bei welchem sie dieses kann. Viele Menschen scheinen nicht zum Sinnen geboren, und Viele wiederum haben ihre Gedanken nie da, wo es nötig wäre, und Wenige sind, die wache Sinne haben, geleitet und gehütet von klarem Verstande, und aus diesen Wenigen sind wiederum Wenige, die zum Dienen kommen, oder dienen selten lange, denn das sind geborene Meisterleute. Daneben hatte Elsi nichts auf Reden, mit niemand Umgang, und was es sah im Hause oder hörte, das blieb bei ihm; keine Nachbarsfrau vernahm davon das Mindeste, sie mochte es anstellen, wie sie wollte. Mit dem Gesinde machte es sich nicht gemein. Die rohen Spässe der Knechte wies es auf eine Weise zurück, daß sie dieselben nicht wiederholten, denn Elsi besaß eine Kraft, wie sie selten ist beim weiblichen Geschlechte, und dennoch ward es von demselben nicht gehaßt. Niemanden verklagte es, und wenn es Knecht oder Magd einen Dienst tun konnte, so sparte Elsi es nicht, und manches tat es ab in der Stille, was die Andern vergaßen und deshalb hart gescholten worden wären, wenn die Meisterleute es gesehen hätten.

So ward Elsi bald der rechte Arm der Meisterfrau, und wenn sie etwas auf dem Herzen hatte, so war es Elsi, bei dem sie es erleichterte. Aber eben deswegen ärgerte es sie an Elsi, daß es nicht Vertrauen mit Vertrauen vergalt. Natürlich nahm es sie wunder, wer Elsi war und woher es kam, denn daß es nicht sein Lebtag gedient hatte, sondern eher befohlen, das merkte sie an gar vielem, besonders eben daran, daß es selbst dachte und alles ungeheißen tat. Sie schlug daher oft auf die Stauden und frug endlich geradeaus. Elsi seufzte wohl, aber sagte nichts und blieb fest dabei, wie auch die Meisterfrau ansetzte auf Weiberweise, bald mit Zärtlichkeit und bald mit Giftigkeit. Heutzutage hätte man es kürzer gemacht und nach den Schriften gefragt, absonderlich nach dem Heimatschein, den man hinterlegen müsse, wenn man nicht in der Buße sein wollte; damals dachte man an solche

Dinge nicht, und im Bernbiet konnte man sein Lebtag inkognito verweilen, wenn man nicht auf irgend eine absonderliche Weise der Polizei sich bemerkbar machte.

Wie sehr dies auch die Frau verdroß, so lähmte es doch ihr Vertrauen nicht, und wenn sie Donnstags nicht nach Burgdorf auf den Markt konnte, wohin schon damals die Heimiswyler Weiber alle Donnstage gingen, so sandte sie Elsi mit dem, was Verkäufliches bei der Hand war, und Aufträgen, wie des Hauses Bedarf sie forderte. Und Elsi richtete aufs Treulichste alles aus und war heim, ehe man daran dachte, denn nie ging es in ein Wirtshaus, weder an Markttagen noch an Sonntagen, wie ihm auch zugeredet ward von Alt und Jung. Anfangs meinte man, sein Weigern sei nichts als die übliche Ziererei, und fing an, nach Landessitte zu schreißen und zu zerren; aber es half nichts, Elsi blieb standhaft. Man sah es mit Erstaunen; denn ein solch Mädchen, das sich nicht zum Weine schreißen ließ, war noch Keinem vorgekommen. Am Ende setzte man ab mit Versuchen und kriegte Respekt vor ihm.

Wenn aber einmal die jungen Leute vor einem schönen Mädchen Respekt kriegen, da mag es wohl nach und nach sicher werden vor denen, welche Mädchen wie Blumen betrachten, mit denen man umgehen kann nach Gelüsten. Aber nun erst kommen die herbei, welche Ernst machen wollen, welche eine schöne Frau möchten und eine gute. Deren waren nun damals im Heimiswylergraben Viele, und sie waren einstimmig der Meinung, daß nicht für jeden eine im Graben selbst zu finden sei. Freilich wollten die Meisten zu guten und schönen noch reiche Weiber. Aber man weiß, wie das beim jungen Volke geht, welches alle Tage eine andere Rechnung macht und immer das am höchsten in Rechnung stellt, was ihm gerade am besten gefällt. Darum war Elsi vor diesen alle Tage weniger sicher; sie sprachen es an auf dem Kirchweg und auf dem Märitweg, und des Nachts hoscheten sie an sein Fenster, sagten ihm Sprüche her, und wenn sie hintenaus waren, fingen sie sie wieder von vornen an, aber alles umsonst. Elsi gab auf dem Wege wohl freundlichen Bescheid, aber aus dem Gaden denen vor den Fenstern nie Gehör. Und wenn, wie es im Bernbiet oft geschieht, die Fenster eingeschlagen, die Gadentüre zertrümmert wurde, so half das seinen Liebhabern durchaus nichts. Entweder schaffte es sich selbsten Schutz und räumte das Gaden wieder, oder es stieg durchs Ofenloch in die untere Stube hinab; dorthin folgt kein Kiltbub einem Mädchen.

Unter denen, welche gerne eine schöne und gute Frau gehabt hätten, war ein Bauer, nicht mehr ganz jung. Aber noch nie war eine ihm schön und gut genug gewesen, und wenn er auch eine gefunden zu haben glaubte, so brauchte die nur mit einem andern Burschen ein freundlich Wort zu wechseln, so war er fertig mit ihr und sah sie nie mehr an. Christen hieß der Bursche, der von seiner Mutter her einen schönen Hof besaß, während sein Vater mit einer zweiten Frau und vielen Kindern einen andern Hof bewirtschaftete. Christen war hübsch und stolz, keinen schönern Kanonier sah man an den Musterungen, keinen tüchtigern Bauer in der Arbeit und keinen kuraschierteren Menschen im Streit. Aber allgemach hatte er sich aus den Welthändeln zurückgezogen. Die Mädchen, welche am Weltstreit vordem die Hauptursache waren – jetzt ist es das Geld –, waren ihm erleidet; er hielt keines für treu, und um ihn konnte der Streit toben, konnten Gläser splittern neben ihm und Stuhlbeine krachen, er bewegte sich nicht von seinem Schoppen. Nur zuweilen an einem Burgdorfmarkt, wenn die Heimiswyler mit ihren Erbfeinden, den Krauchthalern, nicht fahren mochten und Bott um Bott kam, ihn zu entbieten und zuletzt dr tusig Gottswillen, stund er auf und half mit wackeren

Elsi, die seltsame Magd

Streichen seinen bedrängten Kameraden wieder auf die Beine.

Mit Mägden hatte er sich, wie es einem jungen Bauer ziemt, natürlich nie abgegeben; aber Elsi hatte so etwas Apartes in seinem Wesen, daß man es nicht zu den Mägden zählte und daß alle darüber einig waren, von der Gasse sei es nicht. Um so begieriger forschte man, woher denn eigentlich, aber man erforschte es nicht. Dies war zum Teil Zufall, zum Teil war der Verkehr damals noch gar sparsam, und was zehn Stunden auseinander lag, das war sich fremder, als was jetzt fünfmal weiter auseinander ist. Wie allenthalben, wo ein Geheimnis ist, Dichtungen entstehen, und wie, wo Weiber sind, Gerüchte umgehen, so ward gar mancherlei erzählt von Elsis Herkommen und Schicksalen. Die Einen machten eine entronnene Verbrecherin aus ihm, Andere eine entlaufene Ehefrau, Andere eine Bauerntochter, welche einer widerwärtigen Heirat entflohen, noch Andere eine unehliche Schwester der Bäurin oder eine unehliche Tochter des Bauern, welche auf diese Weise ins Haus geschmuggelt worden. Aber weil Elsi unwandelbar seinen stillen Weg ging, fast wie ein Sternlein am Himmel, so verloren all diese Gerüchte ihre Kraft, und eben das Geheimnisvolle, Besondere in seiner Erscheinung zog die junge Mannschaft an und absonderlich Christen. Sein Hof war nicht entfernt von Elsis Dienstort, das Land stieß fast aneinander, und wenn Christen ins Tal hinunter wollte, so mußte er an ihrem Hause vorbei. Anfangs tat er sehr kaltblütig. Wenn er Elsi zufällig antraf, so sprach er mit ihm, stellte sich wohl auch bei ihm, wenn es am Brunnen unterm breiten Dache Erdäpfel wusch oder was anderes. Elsi gab ihm freundlichen Bescheid, und ein Wort zog das andere Wort nach sich, daß sie oft gar nicht fertig werden konnten mit Reden, was andern Leuten aber eher auffiel als ihnen selbst. Auch Christen wollte Elsi Wein zahlen, wenn er es in Burgdorf traf oder mit ihm heimging am Heimiswyler Wirtshause vorbei. Aber ihm so wenig als Andern wollte Elsi in ein Wirtshaus folgen, ein Glas Wein ihm abtrinken. Das machte Christen erst bitter und bös; er war der Meinung, daß wenn ein junger Bauer einer Magd eine Halbe zahlen wolle, so sei das eine Ehre für sie, und übel an stünde es ihr, diese auszuschlagen. Da er aber sah, daß sie es allen so machte, hörte, daß sie nie noch ein Wirtshaus betreten, seit sie hier sei, so gefiel ihm das und zwar immer mehr. Das wäre eine Treue, dachte er, die nicht liebäugelte mit jedem Türlistock, nicht um einen halben Birenstiel mit jedem hinginge, wo er hin wollte; wer so eine hätte, könnte sie zur Kirche und auf den Markt schicken oder allein daheim lassen, ohne zu fürchten, daß jemand anders ihm ins Gehege käme. Und doch konnte er die Versuche nicht lassen, so oft er Elsi auf einem Wege traf, dasselbe zum Weine zu laden oder ihm zu sagen, am nächsten Sonntag gehe er dorthin, es solle auch kommen, und allemal ward er böse, daß er einen Abschlag erhielt.

Es ist kurios mit dem Weibervolke und dem Männervolk. Solange sie ledig sind, bloß werben oder Brautleute sind, da ist das Weibervolk liebenswürdig aus dem ff und das Männervolk freigebig, daß einem fast übel wird, und zwar gleich zu Stadt und Land. So ein Bursche zum Beispiel läßt Braten aufstellen oder wenigstens einen Kuchen, und sollte er ihn unter den Nägeln hervorpressen, versteigt sich zu rotem Weine, gegenwärtig sogar zu Champagner aus dem Welschland, und nicht oft genug kann er sein Mädchen zum Wein bestellen; er tut, als ob er ein Krösus wäre und sein Vater daheim nicht mehr Platz hätte zum Absitzen vor lauter Zäpfen und Päcklein. Ist derselbe aber einmal verheiratet, dann hat die Herrlichkeit ein Ende, und je freigebiger er gewesen, desto karger wird er, und allemal wenn sein Weib mit ihm ins Wirtshaus will, so setzt es Streit ab, und wenn das Weib es einmal im Jahr erzwängt, so hält der Mann es ihr sieben Jahre lang vor. Ähnlich haben es die Mädchen mit der Liebenswürdigkeit, wenn sie Weiber werden. Eins zahlt immer das Andere, heißt es, aber schwer ists, zu entscheiden, ob der Mann zuerst von der Freigebigkeit läßt oder das Weib von der Liebenswürdigkeit. Es wird halt auch so sein wie mit dem Speck, mit welchem man die Mäuse fängt; ist die Maus gefangen und der Speck gefressen, so wächst auch nicht neuer Speck nach und der alte ist und bleibt gefressen.

Aus diesem Grunde wahrscheinlich kömmt es, daß die meisten städtischen Väter ihren Töchtern ein Sackgeld vorbehalten, welches aber sehr oft nicht ausgerichtet wird; auf dem Lande ist man noch nicht so weit und namentlich im Heimiswylgraben nicht.

Trotz dem Bösewerden ward Elsi dem Christen doch immer lieber, immer mehr drang sich ihm die Überzeugung auf: die oder keine. Ihm zu Lieb und Ehr tat er manchen Gang, war oft zu Abendsitz in des Bauern Haus und immer öfters vor des Mädchens Fenster, doch immer vergeblich, und allemal nahm er sich vor, nie mehr zu gehen, und nie konnte er seinen Vorsatz halten. Elsi kam, wenn es seine Stimme hörte, wohl unters Fenster und redete mit ihm, aber weiter brachte Christen es nicht. Je zärtlicher er redete, desto mehr verstummte das Mädchen; wenn er von Heiraten redete, so brach es ab, und wenn er traulich wurde, die eigenen Verhältnisse auseinandersetzte und nach denen von Elsi forschte, so machte dasselbe das Fenster zu. Dann ward Christen sehr böse; er ahnete nicht, welchen Kampf Elsi im Herzen bestand.

Anfänglich war es Elsi wohl in der Fremde, so alleine und ohne alles Kreuz vom Vater her, aber allgemach ward eben dieses Alleinestehen ihm zur Pein, denn ohne Bürde auf der Welt soll der Mensch nicht sein. So niemand zu haben auf der Welt, zu dem man sich flüchten, auf den man in jeder Not bauen kann, das ist ein Weh, an dem manches Herz verblutet. Als Christen der stattlichen Maid sich nahte, tat es Elsi unendlich wohl; Christen war ja eine Brücke in seine alten Verhältnisse, von der Magd zur Meisterfrau. Aber um zu heiraten, mußte es sagen, wer es war, mußte seine Verhältnisse offenbaren, mußte in der Heimat sagen, wohin es gekommen; das wars, was es nicht konnte. Es war überzeugt, daß Christen, sobald er wußte, wer es war, ihns sitzen ließe, und das wollte es nicht ertragen. Es wußte zu gut, wie übel berüchtigt sein Vater war Land auf, Land ab und daß man in diesem Tale hundertmal lieber ein arm Söhniswyb wollte als eines von übel berüchtigter Familie her. Wie manches arme Kind sich eines reichen Mannes freut seiner Eltern wegen, weil es hofft, Sonnenschein bringen zu können in ihre trüben alten Tage, so kann ein Kind schlechter Eltern sich nicht freuen. Es bringt nichts als die Schande mit in die neue Familie; den schlechten Eltern kann es nicht helfen, nicht helfen von ihrer Schande, nicht helfen von ihren Lastern. So wußte auch Elsi, daß seinem Vater nicht zu helfen war, auf keine Weise. Geld war nur Öl ins Feuer, und ihn bei sich ertragen, das hätte es nicht vermocht und hätte es viel weniger einem Manne zugemutet, was die leibliche Tochter nicht ertrug. Das ist eben der Fluch, der auf schlechten Eltern liegt, daß sie das Gift werden in ihrer Kinder Leben; ihr schlechter Name ist das Gespenst, das umgeht, wenn sie selbst schon lange in ihren Gräbern modern, das sich an die Fersen der Kinder hängt und unheilbringend ihnen erscheinet, wenn Glück sich ihnen nahen, bessere Tage ihnen aufgehen wollen.

Es kämpfte hart in dem armen Mädchen, aber sein Geheimnis konnte es nicht offenbaren. Wenn Christen je gesehen hätte, wie der Kampf Elsi Tränen auspreßte, wie es seufzte und betete, er wäre nicht so böse geworden, er hätte vielleicht in verdoppelter Liebe das Geheimnis entdeckt; aber was da innen in uns sich reget, das hat Gott nicht umsonst dem Auge Anderer verborgen. Es kam Elsi oft an, wegzuziehen in dunkler Nacht, wieder zu verschwinden, wie es in seiner Heimat verschwunden war, und doch vermochte es dasselbe nicht. Es redete sich ein, die Leute würden ihm Böses nachreden, es sei mit dem Schelmen davongegangen oder noch Schlimmeres; aber es war etwas anderes, welches ihns hielt, was es sich aber selbst nicht gestand. So litt das arme Mädchen sehr, das höchste Glück ihm so nahe und doch ein Gespenst zwischen ihm und seinem Glück, das ihns ewig von selbigem schied. Und dieses Gespenst sahen andere Augen nicht; es durfte nicht schreien, es mußte die bittersten Vorwürfe ertragen, als ob es schnöde und übermütig das Glück von sich stieße.

Diese Vorwürfe machten ihm nicht nur Christen, sondern auch die Bäurin, welche Christens Liebe sah und ihrer Magd, welche ihr lieb wie eine Schwester war, dieses Glück wohl gönnte, was nicht alle Meisterfrauen getan hätten, aufsätzig. Bei diesen Anlässen konnte sie recht bitter werden in den Klagen über Mangel an Zutrauen, ja manchmal sich des Deutens nicht enthalten, daß Elsi wohl etwas Böses zu bewahren hätte, weil es dasselbe nicht einmal ihr, welche es doch so gut meine, anvertrauen wolle.

Das fühlte Elsi mit Bitterkeit, es sah recht elend aus, und doch konnte es nicht fort, konnte noch viel weniger das Gespenst bannen, das zwischen ihm und seinem Glücke stand. Da geschah es am alten Neujahr, das heißt an dem Tage, auf welchen nach dem alten Dato, nach russischem Kalender, das Neujahr gefallen wäre und welches, so wie die alte Weihnacht, ehedem noch allgemein gefeiert wurde auf dem Lande, jetzt nur noch in einigen Berggegenden, daß

Elsi mit der Bäurin nach Burgdorf mußte. Der Tag war auf einen Markttag gefallen, es war viel Volk da, und lustig ging es her unterm jungen Volk, während unter den Alten viel verkehrt wurde von den Franzosen, von welchen die Rede war, wie sie Lust hätten an das Land hin, wie man sie aber bürsten wollte, bis sie genug hätten. Nur vorsichtig ließen hier und da Einige verblümte Worte fallen von Freiheit und Gleichheit und den gestrengen Herren zu Bern, und sie taten wohl mit der Vorsicht, denn Teufel und Franzos war denen aus den Bergen ungefähr gleichbedeutend.

Als die Bäurin ihre Geschäfte verrichtet hatte, steuerte sie ihrem üblichen Stübli zu, denn z'leerem ging sie von Burgdorf nicht heim und namentlich am alten Neujahr nicht. Sie wollte Elsi mitnehmen, welches aber nicht wollte, sondern sich entschuldigte, es hätte nichts nötig, und wenn sie Beide hineingingen, so müßten sie pressieren, weil niemand daheim die Sache mache; gehe es aber voran, so könne die Bäurin bleiben, solange es ihr anständig sei, bis sie Kameradschaft fände für heim oder gar eine Gelegenheit zum Reiten.

Wie sie da so märteten mit einander, kam Christen dazu, stund auf Seite der Meisterfrau und sagte Elsi, jetzt müsse es hinein; das wäre ihm doch seltsam, wenn ein Meitschi wie es in kein Wirtshaus wollte, es wäre das erste. Elsi blieb fest und lehnte manierlich ab: Es möge den Wein nicht erleiden, sagte es, und daheim mache niemand die Haushaltung. Es müsse kommen, sagte Christen; trinken könne es, so wenig es wolle, und gehen, wenn es wolle, aber einmal wolle er wissen, ob es sich seiner verschäme oder nicht.

Das sei einfältig von ihm, sagte Elsi, er solle doch denken, wie eine arme Magd eines Bauern sich verschämen sollte, und zürnen solle er nicht, aber es sei sein Lebtag sein Brauch gewesen, sich nicht eigelich zu machen, sondern erst zu sinnen, dann zu reden, dann bei dem zu bleiben, was geredet worden. Die gute Bäurin, welche wenig von andern Gründen wußte als von Mögen und nicht Mögen, half drängen und sagte, das sei doch wunderlich getan, und wenn zu ihrer Zeit sie ein ehrlicher, braver Bursche zum Weine habe führen wollen, so hätte sie sich geschämt, es ihm abzusagen und ihm diese Schande anzutun.

Es ist nun nichts, welches den Zorn des Menschen eher entzündet, sein Begehren stählt als ein solcher Beistand; darum ward Christen immer ungestümer und wollte mit Gewalt Elsi zwingen. Aber Elsi widerstand. Da sagte Christen im Zorn: «He nun so denn, du wirst am besten wissen, warum du in kein Wirtshaus darfst; aber wenn du nicht willst, so gibt es Andere.» Somit ließ er Elsi fahren und griff rasch nach einem andern Heimiswyler Mädchen, welches eben vorüberging und willig ihm folgte. Die Bäurin warf Elsi einen bösen Blick zu und sagte: «Gell, jetzt hasts», und ging nach. Da stund nun Elsi, und fast das Herz wollte es ihm zerreißen, und der Zorn über Christes verdächtige Worte und die Eifersucht gegen das willige Mädchen hätten fast vollbracht, was die Liebe nicht vermochte, und es Christen nachgetrieben. Indessen hielt es sich, denn vor den Wirtshäusern, in welchen ihre Familienehre, ihr Familienglück zugrunde gegangen, hatte es einen Abscheu, und zugleich floh es sie, weil es in denselben am meisten Gefahr lief, erkannt zu werden oder etwas von seinem Vater vernehmen zu müssen. In den Wirtshäusern ists, wo die Menschen zusammenströmen und sich Zeit nehmen, zu betrachten und heimzuweisen, was beim flüchtigen Begegnen auf der Straße unbeachtet vorübergeht.

Es ging heim; aber so finster war es in seinem Herzen nie gewesen seit den Tagen, an welchen das Unglück über sie eingebrochen war. Anfangs konnte es sich des Weinens fast nicht enthalten, aber es unterdrückte dasselbe mit aller

Gewalt, der Leute wegen. Da nahm ein bitterer, finsterer Groll immer mehr Platz in demselben. So ging es ihm also; so sollte es nicht nur nie glücklich sein, sondern noch eigens geplagt und verdächtigt werden, mußte das sich gefallen lassen, konnte sich nicht rechtfertigen; so gingen die Leute mit ihm um, um welche es das am wenigsten verdient hatte, welche es am besten kennen sollten! Wie ehedem in gewaltigen Revolutionen die Berge aus der Erde gewachsen sein sollen, so wuchs aus den Wehen seines Herzens der Entschluß empor, von allen Menschen mehr und mehr sich abzuschließen, mit niemand mehr etwas zu haben, nicht mehr zu reden, als es mußte, und so bald möglich da wegzugehen, wo man so gegen ihns sein könne.

Als die Meisterfrau heimkam, stärkte sie diesen Entschluß; sie beabsichtigte freilich das Gegenteil, aber es ist nicht allen Menschen gegeben, richtig zu rechnen, nicht einmal in Beziehung auf die Zahlen, geschweige denn in Bezug auf die Worte. Sie erzählte, wie Christen sich lustig mache in Burgdorf, und sicher gehe er mit dem Mädchen heim, und was es dann gebe, könne niemand wissen, das Mädchen sei hübsch und reich und pfiffig genug, einen Vogel im Lätsch zu fangen. Das würde Elsi recht geschehen, und sie möchte es ihm gönnen, denn das sei keine Manier für eine Magd, mit einem Bauer so umzugehen. Aber sie fange auch an zu glauben, da müsse was dahinter sein, das nicht gut sei; anders könne sie es sich nicht erklären, oder sei es anders, so solle es es sagen. Diesem setzte Elsi nichts als trotziges Schweigen entgegen.

In trotzigem Schweigen ging es zu Bette und wachte in ihm auf, als es an sein Fenster klopfte und Christes Stimme laut ward vor demselben. Derselbe hatte es doch nicht übers Herz bringen können, einen neuen Tag aufgehen zu lassen über seinem Zwist mit Elsi. Er trank, wie man sagt, guten Wein, und je mehr er trank, desto besser ward er. Je mehr der Wein auf dem Heimweg über ihn kam, desto mehr zog es ihn zu Elsi, mit ihm Frieden zu machen. Im Wirtshaus zu Heimiswyl kehrte er mit seinem Meitschi ein, aber nur um desselben loszuwerden mit Manier, ließ eine Halbe bringen, bestellte Essen, ging unter einem Vorwand hinaus, bezahlte und erschien nicht wieder. Das Mädchen war, wie gesagt, nicht von den Dummen eines, es merkte bald, woran es war, jammerte und schimpfte nicht, hielt nun mit dem, was Christen bezahlt hatte, einen Andern zu Gast, und so fehlte es ihm an einem Begleiter nach Hause nicht. Dem armen Christen ging es nicht so gut. Elsi, durch die Bäurin neu aufgeregt, hielt an seinem Entschluß fest und antwortete nichts, gäb wie Christen bat und sich unterzog; es mußte den Kopf ins Kissen bergen, damit er sein Weinen nicht höre, aber es blieb fest und antwortete nicht einen Laut. Christen tat endlich wild, aber Elsi bewegte sich nicht; zuletzt entfernte sich derselbe halb zornig und halb im Glauben, Elsi habe zu hart geschlafen und ihn nicht gehört. Er ward aber bald inne, wie Elsi es meine. Die frühere Freundlichkeit war dahin; Elsi tat durchaus fremd gegen ihn, antwortete ihm nur das Notwendigste, dankte, wenn er ihm die Zeit wünschte, in allem Übrigen aber war es unbeweglich. Christen ward fuchswild darob und konnte Elsi doch nicht lassen. Hundertmal nahm er sich vor, an dasselbe nicht mehr zu sinnen, sich ganz von ihm loszumachen, und doch stund es beständig vor seinen Augen; seine weißen Hemdeärmel am Brunnen sah er durch sieben Zäune schimmern, und an allen Haaren zog es ihn, bis er unter dessen Fenster stand. Hundertmal nahm er sich vor, rasch eine Andere zu freien und so dem Ding ein Ende zu machen; aber er konnte mit keinem Mädchen freundlich sein, und wenn eines gegen ihn freundlich war, so ward er böse, es war ihm, als trügen alle andern Mädchen die Schuld, daß Elsi sich so gegen ihn verhärte.

Während Christen sein Weh im Herzen wuchs als wie ein bös Gewächs, wuchs auch der Lärm mit den Franzosen von Tag zu Tag. Schon lange waren Soldaten auf den Beinen, viele Bataillone standen gesammelt den Franzosen bereits gegenüber, welche an den Grenzen lagen und im Waadtlande. Immer mehr bildete sich beim Volk der Glaube aus, der Franzos fürchte sich, dürfe nicht angreifen, und unterdessen schlichen Viele herum, die das Gerücht zu verbreiten suchten: die Herren wollten das Volk verraten; wäre dieses nicht, der Franzos wäre längstens abgezogen, aber er passe auf die Gelegenheit und bis er mit den Herren einig sei. Das echte Landvolk haßte den Franzos wie den Antichrist, ärger als einen menschenfressenden Kannibalen, daher ärgerte es sich schwer an dem Werweisen der Herren auf dem Rathause; das Schwanken und Zögern dort war eben nicht geeignet, jene Verleumdungen Lügen zu strafen. Eine schauerliche Nachricht jagte die andere. Da kam plötzlich die Botschaft, losgebrochen sei der Krieg, und die Postboten flogen durch die Täler, alle noch übrige eingeteilte Mannschaft auf die Sammelplätze zu entbieten. Es war den ersten März spät abends, als Christen den Befehl erhielt. Alsobald rüstete er sich und bestellte sein Haus, und Nachbar um Nachbar kam, bot seine Dienste an, und keiner vergaß die Mahnung: «Schont sie nicht, die Ketzere, laßt Keinen entrinnen, schießt ihnen Köpfe und Beine ab, verbrennt sie dann noch lebendig! Sie wissen es dann in Zukunft, daß sie uns ruhig lassen sollen, die Mordiotüfle.»

Christen mochte nicht warten, bis der Letzte fort war und er die abgeschüsselet hatte, welche ihn begleiten wollten, denn ohne Abschied von Elsi wollte er nicht fort. Als er an dessen Fenster kam, ging es ihm wie früher; er erhielt auf Reden und Klopfen keine Antwort. Da sprach er: «Hör, Elsi, ich bin da eben in der Montur und auf dem Weg in den Krieg, und wer weiß, ob du mich lebendig wieder siehst, einmal wenn du so tust, gewiß nicht. Komm hervor, sonst könntest du dich reuig werden, so lang du lebst.» Die Worte drangen Elsi ins Herz, es mußte aufstehen und zum Fenster gehen. Da sagte Christen: «So kommst du doch noch, aber jetzt gib mir die Hand und sag mir, du zürnest mir nicht mehr, und wenn mich Gott gesund spart, so wollest du mein Weib werden, versprich mirs.» Elsi gab seine Hand, aber schwieg. «Versprichst mirs?» fragte Christen. Es wollte Elsi das Herz abdrücken, und lange fand es keinen Laut, und erst als Christen noch einmal sagte: «So red doch! Sag mir, du wollest mich, daß ich auch weiß, woran ich bin», antwortete es: «Ich kann nicht.» «Aber Elsi, besinn dich», sagte Christen; «mach nichts Lätzes, denk, du könntest reuig werden, sage Ja.» «Ich kann nicht», wiederholte Elsi. «Elsi, besinn dich!» bat Christen drungelich, «sag mir das nicht zum drittenmal; wer weiß, ob du mir dein Lebtag noch etwas sagen kannst. Sag Ja, dr tusig Gottswille bitt ich dich.» Ein Krampf faßte Elsis Brust, endlich hauchte es: «Ich kann nicht.» «So sieh, was machst», antwortete Christen, «und verantworte es dann vor Gott!» Mit diesen Worten stürzte er fort; Elsi sank bewußtlos zusammen.

Still ging der zweite Tag März über dem Tale auf. Die meisten Bewohner waren am Abend vorher lange auf gewesen, hatten Abziehenden das Geleit gegeben, und so begann erst spät des Tages Geräusch. Elsi war betäubt und ging herum wie ein Schatten an der Wand. Die Meisterfrau hatte wohl gemerkt, daß Christen oben am Fenster Abschied genommen, aber nichts verstanden. Sie hoffte, daß sie sich verständigt, und fühlte Mitleid mit Elsis Aussehen, welches sie der Angst um Christens Leben zuschrieb. Sie tröstete, so gut sie konnte, und sagte, es sei noch nicht gewiß, daß es Krieg gäbe, vielleicht sei es wieder nur blinder Lärm. Und wenn schon, so hätte sie gehört, unter hundert Kugeln treffe nicht eine einzige, und Christen sei alt genug, um aufzupassen, daß ihn keine treffe, und nicht so wie ein Sturm dreinzurennen, ohne sich zu achten wohin. Elsi solle nur nicht Kummer haben, es werde noch alles gut gehen, und ehe Pfingsten da sei, könne es ein schön Hochzeit geben.

Dieser Trost wirkte aber wiederum umgekehrt, und Elsi begann, ganz gegen seine bisherige Gewohnheit, laut aufzujammern. «Er kommt nicht wieder, ich weiß es, und ich bin schuld daran!» rief es verzweiflungsvoll. «Aber, mein Gott», sagte die Frau, «hast du es denn nicht mit ihm ausgemacht und ihm das Wort gegeben? Er wird doch expreß deswegen gekommen sein und vielleicht dir den Hof noch lassen verschreiben, ehe er von Burgdorf ausrückt.» «Nein habe ich gesagt», versetzte Elsi, «und er hat gesagt, lebendig werde ich ihn nicht wiedersehen.» Da schlug die Bäurin die Hände über dem Kopfe zusammen und sagte: «Aber, mein Gott, mein Gott, bist du verrückt oder eine Kindsmörderin oder eine Schinderstochter? Eins von diesen dreien muß sein, sonst hättest du es nicht übers Herz gebracht, einen solchen Burschen von der Hand zu weisen, der dir noch so anständig ist, wie ich es wohl gesehen. Bist eine Schinderstochter oder eine Kindesmörderin? Seh, red, ich will es jetzt wissen!» «Keins von beiden bin ich», sagte Elsi, tief verletzt über solchen Verdacht; «von vornehmen Leuten bin ich her, wie hier in der ganzen Kirchhöre keine wohnen, und was mein Vater getan hat, dessen vermag ich mich nichts.» «So, was hat der gemacht?» fragte die Frau, «er wird jemand gemordet haben oder falsches Geld gemacht und ins Schallenwerk gekommen oder gar gerichtet worden sein.» «Nein, Frau», sagte Elsi, «ich weiß nicht, warum Ihr mir das Wüsteste alles ansinnet.» «Aber etwas muß es doch sein, das dir im Weg ist wegen einer Heirat; so wegen nichts schlägt man einen solchen Mann nicht aus. Vielleicht hat er falsche Schriften gemacht, oder er wird sich selber gemordet haben und nicht im Kirchhof begraben worden sein.» «Nein, Frau», sagte Elsi, «selb ist nicht wahr; aber geltstaget hat er und muß jetzt in der Kehre gehen. Ich will es gleich heraussagen, sonst meint man, wie schlecht ich sei, und es wird ohnehin bald alles aus sein, und da möchte ich nicht, daß man mir Schlechtes ins Grab redete.» «Was, geltstaget hat er, und deswegen willst du nicht heiraten, du Tropf du? Und das darfst du nicht sagen? Je weniger du hast, desto einen reichern Mann bedarfst du. Wenn ja Keins heiraten wollte, wenn jemand in der Familie geltstaget hat, denk nur, wie viel doch ledig bleiben müßten, denen das Heiraten so wohl ansteht.» «O Frau», sagte Elsi, «Ihr wißt darum nicht, wer wir gewesen sind und was unser Unglück für mich war.» «Oh, doch öppe nicht unserem Herrgott seine Geschwister.»

«O Herr, o Herr, o Mutter, o Mutter, sie kommen, sie kommen!» schrie draußen ein Kind. «Wer?» schrie die Frau. «Die Franzosen, sie sind schon im Lochbach oder doch in Burgdorf; hör, wie sie schießen!» «O Christen, o Christen!» schrie Elsi; alle liefen hinaus. Draußen stand alles vor den Häusern, so weit man sehen konnte, und «Pung, Pung!» tönte es Schuß um Schuß dumpf über den Berg her. Ernst horchten die Männer, bebend standen die Weiber, und womöglich stund jedes neben oder hinter dem Mann, rührte ihn an oder legte die Hand in seine, und gar manches Weib, das lange dem Mann kein gut Wort gegeben, ward zärtlich und bat: «Verlaß mich nicht, dr tusig Gottswille, verlaß mich nicht, mein Lebtag will ich dir kein böses Wort mehr geben.» Endlich sagte ein alter Mann am Stecken: «Gefährlich ist das nicht, es ist weit noch, jenseits der Aare, wahrscheinlich am Berg. Wenn sie in Grenchen mustern, hört man das Schießen akkurat gleich. In Lengnau stehen die

Berner, und oben auf dem Berg sollen auch deren sein; da werden die Franzosen probieren wollen, aber warten die nur, die sind gerade am rechten Ort, in Solothurn wird man es ihnen schön machen; das sind die Rechten, die Solothurner, an den Schießeten immer die Lustigsten.» Das machte den Weibern wieder Mut, aber manchem Knaben, der Gabel oder Hellbarde in der Hand schon auf dem Sprunge zum Ablauf stand, war der Ausspruch nicht recht. «Wir gehen gleich», sagte einer, «und sollte es bis Solothurn gehen. Wenn wir gleich ablaufen, so kommen wir vielleicht noch zur rechten Gauzeten.» «Ihr wartet!» befahl der Alte. «Wenn einer hier läuft, der Andere dort, so richtet man nichts aus, mit einzelnen Tropfen treibt man kein Mühlerad. Wenn in Solothurn die Franzosen durchbrechen, dann ergeht der Sturm, die Glocken gehen, auf den Hochwachten wird geschossen, und die Feuer brennen auf; dann läuft alles mit einander in Gottes Namen drauf, was Hand und Füße hat, dann gehts los, und der Franzos wird erfahren, was es heißt, ins Bernbiet kommen. Bis dahin aber wartet!» Das war manchem wilden Buben nicht recht, er drückte sich auf die Seite, verschwand, und mehr als einer kam nie wieder. «Du glaubst also nicht, daß unsere Leute schon im Krieg seien?» frug bebend Elsi an des Alten Seite. «O nein», sagte der Alte, «die werden wohl erst jetzt von Burgdorf ausrücken gegen Fraubrunnen oder Bätterkinden zu; was für Befehl sie bekommen, weiß ich nicht. Aber schaden würde es nicht, wenn jemand auf Burgdorf ginge, um da zu hören, was geht.»

Aber in Burgdorf war es nicht viel besser als hinten im Heimiswylgraben; ein Gerücht jagte das andere, eines war abenteuerlicher als das andere. Die Franzosenfeinde wußten zu erzählen, wie die Feinde geschlagen worden, und die, wo nicht tot seien, seien doch schon mehr als halb tot; die Franzosenfreunde wußten das Umgekehrte: das ganze

Elsi, die seltsame Magd

Bernerheer geschlagen, gefangen oder verraten, und predigten laut, man solle sich doch nicht wehren, man gewinne nichts damit als eine zerschossene oder zerstochene Haut. So wogten die Gerüchte hin und her, wie vor einem Gewitter die Wolken durcheinandergehen.

Gegen Abend hatte das Schießen aufgehört, es war ruhig geworden auf der Landschaft; man hoffte, die Franzosen seien in Solothurn gefangen genommen worden gleich wie in einer Falle von denen vom Berge her und von Büren. Elsi war auch ruhiger geworden auf diese Hoffnung hin. Es hatte der Bäurin sagen müssen, wer es eigentlich sei, und da hatte diese wiederum die Hände ob dem Kopf zusammengeschlagen. Von dem Müller hatte sie gehört, von seinem Tun und Reichtum, und da ihr nur dieser recht in die Augen schien, so betrachtete sie Elsi mit rechtem Respekt. Keinem Menschen hätte sie geglaubt, sagte sie, daß so eine reiche Müllerstochter sich so stellen könne, aber daß es nicht seiner Lebtag Magd gewesen, das hätte sie ihm doch gleich anfangs angesehen. «Und das, du Tröpflein, hast du ihm nicht sagen dürfen? Du vermagst dich ja der ganzen Sache nichts, und wenn dein Vater schon ein Hudel ist, so ist deine Familie doch reich und vornehm und sonst nichts Unsauberes darin, und da muß einer eins gegen das andere rechnen. Oh, wenn ich Christen doch das nur gleich sagen könnte; du würdest sehen, das machte Christen nicht nur nichts, er nähme noch den Vater zu sich, nur daß er ab der Gemeinde käme.» «Das begehre ich nicht», sagte Elsi, «ich begehre nicht mehr mit dem Vater zusammenzukommen, und Christen kann ich doch nicht heiraten; ich will gar nicht heiraten, nie und nimmermehr. Ich müßte mir doch meinen Vater vorhalten lassen, oder daß ich arm sei. Ich weiss wohl, wie das Mannevolk ist, und das möchte ich nicht ertragen, ich hintersinnete mich; wie nahe ich dem schon war, weiß niemand besser als ich. Aber wenn Christen nur nicht im Zorne tut, was unrecht ist, und den Tod sucht, ich überlebte es nicht.» «Du bist ein Tröpflein», sagte die Bäurin, «so etwas ihm nicht zu sagen; das war nur der Hochmut, der dich plagte. Aber wart, wir wollen ihm morgen Bescheid machen, es wird wohl der eine oder der andere Alte seinen Söhnen, die bei den Soldaten sind, etwas schicken wollen, Käs oder Hamme oder Kirschenwasser; ich will mich eine Hamme für Christen nicht reuen lassen, und da kann man ihm ja Bescheid machen dazu, es sei daheim ander Wetter und er solle machen, daß er so bald als möglich heimkäme, aber gesund und gerecht. Er wird schon merken, was gemeint ist.»

Elsi wollte davon lange nichts hören, klagte, wie reuig es sei, daß es ein Wort gesagt, drohte, es laufe fort, jammerte, daß es nicht schon lange gestorben, und wenn Christen nur lebendig heimkomme, so wolle es gerne auf der Stelle sterben, aber heiraten wolle und könne es nicht. Die Bäurin ließ sich aber nicht irre machen; sie hatte die Heirat im Kopf, und wenn eine Frau eine Heirat auf dem Korn hat, so ists schwer, sie davon abzubringen. Ein Hammli mußte herunter, und sie ruhte nicht, bis sie einen aufgefunden, der mit Proviant den Soldaten nachgeschickt wurde von einer sorgsamen Mutter, und scharf schärfte sie dem es ein, wem er das Hammli zu geben und was er dazu zu sagen hätte. Was die Bäurin getan, goß Balsam in Elsis Herz, aber es gestund es nicht ein. Es zankte mit der Bäurin, daß sie ihns verraten hätte, es zankte mit sich, daß es sein Geheimnis vor den Mund gelassen, es wußte nicht, sollte es bleiben oder gehen; es mochte ihm fast sein wie einem Festungskommandanten, der erst von Verteidigung bis in den Tod, von in die Luft Sprengen gesprochen und dem allgemach die Überzeugung kömmt, das trüge nichts ab, und leben bleiben sei doch besser.

Der dritte März lief ab ohne Kanonendonner, aber Gerüchte kamen, Freiburg sei über und Solothurn, die Stadt, Büren sei verbrannt, die Herren wollten das Land übergeben ohne Krieg. Dieses Gerücht entzündete furchtbaren Zorn, so weit es kam. Da wollten sie doch auch noch dabei sein, sagten die Bauern, aber erst müßten die Schelme an den Tanz, die Dinge verkauften, welche ihnen nicht gehörten. Gegen Abend wollte man Soldaten gesehen haben, die, von Wynigen kommend, quer durchs Tal gegangen seien. Die sollten gesagt haben, sie kämen vom Weißenstein und alles sei aus; die Einen hätten kapituliert, die Andern seien sonst auseinandergegangen, und die Franzosen würden dasein, ehe man daran denke.

Dieser Bericht ging mit Blitzesschnelle durchs ganze Tal, regte alles auf, aber wie ein Blitz verschwand er auch; am Ende wußte man nicht, wer die Soldaten gesehen hatte, man wußte nicht mehr, waren es eigentliche Soldaten gewesen oder Spione, welche das Land auskundschaften sollten; denn es seien viele Deutsche bei den Franzosen, hieß es, die akkurat gleich redeten, wie man hier rede, und überhaupt beschaffen seien wie andere Menschen. Diese Nachricht hinterließ nichts als vermehrte Unschlüssigkeit; man wußte nicht, sollte man die ausgerückten Leute zurück erwarten oder sollte man nachrücken. Man stund umher, packte auf, packte ab; es war akkurat, als ob es eigens dazu angelegt wäre, den Volksmut wirkungslos verpuffen und verrauchen zu lassen.

Der Bursche, der ausgesandt worden war, kam erst am zweiten Tag, am vierten März, zurück, ohne Hammli, aber mit bösem Bescheid. Christen hätte er nicht finden können, sagte er aus. Es hätte geheißen, er sei gegen Bätterkinden zu gerückt mit seiner Batterie, dahin habe er ihm nicht nach wollen; es heiße, ungesinnet trappe man in die Franzosen hinein wie in ein Hornissennest, und ihre Dragoner kämen daher wie in den Lüften; wenn man meine, sie seien noch eine Stunde weit, so hätte man sie schon auf dem Hals. Er habe daher das Hammli in Fraubrunnen abgegeben mit dem Befehle, es dem Christen zuzustellen, wenn man ihn sehe. Zurück kämen die Leute aber nicht; sie wollten den Franzosen warten, heiße es, und Andere meinten, man warte nur auf Zuzug und wolle dann auf die Franzosen zDorf, welche sich nicht aus Solothurn hervorlassen dürften. Bald werde es losgehen, darauf könne man zählen.

Dieser Bescheid regte Elsi fürchterlich auf. Also Krieg gabs, und zvorderist war Christen und sicher expreß, von Elsis Nein gejagt, und niemand besänftigte ihn, und die gute Botschaft hatte er nicht vernommen; lebendig säh es ihn also nicht wieder! Es drängte ihns, ihm die Botschaft selbst zu bringen, aber es wußte keinen Weg und fürchtete, so alleine in die Franzosen zu laufen, und die Bäurin tröstete es, der Landsturm werde allweg bald ergehen, da gehe alles, da könne es mit; sie wolle für ihns daheim bleiben, denn von wegen dem Vieh könne doch nicht alles fort. So werde es früh genug kommen, denn man werde dSach doch nicht lassen angehen, bis alles bei einander sei.

Alles rüstete sich, jeder suchte seine Waffe sich aus; eine tüchtige zweizinkichte Schoßgabel an langem Stiele, mit welcher man in der Ernte die Garben ladet, stellte Elsi sich zur Hand und wartete mit brennender Ungeduld des Aufbruchs.

Am fünften März wars, als der Franzos ins Land drang, im Lande der Sturm erging, die Glocken hallten, die Feuer brannten auf den Hochwachten, die Böller krachten und der Landsturm aus allen Tälern brach, der Landsturm, der nicht wußte, was er sollte, während niemand daran dachte, was er mit ihm machen sollte. Aus den nächsten Tälern strömte er Burgdorf zu; dort hieß es, man solle auf Frau-

Elsi, die seltsame Magd

brunnen, die Nachricht sei gekommen, daß die Franzosen von Solothurn aufgebrochen; auf dem Fraubrunner Felde sollte geschlagen werden, dort warteten die Berner und namentlich Füsiliere und Kanoniere aus dieser Gegend. Der Strom wälzte sich das Land ab, Kinder, Greise, Weiber bunt durcheinander; an eine Ordnung ward auch nicht von ferne gedacht, dachte doch selten jemand daran, was er eigentlich machen sollte vor dem Feinde. Von einem wunderbaren, fast unerklärlichen Gefühle getrieben, lief jeder dem Feinde zu, so stark er mochte, als ob es gälte, eine Herde Schafe aus einem Acker zu treiben. Das beginnende Schießen minderte die Eile nicht, es schien jedem angst zu sein, er käme zu spät.

Unter den Vordersten war immer Elsi, und jeder Schuß traf sein Herz, und es mußte denken: Hat der Christen getroffen? So wie sie aus dem Walde bei Kernenried kamen, erblickten sie den beginnenden Kampf am äußersten Ende des Fraubrunner Feldes gegen Solothurn zu. Kanonen donnerten, Bataillonsfeuer krachten, jagende Reiter wurden sichtbar, Rauchmassen wälzten sich über das Moos hin. Erstaunt standen die Landstürmer, sie hatten nie ein Gefecht gesehen, wenigstens unter Hunderten nicht einer. Wie das so fürchterlich zuging hin und her, und von weitem wußte man nicht einmal, wer Feind, wer Freund war! Je länger sie zusahen, desto mehr erstaunten sie, es begann ihnen zu grusen vor dem wilden Feuer mit Flinten und Kanonen, und alles scharf geladen; sie fanden, man müsse warten und zusehen, welchen Weg es gehe, wenn man da so aufs Geratewohl zumarschiere, so könne man unter die Lätzen kommen. Kein Mensch war da, sie zu ordnen, zu begeistern, rasch in den Feind sie zu führen. Es waren in jenen Tagen die Berner mit heilloser Blindheit geschlagen. Das Feuer der Soldaten ließ man auf die gräßlichste Weise erkalten, und wenns erkaltet war ob dem langen, nutzlosen Stehen, manchmal lange Zeit ohne Führer, liefen sie halt auseinander. Das einzige Mal, wo die Soldaten vorwärts geführt wurden statt zurück, erfuhren die Franzosen, was Schweizerkraft und -mut noch dato kann, bei Neuenegg erfuhren sie es.

Elsi ward es himmelangst, als man so müßig und werweisend dastand, als gar hier und da eine Stimme laut wurde: «Ihr guten Leute, am besten wärs, wir gingen heim, wir richten da doch nichts aus.» Und wenn niemand da zu Hülfe wolle, so gehe es; wofür man dann bis hierher gekommen, sagte es. Wenn es nur den kürzesten Weg übers Moos wüßte. Sie kämen mit, riefen einige junge Bursche, und die Masse verlassend, eilten sie auf dem nächsten Weg Fraubrunnen zu. Als sie dort auf die Landstraße kamen, war ein hart Gedränge, eine Verwirrung ohnegleichen. Mit Gewalt fast mußte es sich drängen durch Berner Soldaten, die auf der Straße standen und müßig zusahen, wie vorwärts ein ander Bataillon mit dem Feinde sich schlug. Auf die wunderlichste Weise stund man da vereinzelt, schlug sich vereinzelt mit dem Feind oder wartete geduldig, bis es ihm gefiel, anzugreifen. Keiner unterstützte den Andern, höchstens wenn ein Bataillon vernichtet war, gab ein anderes zu verstehen, es sei auch noch da und harre des gleichen Schicksals.

Das alles sah Elsi im Flug, und wenn die Soldaten, die es mit Püffen nicht schonte, schimpften und ihm zuriefen, es solle heimgehen und Kuder spinnen, so sagte es, wenn sie dastünden wie die Tröpfe, so müßte das Weibervolk voran, um das Vaterland zu retten, und wenn sie was nutz wären, so gingen sie vorwärts und hülfen den Andern. Elsi hatte vom Moos weg eine große Linde auf dem Felde gesehen, und bei derselben sah es den Rauch von Kanonen; dort mußte sein Christen sein, dorthin eilte es mit aller Hast. Als es auf die Höhe kam, hinter welcher von Fraubrunnen her die berühmte Linde liegt, donnerten die Kanonen noch; aber Elsi sah, wie rechts zwischen Straße und Moos, vom Rande des Raines bedeckt, Reiter dahergesprengt kamen wie der Byswind, fremdländisch anzusehen. «Franzosen! Franzosen!» rief es, so laut es konnte, aber seine Stimme verhallte im Kanonendonner. Die Reiter wußten, was sie wollten, sie wollten die Batterie, welche ihnen lästig geworden war. Ebenfalls die Linde im Auge, lenkten sie, sobald sie unter ihr waren, auf die Straße herauf und stürzten sich auf die Kanoniere. Diese, ohne nähere Bedeckung, suchten zwischen ihren Kanonen sich zu verteidigen, aber einer nach dem andern fiel. Einen einzigen sah Elsi noch, der mit seinem kurzen Säbel ritterlich sich wehrte; es war sein Christen. «Christen! Christen! Wehre dich, ich komme!» schrie Elsi mit lauter Stimme. Den Schrei hörte Christen, sah sein Elsi, sank aber im gleichen Augenblick zum Tode getroffen zwischen den Kanonen nieder. Elsi stürzte mit der Wut einer gereizten Löwin auf die Franzosen ein, diese riefen ihm Pardon zu, aber Elsi hörte nichts, rannte mit seiner Gabel den Ersten vom Pferde, rannte an, was zwischen ihm und Christen war, verwundete Pferde und Menschen; da fuhren zischende Klingen auf das Mädchen nieder, aber es rang sich durch, und erst zwischen den Kanonen fiel es zusammen. Vor ihm lag Christen. «O Christen, lebst du noch?» rief es mit dem Tode auf den Lippen. Christen wollte sich erheben, aber er vermochte es nicht; die blutige Hand reichte er ihm, und Hand in Hand gingen sie hinüber in das Land, wo nichts mehr zwischen den Seelen steht, die sich hier gefunden.

Die Franzosen sahen gerührt diesen Tod, die wilden Husaren waren nicht unempfänglich für die Treue der Liebe. Sie erzählten der Liebenden Schicksal, und so oft sie dasselbe erzählten, wurden sie wehmütig und sagten, wenn sie gewußt hätten, was Beide einander wären, Beide lebten noch; aber im wilden Gefecht habe man nicht Zeit zu langen Fragen.

Kurt von Koppigen

****

Die Gestalt der Erde geht vorüber, gleich bleibt sich das Menschenherz für und für. Es wechseln über dem Schoße der Erde die Jahreszeiten, aber es wandelt sich nicht der Schoß der Erde. Lieblich ists im weichen, warmen Frühlingswehen, aber wer des Eises gewohnt ist, sehnt nach des Nordpols eisigen Winden sich. Wer gewohnt ist an milde Sitten, an ein weichlich Leben, den schaudert vor der Rauheit vergangener Zeiten; wer in jenen Zeiten gelebt, den würde, in unsere Zeit versetzt, der Ekel töten, gleich dem Fische des Meeres das süße Wasser. So hat Gott es geordnet, der Mensch wird es nicht ändern. Aber Gott will auch, daß der Mensch betrachte die vergangenen Zeiten; nicht als Eintagsfliege ohne Zukunft hat Gott den Menschen geschaffen, und wer die ihm geordnete Zukunft genießen will, muß sich dazu stärken an der Vergangenheit. Wie jede Jahreszeit ihre Vorzüge hat und ihre Einflüsse, so jede Zeit im Weltenlauf. Aus den vergangenen Zeiten soll der Mensch das Gute nehmen und damit bessern sich und seine Zeit, mit dem Schlimmen jener Zeiten soll er Frieden und Genügen bringen ins alte Herz, welches von Natur weder Frieden noch Genügen hat, welches alle Tage geführt werden muß an den Born der Zufriedenheit, aus welchem die Freude an Gottes Ordnung quillt und der Dank für jede gute Gabe, die kommt aus der gesegneten Hand, welche sich öffnet zur geeigneten Zeit und speiset und tränket alles, was da lebt, auf geeignete Weise.

Vor sechshundert Jahren war es anders als jetzt im Schweizerlande. Da war es wild nicht bloß in den Bergen, sondern auch im ebenen Lande; gering war der Anbau, gering dessen

Ertrag, desto größer war der Wald, desto zahlreicher die Gewässer, von denen man oft nicht wußte, sollte man See oder Sumpf, Bach oder Fluß sie heißen. Viel Wild war in den Wäldern, mächtige Fische in den Gewässern; wer Herr sei im Lande, der Mensch oder das Tier, schien nicht entschieden, denn ebenso oft, als der Mensch des Tieres Lager zerstörte, zerstörte das Wild des Menschen Anbau. Düstere Türme waren zerstreut durchs Land, sie ragten aus den schwarzen Tannen heraus und über sie empor wie greise Helden aus niederm Volke. Breit wie eine Henne über ihren Küchlein lag hie und da ein Kloster im Tale ruhig und gutmütig, höher schienen die Bäume, grüner das Gras in seiner Nähe. Heitere Gehöfte, wie sie jetzt blitzen mit ihren hellen Fenstern stundenweit über das Land herein, sah man wenige oder keine in niedrigerm Lande. Mehr in Wald und Sumpf als im Hause lebte damals der Mensch; darum wandte man auch wenig Sorgfalt auf des Hauses Ausstattung oder gar Verzierung. Bäuerinnen wohnten schlechter als heute Bettlerinnen; wenn Edelfrauen es gehabt hätten in ihren kahlen, kalten Schlößchen wie heutzutage Bäuerinnen auf ihren reichen Gehöften, sie wären von Königinnen beneidet worden. Damals ging es einfach zu: Gold und Silber war wenig im Schweizerlande; die Dienstmägde von jetzt haben vielleicht mehr Seide am Leibe, als damals zu finden gewesen wäre im ganzen Lande.

Im schönen weiten Aartale, nicht weit davon, wo es von der wilden Emme fast rechtwinklig durchschnitten wird, da wo jetzt das reiche Dorf Koppigen steht im Bernbiet, stand damals, wo jetzt noch auf dem Hügel, der Bühl genannt, Spuren zu sehen sind, ein kleines Schlößchen. Von Koppigen hießen die Edeln, welchen es gehörte. Die Gegend war nicht im Glanze wie jetzt; gar mancher Kraft war noch keine Schranke gezogen, zerstörend konnte sie walten nach Belieben. Keine Dämme faßten die Emme ein und hinderten sie, ihr Bett zu verlassen, rechts und links lustwandelnd durch die Fluren. Ihr beliebtester Spaziergang war rechts bei Kirchberg vorbei über die weiten Felder gegen Koppigen hin den großen Sümpfen und kleinen Seen zu, welche noch jetzt zwischen Koppigen und der Aare liegen. Spärlich bewohnt war diese Gegend, und sehr arm waren die Bewohner, arm wie die Edeln im Schlößchen.

Dieses arme Schlößchen war nebst der Emme auch eine Ursache von der Armut der Gegend. Es glich einem alten offenen Schaden, welcher die gesunden Säfte eines Körpers verzehrt, dem Wirbel im Strome, der alles an sich reißt, was in seinen Bereich kommt. Wir sind gar weit von der Ungerechtigkeit entfernt, dieses Schlößchen einem Krebsschaden zu vergleichen, eben weil es ein Schlößchen war. Wir wissen zu wohl, daß in jenen Zeiten viele Schlösser der süßen Quelle glichen, welche die Umgegend befruchtet, den müden Wanderer erquickt, der Magnet ist, welcher die Anwohner zieht, nicht um sie zu verzehren, sondern um sie zu laben. Klöster und Schlösser waren sehr oft in jener Zeit, was jetzt noch die Oasen sind in den afrikanischen Wüsten.

Aber in Koppigen war es anders. Die Herren von Koppigen waren ein angesehenes Geschlecht, aber seit Jahren waren sie um so ärmer geworden, je vornehmer sie sich dünkten. Schöne, stattliche Männer waren die Herren von Koppigen. Schon damals fiel es den Menschen bei, sich durch Heiraten zu heben und ihre persönlichen Vorzüge so gleichsam als Einsatz in dem verwegenen Spiel geltend zu machen. So heirateten die stattlichen Männer in vornehme Familien, erhielten zur Mitgift hohen Stolz, vornehme Angewöhnungen und Verwandte, welche sie gebrauchten, wenn es ihnen kommod war, hintenher dann taten, als hätten sie sie nicht gebraucht. Es gibt keine gefährlichere Stellung auf Gottes

Erde, als den Kopf gen Himmel zu strecken, während man nichts unter den Füßen hat. Hochmut zieht die Hoffart nach, hintenher kommt die Armut; wo diese drei in einem Menschen oder einem Geschlechte hausen, da ist ein gefährlich Dabeisein, ehedem wie jetzt. Hoffart und Hochmut schämen sich begreiflich der Armut, greifen zu allen Mitteln, um, wenn auch nicht reich zu werden, so doch die Armut zu verdecken. Je nach Stand und Zeit wird List und Gewalt versucht, doch zumeist umsonst; während man Andere arm macht, wird man selbst alle Tage ärmer, hochmütiger und verachteter. Die Schwierigkeit, reich zu werden, wird zur Unmöglichkeit, in Schmach und Not geht der Mensch oder die Familie unter. Dies ist die Geschichte von tausend und abermal tausend Familien oder Menschen. Auf diesen Wegen wandelten eben auch die Herren von Koppigen.

Im wilden Leben war die Familie zusammengeschmolzen; zur Zeit, in welcher unsere Geschichte beginnt, lebten im Schlößchen nur noch Mutter und Sohn, jung war der Vater erschlagen worden, als er eine Herde Kühe rauben wollte. Grimhilde hieß die Frau von Koppigen, und nie paßten Name und Person besser zusammen als bei ihr. Sie war eine Gräfin gewesen aus vornehmem Hause und hatte den Herrn von Koppigen geheiratet, weil sie nicht fromm genug war für ein Kloster und den Grundsatz hatte: wenn sie keinen reichen Mann kriegen könne, so nehme sie einen armen, denn einer sei jedenfalls besser als gar keiner. Als sie diesen Grundsatz ins Werk setzte, war sie zu sehr vernünftigen Jahren gekommen. Der wilde Koppiger auf seinem magern Rosse, der sich an ihr Haus zu klammern suchte wie ein in den Strom Gefallener an einen Weidenzweig, fand erst Gnade in ihren Augen, als alle Hoffnung auf was Besseres durchaus verschwunden war. Von je böser als schön, hatte sie jetzt borstige, gerade heraussstehende Haare um den Mund, wie sie bei den Katzen üblich sind. Sie war lang und hager, hatte schwarze, stechende Augen, eine krumme Nase, hatte eine Stimme, welche tönte wie Peitschenhiebe, und wenn sie ging, machte sie Schritte, als wolle sie über den Schloß‚ graben springen. Sie besaß von ihrer alten Herrlichkeit nichts mehr als den Hochmut, desto greller trug sie ihn zur Schau; ihren Zorn, daß sie nichts anderes hatte, ließ sie an allem aus, was in den Bereich ihrer langen Arme kam, sie war fürchterlich unbarmherzig. Zu ihrem Schlößlein ge‚ hörte ein kleines Gebiet, auf welchem eigene Leute wohnten, aber spärlich, wie auf magerm Äckerlein dünn die Halme stehen. Es hat eine eigentümliche Bewandtnis mit Land und Leuten: beide wollen weich gepflegt, freigebig genährt sein, dann gedeihen sie üppig, dann ist ihr Ertrag ein reicher; unter einer harten Hand verkümmern sie, je mehr man von ihnen begehrt, desto weniger geben sie; der ausgesogene Acker gibt keine Ernte, ausgesogene Leute zahlen keine Steuern, und wenn der Acker keine Ernte gibt, geht der Zehnten von selbsten ein. Der Ertrag steht also im umgekehrten Verhält‚ nis mit dem Bedarf; je nötiger einer wird, desto weniger wird ihm, der ärmste Bauer, welcher das Geld am nötigsten hätte, hat zumeist den magersten Hof, der nichts abträgt. Es liegt hierin eine große staatswirtschaftliche Lehre, welche beachtet werden sollte, aber es ist noch immer so, daß den Unmündi‚ gen offenbar wird, was den Weisen der Welt verborgen bleibt. Je nötiger die Herren von Koppigen wurden, desto mehr sogen sie ihre Leute aus; wenn sie selbst nichts mehr hatten, nahmen sie das erste Beste, was sie fanden. So geschah es, daß Pferde und Kühe Raritäten wurden im Koppiger Gebiete. Wenn nun aber der Bauer kein Vieh mehr hat, was helfen ihm da Äcker, und wenn der Bauer seine Äcker nicht mehr baut, was helfen dann dem Junker Zehnten und Bodenzinse?

So hatten die Herren von Koppigen gewirtschaftet, unter Frau Grimhilde ward es nicht besser. Wie gesagt, hatte Frau Grimhilde nichts mitgebracht als großen Hochmut und etwas Weniges an Schmuck und Kleidern. Sie rechnete viel auf ihre Familie, trieb einstweilen Hoffart, soviel und solange sie konnte, schonte nichts, hätte gerne den großen Grafen von Buchegg, Burgdorf und Andern es gleich getan. Als ihr Mann vom wilden Küher erschlagen worden, erfuhr sie, wieviel Rechnungen einer vornehmen Tochter, welche arm geheiratet, welche sie auf ihre Familie macht, wert sind. Man ist glücklich, sie vergessen zu können, braucht alle Mittel, ihr die Erinnerungen an ihre Familie zu vertreiben. So ward Koppigen durch Frau Grimhilde ärmer, als es je gewesen war, ihre Kostbarkeiten waren dahin, Zufluß von außen kam ihr nicht. Hunger litt sie freilich nicht: Wald und Wasser waren bevölkerter als jetzt. Schon damals belebte die Forelle die klaren Bäche und größer und mächtiger als jetzt. Der Lachs stieg zur Laichzeit die Bäche herauf, hellen Kies suchend für seine Nachkommenschaft; der schwerfällige Karpfe, der glatte Aal und manche andere gemeinere Fischart lebten in dem Gewässer. Das Wildschwein fand sich häufiger als jetzt der Hase; in Rudeln strich das Reh durch den Wald, weidete auf den Fluren; stolze Hirsche brachen durch die Büsche, schwammen durch die Flüsse, verschwanden, wenn Hunde an sie setzten, in des Juras dunklen Klüften. An Wild und Fischen hatte also Frau Grimhilde nicht Mangel, auch das Holz, sie zu kochen, brauchte sie nicht zu sparen. Auch war sie nicht gezwungen, selbst zu fischen und zu jagen, das tat Jürg, der Knecht, der einzige dienstbare Geist, welcher ihr übrig geblieben war. Früher war er Geselle des Ritters gewesen, seither alles in allem geworden: Burgvogt, Jägermeister, Fischverwalter, Erzieher, Waffenmeister, und wenn sie eine Kuh hatten, so war er es, der sie fütterte und molk.

Kurt von Koppigen

In Kurt, dem Junker, wuchs ihm ein immer tüchtigerer Gehülfe zu. Kurt war ein Kind der freien Luft, gutmütig von Natur, aber nichts als Jäger und Fischer fast von der Mutter Brust weg; was er mit List und Gewalt erbeuten konnte, war sein, Beute zu machen so viel möglich, ward ihm zur Religion, eine andere hatte er nicht. Von Schreiben und Rechnen wußte er nichts, es waren damals noch keine Schulmeister in Koppigen. Kurt war Jürgens Freude, dagegen der Gegenstand von der Mutter Schelten; zerfallen mit der ganzen Welt, goß sie die Galle darüber über die nächste Umgebung aus wie üblich. Wie einem armen Weibe Erdäpfelsuppe lästig wird, wenn es dreimal im Tage Erdäpfelsuppe essen soll, so hatte es Frau Grimhilde mit Fischen und Wildbret. Der arme Junker Kurt mochte seiner Mutter bringen, was er wollte, den fettesten Rehbock, den schönsten Salm, die Mutter schalt ihn aus. Der leibeigene Junge konnte seiner Mutter das Gleiche bringen trotz allen adeligen Rechten, denn wo keine Gewalt mehr ist, da hören auch alle Rechte auf. Kurt hätte Lust gehabt, gegen seine Mutter sich zu empören, aber das war eine gewaltige Frau; erst beugte er sich ihrem Arm, später ihrem Geiste, sie regierte ihn wie ein Bärenführer seine Bären: sie knurren wohl und tanzen doch.

Dagegen ward Jürg sein Freund. Derselbe liebte ihn als den Sohn seines Herrn, behandelte ihn mit dem Respekt eines Knechtes und unterrichtete Kurt in allem, was er liebte, und stärkte ihn täglich im Glauben, daß erlaubt sei alles, wozu man gelangen könne mit List oder Gewalt. Dieser Unterricht bewährte sich als sehr naturgemäß; Kurt faßte ihn mit der größten Leichtigkeit und übte sich darin mit der größten Freudigkeit. Es entwickelte sich in ihm ein gewaltiger Körperbau, er wagte sich täglich an gefährlichere Tiere, dem Wildschwein ward sein Spieß gefährlich, dem Bären ging er nicht mehr aus dem Wege, aber freundliche Worte erbeutete er deswegen von seiner Mutter nicht.

Eines Tages hatte man in Koppigen eine seltene Erscheinung: ein Hausierer stand unterm Tore und bot seine Ware feil, Schmucksachen für hohe und niedere Weiber. Frau Grimhilde besah sich die Herrlichkeiten mit funkelnden Augen, und als sie sich endlich von ihnen losreißen mußte, weil sie kein Geld hatte, schossen ihre Augen tödliche Blitze. Als der Hausierer die leeren Hände und die glühenden Augen sah, machte er, daß er fortkam, dachte, da sei er zum letzten Male gewesen. Er hatte recht, doch nicht so, wie er es meinte, denn nicht lange gings, kam Kurt mit dem ganzen Kram des Hausierers wieder zum Tore herein. Er hatte der Mutter Gier gesehen und gedacht, wenn je, so sei jetzt die Gelegenheit, ihr Freude zu machen und gute Worte abzugewinnen, und im nächsten Busche erschoß er mit der Armbrust den Hausierer. Er hatte recht gehabt, die Mutter hatte Freude, lobte ihn; es war ihr, als breche ein junger Tag für sie an, an welchem sich verwirklichen würden ihre bereits verblichenen Träume von Glanz und Reichtum. Für sie waren die Tage des geselligen Verkehrs, wo man sich gerne schmückt, gerne prangt mit seiner Leibesgestalt, vorüber, und die Tage waren Frau Grimhilde gekommen, wo der Mensch gerne das Sammeln beginnt in immer ängstlicherer Hast, als ob er Leib und Seele vom Tode freikaufen könnte. Sie verschloß daher die neuen Schätze in alte Truhen, welche seit undenklichen Zeiten leer gestanden, ermunterte zum entschiedenen Fortschritt auf der begonnenen Laufbahn. Jürg war damit vollkommen einverstanden, auch ihm war durch Kurts unerwartete Heldentat ein Licht aufgegangen; ein neues Leben mit seinen alten Knochen zu beginnen, hoffte auch er. Die allergrößte Freude hatte jedoch Kurt selbst, hatte er es doch einmal der Mutter recht gemacht, hatte er doch jetzt den Anfang gemacht, mächtig und reich zu werden! Von Gewissensbissen war begreiflich keine Rede, List und Gewalt üben war ja sein Gottesdienst.

Die Ausführung hatte jedoch ihre Schwierigkeit: die Gegend um Koppigen war arm und öde, doch liefen zwei Straßen nicht ferne dabei vorbei. Die eine, etwa eine Stunde entfernt, führte von Burgdorf ins Aargau, die andere, viel näher noch bei Koppigen, von Burgdorf auf Solothurn. Diese Straßen waren nicht unbesucht, manch reicher Fang ließ darauf sich tun, aber das Ding war gefährlich. Den Grafen im Lande war an der Sicherheit der Straßen viel gelegen, sie hatten den Nutzen davon, und wenn auf denselben geraubt werden mußte, wollten sie es selbst tun; nun ists kitzelig, Mächtigen ins Handwerk zu greifen. Wäre es bekannt geworden, der junge Koppigen mache die Straßen unsicher, sein Leben wäre verfallen gewesen, sein Schlößlein geschleift worden, und seine Mutter hätte zusehen können, wo sie einen ruhigen Platz zum Sterben finde. Kurt hatte auch kein schnelles Roß, um zu erscheinen und zu verschwinden wie ein Blitz; er mußte wie ein gemeiner Räuber zu Fuß sich versuchen. Das tat denn auch der wilde Junge mit Lust und Geschick; anfangs begleitete ihn wohl der alte Jürg, half ihm aus oder führte die Verfolger auf falsche Fährte, aber allmählig ward ihm dieses Leben zu Fuße beschwerlich; Frau Grimhilde entbehrte ihn nicht gerne, dem raschen Kurt war der Alte oft zu langsam, daß er je länger, je lieber allein ging. Er wäre ein schöner Jägerjunge gewesen, an welchem selbst Diana, die heidnische Göttin der Jagd, Freude gehabt, wenn sie noch gelebt hätte, wenn er manierlich geschoren und gewaschen gewesen wäre; aber absichtlich geschwärzt und von Natur behaart, glich er eher einem Waldteufel als einem Menschen. So strich er mehr als halbwild Tage, Wochen herum, bis er Beute fand zum Heimbringen. Er trieb sich zwischen Solothurn und Büren, zwischen Solothurn und dem Aargau, zwischen dem Aargau und Burgdorf herum, kannte alle Wildwege durch Wald und Sumpf, aber spärlich war doch seine Beute; das Beste durfte er nie fassen, weil nach dem Werte der Ware dieselbe bewacht und beschirmt war. Er wagte sich wohl an Zwei, sprang, wenn der Erste vom Bolzen der Armbrust fiel, auf den Zweiten mit der Keule ein; aber zu solchem fand die Gelegenheit sich selten, und oft bei der größten Gefahr war die Beute am kleinsten.

Damals war gar viel herrenloses Gesindel im Lande, das unstet lebte und so gut als möglich vom Raube. Mit solchem mußte Kurt bekannt werden; er wurde es zuerst mit dem Speer in der Hand, als ein halbes Dutzend wilder Gesellen aus einem Busche sprangen, um mit ihm eine von ihm erlegte Beute zu teilen. Aber wie Gleiches und Gleiches sich gerne gesellt, wurde bald der Friede vermittelt und gute Bekanntschaft gemacht.

Das Leben in der neuen Genossenschaft machte Kurt glücklich, gefiel ihm unendlich; nun hatte er Zeugen seiner Heldentaten, die hoch zu rühmen wußten, was er vollbrachte, und gar sehr vervielfältigten sich die Gelegenheiten zu denselben, da mit Mehreren mehr zu unternehmen war und weit in der Runde ihnen alles verkundschaftet wurde. Dann ward in Klüften und Wäldern reich getafelt, mit wilden Dirnen ein wildes Spiel getrieben, und war man dessen satt, mit den Männern um die Beute gewürfelt. Das war ein ander Leben im weiten Wald bei lustigen Dirnen als im engen Schlößlein zu Koppigen bei der keifenden Mutter; darum sah man ihn auch immer seltener im engen Schlößlein.

Diesem hätte Frau Grimhilde eben so viel nicht nachgefragt, aber Kurt kam auch mit immer leereren Händen; das war, was ihr Kurts Leben mißfallen ließ. Er wurde in der Teilung betrogen und verlor am Ende noch in dem gedoppelten Spiele das Wenige, was ihm zugefallen war; darum hatte sie ihn nicht zum gemeinen Räuber geraten lassen, wo sie nichts hatte davon und Kurt auch nichts als die einförmige Aussicht auf einen simplen Galgen. Auch Jürg, dem Knecht, war dieses Leben nicht recht, so hatte er es doch nicht gemeint, als er anfänglich dazu die Hand bot; er war einer der Knechte, welche am Hause hängen fast ebenso sehr als am Herrn, welche alles dransetzen, des Hauses Glanz zu mehren, seinen Verfall zu wenden. Im Räuber‚ leben sah er nichts Unrechtes, aber da hatte es der Vater doch anders getrieben als der Sohn, nicht als ein Busch‚ schleicher, sondern auf ritterliche Weise zu Roß mit Schwert und Lanze, und er, Jürge, hintendrein, nicht viel geringer anzusehn als der Ritter selbst. Daß das Schloß zu Koppigen nichts Besseres werden solle als eine gemeine Räuberhöhle, in die und aus welcher man leise zu Fuße schlich wie die Maus aus ihrem Loche, so hatte er es sich nicht gedacht, das wollte nicht in seinen alten Kopf. Frau Grimhilde schalt, Jürg bat, aber nun hatte Kurt seinen Kopf und keinen Glau‚ ben zu Mutter und Knecht. Das neue Leben in der wilden Gesellschaft gefiel ihm allzu wohl, ein lustigeres hatte er nicht erlebt; was fragte er der Zukunft nach, da er so lustig lebte, was fragte er Koppigen nach, da es so lustig war im weiten grünen Walde! Je mehr man ihn mit solchem Gerede plagte, desto weniger kam er heim, es ging ehedem akkurat wie heute.

Es kam der Herbst und mit ihm ein Markt zu Solothurn. Dort wohnte von je ein lustiges Volk, welches sein wahres Leben mehr außerhalb des Hauses als im Hause selbst hatte, lieber Gast war als Gäste hatte; darum, wer lustig leben wollte, im lustigen Solothurn zahlreich an den Märkten sich fand, wo man die weiten Herbergen voll Lustbarkeit und

Solothurner fand. Begreiflich waren für Kurt und seine Freunde solche Tage, was Schweinemetzgen für Krähen ist im Winter. Von weitem her kommen die schwarzen Vögel geflogen, sobald ein Schwein zu seufzen und zu schreien beginnt, von weitem sperren sie die Schnäbel auf nach Schweinefleisch und Blut. Mit den Männern kommen die Dirnen gezogen, die jungen als Lockvögel, die alten als Spürhunde, durch den Markt streifen sie, wie die Schwalben fliegen durch die Luft nach Beute. Da findet sich viel Gesindel zusammen, wie von allen Winden zusammengetragen, und kennt sich von weitem. Da gibt es viele Konkurrenz, findet sich alte Liebe, entsteht neuer Haß; was man des Tags gemeinsam erbeutet, zerstört man des Nachts in wildem Streite. Kurt war auch dort, verließ aber bald die Stadt. Bestmöglichst hatte er sich unkenntlich gemacht, doch sah er bekannte Augen, welchen er ebenfalls bekannt vorzukommen schien. Zudem ärgerte ihn das fremde Gesindel aus dem Buchsgau herauf und von den Ufern der Ergolz her. Dasselbe war vertraut mit seinen Bekannten, behandelte ihn aber gröblich und schnöde. Kurt hatte noch nicht die Weise der Erfahrenen, welche sich alsbald und unmittelbar Respekt zu verschaffen wissen. Ihm schien, seine alten Freunde täten nicht das Gehörige, ihm zum Respekt zu verhelfen. Zudem schienen ihm ihre Dirnen dem Bangah, so hießen die von der Ergolz her ihr jeweiliges Haupt, überflüssige Aufmerksamkeit zu erweisen. Es war ein Bursche von schlüpfrigem Ansehen mit weitem Maul und schlechten Gliedern. Kurt hätte ihn gerne zwischen seine Finger genommen, denn ihn plagte Eifersucht von allen Sorten, aber Solothurn war zu nahe bei Koppigen, sein Inkognito durfte er nicht gefährden.

Mißmutig marschierte er nach Subigen, wo sie zwischen Wald und Sumpf eine sichere Stätte hatten, wohin nach der Abrede zunächst die Beute des Marktes geschleppt werden sollte. Groll in wildem Gemüte kommt gar gewaltig in Gärung in der Einsamkeit, rumpelt und poltert dumpf wie eine Gewitterwolke am fernen Horizont, bis er endlich loskracht und Feuer speit. Nach und nach fanden sich einzelne Glieder ihrer Bande ein; da Kurt mürrisch tat, taten sie ebenfalls nicht höflich mit ihm. Dies hielt Kurt für absichtliche Verhöhnung, für eine allgemeine Verschwörung gegen sich. Als es dunkel ward, schlüpften Dirnen herbei, hinter ihnen her der Bangah und hinter dem Bangah eine ansehnliche Portion Wein, um welche er des Pfaffen Köchin zu Kriegstetten erleichtert hatte. Nun kam Feuer ins Pulverfaß. Wegen Kurts Unliebenswürdigkeit und anfechtigem Wesen, und weil am Ende Gleiches und Gleiches zusammenhält, die Niederen nicht ungern die Gelegenheit ergreifen, sich zusammenzutun gegen einen Höheren, wenn auch nur für Augenblicke, waren alle gegen ihn, erst mit Worten, dann handgreiflich, bis Kurt das Bewußtsein schwand. Als er wieder zu sich selbst kam, war es Tag, einsam um ihn; er wußte lange nicht, war er auf Erden oder des Teufels. Ganz natürlich schienen ihm Busch und Bäume, aber Kopf und Glieder brannten ihn mit dem Feuer, mit welchem nach dem Glauben, welchen Kurt oft verlacht, der Teufel die ihm Zugefallenen brennen soll. Kurios dünkte ihm, daß er einsam sei. Wärs die Hölle, dachte er, müßten Viele da sein, der Bangah namentlich, ein viel greulicherer Sünder als er. Da kam es ihm endlich, daß er noch im Subiger Walde sei, aber zum Tode matt, und daß Wunden ihn brannten, als wäre höllisches Feuer darin. Nach und nach kam ihm das Gedächtnis wieder; neu loderte in ihm der Zorn auf, ein Glück wars, daß er an niemand ihn auslassen konnte, aber für immer schwur er der alten Gesellschaft ab, schwur ihr Rache nach seinen Kräften. Der Durst trieb ihn auf, mühsam schleppte er sich zu einem der vielen Bäche, stärkte sich und wusch sich rein. Er mußte heim, doch nicht gern kam er mit leeren Händen, und daß man seinen Anteil an der Beute ihm nicht hatte liegen lassen, versteht sich. Kurt knurrte wohl gegen die Mutter, aber innerlich hatte er doch großen Respekt vor ihr. Wenn die Mutter ein räß, resolut Weib ist, ihre Zunge zu handhaben weiß in Hohn und Zorn wie einen zweischneidenden Dolch, so hat ein Sohn, wie stark und wild er auch wird, Furcht und Bangen vor der Mutter. Es ist seltsam und doch so, daß man die Gewalt über die Söhne viel öfter bei den Müttern als bei den Vätern findet.

Es war Herbst, die Fastnachtszeit des Wildes im Walde, denn da schüttelt ihnen die milde Hand, welche sich auftut jeglicher Kreatur, wahre Herrenfressen von der mächtigen Eiche und der rotbelaubten Buche, die ein Aussehen hat wie ein alter Ritter, der sein Antlitz täglich von früh bis spät mit Rheinwein feucht erhalten hat. Auch tat sich das Wild gütlich in Laub und Gras. Zahlreich, fast wie Heuschrecken, flatterten die wilden Tauben in den reichbehängten Ästen, und kühn und trotzig führten die alten Schweine die jungen spazieren unter die wohlbekannten, großgeästeten Bäume. So wild Kurt war, so leise konnte er gleiten durch der Wälder Schatten, wenn er etwas beschleichen wollte. Ein altes Schwein tat mit einem Rudel Jungen unter einer großen Buche sich gütlich. Kurts Speer warf ein Tier nieder, über dem Geräusch erschrak der Haufe, rannte weiter, die Alte mit. Daß ein Junges fehle, merkte sie nicht.

Kurt war von je nicht gewohnt, nach Grenzsteinen sich umzusehen, in seiner gegenwärtigen Stimmung tat er es vollends nicht; daß er in des Herrn von Halten Gebiet war und zunächst seinem Schlößlein, achtete er nicht. Der Herr von Halten war ein ehrbarer Mann, aber so eine Art von Nachthaube, wie man heutzutage sagen würde; er dachte nicht viel, tat nicht viel, aß und trank desto mehr und so gut, wie er es haben konnte, doch war er leider auch bloß so gleichsam vornehm, aber nicht reich. Seine zahlreichste Habe waren neun Töchterlein, die um so vornehmer taten, je ärmer sie wurden, und um so spröder sich gebärdeten, je lieber sie einen Mann gehabt. Sie waren nicht so arm wie die von Koppigen, sie hatten noch Pferde und Kühe, sie spotteten daher grimmig über die von Koppigen, und doch wäre unter allen Neunen vielleicht nicht eine zu finden gewesen, welche es verschmäht hätte, Frau von Koppigen zu werden; daß es Keine war, lag bloß daran, daß Kurt nicht von ferne daran dachte, eine Frau zu nehmen. Sie waren auch im Walde, lasen ebenfalls Buchnüsse zusammen, um Öl zu pressen zu ihren Lämplein, welche sie brennen mußten zur Winterszeit in ihrem dunkeln Schlößlein, das noch heutzutage zu sehen ist. In diese hinein lief Kurt unversehens mit dem jungen Schweine auf der Achsel. Es ging den Fräuleins fast wie dem alten Schweine und seinen Jungen, sie wollten davonlaufen, als sie den Burschen erblickten, so wild und wüst anzusehen. Aber alsbald sahen sie, daß es Kurt ging wie ihnen, daß er lieber einige hundert Schritte weiter wäre als mitten unter ihnen. Denn so viel hatte er doch von einem Ritterssohn, daß er sich schämte, unter den benachbarten Fräuleins zu erscheinen in solchem Aufzug wie ein Räuber und als Wilddieb. Trotzig und stumm ging er vorüber, sie aber höhnten hinter ihm her; manch bitteres Wort kam bis zu seinem Ohre, klebte sich an seine Seele einer Klette gleich, welche man nicht wieder los werden kann. Es juckte ihm die Hand, den Speer unter die Fräuleins zu werfen wie früher unter die Schweine, doch hatte er so viel Verstand, dem Gelüste zu wehren, denn so viel Macht hatte der Herr von Halten noch, daß er einen solchen Frevel blutig und mit der Zerstörung von Koppigen hätte rächen können.

Aber jetzt kam ihm, was Jürg und die Mutter ihm längst

gesagt hatten; es war, als hätte man ihm ganz andere Augen eingesetzt. Er begriff, wie nichtsnutzig ein Bursche sei, der von Gesindel, von einem Bangah sich mußte schlagen, von Weibern höhnen lassen, was ein Leben sei in solcher Schmach und wie weit es führe, wenn man zur Not als Beute vieler Tage ein junges Schwein nach Hause bringe. Und als er nun heimkam, die Mutter ihn schalt, Jürg ärgerlich und traurig sich von ihm wandte, da ward Kurt gar elend im Gemüte, fast wäre ihm das Weinen gekommen; er verdrückte es wohl, aber da saß es innerlich. Wie finstere Wolken am Himmel jagen und streiten, bis endlich ein Gewitter sich geballt hat und losbricht, so stürmten seine Gedanken durch die Seele, bis der Entschluß sich festgestellt, ein anderes Leben zu versuchen, ein ritterliches, soweit es ihm möglich, um auf dieser Bahn wieder zu Geld und Ehren zu kommen. Als er einmal recht wußte, was er wollte, teilte er es Jürgen mit. Der hatte große Freude, zog die Schleusen seines Gedächtnisses auf und erzählte tagelang von alten Heldentaten, von Ehren und Reichtümern, von Schlössern und Turnieren, von Kriegslisten und Fräuleins.

Was Kurt des Tags gehört, träumte er des Nachts und erwachte am Morgen mit heißem Verlangen, auszuführen, was er geträumt. Mit großem Eifer schleppten sie aus allen Winkeln altes Rüstzeug zusammen, feilten und nagelten, bis sie so gleichsam eine neue Rüstung hatten, putzten einen verrosteten Schild neu auf und schliffen ein altes Schwert. Wenn Kurt zur Übung diese Rüstung getragen hatte, den Tag über mit dem Schwerte Äste von den Bäumen gehauen und Jürg mit einer Axt tapfer auf den Schild gehämmert hatte, so hatte Kurt des Nachts um so wildere Träume, fuhr als ein großer Kriegsheld in der Welt herum, baute ein großes Schloß und im Schloß ein tiefes, schauerliches Verließ, in das Verließ warf er alle neun Fräulein von

Halten und fütterte sie ihr Leben lang mit alten Buchnüssen und schwarzen Eicheln. Das waren so kurzweilige Mittel, einen langen Winter zu verkürzen, daß mancher laichende Lachs mit dem Leben wieder zur Aar und von da weiter kam, statt in Koppigen verspeist zu werden, mancher Eber die nächsten Eicheln noch erlebte und Wölfe ungestraft brüllten in der Nähe.

Endlich dämmerte der Frühling; die günstige Zeit, dem Glück entgegenzureiten, nahte. Der Junker war fertig genagelt und gefeilt, sogar ziemlich eingehauen; nur eins fehlte, um auszureiten und welches in der Tat für jemand, der ausreiten will, von ziemlicher Bedeutung ist, ein Pferd nämlich. Vor alten Zeiten waren Pferde in Koppigen gewesen, aber längst den Weg alles Fleisches gegangen; andere zu kaufen, hatte man kein Geld, sie zu stehlen, war die Gefahr größer als bis dahin das Bedürfnis. Jetzt war das Bedürfnis da, und wenn Kurt gleich mit dem Raub weiterritt in die weite Welt hinaus, die Gefahr nicht groß. Jetzt war Not am Mann, jetzt mußte eins gestohlen werden, ohne Roß konnte begreiflich der Junker nicht ausreiten, die Welt zu erobern. Guter Rat war teuer, denn zum Pferdestehlen war die Zeit gar zu ungünstig. Bekanntlich stiehlt man Pferde am leichtesten von der Weide, aus wohlverwahrten Ställen aber in aller Stille einen Hengst zu bringen von bekannten Stuten weg und mit unbekannten Händen, ist ein vermessenes Stücklein.

Gern hätte Jürg für seinen Zögling einen rechten Staatshengst gehabt, einen Ausbund mit Brüllen, Schlagen und Beißen; aber solche Hengste sind eben schwer zu stehlen, noch schwerer zu reiten, und in diesem war leider Kurt kein Ausbund. Lange spionierte Jürg im Lande herum nach etwas Dienlichem für einen armen Junker, stöberte endlich einen Klosterhengst auf, welchem bei einem Klostermeier das Gnadenbrot gegeben wurde, der es sicher zu haben glaubte, dort sein Leben in Ruhe verbringen zu können. Es ist aber halt alles ungewiß in der Welt, wie sicher man sich auch gestellt glaubt. In einer dunkeln, stürmischen Nacht verschwand der Hengst aus des Meiers Stall, der Meier ließ sich nie ausreden, daß nicht der Teufel den Hengst geholt. Ohne Brüllen und Beißen hätte der sich nicht abführen lassen von menschlichen Händen, behauptete der Meier. Der Meier dachte nicht an seinen Klosterschlaf, der so dick war wie der Vorhang vor dem Allerheiligsten im Tempel zu Jerusalem und siebenmal dicker als der Schlaf des Holofernes, der bekanntlich auch erst merkte, was Trumpf war, als Judith ihm den Kopf bereits vom Halse gestohlen hatte.

Nun war Kurts Abreise unvermeidlich. Der alte Hengst brüllte gar gewaltiglich, als man ihn in Koppigen installieren wollte, erregte dadurch Aufsehen ringsum. Unter den Erlenstöcken hervor schossen die Wasserhühner, streckten neugierig ihre Hälse über das Wasser empor, die Enten flogen auf mit schwerem Flügelschlag und schossen einem entfernten Wasser zu. Die Rehe sprangen auf und horchten mit zitternden Beinchen, was die ungewohnten Töne zu bedeuten hätten, das wilde Schwein grunzte zornig, daß in seinem Revier ein neues Schwein ihns störe. Zwei alte Jagdhunde aber sprangen auf, heulten gar herzinniglich und wedelten auf das Zärtlichste mit ihren kurzen Schwänzen über die heimeligen, so lange nicht gehörten Töne, welche sie an die Herrlichkeit vergangener Tage erinnerten. Doch nicht bloß Hühner und Rehe kamen in Verlegenheit und in Zorn das wilde Schwein, denn zorniger als das Schwein war die alte Grimhilde und verlegener als Reh und Huhn Jürg und Kurt. Zornig war Grimhilde, als sie sah, daß es ernst war mit Kurts Einfall in die Welt. Sie hatte es wie viele

Eltern, sie betrachtete die Kräfte, welche sie genährt und erzogen, als ihr Eigentum, über welches sie allein verfügen, allein es nutzen konnte. Wenn Kurt fortging, wie sollte sie es machen können? Mit ihm entwich aus dem Hause die rüstige Kraft, was sollte sie beginnen allein mit dem alten Jürgen? Der schaffte ihr kaum genug Nahrung, geschweige daß er ihr Beiträge lieferte für ihre Truhen, wie sie sich deren von Kurt zu erfreuen gehabt. Früher, als Kurts Fahrt bloß so ein Gedanke, oder wie man im gemeinen Leben zu sagen pflegt, eine Idee war, fand sie dieselbe beides, prächtig und zeitmäßig, jetzt, da sie in Wirklichkeit treten, verkörpert werden, ihre Selbstsucht Opfer bringen sollte, empörte sich der kurze Sinn, welcher gerne beim Alten wohnt, welcher alle Tage das Gewohnte haben will. Da schrie sie, als ob man sie am Messer hätte. Es ging halt nicht anders, als es oft geht, daß was von weitem prächtig, ist in der Nähe häßlich, daß herrliche Ideen und Theorien in der Ausführung abscheulich werden oder auch wiederum nur abscheulich scheinen.

So belferte Grimhilde gar bitterlich, und doch war nicht dieses Belfern der Hauptgrund der Verlegenheit der beiden Andern. Man war dessen gewohnt, Jürg sagte, sie hätte es immer so gemacht und doch niemanden jemals Plätzen damit abgesprengt. Aber es ging ihnen wie der Grimhilde, sie erfuhren, daß einen Gedanken fassen und denselben ausführen zwei ganz verschiedene Dinge sind. Wohin sollte Kurt reiten und zu wem? Sie fühlten jetzt, was eine Menge Eltern nicht denken, sondern erst fühlen, wenn sie ihre Kinder in die Welt schicken wollen, den Mangel an ehrbarer, gewichtiger Bekanntschaft nämlich. Kommode wäre es gewesen, wenn er so geradezu auf einen Edelsitz hätte reiten und sagen können: Bonjour mit einander! Ich bin der Kurt von Koppigen, Vater und Mutter lassen grüßen und sagen, es wäre ihnen anständig, wenn ihr mich eine Weile behieltet und mir in der Welt forthülfet; ich bin ein tüchtig Stück Mensch, gereuen wird es euch nicht. Aber das konnte leider Kurt nicht, sein Name war keine Empfehlung, sein Vater gestorben, seine Mutter aller Bekanntschaft abgestorben, weil eben alle diesen Namen lieber gar nicht mehr hörten. Sie konnten also keinen Hafen ins Auge fassen, in welchem Kurt zu landen hätte, sie hatten bloß die Wahl zwischen den vier Weltgegenden; die sind weit, aber eben das wars, was sie in Verlegenheit setzte.

Damals war es eine schöne Zeit für junge und alte Freibolde oder Freischärler, wie man sie jetzt nennen würde, für Leute, welche im Recht des Stärkeren ihr Heil suchten und ein Leben auf Kosten Anderer. Einst war kein König in Israel, jeder tat, was ihm wohlgefiel, so stehts geschrieben; ungefähr so war es damals in Deutschland. Kein Kaiser war da, welcher Ordnung hielt, jeder lebte, solange es ging, auf eigene Faust.

Kaiser Friedrich war ein hochgesinnter Mann und gewaltiger Held gewesen, aber über seiner Zeit und seinen Kräften lag, was er wollte. Den Papst wollte er unter dem Kaiser, die Kirche unter dem Reiche haben, wollte über alle Fürstenkronen die kaiserliche setzen und in des Kaisers Hand die Kräfte sämtlicher Fürsten Deutschlands vereinigen. Mit Kühnheit und Kraft rang er nach diesem Ziele. Aber wie ein edles Pferd durch Wespen und Hornissen zu Tode gehetzt werden kann, so kann der größte Held kleineren Feinden erliegen, wenn sie ihn unablässig hetzen, nimmer zur Ruhe kommen lassen. Für solche Feinde sorgten die Päpste, wandelten sogar in solche des Kaisers Söhne um, brannten in Deutschland das Feuer des Aufruhrs an, wenn der Kaiser in Italien war; eilte derselbe nach Deutschland, so stand alsbald Italien in Flammen. Nach dem Höchsten strebte

Friedrich und erreichte Weniges, kaum einen ruhigen Tod, kaum ein geweihtes Grab. Nach seinem Tode ging es wild und frei zu in Deutschland, das heißt es ging drunter und drüber; überall Streit und Fehde, Keiner mächtig genug, die losgelassenen Kräfte zu binden und Frieden zu machen. Wem das Schicksal wollte, wer das Fischen im Trüben verstand, dem konnte leicht ein prächtiger Fang gelingen. Im Westen dagegen war mehr Zucht und Ordnung, war ein geregeltes Leben. Die Städte übten ihre Macht, Ordnung war das Element ihres Gedeihens. In Berns Bärenklauen zu kommen, war nicht geraten. Freiburg sorgte ebenfalls für Sicherheit nach seinen Kräften, und des Landes große Grafen mußten einigermaßen auf Ordnung halten um der Städte willen. Nach langem Bedenken kalkulierte daher Jürg, der Weg nach Osten, dem freien Deutschland zu, möchte am sichersten und schnellsten zu Geld und Ehren führen; das Land hinunter sollte Kurt also reiten, sobald vorüber war die Fastenzeit samt dem Osterfeste. Nicht daß sie sich um die Fasten kümmerten, sie aßen das ganze Jahr durch, was sie hatten, und zwar ohne Dispens, ebenso wenig um Ostern. Sie bedurften keinen Erlöser, da sie keine andere Sünde kannten, als einen Fang sich entgehen zu lassen, den sie hätten machen sollen; da sie geschickte Leute waren, so begingen sie diese Sünde selten, und geschah es einmal, so machten sie dieselbe alsbald durch verdoppelte Anstrengung wieder gut. Ostern bezeichnete ihnen bloß den Frühlingsanfang. Schon glaubte Frau Grimhilde, der Plan sei aufgegeben, und ärgerte sich bitterlich über den Hengst, der sie gefährde und nichts nütze.

Ein schöner Aprilmorgen war es, als Kurt eine doppelte Portion Hafermus, zu welchem der Hafer nicht auf ihren Feldern gewachsen war, verzehrte, ein gewaltig Stück Fleisch verschlang, denn er wußte nicht, wann er wieder zum

Essen kam; Jürg sattelte ihm den Hengst, es war der Tag des Aufbruches. Als er gegessen hatte, im Notfalle für einige Tage, kündete er der Mutter seine Abfahrt an. Potz blind blau, wie loderte die Frau, spie Feuer und Flammen und sagte, wer Meister sei im Schlößchen! Kurt der Gewaltige schlotterte und wäre daheim geblieben, aber Jürg war nicht auf den Kopf gefallen; er sagte, sein erschlagener Herr wolle es, daß Kurt fortreite, er sehe ihn täglich im Stalle. Wenn die Frau es verhindere, so müsse sie sich gefaßt machen, was geschehe; er für sich wolle keine Schuld haben, aber wenn er was zu raten hätte, so solle Kurt machen, daß er fortkomme. Frau Grimhilde war nun nicht die, welche von ihrem Willen alsbald abstand, welche zugab, sie fürchte sich vor irgend einem Mann, sei es ein lebendiger oder ein toter. Indessen brauchte sie nicht Gewalt, schlug die Tore nicht zu, ließ Kurt ungefährdet ziehen. Als sie ihn so stolz zu Rosse sah, sah, wie seine mächtige Gestalt fast das Tor füllte, da kamen plötzlich mütterliche Gefühle über sie; wenn er nicht wiederkommen würde, dachte sie, und heiß schoß es ihr in die Augen. Unglücklicherweise hüpfte ein alter Rabe ihr um die Füße, der ward zum Sündenbock, erhielt einen Fußtritt, der ihn lähmte; denn wenn eine Grimhilde weich wird, so folgt alsbald der Zorn, und herhalten muß, wer zuerst in Schußweite kommt.

Als hoch zu Roß der große Kurt durchs enge Törchen ritt, schwellte Stolz seine breite Brust, stolz sah Jürg ihm nach, stolz fast wie ein Schneider, wenn er an einem Löwen des Tages die Arbeit seiner Hände bewundert. Was werden sie draußen dazu sagen, wie wird die Welt sich wundern und nach dem Meister fragen! Akkurat das Gleiche dachte auch Jürg. Verwundert schauten die Bewohner der verfallenen Hütten ihrem aufgeputzten Junker nach, wie wilde Katzen schlüpften nackte Kinder durch die Gebüsche, um zu erkunden, was das zu bedeuten hätte und wohin er wolle. Bei Kurt blieb der Stolz nicht lange das vorherrschende Gefühl. Sicher und wohlgemut schritt er über die Erde, strich durch die Wälder, dürftig bedeckt, die Keule auf der Achsel, Bogen oder Speer in der Hand. Aber unheimlich ward es ihm auf dem alten Klosterhengst, die Lanze am Bügel, und unwohl in der steifen, starren, eisernen Rüstung. Wild und scheu ritt er langsam und mühsam das Land hinab und studierte im Schweiße seines Angesichts an der Lösung der Frage: was, um sein Glück in der Welt zu machen, zweckdienlicher sei, den Ersten, welcher ihm begegne, zu spießen oder demütig ihn um Dienst zu bitten. Anfänger sind oft pedantisch und handeln gern nach vorgefaßten Grundsätzen, also entweder oder, entweder spießen oder bitten. Erfahrene ziehen Umstände und Gelegenheit zu Rate. Das Auftreten in der großen Welt hat immer seine Schwierigkeiten, wie keck sich einer auch gebärden mag in gewohnter engerer Umgebung. Gegenwärtig weiß man jungen Leuten die Sache ungemein zu erleichtern, man schickt sie ein Jahr ins Welschland oder tut sie ein halbes Jahr in eine Schreibstube, muntert sie zu einem Schnauz auf und gibt ihnen einen Hakenstock in die Hand, Stiefel an die Füße, dann kommt die Keckheit von selbst und im Überfluß wie Schilf im Sumpfe.

Das Land von Koppigen bis Seeberg war ihm so bekannt wie das Koppiger Schlößchen. Wenn er es früher durchstreifte, erwartete er nichts Besonderes als einen fetten Rehbock oder gar einen Hirsch, aber jetzt, hoch zu Roß, abenteuerlich aufgeputzt, erwartete er auch absonderliche Abenteuer, etwas ganz Neues. Mit der größten Spannung rückte er Schritt vor Schritt vor, in weiter Ferne glaubte er die seltsamsten Töne zu hören, Töne, wie sie noch kein Mensch gehört, in der Nähe aber war alles akkurat wie sonst: Wald und Wild und Wasser und sonst nichts.

Endlich erblickte er durch Buchen die Burg von Seeberg, wo ein armer Junker hauste mit einer halbwilden Familie. Er stellte die Lanze hoch, riß am Hengst herum, machte sich gewaltig im Sattel, hoffte, von oben her angeblasen und eingeladen zu werden als unbekannter Ritter und sich dann zu zeigen als der ihnen wohlbekannte wilde Koppiger Junker. Aber still blieb es oben, wahrscheinlich war der Junker weder neugierig, noch hatte er überflüssigen Proviant, vielleicht auch hatte sein Weib Kopfweh oder Zahnweh oder war sonst nicht in gastlicher Stimmung. Er mußte fürbaß und war ärgerlich.

Als er bald darauf das Schlößlein des Edelknechts von Önz sah, dachte er an Jürgens väterlichen Rat, nicht blöde zu sein, sondern kühn zu klopfen ans erste beste Tor, ehe der Hunger ihm über den Kopf wachse. Dessen hatte es zwar noch keine Gefahr, so weit von heim war er nicht; aber wußte er, was zwischen hier und dem nächsten Tore ihm begegnen konnte und wann er wieder zum Essen kam? Der Hengst mußte ähnliche Gedanken wie sein Reiter haben, er hob höher seine alten Beine, stieß ein fröhliches Gewieher aus, was dem Junker das Hornen vor verschlossenem Tore ersparte; denn als er zu selbigem kam, war es offen, im Hofe der Burgherr bereit zu freundlichem Empfang. Der Edelknecht von Önz gehörte freilich zum niedrigsten Adel, aber er hatte etwas, welches schon damals nicht unangenehm war, er hatte bedeutende Güter und drei schöne Töchter. Er war ein munterer, lustiger Mann, früher ein wackerer Haudegen, jetzt ein tapferer Trinker. Er brauchte die Sorgen sich nicht über das Haupt wachsen zu lassen, hatte Freude, wenn jemand kam und mit ihm trank; kam niemand, so trank er alleine oder suchte wackere Zecher auf, gleichviel, fand er sie in Burgen oder Klöstern.

Von Kurt hatte er allerlei munkeln gehört, denn wenn

schon nicht alles an die Sonne kommt, so geschieht doch
wenig unter der Sonne, von dem man nicht Wind hat. Als
er nun auch Kurts Schild, das Koppiger Zeichen erkannte,
wußte er, wen er vor sich hatte, und als er ihn so seltsam aus,
staffiert auf seinem steifen Hengste sah und in Verlegenheit,
wie und auf welcher Seite er herunter sollte, da lachte er gar
herzlich. Kurt wußte nicht, wie er es nehmen solle und ob
etwa der Fall eingetreten sei, nach dem Spieß zu greifen und
mit dem Spießen den Anfang zu machen. Kurt war ein
gewaltiger Bengel und hübscher als häßlich, wenn er ge,
säubert gewesen und angezogen wie bräuchlich. Aber
struppicht sah er aus dem alten Zeug heraus, wußte nicht,
was mit seinen Gliedern machen, er glich eher einem jungen
Waldtier als einem ehrbaren Menschen. Der alte Herr ließ
Kurt nicht zur Lanze kommen, sondern ihm vom Pferde
helfen und führte ihn freundlich zur Halle. Eine Halle von
damals war bekanntlich kein Salon von heute, indessen sah
die von Önz doch anders aus als die von Koppigen. Alles,
was Kurt darin sah, kam ihm überschwenglich üppig und
reich vor. Wein wie hier hatte er noch keinen getrunken, von
wegen, der Herr von Önz pflanzte ihn nicht selbst an der
ersten besten Halde, sondern ließ ihn sich kommen vom
Rheine her, vom Leman her, kurz allenthalben her, wo er
was Gutes wußte und die Wege fahrbar waren. In den
Speisen war mehr Gewürz, als Frau Grimhilde in einem Jahr
verbrauchte; die drei Töchter dagegen waren Mädchen,
akkurat wie man sie noch frisch im Gebirge und im Lande
findet, dieweil wohl alle Moden wechseln, Mieder bald kurz,
bald lang, die größten Narrheiten bald hinten, bald vorn
gesehen werden, die menschliche Natur dagegen die gleiche
bleibt trotz allen Konstitutionen und Schulmeistern. Kurt
gefiel ihnen, und doch saß ihnen der Spott in allen Zügen;
sie schossen sich Blicke, sie kicherten, sie lachten ihn aus

fast offenbar, kurz sie trieben es, wie noch heutzutage junge Mädchen es treiben, welche durch keine ernste Zucht in Schranken gehalten werden. Zu einer solchen nun war der gute Herr nicht geschickt, die Mutter ihnen frühe gestorben; sie hatte mit ihrem Mann treuherzig gezecht, bis sie die Zeche mit dem Leben bezahlen mußte.

Kurt mußte Bericht geben, so gut er konnte, denn das Kichern von Mädchen ist einem jungen Redner nicht förderlich, von der Ursache seiner Erscheinung und seinem Vorhaben. Der alte Herr schüttelte bei seiner besseren Erfahrung den Kopf und sagte: «Du guter Junge, meinst, das Glück sei gleich einer Wildsau, du brauchest nichts, als mit dem Speer zu werfen, so stecke es daran?» Er bot ihm an, einige Zeit bei ihm zu bleiben, unterdessen wolle er ihm einen tüchtigen Waffenmeister suchen, der ihn zurüste zu einem tüchtigen Kämpfer. Der junge Herr nahm begreiflich solche Reden schief, das Kichern der Mädchen noch schiefer; der schöne Wein, den er trank, als wäre er Schattenseite an der Glarner Seite gewachsen, da wo Schiefern und Schabzieger geboren werden, machte ihn am allerschiefsten, denn er machte eine Postur wie ein Schiff, welches nur auf eine Seite geladen hat, und dazu brauste ihm ein Mut durch die Adern, daß er mit seiner Lanze auf den Riesen Goliath losgefahren wäre. Er war also nicht zu halten, sondern pressierte fort und dachte bei sich, wenn er mal zurückkehre als vornehmer Ritter, so wolle er es den Mädchen eintreiben, daß sie seiner gedenken sollten. Er hatte also bereits zwei Mädchenrudel auf dem Kerbholz zur einstigen Abrechnung. So ging es sicher schon manchem jungen, ungeleckten Junker, und sicher mancher kriegte mehr als ein Dutzend auf das Kerbholz, ehe er standesgemäß geleckt war. Der Junker von Önz hintersinnete sich deswegen nicht, er war nicht von denen einer, welche meinen, sie müßten alles erzwingen, sondern

Kurt von Koppigen 165

von denen einer, welche sich gleichmütig drein schicken, wenn Andere was erzwingen. Er dachte bloß, er hätte Ursache, Gott zu danken, daß er nicht des Junkers Nase sei; die werde was zu leiden haben in der Welt draußen, und wenn er sie mal halb heimbringe, so habe er von großem Glück zu sagen.

Das setzte aber noch was ab, ehe Kurt der Schiefe auf seinem Hengste saß und denselben zum Tore hinaus hatte. Dem Hengst hatte es hier gefallen, wahrscheinlich meinte er, für seine alten Beine sei die Tagereise hinlänglich groß gewesen; er drehte sich immer wieder dem Stalle zu statt dem Tore, und lautes Lachen vom Turme her begleitete jedesmal des Hengstes sinniges Streben. Kurt ward immer zorniger, der Hengst immer eigensinniger; der Ausgang des Kampfes wäre bei Kurts Ungeübtheit nicht zweifelhaft gewesen, aber der alte Herr fühlte Erbarmen, Knechte bugsierten Roß und Reiter zum Tore hinaus und machten es zu. Da begriff endlich der Hengst, woran er war, und zottelte mißmutig weiter, St. Urban zu, welches der Herr von Önz ihm zur Nachtherberge angeraten hatte. St. Urban war ein junges Kloster, aber bereits ein reiches; reich war es begabt worden, lag in der korn-, wild- und fischreichsten Gegend der Schweiz, noch jetzt wachsen um dasselbe herum die schönsten Edelkrebse von der Welt.

Das Kloster war zwei gute Stunden von Önz, der Weg führte durch Wald und Sumpf, hie und da glitzerte ein kleiner See durch das junge Laub. Der Herr von Önz war der Mönche guter Freund, jagte und tafelte oft mit ihnen und nicht zu ihrem Schaden; er hatte eine offene Hand, war kein Schmarotzer und gehörte nicht zu den Strauchdieben, welche das Brandschatzen von Witwen, Waisen, Klöstern für eine Ehre halten und davon leben. Fast hätte Kurt diesen Nachmittag ein Abenteuer erlebt. Eine wilde Jagd stob an ihm vorüber mit Holla und Hussassa; wahrscheinlich war es der Herr von Aarwangen mit seinen Gesellen. Die Letzten im Zuge, Stallbuben vermutlich, spotteten im Vorbeifliegen des unbehülflichen, schwerfälligen Reiters, waren aber längst entschwunden, als Kurt die Lanze eingelegt, den Hengst in mühseligen Trab gesetzt hatte, überflüssige Bewegung schien derselbe nicht zu lieben; um so mehr wunderte sich Kurt, als er bald darauf den Kopf aufwarf, die Nase hoch in die Lüfte hielt, in fröhliches Gewieher ausbrach und einen stattlichen Galopp anschlug. Der alte Bursche hatte das Kloster gewittert und gebärdete sich fast wie ein Hund, welcher, in ferner Haft gehalten, sich losgerissen hat und die Nähe seines Herrn wittert. Die Mönche empfingen Kurt gastlich, warteten gut ihm auf mit Speise, Trank und Rat; sie rieten ihm, gen Zürich sich zu wenden, die Stadt liege mit ihren Nachbarn in beständiger Fehde, auf beiden Seiten sei Hülfe willkommen, Sold und Beute reich. Die guten Aussichten machten Kurt früh munter, hellgemut und wohlgenährt wollte er zu Pferde weiter. Der Hengst aber war anderer Meinung, wollte nicht vom Flecke, tat wie wütend mit Bocken, Beißen, Schlagen; er zeigte viel Gesinnung, weder mit Liebe noch mit Gewalt brachte man ihm eine andere Meinung bei, er hatte seinen Beruf erkannt, er begriff, wo er hingehöre, da wollte er bleiben lebendig oder tot. Voll Zorn und ohne Rat stand Kurt da; die Knechte lachten, sie rieten auf den wahren Grund und hatten ihre Freude dran. Die Mönche waren gute und verständige Menschen, sie begriffen, daß Kurt nicht den gleichen Beruf zum Kloster hatte wie der Hengst und es denn doch ein grober Zwang gewesen wäre, wenn man ihm denselben aufgedrungen hätte; sie schenkten ihm einen tüchtigen Klepper, damit er in die Welt hinaus seinem Berufe nachreiten könne. Der Klepper paßte auch besser zu Kurt als der steife Hengst; er war Stall und Kloster satt, trug rasch und gern den Junker ins Freie, und der Junker fand sich alle Tage besser im Sattel zurecht, fand aber keine Abenteuer und leer den Weg. Hie und da stießen ihm Gestalten auf, welche ihm verdächtige Blicke zuwarfen oder scheu huschten über den Weg; er begriff gleich, was sie trieben, ihn gelüstete oft, vom Klepper zu springen und mit ihnen zu laufen. Das war doch ganz ein ander Leben, im grünen Walde, auf keinen Weg beschränkt, durch kein Gesetz gebunden ein freies Leben zu führen, als so umherzutraben, hie und da vor einer Burg zu harren, lange umsonst, bis endlich ein graues Gesicht den Bescheid brachte, der Ritter sei nicht zu Hause und in seiner Abwesenheit öffne sich die Burg nicht, so am Hungertuche nagen oder vorlieb nehmen zu müssen, was Landleute aus gutem Willen gaben, ungefähr wie heutzutage die gemeinsten Bettler.

So ritt er mehrere Tage am gleichen Stück, welches man jetzt in einem Tage durchreiten kann. Damals waren noch keine obrigkeitlichen Wegknechte und keine obrigkeitlichen Ingenieure, von denen die Letztern immer für neue Straßen sorgen, die Erstern zuweilen für die alten; und wenn man auch politische Parteien hatte, so war es doch noch keiner in Sinn gekommen, die Vaterlandsliebe in der Straßenliebe zu verkörpern und im Glanze derselben in aller Stille sich zu mästen.

So war Kurt gezogen, bis an einem heißen Mittage er in einer Herberge hörte, selben Abend noch werde er zu Zürich am Tore sein, ohne daß er scharf zu reiten brauche. Das machte ihm denn doch bange. Seit er in der Welt war, fühlte er, daß das Präsentieren eben nicht seine starke Seite sei; er sann vor der Herberge, wo er über Mittag eingeritten, ernstlich über die Rede nach, welche er zu Zürich am Tore halten wolle, denn er hatte gehört, sein Glück hänge dort hauptsächlich von seiner Rede ab. Reden sei dort die gangbarste Münze.

Ungewohnte Arbeit macht durstig; der Krug mit Zürcher Rebensaft wurde Kurt mehr als einmal gefüllt, über dem letzten schlief er ein, wahrscheinlich in der Hoffnung, da er die rechte Rede nicht ersinnen konnte, eine zu erträumen, eine Kunst, welche wirklich imstande wäre, manchem Rednertalent beträchtlich auf die Beine zu helfen. Er träumte wirklich, aber leider keine Rede, er hatte aber auch keine nötig; er träumte von einem großen, schwarzen Eber, er sah ihn durch die Büsche brechen, er streckte ihm den Speer entgegen, der Speer glitt ab, Kurt glitt aus, mit seinen Hauern hieb der Eber Kurt in die Seite; er fuhr auf, und vor ihm hielt auf hohem Rosse ein stolzer Ritter, der ihn mit der Lanze etwas unsanft geweckt hatte. Kurt verstand sonst nicht Spaß und hätte ein solch Wecken sich gern verbeten, aber er war zu verblüfft dazu und gab knurrigen Bescheid auf die gestellten Fragen. Als der Ritter vernommen, wer der große Bursche sei und was er da wolle, was Kurt auch ohne Rückhalt sagte, lud der Ritter ihn ein, mit ihm zu reiten, wo er ein besseres Leben und reichere Beute fände, denn er sei der Freiherr von Regensperg. Gerade der war Zürichs mächtigster und kühnster Feind.

Solchen Reichtum und prächtigen Haushalt hatte Kurt nie gesehen, wie er ihn in Regensperg fand. Da war des Herrn von Önz Wohnsitz Bettlerwerk dagegen, ein solch bewegtes Leben hatte er sich kaum geträumt: Jagden, Fehden, Besuche wechselten jeden Tag, und wenn irgendwie eine ruhige Beschäftigung vorgenommen wurde, so war es eine in der Halle hinter dem Humpen, wobei es oft laut genug herging. So lustig und wild bewegt hier das Leben war, hatte Kurt doch ein böses Sein. Mehr in der Wildnis als unter Menschen hatte er gelebt, war wild und scheu oder mißtrauisch wie ein Gemsbock aus den Walliser Bergen. Solche Gemsböcke wissen ihre Hörner zu brauchen, wehe dem Jäger, der sie reizt, nicht tötet, ihnen nicht ausweichen kann! Der Freiherr hatte Kurts Tüchtigkeit teilweise erkannt und bald ganz erprobt; wie selten einer verband er Kraft und Schlauheit, in seinem Bereiche nämlich: er konnte durch den Wald huschen fast wie ein Indianer, aber auch einrennen wie ein Urochse. Er brauchte ihn oft als Kundschafter, hatte ihn gerne in seinem Begleit. Das wäre schön gewesen, aber es dünkte Kurt doch, dabei komme er zu nichts oder vielleicht erst, wenn er graue Haare hätte. Die Ungeduld unserer Jungen, welche ihren Dienst gerne als Feldherren anfangen oder wenigstens als Brigadiers, war auch beim Junker von Koppigen, kam eben aus Mangel an Bildung. Daneben lebte er wie Hund und Katze mit dem jüngeren Teile der Dienerschaft des Freiherrn; um die Gunst des Herrn beneideten sie ihn, und weil er Necken nicht vertrug, neckten sie ihn beständig, wie es üblich und bräuchlich ist bis dato. Es ist, als ob die Welt den Teufel im Leibe habe, was wahrscheinlich auch sein wird: was einer nicht mag, das muß er haben, wenn einer nicht kann pfeifen hören, so wird ihm gepfiffen, und wenn einer nicht Spaß versteht, so wird ihm dessen desto mehr aufgetischt. Nun war es freilich nicht ungefährlich, mit Kurt zu sehr zu spielen; er hatte Tatzen wie ein junger Löwe und schlug alsbald drein wie ein junger Löwe. Aber bald wußte man sich zu sichern, ließ sich nicht in seine Nähe; bald hetzte man die Gefolge von Gästen an ihn, welche dann mit ihm sich lustig machten, bald schlug ihm ein Alter auf die Tatzen, wenn er die Krallen zu tief einschlagen wollte. So kam er fast immer zu kurz, wie man zu sagen pflegt, und gewann nichts als Zorn und Beulen. Bis einer sich eingefügt hat in der Welt, kostet es ihn viel, und gewinnen tut er nichts, und Mancher wird sein Lebtag nie eingefügt. Lehrgeld muß bezahlt werden in der Welt, solange die Welt besteht und wenn auch alle Zölle aufgehoben werden, Lehrgeld entweder beim Antritt der Lehrzeit oder nach Verlauf derselben; je früher man es zahlt, desto wohlfeiler kommt man weg. Wäre dieses nicht gewesen, so hätte es Kurt vielleicht doch nach und nach zu Regensperg gefallen. Das war ein prächtig Leben mit Jagen und Reiten, Essen und Trinken und Kämpfen nach Belieben; da erst lernte Kurt festsitzen auf dem Roß und jegliche Kampfesweise mit jeglicher Waffe. Rasch ward er bei seiner großen Kraft und mitgebrachten Behendigkeit einer der Besten im Waffenspiel, aber dadurch nicht besserer Laune, und seine Verträglichkeit nahm nicht zu.

Eines Tages hatte der Freiherr ihn mit noch einem ausgesandt, sich auf die Lauer zu legen und einen Zug der Zürcher auszukundschaften. Hans von Melligen hieß der Andere, war Kurts Nebenbuhler in allem bis ans Verhältnis zu den Andern. Hans war beliebt, hatte Einfluß, von ihm aus gingen die meisten Neckereien, welche Kurt erdulden mußte. Kurt haßte ihn daher bitterlich, konnte ihm aber wenig anhaben, da Hans neben der eigenen Waffenfertigkeit noch im Schutze der Andern stand. Keiner von Beiden kam nach Regensperg zurück, man glaubte sie aufgefangen von den Zürchern; später fand man Hans erschlagen, Kurt blieb verschwunden; was aus ihm geworden, vernahm man in Regensperg nimmer. Hans hatte Kurt geneckt mit spöttischen Worten; Kurt, im Wortgefecht unbehülflich, hatte mit dem Schwerte geantwortet und Hans erschlagen. Begreiflich konnte Kurt nicht nach Regensperg zurück, sondern ritt wild und zornig ins Weite, traf auf einen Reiter, warf diesen ohne Komplimente über den Haufen. Dieser, welchem Ähnliches schon öfter begegnet sein und der in der Welt so viel erfahren haben mochte, daß er blutigen Streit lieber vermied als suchte, versuchte keinen Widerstand, gab auch nicht zornige Worte, sondern setzte sich an des

Weges Rand, lud Kurt ein, sich neben ihn ins Gras zu setzen und Bescheid zu tun aus einer großen Flasche, welche er am Sattel hängen hatte. Der Reiter, welcher seinen Fall so kaltblütig nahm, hatte ein altes, verwittertes Gesicht, in welchem trotz seiner Wildheit ein Zug von Gutmütigkeit nicht zu verkennen war. Er gehörte zu den Gesellen, welche ihr Leben lang einem guten Schicke nachziehen und ihn nie machen, weil sie jedem Genusse sich hingeben; sie sind Knechte des Augenblicks, werden daher nie Herren ihres Lebens, erreichen nie das vorgesetzte Ziel. Er hatte in der halben Welt herumgefochten, aber nichts davongebracht als Wunden und manchmal eine volle Flasche, aus welcher er soeben Kurt zutrank. Kurt hatte anfangs gute Lust, ihm diese Gastlichkeit mit einem guten Lanzenstoß zu vergelten, weil er in seinem mißtrauischen Wesen diesen heitern Gleichmut für Spott hielt, tat aber endlich doch Bescheid, setzte sich neben den Alten, aber mit lockerm Dolche; er hoffte, Rat zu finden, den er eben nicht hatte.

Die Flasche war noch nicht zu Ende, als Kurt bereits Vertrauen gefaßt, dem Alten erzählt hatte, wo er gewesen, was er getan und wie er jetzt nicht wisse, wo aus. Der Alte war auf den Herrendienst, wo man sein Blut vergieße, während die Herren die Beute machen, nicht gut zu sprechen; er suchte begreiflich die Ursache seiner Lage und seiner Unzufriedenheit wie andere Gelehrte auch nicht bei sich, sondern anderswo und bei Andern. Er hatte den Glauben gefaßt, selbständig komme er am weitesten, aber ein tüchtiger Gehülfe hätte ihm gefehlt, das Glück hätte ihm einen zugeführt. Als er Kurt vorschlug, selbst die Herren zu spielen und Krieg zu führen auf eigene Faust, fand er bei demselben Anklang und Beifall. Kurt war das Beugen unter einen Herrn, die Fessel eines fremden Willens äußerst peinlich gewesen; seine alte Freiheit kam ihm vor, wie Adam und

Eva das Paradies vorgekommen sein mag, wenn sie auf dem verfluchten Acker schwitzten. Er erzählte seinem Gefährten Uli von Gütsch, was er früher getrieben, wie er gewandt sei im Handwerk und viel erbeutet, obgleich er es nur ganz gemein und zu Fuße getrieben; jetzt, wie sie es treiben wollten auf ritterliche Art so gleichsam, werde die Beute noch viel reicher sein, meinte Kurt. Uli von Gütsch schüttelte den Kopf und war nicht so hoffnungsvoll. Allweg sei es das Beste, was sie vornehmen könnten, aber ganz richtig sei das Ding nicht und viel gefährlicher als ganz gemeine Räuberei, meinte er. Die adeligen Herren, sagte er, hätten es mit dem Wegelagern wie mit der Jagd: beide seien erlaubt, aber in ihrem Revier ihnen allein und niemand Anderm, und wen sie in ihrem Revier über Jagd oder Raub ergriffen, den hingen sie an den ersten Baum oder schmiedeten ihn fest auf einen Hirsch. Man müsse klug und vorsichtig sein, sagte er, und nie verzweifeln, auch wenn man die Schlinge schon am Halse habe, er rede aus Erfahrung; gehe aber endlich einmal die Schlinge zu im Ernste, so geschehe, was doch einmal geschehen müsse, ob endlich einen Tag früher oder einen Tag später.

Man sieht, Uli von Gütsch hatte viel Gesinnung und nicht bloß viel, sondern auch die wahre für dieses Handwerk. Uli von Gütsch hatte aber nicht bloß viel Gesinnung, sondern auch viele Kenntnisse, die sind allezeit was wert, wenn man sie recht zu gebrauchen weiß. Uli von Gütsch kannte nämlich Stege und Wege weitum in der Runde, kannte Schluchten und Höhlen, kannte die Zeichen der meisten Herren, hatte nicht unbedeutende Bekanntschaften unter dem niedrigsten Volke. Im Gebiete der Reuß, von Luzern weg, bis sie in die Aare läuft, oder weiter hinauf der Wigger zu trieben sie ihr Handwerk, doch immer so, daß sie es an Fremden ausübten, oder wenn an Einheimischen, doch an Herrschaften, denen sie sich überlegen glaubten; des niedern Volks schonten sie sorgfältig, ja sie brachten manch Stück Geld in arme Hütten, teilten mit Hungrigen gute Bissen, daher wandte sich ihnen die Teilnahme zu und die Lust, welche immer im Niedrigen entsteht, wenn der Höhere gefährdet wird. Dagegen suchten sie verdächtig zu machen die Herren und trieben ihre Streiche bald in des einen, bald in des andern Namen. Nun ist wohl nichts unangenehmer, als wenn man von solchen Stücklein nichts haben soll als den bösen Namen; wer nicht muß, läßt solches sich nicht in Frieden gefallen. Anfänglich jedoch griff jeder der Herren nach dem Unrechten, den Herren wurden die Haare zusammengeknüpft; diese wußten, wieviel jedem zu trauen war, darum nahm einer den andern in Verdacht, lauerte ihm auf und trieb es ihm ein. Indessen verständigten sie sich schneller, als es Kurt und Uli lieb war.

Der Letztere meinte, erfahren in der Welt, sie sollten sich einen Patron auf der Welt gewinnen, wie Fromme nach einem solchen in dem Himmel trachteten. Das sei eine leichte Sache, meinte er, er wüßte Keinen, der gegen einen Teil der Beute sie in seinem Gebiete nicht sicher ließe, wenn sie ihm Namen und Gebiet ruhig ließen. Aber Kurt wollte das nicht, er wollte frei sein und tun, was ihm beliebte; selb war von je ein gefährlich Handwerk, länger als üblich konnten sie es treiben, weil sie in den Hütten natürliche Verbündete hatten. Das machte sie sicher, sie verließen den Schauplatz ihrer Taten nicht, wie Klugheit sonst geraten hätte. In dieser Gegend hatte der Freiherr von Eschenbach große Güter, war ein großer Herr und selten daheim, wie heutzutage auch die kleinen Herren zu tun pflegen; er lebte hier und dort bei großen Herren, deren Freund und Rat er war. Der weilte unerwartet einige Zeit im Aargau, vernahm, was auch unter seinem Wappen getrieben worden, und bot nun große Jagd, wie man hie und da auf Wölfe und Wildschweine anstellt, auf in aller Stille, um die fremden Schnapphähne zu fangen.

Kurt und Uli hatten eben im Gebiete des Eschenbach einen Zürcher Metzger überritten, waren mit seinem Gelde talaufwärts geritten und saßen in armseliger Hütte eines Freundes, harrten des Essens und zählten die Beute, als ein junges Mägdlein geschlichen kam und sagte, der Eschenbach biete seine Leute auf, sende Boten aus an seine Freunde, jagen wolle er auf die unbekannten Räuber, bis er sie hätte, wissen wolle er, wer sie seien. Sie hielten Kriegsrat, glaubten die Gegend um das Städtchen Zofingen am sichersten, indem man dort am wenigsten sie suche. Sie hatten dort sich nicht versündigt, die Bürger waren handliche Leute, selbst die Bürgerinnen sehr kriegerisch, liebten beiderseits Speise und Trank, und wer ihnen irgendwie in der Sonne stand, lief Gefahr, um seinen Schatten zu kommen. Alsbald machten sie sich auf, zogen fürbaß und hofften namentlich in den Klüften, Sümpfen, Wäldern, welche zwischen Zofingen und St. Urban lagen, sichere Ruhe zu finden. Zu Fuße gehend, die Pferde, um sie auf den schlechten Pfaden zu schonen, hinter sich, waren sie ihrem Ziele nahe gekommen, bogen bei Tagesanbruch um eine Waldecke, als plötzlich ihre Pferde hellauf wieherten und es lebendig ward im Gebüsche.

Es waren die Zofinger, welche von der Jagd gehört und gerne wissen wollten, wie sie gemeint sei, was dabei herauskomme, dabei Spektakel liebten und ihren Weibern gerne was Neues erzählten. Was Neues, das wußten die Zofinger damals schon, ist bei Weibern, was ein Blitzableiter bei Gewittern. Sie hatten ein Zunftessen gehabt, waren bei einander gewesen, daher ihr Aufbruch so rasch, daß sie auf dem Anstand lagen, fast ehe die Jagd begonnen. Flinke Gesellen hatten den alten Uli von Gütsch niedergeworfen, ehe er aufs Pferd kam; er ward gebunden und im Triumph gegen Zofingen geschleppt als was Neues, so alt er auch war. Er aber verlor seinen heitern Mut nicht, er hatte Gesinnung; wie er redete, so war es ihm auch, er hielt eben dafür, daß nicht jede Schlinge zugehe, welche man bereits am Halse habe – wahrscheinlich hatte er sich lange um Luzern herum aufgehalten, wo es eben heutzutage noch so geht, mit der Schlinge das Ding so zweifelhaft ist –, und gehe sie einmal zu, so werde es so haben sein müssen. Er reizte nicht, aber antwortete heiter auf die zornigen Vorwürfe, entwaffnete dadurch die Zornigen, und ehe man mit ihm in Zofingen Spektakel machte, hatten alle, wenn er ihnen auch nicht lieb geworden, Erbarmen mit ihm, und er wurde nicht gehangen, wenigstens in Zofingen nicht. Kurt, rascher und hinter Uli, der den Wegweiser machte, war im Sattel, ehe Zofingerhände, welche nicht mehr gerne lassen, was sie einmal in den Fingern haben, ihn faßten, und stob instinktmäßig, ohne an Uli von Gütsch zu denken, von dannen. Es kam ihm wohl, daß er nicht auf einem alten Klosterhengst saß und reiten konnte; sein freiherrlicher Gaul ließ die bürgerlichen Verfolger bald hinter sich, war über Hergiswyl hinaus im Umsehen. Da konnte Kurt, da kein Hufschlag mehr hinter ihm hörbar war, das Tier wieder zu Atem kommen lassen, während er selbst seine Gedanken sammelte. Uli von Gütsch hatte ihm oft erzählt von seinem besten Freunde, der ein Mordkerl gewesen und jetzt Einsiedler oder Waldbruder sei. Lahm gehauen, habe er den blöden Leib mit einer frommen Kutte bedeckt, lebe jetzt von seiner Schlauheit und der Menschen Dummheit wie früher von seiner Kraft und Anderer Schwäche. Er hatte ihm oft erzählt, welche lustige Tage er bei dem Waldbruder verlebt habe in dessen düsterer Hütte, welche in der Nähe von Willisau lag, wie derselbe Schabernack getrieben mit den Menschen, ihren

Aberglauben ausgebeutet und gerade bei denen am meisten, welche keinen zu haben glaubten und sich für weise hielten. Diesen Waldbruder aufzusuchen, beschloß Kurt; bei ihm konnte er entweder sich bergen oder guten Rat finden, wo Schutz und Schirm für ihn sei.

Wer aufgewachsen ist in Feld und Wald, findet sich ungefragt und ungeführt leichter zurecht als ein schönes, zartes Stadtkind mit einem Plane in der Hand und hundert Anweisungen in der Tasche. Kurt ritt durch Schluchten und Täler, fand sich immer besser zurecht, sah endlich vor sich des Waldbruders Klause oder Höhle; sie war wie die meisten beides. Vor derselben saß der Einsiedler, neben ihm eine Frau; sie legte ihm von einem mächtigen Schinken vor, er aber trank ihr zu aus einem ansehnlichen Kruge, in welchem schwerlich Wasser war. Vertieft in ihre Arbeit, hörten sie Kurts Nahen nicht, bis Fliehen oder Verbergen unmöglich war. Die Frau merkte Kurt zuerst. «Jesus Maria»! schrie sie, sprang auf und ward kreideweiß. Der Waldbruder war nicht so erschrockener Natur, Geistesgegenwart besaß er selbst für Leute seines Schlages in beträchtlichem Maße; gelassen sah er über seinen Krug weg, und sein geübtes Auge erkannte alsbald des Fremdlings Natur. «Frau Gertrude», sagte er, «seid nur ruhig und sitzet wieder ab; Euer Herr, der Pfarrer von Zell, hat Euch nicht zu einem Sündenwerk ausgesandt, darob Ihr Furcht haben müsset, sondern einen Kranken und durch langes Fasten Matten zu stärken. Esset und trinket nur ruhig, auf frommen Wegen seid Ihr müde geworden, Stärkung bedürft auch Ihr zum Heimgange.» «Du aber, Junge», wandte er sich nun zu Kurt, «gib Bericht, was du willst und wer dich gesandt! Für wessen Seele soll ich beten, wen gesund machen, ein krankes Kalb oder einen lahmen Hund?» «Uli von Gütsch läßt Euch grüßen, er ists, der mich hergewiesen hat», antwortete Kurt.

Diese Antwort gab des Waldbruders Kaltblütigkeit einen Stoß, denn diese Art von Bekanntschaften brachte er doch nicht gerne zur Kenntnis von des Pfarrers Köchin; er stellte daher das Fragen ein, hieß Kurt sein Roß abzäumen, sich hersetzen und teilnehmen an ihren Stärkungen. Wahrscheinlich rechnete der Waldbruder darauf, die Köchin werde alsbald vor dem Burschen mit dem verwilderten Angesichte die Flucht nehmen; allein er verrechnete sich, er kannte die Schnapphähne besser als die Köchinnen, es schien ordentlich, als werde die Köchin breiter auf ihrem Sitze, als lasse sie sich recht wohlig auseinander, spitzte erst das vierzigjährige Mäulchen, tat zimpferlich, machte dann Witze, neigte sich zur Traulichkeit, kurz tat akkurat wie eine heutige Köchin, welche im entschiedenen Fortschritt begriffen ist. Der Waldbruder brauchte alle seine Kunst, die Beiden auseinanderzuhalten, und da sie immer größeres Gefallen an einander zu finden schienen, suchte er die Köchin zum Aufbruch zu stimmen. Es lasse sich zu einem Wetter an, sagte er, wer heute noch weiter wolle, dem wäre Eile zu raten. Wenn er nach Zell wolle, sagte die Köchin zu Kurt, so wolle sie ihm den Weg zeigen. Es kam ihr wahrscheinlich sehr angenehm vor, mit Kurt spazieren zu gehen. Kurt hätte wider das Spazierengehen und die Köchin soweit nichts gehabt, aber den Weg nach Zell begehrte er einstweilen nicht kennen zu lernen; derselbe führte durch das offene Land, und von dort konnte man schnurstracks auch nach Zofingen. Er nahm daher das Anerbieten der Köchin kühl auf, sagte kurz (denn wenn er auch eingehauen war, so war er doch nicht gehobelt), nach Zell begehre er nicht, das Wetter fürchte er nicht, einstweilen sei ihm wohl da. Die Antwort machte die Köchin ebenfalls kühl. «Nichts für ungut für das Anerbieten, jeder machts, wie ihm beliebt», sagte sie, grüßte kalt den Waldbruder, akkurat wie eine beleidigte Schönheit es tut, welche sich hintangesetzt glaubt und es einzutreiben gedenkt, und ging ab.

Dem Waldbruder machte diese Mißstimmung offenbar keinen Kummer, er schien der Mittel zur Versöhnung sicher zu sein; er wandte sich rasch Kurt zu und fragte nach seines Freundes Bestellung. Kurt erzählte und fragte um Rat. Diese Frage schien dem Waldbruder ungleich bedenklicher als der Köchin Stimmung; nachdem er genau gefragt, wo sie überfallen, ob er gesehen worden und wie weit verfolgt, sagte er endlich: «Mußt weiterreiten, hier bist du nicht sicher; die Herren werden das Äußerste aufbieten, auch dich zu fangen, denn jeder will den Verdacht von sich abwälzen, als sei er euer Hehler und Bundesgenosse. Ich hörte von euerm Treiben, glaubte, es treibe dies unter der Hand einer der Herren auf seine Rechnung, dachte nicht daran, daß Uli von Gütsch, der alte Fuchs, so was Tolles unternehme und sämtlichen Herrschaften ins Handwerk pfusche, wo sämtliche nichts eifriger tun werden als es ihm legen. Ein Glück für ihn ist, daß er in der Zofinger Hände gefallen, die treiben viel, doch nicht Straßenraub, haben also nicht Ursache zum Brotneid, und Uli wird sich aus ihrer Schlinge schwatzen, vielleicht gar in ihren Dienst hinein. Um so rachsüchtiger werden sie dich verfolgen, vor ihrem Zorne vermag ich dich nicht zu schützen, vor einem Heiligen wie ich haben die Herren keinen Respekt, ihr Interesse ist ihr Gott; vor den Bauern wärest du sicher hier, bei ihnen findet sich der wahre Glaube noch. Und doch heile ich den Herren ihr Vieh umsonst, bereite ihnen manchen Trank umsonst, aber da ist keine Dankbarkeit; wären die Bauern nicht, ich müßte verhungern. Aber eben daß die Bauern es so gut mit mir meinen, bringt die Pfaffen gegen mich auf, aus Brotneid predigen sie gegen mich, daß die Wände krachen, heißen mich einen Wolf im Schafpelze, einen unsaubern Heiligen und hetzen

die Herren gegen mich. Ach Gott, wenn sie erst alles wüßten, was ich kriege und wer es bringt, die würden noch ganz
anders predigen, und je ärger sie predigen, desto mehr läuft
das Volk mir zu, desto williger bringt es mir seine Gaben.
Aber eben deswegen muß ich mich desto mehr hüten, daß
die Pfaffen nichts Bestimmtes an mich bringen können und
vor die Herren, bei welchen weder Glaube noch Dankbarkeit ist; hätten sie einmal eine sichere Handhabe, dann gute
Nacht, Waldbruder! Iß, trink und höre, wo Sicherheit ist
für dich; reite, so viel du kannst, den Bach hinauf, sonst an
dessen Ufern, dann da, wo er aus der Erde bricht, rechts über
den Berg, so kommst du in ein langes Tal, dieses reitest du
hinauf; zu oberst, wo es sich zu schließen scheint, die Berge
ihre Füße zusammenstrecken ins Tal wie ein Rudel Mädchen ihre Füße in eine Badewanne, da steht ein Kirchlein
und über demselben eine starke Burg; wenn du dich sputest,
bist du dort, ehe die Sonne untergeht. In der Burg wohnt
der beste Ritter im Lande, ein Mann für dich, des Tags zu
Roß, des Nachts, wenn Ruhe ist und kein Streich obhanden,
ein tapferer Zecher; er hat ein gutes Herz, aber Federlesens
macht er nicht, sondern was ihm wohlgefällt. Macht einer
ihn böse, so zertritt er ihn, gelüstet ihn was, so greift er zu;
wer ihn ruhig läßt und nichts hat, welches ihm wohlgefällt,
den läßt er auch ruhig, und wer ihm es treffen kann oder gar
Hülfe ihm leistet, der hat bei ihm das beste Leben und sonst,
was er will. Barthli von Luthernau, du hast schon von ihm
gehört, ist landab, landauf gefürchteter als der Teufel, an ihn
wagt sich niemand, und wo er erscheint, da werden alle Herzen steif vor Angst: die Welt hat es ihm schlecht gemacht,
jetzt treibt er ihr es ein. Er war nicht reich, doch seine starke
Burg und reiche Vettern, welche keine Kinder hatten, berech-
tigten ihn, lustig zu leben, als wäre er schon reich und sollte
es nicht erst werden. Er borgte von den Vettern, dachte

begreiflich nicht ans Wiedergeben, das wäre ja dumm gewesen und eine unnötige Mühe, da ja einmal alles sein war; er suchte im Gegenteil die Schuld täglich größer zu machen. Die Vettern wurden zäher, wollten Vetter Barthli nicht immer begreifen, ihre Hände nicht mehr öffnen nach seinem Belieben. Aber Barthli achtete sich wenig, dachte auch, mit solch alten Knaben mache man nicht viel Federlesens, ritt bei ihnen ein mit vielen Leuten, siedelte sich da an, als wärs für die Ewigkeit, bis sie froh waren, ihre Truhen zu öffnen und ihm zu geben, was er begehrte. Die Vettern waren griesgrämliche Leute, konnten keinen Spaß verstehen, fingen an den Vetter zu hassen, sich immer schlechter gegen ihn zu benehmen, gegen den leiblichen Vetter. Dieser züchtigte sie, wie recht und billig, immer schärfer ihrer schlechten Gesinnung wegen; da kam, statt daß sie sich gebessert und den Vetter zu versöhnen gesucht, der Teufel vollends über sie, sie vergabeten all ihre Habe, Land, Leute, Gülten, zu Bau und Aufschwung des Klosters St. Urban. Das war schlecht, daher begreiflich Ritter Barthli gar nicht recht; er bot Himmel und Hölle auf gegen diese Vergabung, aber niemand wollte ihm zu seinem Recht verhelfen: Geschrieben sei geschrieben, hieß es überall. Da hob er seine Faust auf, drohte von Luzern bis St. Urban das Land zu verheeren, aber man spottete ihn aus und forderte zu allem noch die alten Schulden ein. Darüber ist er wütend mit Recht, will nun selbst Schulden eintreiben und nehmen, was ihm gehört, wie billig, und fehdet nun das Kloster, welches von niederträchtigen Herren, die den Barthli hassen wegen seiner Mannheit, begünstigt wird, ohne Unterlaß. In den nächsten Tagen versucht er wieder was, wozu er tüchtige Leute braucht; du wirst ihm willkommen sein, sage nur, Jost im Tobel habe dich gesandt.»

Kurt war durch sein Handwerk mißtrauisch, es fiel ihm

auf, daß Jost im Tobel, der erst noch so bitter über die Herren gesprochen, ihn jetzt zu einem Herrn senden wollte; er sagte: «Warum soll ich das Tal auf reiten, um zu einem der Herren zu kommen? Ich erspare mir Mühe, wenn ich sie hier erwarte.» «Du jagst auf falscher Fährte», sagte der Waldbruder, «es ist nicht ein Herr wie der andere Herr und nicht ein Pfaff wie der andere Pfaff; wie in allen Regeln Ausnahmen sind, so sind auch in allen Ständen Solche, welche nicht auf der gleichen Saite geigen, nicht zu den Andern zu gehören scheinen und um deswillen bitterlich angefeindet werden von den Andern. So ist der von Luthern rundum von allen Edeln gehaßt, wie alle Pfaffen rundum mich hassen, von wegen, wir leben Beide auf eigene Faust, und was die Hauptsache ist, wir leben Beide wohl dabei, besser als die Andern, welche nach dem allgemeinen Brauch leben einer wie der Andere, wie eine Gans der andern nachwatschelt, wie die erste vorwatschelt. Sieh, darum sind ich und der von Luthern Freunde, weil wir auf der gleichen Fährte jagen; jeder macht, was er kann, lebt so gut als möglich nach dieser Regel und fragt den Andern nichts nach, begreifst?» Kurt begriff, hatte aber doch gegen den neuen Herrendienst viel einzuwenden. Er sei ihm nicht entlaufen, um ihn von vornen wieder anzufangen, sagte er. Jost setzte ihm auseinander, wie zwischen allen Dingen ein Unterschied sei; so sei ein Unterschied zwischen Kurt, welcher zum Freiherrn von Regensperg gekommen, und dem Kurt, welcher zu Barthli von Luthernau komme; der erste Kurt sei ein blöder Junge gewesen, der zweite Kurt ein derber Kerl mit Haar ums Maul. Der Freiherr sei halt ein Herr gewesen mit Dienern und einem vornehmen Haushalt, Barthli sei ein Mann, habe Gesellen und einen Haushalt, wo es sich ein jeder so bequem mache, als er könne, und zwischen Kamerad und Knecht sei eben ein großer Unterschied. Als der Waldbruder glaubte, Kurt habe seine Vorlesung hinlänglich begriffen, trieb er Kurt fort; es sei hohe Zeit, sagte er, rasch müsse er machen, daß er fortkomme, sei er einmal über dem Berg, könne er langsam weiter. Dort treffe er ein Haus; richte er seinen Gruß aus, kriege er, was er begehre.

Kurt zögerte, bis es ihn selbst dünkte, er wittere in der Weite Roß und Reiter. Sobald derselbe fort war, kreuzte sich der Waldbruder, räumte alles Verdächtige weg, zog Weidenzweg zum Flechten und sang ein geistlich Lied, das heißt eins mit geistlicher Weise, aber sehr ungeistlichen Worten. Nicht lange saß er so, hörte man schon einzelne Hörnerstöße, hörte zerstreute Reiter zusammensprengen, dann geradenwegs die Schlucht herauf dem Waldbruder zustürmen. Der saß da wie der heilige Feierabend, als ob ihn die ganze Welt nichts anginge, sang und flocht, daß es herzbrechend war und als ob er sein Lebtag nichts anderes getan hätte. Die Reiter hatten offenbar nicht großen Respekt vor ihm, der Waldbruder indessen den sichern Takt, daß er sein Verzücktsein und Redestehen so gut zu mischen wußte, daß er nichts verriet, weder sich noch Kurt, und doch jeder Gewalttätigkeit entging. Es blieb bei Drohungen und unehrerbietigen Titeln, beides störte den Waldbruder nicht am Korben; Drohungen taten nicht weh, und auf Titel hielt er nichts, er war gar nicht ehrsüchtig. Sie suchten und fanden nichts, sie taten wie Hunde, welche einen Hasen im Versatz verloren, welche ein Jäger immer aufs neue den Ring schlagen läßt; sie kriegten Langeweile, setzten endlich ab einer nach dem Andern, und wenn einer anfängt, geht es nicht lange, bis der Letzte abzieht.

Unbelästigt ritt Kurt über den Berg bis zu dem Hause, welches ihm Jost empfohlen hatte oder dem er so gleichsam empfohlen worden war. Es war vor mehr als sechshundert Jahren, als dieses Kurt begegnete, aber kurios ist es, er gebärdete sich damals schon akkurat wie dato ein sogenannt gebildeter, vielleicht vornehmer, selbst fürstlicher Europäer, der vom Vizekönig von Ägypten oder irgend etwelchem Machthaber oder sonst irgend welcher potenzierten Person Empfehlungen hat in Ägypten oder Italien. Man kann lesen in ihren Reiseberichten, wie sie den Leuten in die Häuser fallen wie Heuschrecken übers Land, die Leute aus dem Schlafe pochen und poltern wie Janitscharen mit einem Firman des Sultans, sich es bequem im Hause machen, daß die Besitzer kaum mehr Platz darin haben, Speisen und Getränke auf die unanständigste Weise beschnüffeln, ehe sie solche genießen, wie verwöhnte Hunde ein Stück Brot, und dann hinterher dem erstaunten Europa erzählen, nach was der Wein gerochen und ob das Fleisch zäh gewesen oder nicht zäh. Daß es Kurt so machte, soll uns nicht wundern, er machte nicht Anspruch, ein Gentleman zu sein, und war nicht im Welschland gewesen, sondern umgekehrt im Züribiet. Er stellte sein Roß an den besten Platz im Stalle, setzte sich auf die beste Stelle am Herde und ließ sich traktieren, und die Leute ließen es sich gefallen und taten das Möglichste, akkurat wie man es noch heutzutage mit den modernen Reisenden macht, welche nach allerneuesten Berichten im Morgenlande als die eilfte Plage angesehen werden. Die guten Leute fürchteten Ungelegenheit, sie kannten Josts Verbindungen, wußten auch nicht, wie weit Kurt noch kommen und es erzählen könnte (von Drucken war bekanntlich damals noch nicht die Rede), wenn sie ihm nicht das Beste aus Keller und Küche gegeben, der Wein nach was gerochen, das Fleisch zäh gewesen. Kurt hatte alle Ursache, zufrieden zu sein; wohlgepflegt ritt er endlich weiter, und Abend wards, als er vor sich das Kirchlein von Luthern sah und über demselben die alte, graue Burg.

Es war ein wildes Bergtal, doch sah man an den Talwänden gute Gehöfte; rar waren die Kühe nicht im Tale, Barthli stahl keine aus dem Tale, aber manche außerhalb demselben gestohlene Kuh lief darin herum. Die Burg stand offen, der Ritter von Luthern fürchtete keinen Überfall; es wohnte kein Mensch im Tale, der, wenn er was Verdächtiges bemerkt, es dem Ritter nicht alsbald gemeldet hätte, denn sie hatten alle Anteil an seinem Raube, und wenn seine Hand schon hart war, so wohnte es sich doch sicher unter derselben. Wild sah es im Hofe aus, aus einer offenen Türe flog eben ein Knecht heraus wie der Stein von der Schleuder, kroch dann weiter, winselnd und heulend. Fluchend kam ein gewaltiger Mann nach und hätte wahrscheinlich noch nachgebessert und vollends zerschlagen, was der Knecht noch Ganzes an sich hatte, wenn ihm nicht Kurts fremde Erscheinung in die Augen gefallen wäre. Es war der Ritter in eigener Person, der mit selbsteigener Hand einem Knechte, der Pferde mit Fußtritten mißhandelte, Verstand gegen die Tiere einbläute. Der Ritter von Luthernau war ein Mann wie eine Eiche; schon hatte es ihm auf den Schädel geschneit, aber heiß rann doch das Blut unter der weißen Decke und heißer am Abend als am Morgen, wie es übrigens noch heutzutage bei vielen Edeln und Unedeln der Fall sein soll. Fast wars, als wollte er den Rest seines Zornes an Kurt auslassen; barsch fuhr er ihn an, was er da wolle. Doch Kurt war nicht erschrockener Natur, er bringe einen Gruß von Jost im Tobel, sagte er.

Das Losungswort zog, ein heller Schein flog über des Ritters dunkeles Gesicht; er führte Kurt in die Halle, wo auf dem Tische Essen und Trinken die Fülle stand, und zwar den ganzen Tag. Wer etwas mochte oder sonst nichts zu tun hatte, setzte sich an den Tisch, besondere Eßstunde war keine. Er hatte, wie es schien, durch Kurt eine Botschaft erwartet, auch das Begehren um Dienst war ihm nicht unangenehm, jedoch vergaß er besondere Vorsicht nicht. Schon damals war es Sitte, jemanden, an den man offen nicht kommen konnte, einen falschen Freund in den Busen zu schieben, der dann mit Verrat vollbringt, was Gewalt nicht vermochte. Indessen, Kurt bestand gut im Examen und gewann des Ritters Vertrauen. Derselbe kannte Uli von Gütsch wohl und war dessen Freund gewesen, war auch ein Feind derer, die des Ritters Feinde waren. Zudem hatte derselbe Kurts Vater wohl gekannt und mit ihm manchen Streich verübt. Als Kurt sich als des Vertrauens würdig ausgewiesen, vernahm er, daß morgen schon ein Auszug vorbereitet sei, des Klosters Gebiet zu plündern und zu verbrennen, was brennen wollte. Barthli hatte Lust, das Kloster selbst zu zerstören, indessen war es zur selben Zeit etwas bedenklich, Hand an geweihte Mauern zu legen, das Ding konnte schwere Folgen haben.

Früh ward es lebendig in der Burg zu Luthern. Die Leute schienen aus dem Boden herauszuwachsen, waren in Wetter und Krieg gehärtet und gestählt und gar heiteren Mutes, sie hofften auf reiche Beute. Das Wort Beute hat seinen schönen Klang behalten bis auf den heutigen Tag, nur mit dem Unterschied, daß das moderne Bewußtsein sich des Raubens und Stehlens schämt, es indessen doch tut und je mehr, je lieber, hinterdrein es dann ableugnet gedruckt und ungedruckt mit moderner Unverschämtheit. Der Ritter wäre gern durch Wald und Berg gebrochen nach Eriswyl, Huttwyl, Rohrbach usw., das reiche Tal hinab, welches die Langeten bewässert. Aber dort wohnten viele Edle, Freunde des neuen Klosters, absonderlich auch die Edlen von Madiswyl. Alle hätte er aufgejagt, auf seine Fährte gezogen, und viele Hunde sind bekanntlich des Hasen Tod. Er zog daher östlich das Tal abwärts, Großdietwyl und Altbüren zu. Mancher Freund gesellte sich zu ihm auf dem Wege, und als er seine angeschwollene Schar übersah, drängte es ihn, an St. Urban selbst sich zu versuchen, mit einem kühnen Streich all dem Ding ein Ende zu machen. Er wußte, daß einer seiner Vettern dort sich aufhielt; konnte er den als Geisel in seine Hände bekommen, so hatte er von den Folgen des Überfalls nicht viel zu fürchten. Er hielt, zog Kunde ein, aber sie gefiel ihm nicht; er vernahm, daß viele Edle mit Gefolge im Kloster sich aufhielten, daß noch mehr erwartet würden, ein Überfall also nicht rätlich sei. Er bog links ins waldige Gebirge, durch dasselbe konnte er unbemerkt bis gegen die reichen Langenthaler Höfe ziehen, dieselben plündern und auf der dortigen Straße vielleicht einen reichen Fang tun, einen schnappen, der nach dem Kloster wollte.

In Langenthal ruhte die ländliche Arbeit, das Vieh war eingetrieben, das Gesinde heimgekehrt; die Mutter kochte, die Töchter kämmten ihre Haare, was von jeher in Langenthal stark getrieben wurde nicht allein wegen der Hoffart, sondern wegen der Kurzweil. Ob dem Kämmen glitt die Zeit vorüber, ganz gleich wie durch die Finger die Haare, und je glatter die Haare glitten, desto rascher lief ihnen auch die Zeit vorüber. Die Nacht dämmerte herauf, leise nahte sich im Schatten der Nacht der Schlaf den Augen der Menschen, machte aber heute nicht gute Geschäfte. Es wollte ihm niemand warten, es war eine ungewohnte, seltsame Unruhe auf der Straße, auf der berühmten Kastenstraße, welche schon zu der Römer Zeiten den Osten Helvetiens mit dem Westen verbunden haben soll.

Eine große Weinfuhr für das Kloster war am selben Abend durch den Ort gekommen; zur selben Zeit war eine Weinfuhre ein Ereignis selbst in Langenthal, wo sonst von Zeit zu Zeit etwas Merkwürdiges vorkam. Wahrscheinlich waren aber damals noch seltener als die Weinfuhren die Weinreisenden, welche der Sage nach gegenwärtig vor

Langenthal sich oft aufstauchen wie in Paris die Menschen-masse vor dem Theater, wenn die Rachel spielt, die Ein-gänge zu klein sind, die Menge derer, welche hinein wollen, zu groß ist. Weder das Straßenpflaster noch die Straßen-beleuchtung, für welche in jüngster Zeit ein löblicher Gemeinderat eine selten gewordene Prämie erhalten hat, waren damals in Langenthal zu der Vollkommenheit gekommen, in welcher man sie jetzt findet. Zwei Weinwagen blieben stecken, an dem einen brach die hintere Achse, am andern die Deichsel; mit aller Mühe konnte man sie nicht flott machen, sie mußten in Langenthal zurückgelassen werden. Nun lebte damals in Langenthal eine große Familie, zu welcher fast die ganze Einwohnerschaft gehörte, die wahrscheinlich ausgestorben sein wird, namens Durstig; sie hatte die Eigentümlichkeit, daß sie den Wein mehr liebte als das Wasser. Zwei Weinwagen auf offener Straße eine ganze Nacht durch war ein nie erlebtes Ereignis. Da Langenthal zum Kloster gehörte, die Wagen auf des Klosters Grund und Boden standen, so war die Bedeckung mit den andern Wagen nach dem Kloster gezogen; nur die Fuhrleute blieben bei den Wagen zurück, blieben aber nicht alleine. Von allen Seiten trappete es heran, jeder wollte die merkwürdigen Wagen sehen, und wer sie einmal ansah, dem ging es wie der Eva im Paradies. Als sie den Apfel einmal recht angesehen, konnte sie auch nicht mehr davon los, bis sie dreingebissen.

Man stand um die Wagen her, riet über die Größe der Fässer, die Güte des Weines, und je mehr man riet, desto zahlreicher ward die Familie Durstig um die Wagen herum. Gut wäre es doch, sagte endlich einer, wenn Einige die Nacht über bei den Wagen wachen würden, die Übrigen könnten nach Hause gehen. Er werde meinen, sagte eine Frau, er sei alleine klug und niemand merke, warum sie nach Hause sollten; Einem recht, dem Andern billig: wenn er über den Wein wolle, so wolle sie auch daran; übrigens sei Versuchen erlaubt. Wenn die Herren da wären, sie schlügen selbst eins der Fässer auf; man könne es ja auch machen wie die Fuhrleute, mit Wasser wieder zufüllen, so merke ja niemand etwas. Ist man einmal mit dem Rate so weit, so ist die Ausführung auch nicht mehr fern; man bohrte vorsichtig an, und vorsichtig ließ man anfangs nur wenig heraus, damit der Abgang oder das Wasser im Weine nicht gemerkt werde. Sowie man bohrte, war alles nach Trinkgeschirren davongestoben, und jetzt stob alles heran wie Tauben auf einen Hanfacker, den soeben der Säemann verlassen. Das Gedränge um die Wagen wurde groß, jeder wollte seinen Teil, und hatte er ihn, so wollte er noch einen. Die Weiber zeichneten sich durch gewaltiges Schlucken aus; hatte ein Weib einmal ein Geschirr am Maul, so war es, als ob sie zusammenwüchsen, und von einander brachte sie keine irdische Macht mehr, solange ein Tropfen von einem ins andere rann. Ein Loch in einem Faß genügte nicht mehr, ein zweites entstand, man wußte nicht wie, und befriedigte noch lange nicht das immer wachsende Bedürfnis der immer größer werdenden Familie Durstig. Die Unmöglichkeit, die Sache zu vertuschen, ward immer klarer, ward auch begriffen und rasch der Entschluß gefaßt, den sämtlichen Wein sich zuzueignen, Wagen und Fässer beiseite zu bringen und dann zu sagen, der wilde Barthli sei gekommen und hätte sie geholt. Um die Lüge glaubwürdiger zu machen, könne man ein altes Scheuerlein anzünden, Lärm machen und Botschaft ins Kloster senden; so ward geraten.

Ein altes Sprüchwort sagt: Der Teufel ist ein Schelm, und wenn man vom Wolfe spricht, so ist er weit oder nah. Kaum hatte man die Ausführung jenes Rates begonnen, so hörte man Lärm von der Bergseite her, und kaum hatten die Köpfe dorthin sich gedreht, erhob sich wildes Geschrei von der andern Seite. Pferde hörte man sprengen, in vollem Lauf brauste eine Schar die Straße herauf, voran auf schwarzem Roß ein Ritter, schwarz gerüstet. «Der Barthli, der Barthli!» fuhr wie ein Schrei aus aller Mund, und erschrocken, wie wenn unter leichtsinniger, trunkener Menge der grausame Teufel plötzlich erscheint, stob wie Spreu im Winde die Menge auseinander, es bebten aller Glieder, und vergangen war allen der Durst; an Widerstand dachte niemand, selbst für gehörige Flucht fehlte den Meisten der Verstand, sie liefen, wie bei einem Brande das Vieh ins Feuer, dem Feinde blind in die Hände. Der Ritter von Luthern wußte seine Dispositionen zu machen so gut als heutzutage in ähnlichen Fällen ein Husarengeneral. Wie das Wetter von allen Seiten zugleich war er über den Ort gekommen, mit seinen Rossen dem Menschenknäuel zu gesprengt, den er zu so ungewohnter Zeit auf der Straße sah; es konnten Feinde sein, zu seinem Empfang gerüstet. Erst als derselbe auseinanderstob wie ein Haufen dürrer Blätter, in welche der Wind weht, sah er die beladenen Wagen, erkannte er den unerwarteten, aber um so willkommeneren Fund. Barthli wird den Livius kaum gelesen haben, wußte darum nicht, wie es dem Hannibal in Cannä ging, erlaubte seiner Bande, während man aus allen Gehöften das Vieh zusammentrieb, das Wertvollste zur Hand nahm, kurz eine tüchtige Plünderung kundig betrieb, zu trinken nach Belieben, was sie denn auch tat und zwar eifrig, und je eifriger sie dieses Geschäft betrieb, desto mehr beliebte es ihr.

Die Hauptfuhre war in St. Urban glücklich angekommen und mit großen Freuden empfangen worden. Die glückliche Ankunft war ein Ereignis im Kloster; wenn sie schon nicht empfangen wurde mit großem Gepränge wie eine kostbare Reliquie, so war doch die Freude um so inniger und besonders

bei den vielen Edlen, welche wirklich ins Kloster einge,
ritten waren. Wer das Fest nicht kannte, welchem ihr Ein,
tritt galt, hätte geglaubt, wie ein Bauer seine Freunde zu
einem Wurstmahl ladet, so hätten die Klosterherren ihre
Freunde geladen, den Wein zu begrüßen und zu kosten.
So war es nun nicht, aber deswegen war die Freude nicht
weniger herzlich, das Kosten nicht weniger gründlich.
Während diese Proben gemacht wurden, war dem Abt
Bericht erstattet worden und namentlich, daß zwei Fuder in
Langenthal zurückgeblieben seien. Der Abt war ein sehr
kluger Mann, kannte seine Leute und namentlich die Fa,
milie Durstig in Langenthal; er wußte, daß diese, wenn sie
Wein in der Nähe hatten, nicht mehr wußten, was sie taten,
wie auch eine Koppel Jagdhunde, welche einen Hasen in
die Nase kriegen, blindlings ins Gebüsch sich stürzen.
Darum sandte der Abt zwei seiner besten Leute nach Lan,
genthal, Wache und Ordnung zu halten. Diese, nur ihren
Auftrag im Auge, gerieten im Walde gegen Langenthal hin
unter des Ritters Bande, wurden aber nicht erkannt; der
Eine schlich sich sogleich zurück, Barthlis Nähe zu melden,
während der Andere das Weitere zu erspähen suchte. Der
Abt machte auf den ersten Bericht nicht unnötigen Lärm,
sondern ließ bloß in aller Stille rüsten, was bei solcher Lage
üblich ist, und spähen ums Kloster herum, ob etwa ein
Überfall bereitet werde. Bald brachte der zweite Bote die
Nachricht, es gelte Langenthal, soeben breche der wilde
Ritter dort ein und werde sich wohl säumen bei der uner,
warteten Beute. Die Herren und Brüder waren eben in der
allerlustigsten Laune, noch nicht schwerfällig, sondern in
dem Tempo, wo man gerne etwas Tolles treibt oder Händel
sucht. Diesmal behielt der Abt den Bericht nicht für sich,
sondern teilte ihn den Herren mit, und wie eine Flamme in
eine Tonne voll Branntwein fiel die Nachricht unter sie. In

wildem Jubel fuhr alles auf, und ohne Rat war alles einig, dem Barthli über den Hals zu kommen so schnell als möglich. Mancher Klosterbruder gesellte sich den Herren bei, fuhr kundiger in eine Rüstung als aus der Klosterkutte, und als er in der Rüstung war, glich er dem besten Ritter, und als er zu Roß war, hätte keine Seele ihn für einen Mönch gehalten. Er war wahrscheinlich auch länger Ritter gewesen als Mönch. Müde der Welt, hatte er Ruhe gesucht im Kloster, hatte begraben geglaubt den alten Menschen, und siehe, da erwachte er wieder bei der ersten Gelegenheit mit der alten Lust. Selten mag wohl eine lustigere, mutigere Schar, so eben recht in der Stimmung zu einem wilden Strauße, aus einer Klosterpforte geritten sein. An Zahl waren sie dem Barthli weit überlegen, an Kunde und Kraft standen Mehrere ihm nicht nach, und als sie Langenthal sich näherten, hatte der Instinkt des Handwerkes Stille gebracht in die wilden Haufen, sogar die Pferde schienen leiser aufzutreten, um so unerwarteter über den Feind zu kommen.

Unterdessen ging es lustig und laut zu in Langenthal, und ungestört in die Nähe zu kommen war eben keine Kunst. Des Ritters Leute schienen den Langenthalern verwandt und wirklich auch von der Familie Durstig zu sein, sie klebten an den Fässern wie Wespen an den Trauben; je mehr sie tranken, desto besser dünkte sie der Wein. Dem Ritter schien es Zeit, aufzubrechen, aber seinen Leuten nicht, und diese waren gar seltsam zusammengewürfelt, gar lose die Bande, welche sie an den Ritter knüpften. Ihm schien die Sache nicht geheuer, er setzte sich zu Roß, mehr und mehr schien ihm, als höre er verdächtiges Getrappel; er mahnte, aber umsonst, er hieb ein Faß auseinander und erweckte mehr Wut als Gehorsam. Da brauste es wieder die Straße herauf, es kam eine gewaltige Schar in wildem Rosseslauf. Das begriffen Einige, warfen sich mit Kurt und dem Ritter dem Feinde entgegen; der Ritter von Luthernau sah aber alsbald, daß die Macht zu groß sei, ein Hinhalten, bis die Trunkenen besonnen geworden, die Beute in Sicherheit sei, unmöglich; er wich aus dem Streite, welcher ihm zu unbedeutend war, um Leben oder Freiheit in ihm zu wagen, die Andern folgten ihm bis auf Kurt. Kurt, vom Weine aufgeregt, in den Jahren, wo man gerne in das, was man tut, die Seele legt, sah der Andern Rückzug nicht, stritt, als ob es ginge ums Himmelreich, fesselte den Streit mit seiner gewaltigen Leibeskraft. Die Feinde fochten anfangs nicht mit dem gleichen Ernste, den Tod suchten sie nicht bei solchen Sträußen; wo wenig zu gewinnen war, ging man damals mit Manier mit einander um, fing gern lebendig Roß und Mann oder rettete Roß und Leben. Indessen war das Ding einem riesigen Klosterbruder endlich langweilig; er ritt Kurt an, fing dessen Schwerthieb mit wohlbeschlagener Keule auf, schmetterte sie dann gleich einem Blitzstrahl auf dessen Helm, daß er splitterte wie Glas, das Haupt sich beugte, die Glieder erschlafften, der ganze Körper bewußtlos zur Erde sank.

Dieser Schlag endete den Kampf, wie oft ein gewaltiger Donnerschlag der Schluß eines Gewitters ist. Die Verfolgung der Fliehenden dauerte noch fort, doch nicht lange, in der dunklen Nacht nützte sie nicht viel und war gefährlich. Der Ritter von Luthernau entkam glücklich, die Hitzigsten wendeten um und fanden die Behaglicheren um die Fässer geschart und bemüht, zu retten, was zu retten war, das heißt vor allem zum eigenen Genuß, ob dann noch etwas für das Kloster übrig blieb, überließen sie der Vorsehung. Als die Langenthaler den Ausgang merkten, fanden sie sich auch wieder ein, vor allem war die Familie Durstig zahlreich auf dem Platze, rühmte sich ihrer Heldentaten und wie sie dem Barthli heiß gemacht und wie sie ihm noch heißer gemacht hätten, wenn die Herren nicht selbst gekommen wären, so daß es wirklich ein himmelschreiendes Unglück für Langenthal schien für ewige Zeiten, daß die Herren gekommen und die Heldentaten der Einwohner, welche sie im Sinne gehabt, nun im Sacke blieben. Im Glück ist man nicht mißgünstig, man tröstete die guten Leute mit vollen Bechern, und ein lustiger Morgen ging über den Ort auf, denn da war Mancher, der zwei Sonnen am Himmel sah, Viele noch dazu Mond und Sterne; die Glücklichsten merkten noch, daß er voll Geigen war, konnten kein Bein mehr feststellen, sondern liefen wie Sonne, Mond und Sterne rundum.

Als endlich der Wein nicht mehr laufen wollte, kamen Einigen die Gedanken wieder, sie mahnten zum Aufbruch; man suchte die Pferde, suchte überhaupt zusammen, was herum am Boden lag, fand so auch Kurt. Die Rüstung gefiel, an den Leib, der drinnen stak, dachte man nicht, glaubte ihn tot. Als man die Rüstung nahm, fand man noch Leben im Leibe, wußte nur nicht, was mit ihm machen; die Einen wollten ihn liegen lassen, Andere ihn mitnehmen, noch Andere ihn totschlagen. Da kam ein dicker Herr, der munter zu Roß und im Streit gewesen war, doch noch munterer beim Faß, jetzt waren ihm die Beine etwas schwach, die Augen hell dabei, er schien des Zustandes nicht ungewohnt; derselbe erkannte Kurt nach einigem Besehen, hatte Mitleid mit ihm, befahl zweien seiner Leute, ihn aufzunehmen und heim nach Önz zu bringen. Es war der Alte von Önz, der dieses befahl; wahrscheinlich dachte er, in Önz sei er näher seiner Mutter, es möge gehen, wie es wolle, dachte vielleicht, wenn er genese, habe er an ihm einen tapfern Gefährten beim Becher, dachte vielleicht auch gar nichts, sondern gehorchte einfach einem guten Triebe. Den Knechten, welche ihn heimgeleiten sollten, war dies nicht genehm. Es ist allweg etwas ganz anderes, einen Verwundeten geleiten als lustig zechen in einem Kloster. Knechte eines schlechten Herrn hätten in der ersten halben Stunde ihn lebendig in einen der tiefen Teiche geworfen, welche an der Straße lagen, und hätten hinterdrein dem Herrn etwas vorgelogen, entweder er sei ihnen gestohlen worden oder davongelaufen; sie taten das nicht, aber wenn er gestorben, wäre es ihnen sicher sehr recht gewesen, sie behandelten ihn nicht eben zart, sparten Stöße nicht, und wenn die Pferde traben wollten, so konnten sie. Sie wählten den längeren Weg über Herzogenbuchsee, um dort im Kloster Einkehr zu halten, ein tüchtig Frühstück einzunehmen, damit sie die Reise bis Önz, welches keine halbe Stunde von Herzogenbuchsee entfernt war, auszu,halten vermöchten. So ward es Mittag, ehe sie nach Önz kamen, und Kurt war noch immer bewußtlos.

Nach sicheren Nachrichten sollen schon damals Fräuleins zuweilen der Langeweile unterworfen gewesen sein; sie ver, standen freilich damals das Spinnen und Weben, vielleicht sogar das Nähen, sahen zu Milch und Eiern, zu Küche und Keller, was heutzutage nicht mehr Mode ist, zerlegten die Leute, welche ihnen vor die Augen kamen, welches da, gegen in der Mode geblieben (es würde ein sehr kurios Werk geben, wenn jemand zusammenstellen wollte, was aus der Mode gekommen, was Mode geblieben und was neue Mode scheint, aber eigentlich eine uralte ist, nur mit einem neuen Mäntelchen); trotzdem hatten schon damals Fräuleins Langeweile und sahen nach etwas Neuem aus, besonders wenn der Vater nicht zu Hause war. Freilich, das muß man sagen, sie hatten damals den Eugen Sue nicht, die Sand nicht, den Storch nicht, und wenn sie dieselben schon gehabt, hätte es Mancher wenig geholfen, weil sie im Lesen keine Hexe war. Indessen, Mädchen sind eben wunderlich; sie tun, als fehle ihnen etwas, und fragt man sie darnach, so wollen oder können sie es einem nicht sagen. Die Fräulein von Önz machten von der Regel keine Ausnahme, es waren gute Kinder mit schönen Wangen und weiten Herzen, in welchen viel leerer Platz war, daher wahrscheinlich es ihnen so oft öde war ums Herz. So saßen sie auf ihrem Söller, sahen nach etwas Neuem aus, als die zwei Knechte mit Kurt langsam ihrem Schlößlein zuritten; sie schrieen laut auf im Wahne, die Knechte brächten den Vater, liefen ihm entgegen, voran Agnes, die Jüngste, ein Mädchen wie Milch und Blut, aber scheu wie ein Reh; sie stürzte auf den vermeintlichen Vater zu, umschlang ihn, wollte drücken ihr Haupt auf sein Haupt, aber ach, oh, da war das Haupt nicht ein altes, graues, sondern ein ganz junges; daß Agnes einen Gix ausließ, wird man begreiflich finden, daß Knechte und Schwestern lachten, ebenfalls. Nun hatte glücklicherweise das junge Haupt die Augen zu, wußte nicht, was mit ihm geschah, vor ihm brauchte sich also Agnes nicht zu schämen, vor den Andern fürchtete sie sich nicht; sie war wohl scheu wie ein Reh, konnte aber auch trotzig sein einer jungen Katze gleich, sie floh daher nicht, sondern als der erste Schreck vorüber war, nahm sie sich Kurts mit besonderer Sorgfalt an.

Für drei Mädchen, welche das ganze Jahr kaum jemand anders sahen als ihren alten Vater, einige säbelbeinige Knechte, dicke Mönche von Herzogenbuchsee, den Junker von Seeberg und seine rauhen Töchter, tote Hirsche und Wildschweine, war das Bringen eines ohnmächtigen Junkers ein Ereignis. Geschniegelt und geschleckt war Kurt nicht, aber die Mädchen wußten auch nicht, was das war. Kurt war zum mächtigen Burschen herangereift, den man fast für einen Mann nehmen konnte; er hatte im Gesicht das Wilde und Trotzige, welches Jünglingen wohl ansteht und welches Mädchen mehr anzieht als der Magnet das Eisen, welches sie dagegen am Manne so schlecht leiden mögen und welches sich bei demselben allerdings verlieren und in ruhiges Selbstbewußtsein übergehen muß, wenn es dem Manne fürder wohl stehen soll. Das Wilde und Trotzige steht nämlich dem gereiften Manne grundschlecht, weil es von einer Gemütsbeschaffenheit zeugt, welche schlechte Früchte tragen, irgendwie ausarten wird.

Wenn drei schöne, rasche Mädchen einen Jüngling pflegen, so muß es schlecht mit ihm stehen, wenn er sich nicht erholt und gesünder wird, als er je war, wenn nämlich nicht eine andere Krankheit über ihn kommt. Im ersten Augenblick, als er die Augen aufschlug, da entfuhr allen Dreien ein halber Gix, und fast wären sie davongeflohen wie Rehe, wenn ein Jäger das Feld betritt, auf welchem sie weiden. Indessen, Rehe und Hasen machen wohl eine rasche Wendung, aber ehe sie wirklich davonlaufen, tun sie noch einen Blick rückwärts, fassen die Gefahr ins Auge, ob es eigentlich eine sei oder keine. Gar oft nun drehen sie sich wieder um und bleiben, weil sie merken, daß das Ding nicht halb so gefährlich sei. Ungefähr so machten es auch die Fräulein von Önz; aber Kurt hatte so gar nichts Gefährliches, lag so matt und hülfsbedürftig da, daß sie sich nicht bloß umwandten, sondern leise näher traten und am Ende ganz zahm wurden, besonders die beiden älteren. Kurt war ein Jäger so rechter Art, der um der Jagd und nicht bloß eines Bratens oder einer Haut willen jagt. So ein rechter Jäger stellt lieber mit Lebensgefahr über Zinken und Zacken einer flüchtigen Gemse nach, als daß er eine fette Sau bequem im Lager abfängt. Nun, mit dem wirklichen Jagen auf den Beinen hatte es einstweilen noch gute Weile, denn der klösterliche Schlag war so gepfeffert und gesalzen gewesen, daß Kurt das Laufen einstweilen bleiben ließ, bloß seine Augen konnte er nachsenden, wem er wollte.

Der alte Herr war nach dem Kloster zurückgeritten, tat

wegen Kurt seiner Andacht begreiflich keinen Abbruch; lebte er, so wußte er ihn daheim wohlversorgt, lebte er nicht mehr, so wäre es ja dumm gewesen, seinetwegen religiöse Pflichten zu beschränken. Als endlich allem ein Genüge getan war, dem Leibe und der Seele, ritt der Junker von Önz mit den Andern nach Hause; der Letzte, der aus dem Tore ritt, war er nicht, aber fast gar. Man muß sich jedoch nicht täuschen und glauben, wie Ungeweihte es oft tun, als ob solche Zusammenkünfte bloß stattfänden, um zu schlemmen und zu prassen unter religiösem Scheine; zumeist geht dabei noch etwas anderes vor, einem Zwecke wird nach, gestrebt, freilich oft so, daß die Mehrzahl weder Zweck noch Streben merkt, aber willfährig die Hand bietet, den Zweck zu erreichen.

Den Herrn von Önz freute es wirklich, als er Kurt lebendig antraf und nicht tot, und zwar mit raschen Beinen auf dem Wege der Besserung; nun hatte er jemand, zu dem er sich setzen, dem er erzählen konnte nach Herzenslust und der mit ihm trank, so lange er wollte. Daß Kurt ihn selten hörte, daß seine Augen immer spazieren gingen und der ganze Kurt mit ihnen und wohin sie gingen, das merkte der alte Herr nicht, er gehörte zu den schlechten Schulmeistern, welche wohlleben am Reden und sich nicht darum kümmern, höre jemand oder niemand ordentlich zu. Desto besser merkten die Sachlage die älteren Schwestern; sie hätten ihn alle gerne gehabt, wie es oft geht, wenn die Gelegenheiten rar sind und der Wille gut wäre. Kunigunde, die Mittlere, war ein gutes Fräulein, sie hätte zwei Männer genommen, wenn es hätte sein müssen; wenn sie aber auch keinen bekam, hintersinnete sie sich deswegen doch nicht, sie dachte, alles erzwingen könne man nicht, und fütterte die Hunde desto besser. Anders war es mit Brigitte, der Ältesten. Dem Porträt, welches Moses von Labans Tochter, der Lea, gemacht, glich sie nicht ganz, war ein handfest Mädchen, noch nicht im Schwabenalter, doch über zwanzig hinaus, verstand das Regieren wohl; nach ihrer Pfeife mußte alles tanzen, so daß sie glauben mußte, es müsse einem Manne wohlgehen und derselbe glücklich werden sonder Maß, wenn er unter ihre Zucht und Regiment käme. Daneben hatte sie aristokratische Grundsätze und meinte wie Laban, daß der erste Mann der Ältesten gebühre von Rechts wegen, so gut als dem ältesten Sohn des Königs der Thron des Königs. Brigitte glaubte sich also zur sicheren Hoffnung berechtigt und sah mit allerhöchstem Zorne, wie Kurts Augen an der Agnes hängen blieben wie Fliegen im Honig und wie die scheue Agnes das wohl merkte, nach und nach zahmer wurde, wenn sie in Kurts Nähe saß, fast nicht wegzubringen war, und hatte starken Verdacht, daß wenn Brigitte und Kunigunde nicht zugegen waren, sie noch näher rückte, weit näher, als nötig war; das empörte sie, sie fand Kurts Betragen schändlich, die Familienehre in Gefahr, ihren Ruf auf dem Spiele; zu dulden war das nimmermehr.

Es ist sehr kurios, wie verschieden man eine Sache ansehen kann, je nachdem sie uns oder jemand anders angeht; hätte Kurt seine Augen an ihr hängen lassen und gerne gehabt, wenn sie neben ihm saß je näher, desto lieber, Brigitte hätte dieses nicht bloß prächtig, sondern sogar edel gefunden, denn war Kurt nicht eigentlich von Gott und Rechts wegen schuldig, die zu lieben, welche ihn geheilt, den Kopf ihm wieder zurechtgesetzt? Jetzt, da es Agnes anging, fand sie gerade das Gegenteil, Kurts Betragen schlecht und schändlich. Sie trat zum Vater, als er einmal allein beim Becher saß, machte ein Gesicht wie ein Hofmarschall, der seinem König eine Verschwörung gegen dessen Leben eröffnen will, tat den Mund auf, sagte dem Vater, Kurt stelle Agnes nach und Agnes laufe nicht davon, und erwartete nun, der Alte werde auffahren wie ein Pulverturm, in den der Blitz geschlagen; aber sie täuschte sich, der Alte blieb sitzen, schmunzelte, trank mit großem Behagen Schluck um Schluck. Brigitte, im Wahn, der Vater habe sie nicht recht verstanden, malte ihm noch einmal die Greueltat vor mit gerungenen Händen und zehnmal ärger als vorher, und der Alte trank Schluck um Schluck den zweiten Becher leer und zehnmal behaglicher als den ersten. Der alte Herr besaß eine gutmütige Natur, solche sind schwer zu hetzen; sie haben für das Meiste nicht bloß einen, sondern zwei Entschuldigungsgründe. Sein Lebtag hatte er nie gemeint, daß man jungen Leuten das Lieben verbieten, oder wenn es einmal angegangen, es ausblasen könne wie eine Lampe, jetzt im Alter war er nicht dümmer geworden; aber er fühlte sein Alter, kannte seine wilde Zeit, wußte, wie notwendig tüchtige Männer seinen Mädchen seien, wenn sie bei ihrer Sache bleiben sollten. Kurt war ihm gar nicht der Unrechte, sein Geschlecht war gut, sein Arm stark, und wenn er auch arm war, so hatte dies nicht viel zu bedeuten, da er stark und tapfer war; schwach und feig war damals, was jetzt Armsein bedeutet. Es freute also den alten Herrn, daß Hoffnung sich zeigte zur Erfüllung seines Wunsches. Er dachte, wenn einmal eine seiner Töchter an Mann gebracht sei, werde es den andern auch nicht fehlen. Schwestern bilden eine Art von Zauberring, das Brechen des Ringes ist das Schwerste, ist einmal das erste Stück heraus, bricht sich der Rest leicht in gesonderte Stücke; das überschlug der Junker von Önz behaglich in seinem Gemüte, und wie man frisch gepflanzte Pflanzen begießt und einschlemmt, damit sie gehörig wurzeln und anwachsen, so goß auch er über die neuen, jungen Gedanken Becher um Becher.

Brigitte redete sich heiser, brannte wie ein Schmelzofen

und schloß endlich statt des Amens: «Und jetzt, Vater, willst du ihn in den Turm werfen oder aus dem Tore jagen wie einen räudigen Hund?» «Einstweilen keins von beiden», sagte der alte Herr kaltblütig; «oder hättest du ihn etwa gerne selbst?» setzte er mit väterlicher Schalkhaftigkeit hinzu. Aber potz Blitz, das wäre dem alten Herrn fast übel bekommen: Brigitte fuhr zweg wie eine angezündete Rakete, fuhr in die Kreuz und die Quere, und wenig fehlte, sie wäre dem alten Papa ins Gesicht gefahren; himmelschreiend jammerte sie: Wenn die Mutter im Grabe wüßte, wie er gegen seine Kinder wäre, sie kehrte sich nicht bloß um im Grabe, sondern sie käme aus dem Grabe und drehte ihm den Hals um. «Brigge», sagte der Alte, «tue nicht so; daß Kurt dich nicht mag, bin ich nicht schuld. Weißt du einen Andern, der dich mag, so bring mir ihn, ihr sollt meinen Segen haben lieber heute schon als morgen.»

Aber jetzt wars, als ob die Brigitte selbst ein Pulverturm sei, in welchen der Blitz geschlagen; sie fuhr auf, zur Türe hinaus, schrie und drohte, sie wolle auch zur Welt hinaus, wolle nicht mehr in einer Welt sein, wo solche Väter lebten, wie sie einen hätte. Indessen, ob das Wasser zu naß war, die Bäume zu hoch, der Turm zu schwindlicht oder ihre Füße ihr den Dienst versagten, ist unbekannt geblieben, aber kurz, Brigitte lief nicht zur Welt hinaus, lief bloß dem Kurt nach, wollte sehen, wie weit oder nahe Agnes bei ihm saß. Der alte Herr lief ihr nicht nach, blieb gemütlich sitzen und dachte über das Ding des Weiteren. Es scheint überhaupt eine Zeit gewesen zu sein, welche dem Denken günstig war, so wie es wiederum Zeiten gibt, wo niemand, selbst die nicht, welche sich am weisesten dünken, zu denken scheinen die Nase lang.

Selbst Kurt dachte damals. Da war er nun wieder, nach mehr als zweijährigem Herumtreiben, nicht ganz zwei

Stunden weit von seinem verfallenen Neste und ohne Ruhm und ohne Beute. Der alte Hengst war in St. Urban, den jungen hatte der Kuckuck zu Langenthal geholt; der Helm war zerschlagen, der Kopf beinahe mit; sollte er barhaupt und zu Fuß einem Mönche gleich heimkehren, sollte er sehen, wie Jürg verächtlich die Achseln zucke, den Kopf schüttele und aushalten der Mutter Hohn und Schelten? Oder sollte er dem alten Hengste nach, Mönch werden zu St. Urban? Gelehrt brauchte er nicht zu sein, eines guten Lebens war er sicher, brauchte fürder weder dem Glücke nachzujagen oder gar ihm nachzudenken. Beides war ihm sehr zuwider; er mochte denken, wie er wollte, so mochte er beides nicht. Ein Drittes fiel ihm nicht ein, das Heiraten vollends nicht. Der alte Herr merkte, daß Kurt in großer Verlegenheit war und guten Rat nicht fand; er hatte Kurt gesagt, er sei kein Gefangener, hatte ihn gefragt, ob es ihn nicht wunder nähme, was die Mutter mache. Kurt hatte etwas gemunkelt, er wußte kaum was, und mit der Agnes munkelte er auch nur so, machte gar nicht ab Brett, den Handel nicht richtig.

Da saßen sie einmal an einem schönen Abend, wo die Sonne nur noch so flimmerte durchs grüne Buchenlaub, auf dem Söller, tranken feinen Wein aus dem Markgrafenland, welchen der alte Herr besonders liebte; Gleich und Gleich gesellt sich gerne, der Wein hatte zwar nicht viel Geist, aber er war so gutmütig. Sie schauten über das Land an den blauen Berg hinüber, schauten die alte Burg Pipins, deren Reste noch heute Zeugnis geben, wie klug und sinnig die Alten die Bauplätze wählten, wie schön sie bauten, schauten weiter hinab, wo die Aar gegen Basel hin durch die Bech- burg bewacht wird, sowie auch den Weg durchs Gau hinab; sie schauten tiefsinnig hinüber und dachten nichts, tranken viel, redeten wenig; geraucht hätten sie wahrscheinlich, wenn man darum gewußt hätte. «Was hast du jetzt im Sinne?» fragte plötzlich der Herr von Önz. Kurt war es, als schlüge ihm jemand mit dem Holzschlägel auf den Kopf und sage: Was lieber, Geld oder Blut? «Nichts», sagte endlich Kurt, dieweil er viel Zeit gebrauchte, um zu sich selbst zu kommen. «Hast kein Verlangen nach der Mutter?» fragte der Herr von Önz; «vielleicht ist sie gestorben, habe lange nichts von ihr gehört, solltest gehen und sehen. Kannst begreiflich wieder kommen, bist mir nicht erleidet, und vor die Türe stelle ich dich nicht.» «Heimgehen wäre mir ganz recht», sagte Kurt, «aber was soll ich heimbringen, habe ja nicht mehr, was ich mitgenommen, käme ja heim wie ein geschundener Bär.» «Hättest du also wieder ein ganzes Fell, reiche Beute oder gar eine schöne Frau samt großem Brautschatz, so wäre dir das Heimkehren recht?» fragte der Alte. Da machte Kurt Glotzaugen und sagte endlich dumm: Das wäre was, aber eine Solche wüßte er nicht zu stehlen, geschweige sonst zu kriegen. «Weißt dann kein Mädchen, welches du möchtest und welches dich möchte und welches allfällig zu einer reichen Frau zu machen wäre?» Da machte Kurt noch größere Glotzaugen, sah damit den Alten ganz dumm an, bis ihm plötzlich ein Licht aufging. Es fiel ihm nämlich ein, der Alte könnte Agnes meinen; wenn er die heirate, so sei sie eine Frau, reich könne sie der Alte machen, und Besseres könnte ihm nicht zuteil werden auf der Welt. Jawohl, sagte er, es fiele ihm so was bei, aber er wüßte nicht, was der Junker von Önz dazu sagen würde. «Wirst die Brigitte meinen, wie ich merke», schmunzelte der Alte; «die sollst du haben samt vielem Segen und etwas Gut.» Da machte Kurt schreckliche Glotzaugen, sah ganz dumm drein, endlich sagte er: Eben die meine er nicht, möge sie nicht, weder reich noch arm. Das sei ihm leid, sagte der alte Herr, er hätte ihm gerne geholfen, und Brigitte wäre eine gewesen für die alte Grimhilde. Einstweilen möchte er eine Frau für sich und nicht für die Mutter, sagte Kurt, da wäre ihm die Agnes die Rechte, eine Andere möge er nicht. Da lachte der Herr und sagte: «Bist nicht so dumm, als man glauben sollte, wenn ich das Auslesen hätte, wäre es mir auch so; für mich habe ich nichts dawider, hat man Mädchen, sind Tochtermänner ein notwendiges Übel. Die Hauptsache ist aber, was das Mädchen meint; zwingen tue ich es nicht, will es dich nicht, mußt du doch mit der Brigitte dir zu helfen suchen; der wäre es recht, denke ich, und sie ist die Älteste.» «Das sieht man», sagte Kurt, «aber ich denke, mit Agnes sei ich doch schneller richtig; sie sieht mich nicht so böse an wie die Andere und gibt mir gute Worte, besonders wenn es niemand hört.» Da lachte der Alte und meinte, es habe sich schon Mancher mit den Mädchen getäuscht, und gerade die hätte ihn am liebsten genommen, welche ihm zehn Nägel spitziger als Katzenkrallen eingeschlagen; er solle die Agnes holen, sie werde nicht weit sein, sie könne es am besten selbst sagen, wie sie es meine. Kurt ging, doch etwas langsam, es machte ihm auf einmal bange, der Alte könnte recht haben. Den Anschein gewann es auch immer mehr: lange fand er das Mädchen, welches vermutlich seine Ohren nicht zu weit weg gehabt haben mochte, nicht; als er endlich als kundiger Jäger die Spur fand, floh es, er holte es nicht ein, verlor es wieder aus dem Gesichte. Als er endlich keuchend zum alten Herrn zurückkehrte, saß das flüchtige Reh neben demselben und gebärdete sich, als ließe es sich nur mit der größten Gewalt halten. Die kleine Hexe hatte ihre Rolle nicht studiert, sie aber trefflich gespielt, was immer die Hauptsache ist, war geflohen mit Windeseile, hatte sich fangen lassen auf ganz natürliche Weise; denn ewig fliehen, was hätte das genützt? Sie konnte sich des Lachens kaum enthalten, als Kurt im

Schweiße seines Angesichts daherpolterte, tat dabei um so nötlicher, des Vaters Händen sich zu entwinden.

Kurt, der auf solches Spiel sich schlecht verstand, ward es angst; er glaubte, dem Mädchen sei es ernst, der Vater habe recht, es begehre ihn nicht. Er dachte, die Mädchen hätten es vielleicht mit ihren Herzen wie mit ihren Röcken; es haben nämlich fast alle Mädchen, auch die ärmsten, zwei Röcke, einen zum Hausbrauch und einen zum Staate; so hätten sie vielleicht auch zwei Herzen, eins zum Lieben und eins zum Heiraten, dachte er. Es tun wirklich auch Einige so, als möchten sie den Mann nicht zum Schatz, den Schatz nicht zum Manne, sind kuriose Dinger, die Mädchen nämlich. Er stand da verblüfft, und kein Wort kam ihm in den Mund, wie in großer Hitze kein Wasser in so manchen Brunnen. Der alte Junker mußte endlich reden und tat es kurz: «Sieh», sagte er, «der da will dich zum Weibe, magst du ihn zum Manne?» «Das mache, wie du willst!» rief Agnes, riß sich los und war verschwunden. Kurt wollte ihr nach. «Ist nicht nötig», sagte der Vater, «der Handel ist auf mich gestellt und also richtig. Aber vor der nimm dich in acht, das ist eine Blitzhexe, in der mehr steckt, als man denkt. Jetzt kannst gehen und es dem Mädchen sagen, wenn du es findest, wie ich entschieden.» Man sagt, diesmal hätte Kurt schneller das Mädchen gefunden, ohne Schweiß und Keuchen den Auftrag ausrichten können. Die abgemachte Sache, das fait accompli, ward alsobald eine bekannte. Kunigunde nahm es kaltblütig, sie sagte zu Agnes bloß, zu wenig Jahren sei viel Verstand nötig, den wünsche sie ihnen beiderseitig von ganzem Herzen. Zu Brigitten, die ihr in einer wahren Sündflut entgegenschwamm und zwar unter Blitz und Donner, sagte sie: «Tue nicht so, aus der Haut zu fahren, wäre dumm; ist man einmal raus, kommt man nicht wieder hinein, und die Welt ist ja so groß, und der Männer sind so viele.» Aber in solchen Gemütszuständen hilft bekanntlich Trost wenig und um so weniger, je vernünftiger er ist. Brigitte fuhr umher wie ein brüllender Löwe, der etwas sucht zum Verschlingen; sie schlug die Hunde, trat Katzen auf die Schwänze, schmiß Mägden das Habermus ins Gesicht und wartete den Andern mit Worten auf, an denen ein Haifisch erstickt wäre, welche Fischart doch bekanntlich einen sehr radikalen Schlund hat. Der Vater wollte trösten und sagte: Sobald die Agnes aus dem Hause sei, wolle er ausreiten und reiten, bis er einen finde, der auf den Kopf geschlagen oder gefallen sei; den lasse er heimbringen, und den müsse sie haben trotz Hölle und Welt, sie solle darauf zählen; aber der Trost zog nicht, er roch nach Spott, schüttete Öl ins Feuer. Da sah denn der Junker, daß es ein einziges Mittel gebe, die ganz erwildete Brigitte einigermaßen zu stillen und Ruhe zu bringen ins Haus, nämlich die beiden Glücklichen aus dem Hause zu schaffen so schnell als möglich.

Weitläufige Geschichten gab es damals nicht, wenn jemand heiraten wollte; an drei Sonntagen hinter einander mußte man sich noch nicht aufbieten lassen, Schneiderinnen und Näherinnen waren damals noch nicht so hageldicht wie Nesseln an den Zäunen, man ließ nicht alle drei Tage die Röcke ändern, und mit Weißzeug plagte man sich wenig, geschweige daß man die Hemden brodiert hätte hinten und vornen und die Nachthäubchen garniert mit Brüsseler Spitzen. Die befreundeten Mönche in Herzogenbuchsee segneten die Beiden ein, sobald der Junker wollte, und aus den gefüllten Schränken nahm man einen Rock von Großmutter oder Urgroßmutter, welcher am besten paßte, steckte die Agnes hinein, hing ihr einiges Goldzeug um, und die Braut war fix und fertig geschmückt und schrecklich glücklich in solchem Glanze. Ja, damals ging es noch einfach zu!

Ein Einziges war dem Junker dabei nicht recht; eine Hochzeit ohne Hochzeitsfest, eine Hochzeit so gleichsam unter der Hand, bei welcher man den Jubel nicht zehn Stunden in der Runde hörte, nicht eine Stunde in der Runde alle Wege mit Glücklichen besäet fand, welche in seligen Träumen ihr Räuschchen verschliefen und der Stunde der Auferstehung harrten, wo in die Beine wieder Kraft kam, den Leib zu tragen, eine so stille Hochzeit war unerhört, erschien ihm fast wie gottloser Greuel; aber was sollte er mit der Brigitte anfangen, die herumfuhr wie eine eingeschlossene Hornisse an den Fenstern! Wäre es ein stiller Jammer gewesen, verbunden mit etwelchem Seufzen und Stöhnen, mit welchem sie behaftet gewesen, so hätte sich das Ding wohl machen lassen, in einem Hinterstübchen hätte sie ihr Weh verbergen können; aber Brigitte hatte kein stilles Weh und ließ sich nicht einschließen, sie wäre unter den Gästen herumgefahren wie eine wütende Katze, welcher man feurigen Schwamm unter den Schwanz gebunden. Bei einer splendiden Hochzeitsfeier hätte auch die Überraschung der Frau Grimhilde, auf welche der alte Junker sich sehr freute, gefährdet werden können. Die Koppiger Leute waren zu hungrig, als daß sie nicht den Hochzeitsduft in die Nase bekommen und nach Önz gezogen worden wären, hätten also ihren jungen Herren erkennen müssen. Er verzichtete also, wenn auch ungern, auf ein großes Fest und begnügte sich mit einigen Mönchen von Herzogenbuchsee und einem wackern Schluck. Gleich am andern Morgen sollte der Zug nach Koppigen losgehen mit möglichst großem Gefolge, eine stattliche Mitgift bei sich führend. Kurt hatte sich dieses anfangs ganz prächtig vorgestellt und sich sehr darauf gefreut, in Koppigen einzuziehen wie ein Fürst, mit einer schönen Frau, großem Reichtum, mit Kühen und Pferden, in strahlender Rüstung, reich geschmückt, wie der freigebige

Schwiegervater den stattlichen Tochtermann selbst herausgeputzt hatte zur eigenen Ehre und Freude. Kurt hatte sich vorgestellt, für wen man ihn wohl nehmen möchte und was für Augen man endlich machen werde, wenn man in der fürstlichen Gestalt den Kurt erkenne, der vor zwei Jahren auf einem steifen Hengste und in der alten Rüstung mit den tiefen Rostgruben und den losen Bändern ausgeritten!

Nun aber, als es wirklich auf Koppigen losgehen sollte, fiel es ihm ein, wie es wohl in Koppigen aussehen möge und was Frau und Schwiegervater für Augen machen und dazu sagen werden. Es wurde ihm ganz blöde, wenn er so recht daran dachte. Was sollte er machen? Sollte er einen Boten senden, sich ankündigen lassen oder selbst voranreiten, um Anstalten zum gehörigen Empfang zu treffen? Aber womit Anstalten treffen, wenn niemand da ist, der sie macht, nichts da ist, womit man sie machen kann! Zudem wäre ihm auch die Freude der Überraschung verdorben, und er hatte sich das so schön gedacht, wie Jürg unter dem Tore stände, wakkelnd mit grauem Haupte, die Mutter erst lange lange Zähne mache, endlich die Hände über dem Kopfe zusammenschlage, wie Jung und Alt aus jeder Hütte stürzen würde, die Herrlichkeiten zu bewundern: ihn voran auf stolzem Roß, hintendrein den reichen Troß. Darauf freute er sich, während es ihm bitterlich graute, ihre grenzenlose Armut fremden Augen und der Diener Spott preiszugeben. Er hatte sich freilich nicht reicher gemacht, als er wirklich war, nicht von Gütern gefaselt, welche näher dem Monde als Koppigen lagen, wie es bis auf diesen Tag getrieben wird mit der gleichen Schamlosigkeit und mit der gleichen Leichtgläubigkeit geglaubt. Aber so die rechte Vorstellung von ihrer Dürftigkeit hatte er ihnen doch nicht beigebracht, sie war ihm selbst nicht so eigentlich anschaulich; hatte er doch, solange er daheim war, keinen Begriff gehabt, wie arm sie seien, ihm fehlte die rechte Vergleichung. Erst als er in die Welt kam und andere Burgen sah, erlebte, was dort tägliches Bedürfnis war, erst da merkte er, wie ihnen fast alles fehlte und wie arm sie seien.

Sein Schwiegervater sah diese innere Plage wohl und begriff sie; er kannte Koppigen besser, als Kurt sich es dachte, ja als Kurt selbst. Frau Grimhilde war eine zornige Person, aber zorniger wallte ihr adelig Blut doch nie durch ihre Adern, als wenn ihr enges Gebiet durch fremde Jagd entweiht ward. Da sie nun niemanden hatte, welcher ihr die Frevler fing, um auf einen Hirsch sie zu schmieden oder mit schwerem Gelde zu büßen, so brauchte sie, was sie hatte, die Zunge, schimpfte, so laut und lästerlich sie konnte, die Jäger aus. Diese, wenn es tunlich war, ritten, so nahe sie konnten, am Schlößchen vorbei und ergötzten sich an Frau Grimhildens Schelten, ungefähr wie noch heutzutage die liebe Schuljugend irgend einen bissigen Haushund oder wunderlichen Junggesellen oder bösen weiblichen Drachen haben muß, um sie zu necken und an ihrem Gekläffe sich zu ergötzen. Der lustige Junker, wenn auch kein Schuljunge mehr, war doch mehr als einmal bei solchen Streichen gewesen, hatte mit geübtem Auge das Elend sich angesehen, hatte noch viel von halbnackten Jungen vernommen, welche hungrig den Jägern nachstrichen und Brosamen schnappten, mit den Hunden sich darum stritten. Also die Armut störte ihn nicht, aber so viel Bosheit hatte er im Leibe, daß er den Tochtermann nicht nur nicht tröstete, sondern sich sehr auf sein Gesicht und seine Verlegenheit freute.

Früh morgens ward aufgebrochen, und nachdem man vier Stunden lang mit Wald und Sumpf gerungen, kam man endlich auf einen Hügel und hatte Koppigen vor Augen. Das Schlößchen, obgleich von der Sonne beschienen, sah doch so grau, altersschwach und zusammen geschrumpft aus, daß Kurt, dem ein anderer Maßstab in die Seele gewachsen war, nicht bloß Andern, sondern sich selbst gerne eingeredet hätte, das sei das alte Koppigen nicht, welches er verlassen; wenn sie sich nicht verirrt, so hätten böse Geister das frühere weggenommen und dieses verwitterte Krähennest an dessen Stelle gesetzt. Der Herr von Önz dagegen war wie mit Quecksilber ausgestopft; wer was blasen konnte, mußte blasen aus Leibeskräften, er hetzte und schlug die Hunde, daß sie heulten, als käme die wilde Jagd gestoben; es war ein Höllenlärm, wie Frau Grimhilde noch keinen gehört hatte. Der wildeste Zorn fuhr ihr in den magern Leib über diese wilde, vermessene Jagd auf ihrem Gebiete. Ihre ganze Leibwache rief sie zusammen: den grimmigen Jürg, der sich gebärdete, als versuche er, seinen Kopf in den rechten Schwung zu bringen, um ihn als Bombe in den Feind zu schleudern, ihre ganze Meute, bestehend aus zwei Hunden, von denen der eine blind war, der andere zahnlos; ein Junge, den sie ins Schlößchen genommen Jürg zum Beistand, fehlte, wahrscheinlich war er um was Essbares aus, woran man eben im Schlößchen bitterlich Mangel litt. Obgleich die tapferste Mannschaft fehlte, die anwesende ziemlich an Gebrechlichkeit litt, beschloß Grimhilde doch in gräflichem Zorne, diesmal Ernst zu zeigen, wenn man sich näher wagen sollte. Kühn stellte sie die gesammelte Macht unter das offene Tor, und als mit Holla, Hussa und wildem Rüdengeheul der Zug näher kam, griff der grimmige Jürg nach einer Armbrust zum eisernen Gruße, aber leider konnten seine Hände sie nicht mehr spannen, und in Hast fand er den Haken nicht. Da brannte Frau Grimhilde ihre Kartätschen los, ganze Ladungen Schimpfwörter, doch umsonst. Unaufhaltsam, in immer lustigerem Geschmetter und Geheule zog der Zug heran, bis endlich Grimhilde inne ward, das sei keine Jagd, sondern was anderes, aber was, das begriff sie natürlich nicht, dachte aber daran, wie Frauen wie Grimhilde gerne was Arges denken, man wolle sie höhnen und spottweise zum Imbiß bei ihr einreiten, um sich an ihrer Armut und Verlegenheit zu ergötzen. Sie blieb im Tore stehen, während sie Jürg befahl, die Torflügel loszumachen und zum Schießen bereit; aber sie hatte vergessen, daß der eine Flügel aus den Angeln gefallen und anderwärts verwendet worden war, der andere dagegen längst weder Schloß noch Riegel hatte. Dennoch blieb sie trotzig stehen; der alte Jürg zerrte aufs neue an der Armbrust, matt bellten die Hunde.

Da ritt der alte Herr dem Zuge voraus, und als Frau Grimhilde ihn erkannte, lud sie ihre Kanonen mit doppelter Ladung und überschüttete den Junker mit Lästerungen, daß die Engel im Himmel die Ohren zuhielten, denn sie haßte den Önz wegen manchem Schabernack absonderlich. Was aber sollten hinter ihm die Saumrosse, die Karren, der Troß? Sie faßte das nicht. Der lustige alte Junker begann nun eine seltsame Anrede; die Chronik hat sie nicht aufbewahrt, wir wissen nicht, enthielt sie was von einem verloren gegangenen und wiedergefundenen Kreuzfahrer oder einem verschlagenen und heimfahrenden Mohrenritter. Je mehr der Junker redete, desto weiter deckten sich die Zähne der alten Dame ab, so wie alte Klippen ihre Zacken dem Schiffer erst dann in ihrer Gefährlichkeit sichtbar machen, wenn er sein Schifflein über sie hintreibt.

Unterdessen brauchte Jürg statt des Maules seine Augen, musterte den seltsamen Zug, stieß endlich einen Fluch aus und trabte zu dem großen Ritter, welcher hinter dem alten Herrn und neben einem schönen Frauenbild zu Pferde saß; hinter Jürg her wackelten die beiden alten Hunde, schwenkten zärtlich hin und her ihre haarlosen Schwänze. Vor dem Reiter beugte sich Jürg in altertümlichem Respekte, alle

Kräfte boten die Hunde auf, am wilden Rosse emporzustehen, jedoch vergeblich. Das sah Frau Grimhilde, erkannte Kurt, und ihrer Kanone einen Ruck gebend, fragte sie, ob er ein Narr geworden oder sonst was. Kurt sprang vom Rosse, grüßte die Mutter, wie es sich ziemte, sagte, er bringe heim seine Beute aus der Welt, seine Frau und sonst noch was. Ein neues Leben solle nun in der Burg erstehen, und wie sie sich in der Jugend gewöhnt, solle sie es im Alter haben. Wenn es nur das sei, sagte Frau Grimhilde, so hätte er besser getan, selbst voranzureiten und zu klopfen ans eigene Tor, statt erst dummen Lärm zu machen und hinterdrein einen solchen Narren zu senden. Anständig sei es vom Sohne nicht, die eigene Mutter entweder erschrecken oder zum Besten halten zu helfen.

Indessen trat sie doch unter dem Tore weg, ins Höfchen hinein konnte der Zug reiten. Das Höfchen war enge, faßte sie kaum, war hoch mit Gras bewachsen, denn da war nicht bloß niemand, der es ausriß, sondern leider sogar kein Geschöpf mehr, das Gras fraß, als zuweilen einer der alten Hunde, wenn es ihm gar zu wunderlich ward im Bauche. Außer Gras war nichts im Hofe, so wie sich in alten Küchenschäften, wo man nichts zum Kochen hat, auch nichts als Schimmel findet. Die Koppiger Bewohner hatten keine Ahnung, woher Kurt die schöne Frau bringe; im Eifer des Geredes hatte Kurt den Namen zu nennen vergessen, war überhaupt des Vorstellens nicht gewohnt. Jürg dachte an eine weiße Prinzessin aus dem Mohrenlande, träumte sich die Rosse begabt mit Gold und Edelsteinen und hintendrein einen Mohrenkönig, der ganze Schiffe voll derlei Zeug nachsende. Grimhilde dachte nicht ganz so weit, aber doch an was sehr Reiches und Vornehmes, nahm ihre gräfliche Haltung wieder zur Hand und führte ihre Gäste in des öden Schlößleins Halle.

Voran wie ungezogene Kinder stürzten des Herrn von Önz ungezogene Hunde, und ganz finster ward es im Gemache; es war, als ob unzählige Vögel aufgestoben wären vor der Hunde Gebell, und doch hörte man kein Flattern, und auf einmal erscholl ein schreckliches Gepolter und alsbald ein noch viel schrecklicheres Geheul, eine viel größere Dunkelheit, es schien ein verzaubertes Gemach. Es war es aber nicht, es ging alles ganz natürlich zu. Seit Kurt fort war und die Hunde alt, hatte die Jagd auf Hochwild abgenommen, mit niederm Wilde mußten sie sich befassen, mit Vögeln allzumal, welche man in Netzen und Lätschen fangen kann und ausnehmen aus den Nestern. Der Kürze halber schüttete man die Federn auf Haufen in die Halle, bis man sie anderwärts gebrauchte; diese wurden von den Hunden aufgestöbert, gejagt, der Tisch, das heißt der Torflügel, welcher im Hofe fehlte und hier auf schwachen Beinen stand, umgerannt, die Hunde erschreckt, getroffen, die Federn wilder durcheinander gewirbelt, so daß eine Weile man nicht wußte, wo man war und was das alles zu bedeuten hatte. Verdutzt schwiegen die Hunde, allgemach setzte sich der Nebel und die Vögel auch, der seltsame Tisch ward wieder aufgerichtet, die Diener brachten die mitgebrachten eßbaren Dinge, denn dafür hatte der alte Herr, der in solchem äußerst klug und vorsichtig war, vortrefflich gesorgt, ebenso an gutem Getränke es nicht fehlen lassen.

Die alte Dame ließ die Diener mit aller Grandezza gewähren, als ob es sie nichts angehe, als ob es sich von selbst verstehe, daß von niedern Wesen für sie gesorgt würde ohne ihr Zutun. Agnes allein machte ganz kuriose Augen, so arg hatte sie sich das Nest denn doch nicht vorgestellt, so entblößt von allem kein Schlößlein, so einem Drachen ähnlich kein altes Weib. Kurt war Agnes ins Herz gewachsen, aber wenn sie Koppigen gesehen hätte, ehe Kurt ihr Mann geworden, wer weiß, wer weiß, ob sie nicht den Kurt aus dem Herzen gerissen hätte, wie man böse Zähne aus dem Munde reißt.

Endlich, als das Getümmel schwieg und Ruhe war, fragte Grimhilde ihren Sohn, woher er seine Frau bringe und aus welchem Geschlechte sie sei. Da trat der dicke Junker vor und sprach mit Salbung und großem Anstande: «Aus dem erlauchten Geschlechte derer von Önz ist sie und meine Tochter, von Önz kommt sie, will hier bleiben und Eure Schwiegertochter sein, Frau Grimhilde. So sind wir Beide unerwartet nahe Verwandte geworden, ich hoffe, es freut Euch wie mich und gute Freunde werden wir werden, eins dem Andern aushelfen, Ihr mir mit Eurer Tapferkeit, ich Euch mit Speise und Trank und was Ihr sonst etwa nötig haben mögt.»

Potz himmelblau, was kriegte die Alte für ein Gesicht während der Rede ihres neuen Verwandten! Sie hatte schon manch wüstes Gesicht gemacht, aber so eins doch wirklich noch nie. Die Haare ums Maul rollten sich und zischten, als wären sie dem Feuer zu nahe gekommen, die Zähne deckten sich ab, wie man eine Batterie demaskiert, und schienen sich vorzustrecken zu einem Anlaufe, die Augen spitzten sich zu, schienen zu Kugeln zu werden, dem Junker von Önz ins Gesicht fahren zu wollen. Das ganze Gesicht glich einer Bombe, ehe sie zerplatzt, und wie die Bombe platzt, wenn sie lange genug gezischt hat um das Zündloch herum, so platzte es endlich auch, als der Junker schwieg, aus Grimhildens Gesicht und zwar grimmiglich. Blitz, Donner, Hagel, Sturm sprühten aus dem Gesichte, und zwar stromweise wie bei einem Feuerwerke und alles durcheinander, und bald fuhren die Ströme über Kurt her, der in zwei Jahren zwei Stunden weit gekommen und nichts heimgebracht als so eine und von dem da, der nur ein Edelknecht sei und daneben auch nichts wert und zu nichts tauglich, als alte Weiber zu plagen und mit Mönchen zu saufen, und seinen Töchtern, welche er Mönchen nicht geben könne, gerne abkäme zu rechter Zeit, und von diesen Töchtern habe er gerade die mitgebracht, welche ihm der Alte am liebsten angehängt, weil sie zu nichts tauge, ihn am meisten plage; die könne aber auch gleich wieder marschieren, woher sie gekommen. Kurz die Alte blitzte und donnerte, und zwar mit ganz andern Worten noch, daß es später allen schien, das Fleisch sei verpfeffert, der Wein habe einen Schwefelgeruch und in der Halle führen die Blitze fort und fort hin und her.

Der Herr von Önz, durstig durch den langen Ritt, an Grimhildens Feuer gewöhnt, blieb kaltblütig, komplimentierte die Dame an die zerbrechliche Tafel, legte vor und langte zu. Grimhildens Leib folgte unwillkürlich den Nötigungen des alten Herrn, während die Seele fortwährend Feuer und Flamme sprühte. Jürg ward endlich die Mittelsperson; dieser freute sich gar sehr über den jungen Herrn, dessen Äußeres seine Erwartungen übertraf, und Önz oder nicht Önz, wenn nur wieder was ins Haus kam und ein besseres Leben anfing! Was hatte sein alter Herr von eines Grafen Tochter gehabt! Am Ende kann man weder abbeißen von einem Titel noch mit demselben die Löcher im Gewande flicken. Als dem alten Knaben nicht bloß Kuttlerugger, sondern wieder wirklicher guter Wein durch die Glieder floß, da schien die alte Kraft wieder zu glimmen, die Beine standen fest, der Kopf ebenfalls; er fragte und ließ sich seines Herrn Schicksale erzählen und kümmerte sich um seiner ungnädigen Herrin Gepülver nicht, er war es eben auch gewohnt.

Wie am Ende jedes Feuer ausgeht, der allergrößte Munitionskasten einen Boden hat, so hat man auch noch von keinem Weibe gehört, das nicht endlich einmal absetzen mußte, wie gut es das Schimpfen und Schelten auch konnte. So ist es hier auf der Welt, im Leben; drüben in der Ewigkeit, da mag es wohl sein, daß es Weiber gibt, welche in alle Ewigkeit tschädern, schnädern, pülvern, auf begehren, schimpfen und schelten müssen, daß ihre Zunge ganz feurig wird, aus ihrem Munde ein Rauch fährt wie aus dem Kamin eines Bäckers, wenn er seinen Backofen mit grünem Holze heizt. So ging es auch Grimhilde, die Luft zum Reden ging ihr endlich aus, zudem nahm es sie wunder, was Kurt erlebt oder ob er wirklich nicht weiter als bis Önz gekommen, und überdies wurden durch Speise und Trank, die ihr durch den Mund in den Leib glitten, ihre Empfindungen sanfter und ihre Gefühle gemäßigter. Ist ja doch auch, freilich durchaus nicht zusammengezählt, kein Hund auf der Welt zu finden, wie bissig und hungrig er sein mag, der nach einem guten Fraße nicht ein gewisses Behagen spürt und menschenfreundlicher wird. So zog Grimhilde nach und nach die Zähne ein, und wenn sie sich schon nicht mit der Heirat des Sohnes versöhnte, so wurden ihre Ein- und Vorwürfe doch ganz sanft und milde. Heiraten hätte er nicht gebraucht, dafür hätte man ihn nicht fortgesandt, und dann nur so eine! Hätte er was gewonnen, hätte er heimkommen sollen damit, sie hätte ihm dann schon eine Frau suchen wollen, und zwar eine ganz andere. Wo man nichts zu essen, nichts sich zu kleiden habe und kaum trocknen Raum für eine Person, was man da mit einer Schwiegertochter anfangen solle, und noch dazu mit einer nur von Önz, sie frage. Aber dumm sei er sein Lebtag gewesen, und dumm werde er bleiben!

Lautlos war die junge Frau geblieben, aber daß in ihr viel vorging, wird man begreifen. Freilich war man damals nicht so zimpferlich wie jetzt, dachte nicht alsbald an Krämpfe, aber geschaudert hatte Agnes doch, als sie die grenzenlose Armut sah, von welcher sie sich wirklich keinen Begriff gemacht hatte; keine Hütte war ihr noch vorgekommen, in welcher man nichts, so gar nichts sah, nichts als eine Schwieger, welche des Teufels Großmutter zum Schweigen gebracht hätte. Wenn eine Schwiegertochter in ihrem neuen Wohnsitz gar nichts findet als ein solch keifend Hausstück, so muß es ihr knapp ums Herz werden, keine rosenrote Zukunft wird vor ihren Augen stehen, und hat sie Ideale gehabt, so werden dieselben nicht bloß zerrinnen, sondern zerplatzen. Ihr Vater teilte ihre Empfindungen nicht, er nahm die Alte und die Armut von der lustigen Seite, ergötzte sich ob beiden, und je greller die Armut hervortrat, desto mehr hatte auch seine Gutmütigkeit Raum, zu helfen und zu spenden. Indessen, wer weiß, wenn er hätte dableiben müssen, nicht die Aussicht gehabt hätte, abends von dannen zu reiten, ob ihm alles so lustig vorgekommen, das Lachen nicht vergangen wäre. Man lacht im Vorbeireiten über gar manches, muß man dabei bleiben, findet man, daß dasselbe keine lächerliche Nase hat, sondern eine ganz andere.

Der Schwiegervater hatte bereits an Geräten, Gewändern, Vorräten ein Ansehnliches mitgebracht, womit man die alte Höhle etwas wohnlicher machen konnte; aber er sah wohl, daß da viel mehr noch nötig sei und namentlich Bauleute, wenn die Menschen trocken wohnen und mit Sicherheit wieder etwas Vierbeiniges in den Ställen untergebracht werden sollte. Indessen tröstete er sich darüber leicht; dem allem sei abzuhelfen, dachte er. Kurt hatte den schwersten Augenblick überstanden, es war leichter gegangen, als er sich gedacht; doch belästigte noch etwas sein Gemüt, und zwar sehr. Wer etwa meint, es seien die Schauer, welche über Agnes' Seele fuhren, die er gesehen und mitempfinde, der würde sich sehr irren, die sah Kurt nicht. Kurt hatte ein herrliches Auge: den Aal sah er im Schlamm, das Rebhuhn im Grase, die Schnepfe im dürren Laub, das Wildschwein im Dickicht, aber in den Herzen der Menschen sah er hell nichts, und so wenig als er lesen konnte in einem Buche, ebenso wenig konnte er die Gedanken der Menschen lesen, welche über die Gesichter der Menschen flogen, noch viel weniger die, welche bloß vorsichtig aus den Augen gucken oder tückisch lauern in den Winkeln des Mundes; da war allenthalben unleserliche Schrift für ihn, und wenn man ihm Brillen aufgesetzt hätte, er hätte nichts gesehen. Es gibt halt gar verschiedene Augen, aber wirklich kommod ists, wenn man deren hat, welche sehen, was auf den Gesichtern vorgeht und im Grase und was sitzt in des Herzens Grund und in des Teiches Schlamm; sie sind aber leider nicht zu kaufen, diese Augen, sie sind eine Gottesgabe.

Neben Kurt zu beiden Seiten saßen die alten treuen Hunde, die Gespielen seiner Jugend, freuten sich des Wiedersehens, wedelten ihrem Herrn den Willkomm zu nach Vermögen, ließen dann den Kopf sinken tief zwischen die Vorderbeine hinab, schlossen die Augen, taten, als studierten sie Wichtiges: Entdeckungen im Gebiete der Mechanik oder Chemie, Reden vor einer Kammer oder Kombinationen in den Finanzen. Nach geraumer Weile ermannten sie sich, hoben den Kopf, als hätten sie das Gesuchte entdeckt, leckten dann einfach ihrem Herrn die Hand, setzten ihre Studien wieder fort. Was machen mit solchen alten Studenten, wie jagen mit diesen alten Tieren, die kaum mit dem alten Jürg Schritt halten konnten? Das lag Kurt im Gemüte, und für das war nicht gesorgt. Hunde waren wohl da, aber nicht für ihn, wie Kurt wohl wußte; daß dieses ihn sehr plagen mußte, wird jeder fassen, der weiß, was Jagen ist und wie es einem Jäger im Gemüte ist, der alte Hunde hat. Der alte Herr hatte in diesem Fache bessere Augen als Kurt, er merkte alsbald, wo diesen der Schuh drücke; er hatte die

Bosheit, diese alten Studenten zu preisen, ihre vergangenen Taten zu rühmen und was das für ein Jagen gewesen sein müsse mit ihnen, denn bessere Tiere seien ihm nicht vorgekommen.

Ach, wie da dem Kurt das Herz aufging, und was er da dem Schwiegervater für Stücklein erzählte, welche er mit diesen Hunden vollbracht, und wie er nirgends solche Hunde angetroffen! «Aber jetzt», sagte er und ward dabei förmlich gerührt, «aber jetzt, was soll ich mit ihnen, der eine tut jede Viertelstunde einen Schritt, unterdessen gibt der andere einen Laut von sich, dann erholen sich beide und tun so wieder einen Schritt und geben wieder einen Laut, und so soll ich jagen künftig!» Kurt zeigte offenbare Spuren oratorischen Talentes, nach dem alten Sprichwort: Es ist das Herz, welches beredt macht. «Da jage mit den jungen», sagte der alte Herr. «Mußt nicht meinen, man könne immer die gleichen Hunde brauchen.» «Ja, wenn ich junge hätte», sagte Kurt. Das war die Spitze der Armut, welche dem Herrn von Önz wirklich nicht mehr lächerlich vorkam, sondern ins Herz ging, denn das hätte er nicht gedacht, daß es ein Schlößchen in der Welt gäbe, in welchem bloß zwei Hunde seien, beide mit haarlosen Schwänzen, von denen der eine in einer Viertelstunde einen Schritt tue, während der andere die gleiche Zeit brauche, einen Laut von sich zu lassen. Diese Armut trieb ihn zum Aufbruch früher, als er vielleicht sonst daran gedacht, denn ein solcher Mangel war unerträglich, dem mußte abgeholfen werden alsbald.

Der Tochter war es doch schwer ums Herz, als der Vater Abschied nahm und fortritt und sie allein blieb im öden Haus und mit der bösen Schwieger. Indessen, an sentimentale Betrachtungen war Agnes nicht gewöhnt, sondern hatte im innersten Kerne ihres Wesens eine bedeutende Kraft, welche sich in das Notwendige ergibt, die Sachen nimmt, wie sie sind, sie zu benutzen und zu gestalten sucht auf das Beste. Sie packte ihre Sachen aus, ordnete sie so gut als möglich und mit geschickter Hand, welcher man es ansah, daß sie selbst angreifen konnte, und ehe der Tag zu Ende war, hatte Koppigen ein um viel besseres Aussehen erhalten, einem Bettler gleich, den man gehörig wäscht und reine Kleider ihm anzieht. Der Vater hielt aber auch Wort, am andern Morgen schon kamen Hunde, und zwar treffliche, hintendrein und nach und nach das Andere.

Kurt liebte seine junge Frau sehr, aber seine Pflicht erforderte begreiflich, daß er nicht fortfuhr, neben ihr zu sitzen; er mußte den Hausvater machen, für das Notwendige sorgen, das heißt er mußte jagen mit den neuen Hunden. Oh, es ist schön, wenn Pflicht und Lust übereinstimmen, und stimmen sie nicht überein, so hat man ein einfaches Mittel, sie zu vereinen: man macht aus der Pflicht einen Mantel und hängt ihn der Lust um, und zwar um und um, so daß gar kein Zipfel davon hervorguckt, dann wandelt man in der Pflicht und tut, was die Lust gelüstet. Da gehts gar lustig zu und öfter so, als die Welt glaubt. Es war aber auch Kurt fast nicht zu verargen: erstlich war er ein Naturkind, und die Natur treibt ihre Kinder der Lust nach; die Kultur ists, welche den Naturkindern ein Mäntelchen umhängt, und da Kurt zwei Jahre in der Welt gewesen war, so kam er eben zu einem Fetzen Kultur, aus welchem man diese Mäntelchen macht. Und wer einmal außerhalb der Kuhweide war, der wird von zwei Mächten getrieben: er will wiedersehen, er will sich wieder zeigen. Kurt wollte wiedersehen sein ganzes Jagdrevier, jeden Anstand, auf welchem er in der Dämmerung zu lauern pflegte, jedes Dickicht, in welchem er eine Sau gesehen, jede Wiese, über welche das Wild strich, jede Quelle, an welcher Reh und Hirsch sich fanden, die alten Weidenstöcke, wo die größten Forellen standen, die Plätze, wo die Lachse laichten, die Strömungen, wo die Rauhfische in Netzen zu fangen waren, jede besondere Art zu ihrer besondern Zeit. Er mußte beobachten, ob das Wild die gleichen Gänge ging oder beim Wechsel des Holzes die Bahnen geändert, andere Richtungen genommen. Das Wild ist freiherrlich, macht sich seine Wege nach seiner Bequemlichkeit, nachdem das Holz aufwächst oder abgehauen wird, je nachdem das Unterholz sich ändert oder rundum die Kultur, denn es ist eben auch sehr empfänglich für die Kultur. Es ändert seine Wege ohne obrigkeitliche Bewilligung, denn es braucht zur Instandstellung seiner Wege auch keine obrigkeitlichen Wegknechte. Wie ein alter Student seine alten Lieder, so liebt ein alter Jäger seine alten Gänge, und jeder hat seine besonderen Stellen, wo ihm das Herz besonders schlägt und in die Augen ein besonderes Leben kommt.

Aber auch zeigen, wieder zeigen will man sich, besonders wenn man glaubt, es sei eine merkliche Veränderung an einem vorgegangen. Kurt ritt an Halten gerne vorüber und sah auf die Fräuleins herab mit souveräner Verachtung, weidete sich am Ärger, den sie haben müßten bei seinem Anblicke, wenn sie denken müßten, wie sie ihn ausgespottet und wie er sie jetzt verhöhnen könnte. Er ritt gerne nach Solothurn, labte sich an dem dortigen Gerede und wie man laut sich wunderte, wie der jetzt einem Grafen gleich geworden an Männlichkeit und Anstand, den man früher ganz anders gesehen. Je öfter er sich also zeigte, um zu zeigen, wer er jetzt sei, desto mehr schien es ihm, er erfülle eine Pflicht, die Pflicht, seinen und seines Geschlechtes Ruf herzustellen und wieder zu Ehren zu bringen.

Während auf diese Weise Kurt seiner Pflicht nachritt, lagen die beiden Damen zu Hause ihren Pflichten ob; jede wollte treu sein, und jede war eifrig, aber jede auf ihre Weise.

Sie bildeten gleichsam zwei Kammern: Frau Grimhilde die Pairskammer, Frau Agnes die Kammer der Gemeinen. Frau Grimhilde war eine geborene Gräfin, das öde Häuschen war das ihre samt Grund und Boden. Frau Agnes war die Jüngere, bloß eines Edelknechts Tochter, hatte aber die Finanzen, und was ins Haus gebracht wurde, das schickte ihr Vater. Begreiflich nahm Frau Grimhilde das Hausrecht in Anspruch, die angestammte Würde, betrachtete die Sohnsfrau als einen Eindringling, die froh sein sollte, wenn man sie aus Gnaden duldete, nicht totschlüge, behandelte sie als eine Magd und forderte dafür noch Dankbarkeit, weil sie doch dabei das Leben behielt. Frau Agnes dagegen war der Meinung, sie sei wohl aus Gottes Gnaden hier, aber nicht aus Frau Grimhildens Gnade. Kurt sei froh gewesen, sie zu erhalten, und Frau Grimhilde sollte froh sein, leben zu können aus ihrer Sache. Sie wolle niemanden was vorrücken; aber leben als eine Bettlerin und doch von ihrer Sache, das wolle sie nicht; sie meinte, sie könnte befehlen, wo sie ihre Sache abgestellt wissen wolle, was die Bauleute bauen, was die Knechte tun sollten, wo man mit ihren Rossen pflügen und von welchem Samen man säen solle, meinte auch, sie verstände das, und zwar besser als eine alte Frau, welche seit zwanzig Jahren keinen Pflug im Felde gehabt. Indessen, wenn Frau Grimhilde auch keinen Pflug im Felde gehabt, so führte sie doch eine Sprache ins Feld, welche durch Leib und Seele ging, und was sie befahl, das wußte sie durchzusetzen gleich einem alten türkischen Sultan.

Man kann sich daher das Leben vorstellen, welches die Beiden mit einander führten, und die süße Zärtlichkeit, welche zwischen ihnen herrschte. Das Zweikammersystem ist nur dann gut, wenn ein gutes Züngkein an der Waage ist und eine starke Hand die Waage hält. Diese Hand hätte eigentlich Kurt ins Feld führen sollen, er sollte des Hauses

König sein, das Gleichgewicht herstellen und alle Kräfte einigen unter seinen Willen. Aber Kurt hatte eben ein eigenes Fach ergriffen, war zu sehr mit den auswärtigen Angelegenheiten behaftet, um das Ganze gehörig zu überwachen. Zudem hatte er Furcht vor seiner Mutter; eigentlich hatte er sich nie von ferne gegen sie aufgelehnt, geschweige daß er ans Emanzipieren gedacht hätte. Es ist übrigens sehr merkwürdig, wie so oft ein altes Weib, dessen Glieder nur noch zusammengeleimt scheinen, eine unumschränkte Gewalt über baumstarke Söhne übt und wie die Söhne sich derselben nicht entziehen dürfen, wie gerne sie sich auch entziehen möchten.

War Kurt einmal zur Seltenheit zu Hause, wenn eine Hündin Junge werfen wollte oder ein Pferd lahm geworden, und kam Agnes zu einem vertrauten Worte mit ihm, so klagte, weinte sie jämmerlich, machte alle Manövers, welche eine Frau in solchen Umständen macht, redete von Fortlaufen, wenn er seiner Mutter nicht den Marsch mache, oder schmollte, redete nicht nur nichts mit ihm, sondern ließ sich höchstens von hinten sehen. Das brachte Kurt in Verlegenheit und tat ihm weh, denn er war von Natur gutmütig; er suchte seine Frau zu trösten, aber seine Beredsamkeit in diesem Fache war wirklich nicht groß. Er wußte ihr wenig anderes zu sagen, als er begreife nicht, was sie eigentlich immer zu klagen hätte, es hätte ihr doch niemand was getan, und was sie wolle, habe sie oder könne es nehmen. Es sei freilich wahr, seine Mutter rede viel, besonders in den langen Tagen, aber sie müsse es machen wie er, er lasse den Waldi, der niemanden beiße, auch bellen, so lange und so viel er wolle; er wüßte nicht, warum seine Mutter nicht das gleiche Recht haben sollte, ihre Stimme zu gebrauchen. Ein andermal sagte er: «Mußt dich dulden, mußt warten lernen. Sieh, wir Jäger müssen auch lauern, oft ganze Nächte umsonst, dir aber wirds nicht fehlen. Die Mutter ist alt und stirbt gewiß, und ist sie einmal tot, vergeht ihr Reden und Regieren von selbst, dann bist du Meister, kannst schalten und walten, wie es dir gefällt.» Solcher Trost schlägt bei einem klagenden, erzürnten Weibe nie gut an, sondern gießt Öl ins Feuer; zornige Weiber sind durchweg radikale Neuhegelianer, wollen keine Anweisung auf die Zukunft, sondern ein Handeln in der Gegenwart. Zudem schien im letztern Troste Spott zu liegen, denn was er in Aussicht stellte, hatte einstweilen keine Wahrscheinlichkeit. Frau Grimhilde nahm sichtbarlich zu, zwar nicht an Gnade und Weisheit bei Gott und bei den Menschen, sondern am Fleische, verjüngte sich; seit sie wieder mit jemanden tagelang schelten und keifen konnte, stärkte sie sich an Lunge, Leber, Herz, schien ein Fisch zu sein, der vom Trocknen wieder ins Wasser gekommen. Freilich mochte Speise und Trank, das behagliche Sein überhaupt auch etwas an ihrer Zunahme beitragen, was sie indessen nie eingestanden hätte, denn sie schimpfte von der Morgen- bis zur Abenddämmerung an einem Faden über das jetzige Leben, welches sie keinem Hunde gönnen möchte, und rühmte, wie froh und glücklich sie früher gelebt. Wenn dann zu solchen Reden die beiden Hunde bedenklich ihre grauen Häupter schüttelten, so bezog das Frau Grimhilde auf sich, bedachte nicht, daß die guten Hunde den ganzen Tag wackelten mit ihren Häuptern, und bedauerlich war es anzusehen, wie die alte Frau die alten Hunde mit der Peitsche züchtigte, daß sie laut heulend aus der Halle wackelten.

Der alte Herr von Önz sandte viel nach Koppigen, aber wer es in Empfang nahm und damit hantierte, das kümmerte ihn nicht, und was ihm Agnes klagen wollte, wies er die Tochter an den Mann und sagte, er mische sich nicht gerne in fremde Hauswesen, er habe daheim einstweilen an der

Brigitte genug; übrigens solle sie es machen wie er, damit komme sie am besten fort, die Sache nicht gemütlich nehmen, denken, es sei eine Krankheit, und gute Miene zum bösen Spiele machen, tun, als habe sie weder Augen noch Ohren, dabei brauchen, was ihr wohltue, nicht mehr machen, als sie möge, ein besseres Leben gebe es ja nicht auf der Welt. Dieser väterliche Balsam war eben auch nicht heilsam für eine junge Frau, ihr wundes Herz wollte nicht heilen, und es würden wohl wenig junge Weiber auf der Welt zu finden gewesen sein, welche in den ersten Jahren der Ehe eine solche Schwiegermutter und solchen Trost dazu zu verwinden imstande gewesen wären. Die Weiber sind nicht alle gleichen Schlages, fast möchte man glauben, sie seien nicht von gleicher Materie; in einem Verhältnis, wie Agnes war, werden die einen, gemütlich zerrieben, in Tränen aufgelöst, bald zu Staub und Asche, andere werden darin gehärtet wie Stahl und Eisen im Feuer, noch andere geläutert und verklärt dem Golde gleich.

Zu welcher Sorte Agnes gehöre, wußte man lange nicht, sie würde für den kundigsten Fachmann schwer zu sortieren gewesen sein; sie war jung ins Leben getreten, ihr Gesicht, zart wie Milch und Blut, schien weich und schnell durchfurcht von Tränen, und eine Weile gings, bis der innere, feste Kern sich zeigte, den das Leben nicht zerreibt, sondern härtet und poliert. In dem Maße, als ihr Wesen fester ward, versiegten die Tränen, in gleichem Maße wurde ihr Wille bestimmter, und was sie wollte, wußte sie zu sagen. Es war beinahe, als nehme Frau Grimhilde die Gestaltung ihrer Schwiegertochter mit Behagen wahr, ungefähr wie ein Metzger, der mit Freuden Sohlen an seinen Stiefeln bemerkt, welche sich nicht alsobald ablaufen, oder der Gleiche einen guten Stahl am Gürtel, der sich, er mag mit seinen Messern daran herumfahren, wie er will, nicht alsobald abwetzen läßt. Eine, welche der Frau Schwiegermama förmlich die Stange hielt, ward natürlich Agnes nie, dazu fehlte ihr das Bösartige, Giftige, welches in Grimhilde hervorstach. Agnes war gemütlich, barmherzig, konnte lieben, konnte geben, wozu Grimhilde nie fähig gewesen war; aber je mehr Agnes sich härtete, desto stärker gab es Feuer.

Daß es nicht angenehm ist, die Finger zwischen Stahl und Stein zu haben, ist jedem Kinde bekannt, aber noch etwas ganz anderes ists, zwischen Mutter und Frau zu stehen, wenn diese Feuer geben. Nun hatte Kurt gewissermaßen ein weiches Gemüt; wenn er ein Gesicht machte, daß eine siebenhundertjährige Eiche ein zartes Aussehen dagegen hatte, so war es eben nur, um darunter etwas Zartes zu verbergen, daß es niemand merke; wäre er ein rechter Holzbock gewesen, wie man zu sagen pflegt, so hätte das Weibergezänk ihn so wenig berührt, als das Mühlrad im Schlafe den Müller stört, kaltblütig hätte er sie tschädern lassen nach Belieben. Nun aber, weil er eben kein Klotz war, plagte ihn der ewige Krieg; es war ihm nichts peinlicher, als wenn er bald der Einen, bald der Andern recht geben sollte, Keine mit ihm zufrieden war, weil er sie nicht unbedingt im Recht fand, die Mutter ihn ausschimpfte, das Weib mit ihm schmollte. Die geistige Kraft, welche bei solcher Sachlage Ordnung schafft, hatte er nicht, er machte sich daher aus dem Staube, nahm die Flucht, das heißt er war je länger, je weniger daheim, sein Haus war seine Marterkammer. Das ist aber ein böses Mittel, das Fliehen, es hilft gar nichts, und am Ende gehen dabei Mann und Haus zugrunde, und trotzdem wird dieses Mittel so oft angewandt. Es war Kurt leid und bange, wenn er einmal einen Tag daheim sein sollte, sein Schlößchen kam ihm so eng und unheimlich vor, daß ihm der Wald im wildesten Schneesturme ein viel anmutigerer Aufenthalt war.

Doch hatte Koppigen ein anderes Aussehen gewonnen;

die Torflügel waren eingehängt, ordentliche Tische, wo man sie haben mußte, eine ziemliche Wirtschaft, ein anständiger Haushalt war wieder da, Vieh brüllte in den Ställen, bebaute Äcker gab es wieder, der Keller war nicht ganz leer, auch Speise für den morgigen Tag fand sich gewöhnlich vor; die Edelfrauen mußten nicht mehr mit eigenen Händen den Fischen das Genick eindrücken, die wilden Vögel rupfen und den Braten am Spieße drehen. Es war ein ordentlich, wohnlich Haus geworden, und doch war niemanden wohl darin; denn es sind nicht die Räume, welche ein Haus wohnlich und heimelig machen, der Hausgeist ist es, der dieses macht. Das war eben auch Ursache, warum der Herr von Önz nur selten einsprach, wenn er auch etwas im Keller fand, die Hunde nicht mehr die Tische umwarfen und eine ägyptische Finsternis anrichteten in der Halle; er mochte das immerwährende Klagen auch nicht leiden, er glaubte auf der Welt zu sein, um lustige Tage zu verbringen, so viele er konnte; deren waren keine mehr in Koppigen zu finden. Selbst Kurt machte ihm ein grob Gesicht und gab ihm kein freundliches Wort; Kurt betrachtete nämlich sein Schicksal als ein unglückliches und den Schwiegervater als den Stifter desselben, denn die Menschen haben zuweilen sehr seltsame Ansichten. Sein Schlößchen kam ihm alle Tage kleiner vor, seine Heirat alle Tage dümmer, er glaubte seine Bestimmung verfehlt zu haben, und daran war eben der Alte die alleinige Ursache. Kurt glaubte sich eben berufen zu hohen Dingen, wenn er in der Welt geblieben wäre, weiß Gott, was er schon wäre; hätte ihn nur der Alte in Langenthal liegen lassen, so wäre er dort zu sich selbst gekommen, hätte das verfluchte Nest zu Önz nie gesehen; hätte ihn nur noch dort der Alte ziehen lassen, statt ihm eine Tochter anzuhängen, so wäre noch nichts versäumt gewesen, und weiß Gott, an welchem Hofe er jetzt wäre als Graf oder Freiherr!

So kalkulierte Kurt; er hätte noch jetzt gehen können, noch jetzt war daran nichts versäumt, aber es hieß ihn niemand gehen, zeigte ihm niemand den Weg, und das mußte bei Kurt sein; zu welchen hohen Dingen er sich auch bestimmt glaubte, zu einem war er doch nicht bestimmt, sich nämlich selbst zu bestimmen, die bestimmende Kraft mußte außer ihm liegen. Er litt, wie man heutzutage sagen würde, grausam an Zerrissenheit; was er hatte, war ihm nicht recht, und was ihm recht gewesen wäre, das hatte er nicht, er dachte an hohe Dinge und tat desto niedrigere. So fuhr er herum jagend, fischend, streitend, trinkend unter allerlei Volk, machte Bekanntschaften aller Art, vertrieb sich bei ihnen die Zeit nach ihrer Weise; ob sie recht, schön, edel sei oder das Gegenteil, das kümmerte ihn nicht. Er spekulierte auf den Tod des Schwähers, hätte er einmal dessen Güter, stecke er die beiden Schwäherinnen in ein Kloster, wolle dann zeigen, wer er sei, und sich aufblasen im Lande; so kalkulierte er.

Spekulationen auf Schwägerinnen geraten jedoch nicht immer, denn diese haben manchmal eigene Gedanken und spekulieren ganz anders als der Herr Schwager; als einmal die Agnes aus dem Hause war und man sah, wie freigebig der Alte Kurt auf die Beine half, so gefiel dies Andern auch, und in der Runde gab es so viele hungrige Junker, als es hungrige Fledermäuse im Frühjahre gibt. Ein Junker von Inkwyl faßte die Kunigunde, einer von Riedtwyl nahm, was übrig blieb, die Brigitte, setzte sich dafür so gleichsam zur Schadloshaltung ins Nest und blieb zu Önz. Wie das Kurt gefiel und daß es seine Zerrissenheit nicht heilte, kann man sich denken, aber er konnte es nicht ändern, er konnte bloß zerrissener werden, sein Los immer unerträglicher finden, und je unerträglicher er sein Los fand, desto unerträglicher ward er selbst.

Da starb der Herr von Önz und zwar gerne, denn seit er einen Tochtermann im Hause hatte, hatten seine Tage an Lustigkeit nicht zugenommen. Jetzt stürzten sich alle auf das Erbe, jeder hätte am Ganzen zu wenig gehabt; man kann sich denken, wie ihm der dritte Teil des Ganzen vorkam. Wo viel zu wenig ist, entsteht desto mehr Streit; jetzt verficht man solchen Streit mit Advokaten, damals mit Schwert und Faust, beides kommt in Beziehung auf Gewinn auf eins heraus, der Unterschied ist bloß der, daß was man ehemals mehr an Blut vergoß, jetzt desto mehr Galle überläuft, und man ist noch wohler dabei, wenn man etwas Blut verliert, als wenn man zu viel Galle ins Blut bekommt. Die Herren Schwäger rauften sich also mörderlich; Kurt und der von Inkwyl hielten begreiflich zusammen, wollten den von Riedtwyl übers Nest hinaus werfen. Dieser ließ sich helfen durch den Herrn von Wangen, hatte Hülfe von seinen Brüdern, klopfte die Schwäger tapfer aus und machte Miene, selbst an ihre Schlösser hin zu wollen; sie suchten daher auch Hülfe, der von Flumenthal ward ihr Spießgeselle und einer von Alchenstorf. Der Streit zog sich in die Länge; ans Leben kam man einander nicht, schädigte einander desto mehr, stahl, verdarb einander, so viel man konnte, ward darob allseitig arm; das Erbe ging darauf, nichts hatte man davon als eben viel Haß und dadurch verbitterte Gemüter, denen nirgends wohl war als im Streit und wüstem Leben, Gemüter, welche für häusliches Glück gerade so empfänglich waren als ein Gotteslästerer für Gottes Wort und denen in ihren Häusern so wohl war als einem durstigen Saufbruder in einer Kirche.

Die Herren Schwäger hatten es fast wie die Hühner, welche sich erst die Federn ausrupfen, gerupft aber gute Freunde werden. Als an Keinem von ihnen mehr etwas Besonderes zu rupfen war, wurden sie Bundesgenossen und kehrten ihre Schnäbel gegen Andere. Wie Spieler, je mehr sie verlieren, desto mehr wagen, das Verlorene wieder zu gewinnen, so wurden sie immer rücksichtsloser, wagten immer Wilderes, aber das Glück wollte ihnen nicht. Kurt besonders hatte eine unglückliche Hand, nicht bloß daß er immer am wenigsten erbeutete, wenn er auch am stärksten zuschlug, sondern auf ihn fiel immer der erste Verdacht, ihm wurde der größte Teil des Frevels zugeschoben; er hatte von Jugend auf einen anrüchigen Namen, und wo etwas getan wird, dessen Urheber nicht offenkundig werden, schiebt man es ganz gelassen auf die Rechnung dessen, der bereits die größte und gröbste Rechnung hat. Es ist die menschliche Gesellschaft ein absonderliches Gebilde, eigentlich ein organisches Ganze. Wie ein lebenskräftiger Körper Krankheitsstoff absondert und ausstößt, langsam freilich oft, gerade so macht es die menschliche Gesellschaft unwillkürlich: sie schiebt das Faulende mehr und mehr hinaus, bis sie es endlich draußen hat und über Bord werfen kann. Besitzt ein Körper diese Kraft nicht mehr, vermag er den Krankheitsstoff nicht mehr zu verarbeiten, ihn zu entbinden, vermag das Gesunde sich nicht mehr Platz zu schaffen, da erkrankt dieser Leib mehr und mehr, das Gesunde wird vom Kranken verzehrt, der Zustand wird rettungslos, die Fäulnis erhält die Oberhand, löst bald das ganze Gebilde auf. Der höchste Grad der Korruption oder Verderbnis tritt ein, wenn dieser Zustand der Fäulnis als Gesundheit angesehen und ausgegeben, durch die Gesetzgebung legitim gemacht, sanktioniert, von Obrigkeits wegen allem Gesunden der Krieg gemacht und unter dem Scheine des Rechts durch Schufte am Gerichte alles Gesunde zum Tode verurteilt, aus dem Leben ausgestoßen wird.

Als Kurt lebte, war es eine wüste, wilde Zeit, indessen hatte die Gesundheit die Oberhand. Kurt ward mehr und mehr hinausgestoßen aus allen Kreisen, wo Recht und Ehrbarkeit etwas galten, kam daher immer mehr in das wüste, wirre Treiben hinein, an dessen Ende der Schlund ist, dem alles verfällt, was ausgestoßen wird aus den gesunden Lebenskreisen. Als Kurt geheiratet hatte, heimgekehrt war als ritterlicher Junker, standen ihm die Burgen des hohen Adels offen, er ward dort nicht ungern gesehen seines einfachen, tüchtigen Wesens wegen; jetzt hütete er sich, eine zu betreten, er fürchtete die Bekanntschaft mit den tiefen Löchern in den Türmen. Er trieb sich mit seinen Spießgesellen in verdächtigen Herbergen herum, zuweilen zog einer dem andern nach auf seine Burg, wenn man wußte, daß dort Vorrat war, und oft waren sie alle verschwunden als wie von der Erde verwischt, und tagelang hätte kein Mensch sagen können, ob sie noch lebten, geschweige wo sie lebten.

Ein solches Leben befördert begreiflich weder häusliches Glück noch häuslichen Wohlstand. Frau Grimhilde und Frau Agnes verstanden das Haushalten, doch mit dem Unterschiede, daß Frau Grimhilde bloß festhielt, was sie zwischen ihre fünf Finger bekam, während Frau Agnes zu schaffen, zu pflanzen, zu produzieren wußte, würde man heutigen Tages sagen. Aber Halten und Schaffen half all nichts bei dem Treiben von Kurt; er machte wohl Raub und Beute, aber je mehr er raubte, desto ärmer ward er zu Hause, im Raube schien ein verzehrender Fluch zu liegen. Wie den Pferden das Ungeziefer folgt, das Blut ihnen absaugt, sie ihm nicht entrinnen mögen, wie rasch sie auch laufen, bei jedem neuen Walde zu den alten Bremsen, welche die Pferde mitgetragen, nachgezogen, immer neue Scharen sich gesellen, so ging es auch unsern adeligen Strauchdieben. Sie trieben ihr Handwerk wohl auf eigene Faust und für eigene Rechnung, aber wie den großen Raubtieren kleinere folgen, so waren sie umschlichen von gemeinem Diebsgesindel. Dasselbe stellte sich wohl dem Hunde gleich, der die vom Herrn benagten Knochen auffängt und für abgefallene Brosamen dankbar ist. Wenn sie schon für geleistete Dienste, namentlich für ihr Kundschaften, welches jedenfalls im Handwerk eine bedeutende Stelle einnimmt – wie man bei einer Meute Hunde durchaus einen oder zwei gute Aufstecher haben muß, wenn man ordentlich jagen will –, keinen besondern Lohn forderten, keinen bestimmten Anteil an der Beute, so taten sie sich dabei doch am gütlichsten, kriegten den besten Teil der Beute und, was die Hauptsache ist, behielten ihn auch. Es waren vor allem die Dirnen, welche um die adeligen Herren schwärmten, welchen der schönste Teil zufiel, denn an die Weiber daheim dachten die Herren schon damals oft nicht; es war das Verschleppen des geraubten Gutes, das Handeln und Schachern damit, welches einen andern Teil in ihre Hände brachte; den letzten Dritteil endlich erhielten sie ebenfalls, denn dieser wurde in ihren Herbergen verspielt, verschlemmt, verpraßt, und wenn alles vertan war, machten es die Herren, wie es der Löwe macht, wenn er hungrig ist und das letzte Tier gefressen: er geht aufs neue auf Raub aus, legt am geeigneten Orte sich auf die Lauer.

Kurts Handwerk trug also dem Hause nichts ein, aber er verschleppte auch noch aus dem Hause, was ihm dienlich war. Die besten Männer waren in seinen Lumpenfehden ihm erschlagen worden, Roß und Vieh dahingegangen, das Land wieder schlechter bearbeitet worden und immer schlechter, je mehr Menschen und Vieh fehlten.

Das neu auftauchende Elend brach Jürg sein altes Herz. Gegen Rauben und Morden hätte er durchaus nichts gehabt, im Gegenteil es von Herzen gern gesehen, wenn durch dasselbe des Hauses Glanz und Macht gehoben worden wäre. Nun, da das Gegenteil stattfand, jede Aussicht auf Besserung verschwunden war, da der junge Herr kein Ohr mehr für ihn hatte, weil er sich ihm entwachsen glaubte und ihn für kindisch hielt, neigte er sein Haupt und wollte sterben. Darüber aber ward Frau Grimhilde gar grimmig böse, denn sie behauptete, dies sei bare Bosheit, er tue das nur der schlechten Frau, das heißt der Agnes, zu Gefallen.

Der alte Jürg war nämlich der Einzige, welcher aus angestammter Gewohnheit Grimhilde für die alte Rittersfrau hielt, ihr Achtung und Gehorsam zeigte. Das junge Geschlecht kannte sie bloß als die alte, grimmige, aber arme Frau, hatte sich daher Agnes angeschlossen, welche nicht böse war und, wenn sie schon nicht viel helfen konnte, doch den Willen zeigte, zu helfen, wenn sie es hätte, und dieser Wille wird oft wie die Hülfe selbst geschätzt. Starb Jürg, war Grimhilde verlassen, stand allein; es war also sich nicht zu verwundern, daß sie dem alten Jürg sein Sterben so übel nahm. Jürg entschuldigte sich bestmöglichst, sagte, er wollte wohl selbst gerne länger leben, aber daran machen könne er nichts, müsse sich fügen, wenn der Tod komme. Er sei ein Tropf, sagte Frau Grimhilde, braute ihm Tränke, welche so herrlich rochen, daß tagelang weder Krähe noch Spatz sich auf dem Dache sehen ließen, brachte sie Jürg, und trinken sollte sie der, und wenn ers tue, werde er sehen, was der Tod zu befehlen hätte. Der Alte gehorchte, wollte trinken, aber schon die Nase brachte er kaum zum Topf, es schüttelte ihn, als wenn er das kalte Fieber hätte; als er endlich den Mund daranhin zwängte, die Lippen an den Topf hing, fuhr er zurück, es drehte ihn um und um, es war, als ob man einen Handschuh umkehre. Da sehe er, sagte dann Frau Grimhilde, wie ihr Zeug angreife; in drei Tagen wäre er gesund, wenn er ihr zu Gefallen einmal einen Topf voll austrinken wollte. Wenn dann Jürg beteuerte, er brächte keinen Tropfen mehr über die Lippen, er fühle schon beim Riechen, wie seine Seele im Leibe herumfahre und ein Loch suche, um daraus zu fahren, wie die Tauben, wenn ein Habicht oder Marder in den Taubenschlag kommt, so sagte Frau Grimhilde: «Wenn du das nicht willst, so mußt was Besseres haben», und braute noch etwas viel Verfluchteres, daß man hätte glauben sollen, sie wäre den Hexen, welche in Schottlands Heiden Tränke kochten, zu Gevatter gestanden oder hätte ihnen ein Kochbuch hinterlassen. Sie braute dann, daß die Fische aus dem Schloßgräblein sprangen und gerne Fürio und Mordio geschrieen hätten, wenn sie einen Laut hätten von sich geben können, daß Frau Agnes mit den Kindern Reißaus nahm, hinterdrein die Mäuse und die Ratten und selbst die Kröten in den Kellern mannshoch an den Mauern hinaufsprangen. Sie selbst lebte wohl an solchen Gerüchen, von wegen, ihre Nase war mit Sohlleder gefüttert; etwas Feineres drang nicht durch, während so etwas, von dem eine hundertjährige Kröte sagte, was Verfluchteres sei ihr noch nie vor die Nase gekommen und doch sei viel davor gewesen, ihr vorkam wie Rosenöl oder Jasmin. Der arme Jürg konnte sich nicht davonmachen, die Beine trugen ihn nicht mehr, und seine Nase ertrug Grimhildens Lebenstrank ebenfalls nicht. Ein gehorsamer Knecht, streckte er wohl die Hand nach dem Topfe aus, aber dann streckte er auch alle Glieder – und tot war er.

Die Bosheit, gerade jetzt zu sterben, wo er, wenn er einen einzigen Schluck hätte trinken wollen, lebenslang gesund geworden wäre, machte auf Grimhilde den tiefsten Eindruck. So weit, sagte Grimhilde, habe Agnes es getrieben, daß sie ihr den letzten Menschen, welchen sie gehabt, aufgewiesen und verführt, denn wenn sie nicht gewesen wäre, er hätte getrunken und liefe jetzt herum wie ein Zwanzigjähriger. Jetzt begehre sie auch nicht länger dabei zu sein, sie begehre nur noch eins zu erleben: daß es nämlich der schlechten Frau gehe wie dem Jürg, daß sie ans Sterben käme, daß sie beide

Hände nach solchem Tranke ausstrecke, mit Heulen und Zähneklappern einen wünsche, um einen bitte, dann wolle sie einen brauen, einen noch viel kräftigern, daß das Laub im Walde sich entfärbe darob, dann wolle sie mit dem unter die Türe kommen; da werde die junge Wüste (das Mensch, würde der moderne Ausdruck der Kulturfüßigen sein) erst die eine Hand danach ausstrecken, dann die andere auch, nach den Händen die Zunge, dann alles, was sie strecken könne. Da unter der Türe wolle sie stehen bleiben, keinen Schritt tun, nicht vor-, nicht rückwärts, bis endlich alles gestreckt sei, wie sie es ihr schon lange gegönnt; dann wolle sie sich gerne auch legen und strecken, einmal werde es doch sein müssen, sei es gescheit oder nicht, einem recht oder nicht. So begehrte die alte Frau, gewesene Gräfin, auf, nahm sich durchaus nicht in acht, wer es höre, selbst vor dem nicht, dessen Ohr offen ist über allen Menschenkindern, der die Haare zählt auf dem Haupte des Menschen, sie festigt oder ausfallen läßt nach seinem Belieben. Aber wie sie meinte, ging es nicht; ehe ihr Wunsch in Erfüllung gegangen, ward sie zu den Vätern versammelt, welche ihre liebe Not mit ihr gehabt haben werden. Der Zorn, daß Jürg ihr zum Trotz gestorben, Agnes ihr zum Trotz nicht sterbe, untergrub ihr felsenhartes Gebein, bis es zusammenbrach, fast möchte man sagen, auseinanderfiel.

Kurt nahm dies kaltblütig, wie er überhaupt an allem, was im Hause vorging, gar kein Interesse hatte, weder am Tode der Mutter noch an der Geburt eines Kindes; es war, als ob ihn dieses alles nichts anginge. Es nahm ihn bloß ein Fund in Anspruch, welchen man bei Grimhildens Tode machte: eine Menge vergilbter, zusammengehäufter Dinge sonder Zahl und Namen, Sachen aus Kurts früherem Räuberleben, Sachen aus ihrer Jugend, Sachen, welche sie der Agnes abhanden gebracht, kurz es mahnte ihre Hinterlassenschaft auffallend an das Nest eines alten Raben, der in einem öden, unbesuchten Turme gehaust. Was etwas wert war, verschleppte Kurt; dem Haushalt kam es nicht zunutz, den Frieden zwischen den Eheleuten förderte der Alten Tod nicht und störte ihn weiter nicht. Kurt hatte Gewohnheiten angenommen, welche über seine Natur gingen, und Agnes nahm es, wie es war, und gewöhnte sich Tag um Tag mehr, ihr Leben so zu ordnen, daß es ohne Kurt bestehen, wenn auch arm, so doch, daß die Kinder darin fortkommen konnten.

Kurt hatte besonders mit beiden Schwägern und dem Junker zu Flumenthal und dem Junker von Landshut das Handwerk getrieben. Der Junker von Landshut hatte sein Schloß nicht da, wo das gegenwärtige Landshut steht, sondern auf dem linken Emmenufer, der Hammerschmiede von Gerlafingen gegenüber. Die Stelle, wo die Burg stand, welche ungefähr hundert Jahre später in einer Fehde mit Solothurn von den Bernern verwüstet wurde, sieht man noch in dichtem Walde in dem sogenannten Altisberg. Da, wo das heutige Landshut steht, jetzt ein stattliches Landhaus, aber in der altertümlichen Form eines Schlößleins, umgeben von einem wasserreichen Burggraben, sah man nichts als einen öden Felsen in bebuschtem Sumpfe. Er sah fast aus wie ein alter Wartturm, von welchem aus man eine weite Ebene, wie man in der westlichen Schweiz sie selten sieht, überlugen konnte. Diese Ebene war teilweise bebaut, ein bedeutender Teil mit Wald bewachsen, von großen Bächen durchzogen, zu beiden Seiten der Emme viel Sumpf, von welchem das sogenannte Fraubrunnenmoos noch jetzt ein stattlicher Rest ist.

Hinter diesem Felsen nördlich, mutmaßlich wo jetzt ein Sägewerk surrt und zischt, in Sumpf und Busch versteckt wie eine braune Schnepfe in braunem Laube, die selten ein Auge sieht, bis sie aufflattert dicht vor den Füßen, fand sich eine niedere, aber umfangreiche Hütte oder Haus, wie man lieber will. Niemand hätte da eine menschliche Wohnung gesucht, und ungesucht auf sie zulaufen war ein halbes Wunder, denn ein Zugang zu derselben hatte seinen Anfang im Bette der Emme, und der andere Zugang bildete einen Bach, welchen man eine lange Strecke hinauf durchwaten oder reiten mußte, ehe man zum Hause kam. Wer am Tage auf dieselbe gelaufen wäre, hätte kaum etwas Verdächtiges an derselben gesehen, und wenn ihm die Größe derselben aufgefallen wäre, so war sie leicht dadurch zu erklären, daß mehrere Fischer in den äußerst fischreichen Wassern diesen trocknen Fleck sich auserlesen und darauf eine gemeinsame Wohnung sich erbaut. Im anderthalb Stunden entfernten Solothurn, in den vielen Klöstern darum herum, im Kloster Fraubrunnen war reicher Absatz für Fischer. Hätte jemand nachsehen wollen, ob es wirklich so sei, dem wäre es sehr schwer geworden, vielleicht unmöglich geblieben: die einzige Türe der Hütte war immer fest verschlossen, und sehr oft hätte er stundenlang dran klopfen können, es hätte sie ihm niemand geöffnet; im günstigsten Falle wäre sie endlich nach langem Warten aufgegangen, und froh wäre er sicherlich gewesen, er hätte nie geklopft. Wenn er scharfsichtig gewesen, so hätte er leicht wahrgenommen das Eigentümliche, Unnennbare in jeglichem Gegenstande, welches sagt, da sei es nicht geheuer, er wäre plötzlich umgekehrt, aber zu spät schon, wenn sein Äußeres irgend welche Beute versprochen hätte; ehe er sich versehen, wäre er niedergeschlagen gewesen oder in einen Bach geworfen und darin ertränkt.

Wer aber das Glück oder vielmehr das Unglück gehabt hätte, wirklich hineinzukommen, hätte eine Bevölkerung gefunden, welche weder dem Umfang noch dem innern Raume entsprochen hätte, nämlich drei einzige Personen. Die Hauptperson war ein Mann, welcher groß gewesen wäre, hätte er nicht ein lahmes oder krummes Knie gehabt, so daß er nicht bloß stark hinkte, sondern gebeugt war, mehr als er dem Alter nach hätte sein sollen. Sein Haar, welches sehr schwarz gewesen, war noch nicht weiß, sondern bloß gespregelt weiß und schwarz; seine Haut im Gesicht war fast schwarz, ob von Natur oder weil sie nie gewaschen ward, blieb schwer zu ergründen, wahrscheinlich griff beides ineinander. Das Vorderhaupt war kahl, stark gebogen, die Nase ebenfalls, ja das ganze Gesicht, selbst das Kinn schien zurückgekrümmt; unter der Nase stach der Mund hervor, seltsam bissig anzuschauen. Er redete zwar sehr viel, wenn er dazu kam, doch ging es ihm schwerfällig von Handen, als ob es am Räderwerk fehle; nicht so war es beim Essen: der Mund war offenbar mehr zum Beißen als zum Reden eingerichtet. Es war eine Gestalt, zum Räuber geboren, eine von denen, in deren Nähe es einem unheimlich wird, man unwillkürlich vom Gefühl beschlichen wird, man sei in der Nähe eines gefährlichen Tieres; ob es eine Schlange sei oder ein Tiger, weiß man nicht, aber ängstlich sieht man nach allen Seiten, von welcher es kommen wolle, und wenn nirgends was sich rührt, so bleibt das Auge haften auf dem Menschen, welcher da sitzt, als wenn dieser Mensch das Gebüsch wäre, aus welchem das wilde Tier brechen müsse. Die zweite Person stellte eine Frau vor mit sieben Kröpfen rings um den Hals, schwammigem Gesicht, plumper Gestalt, Schweinsaugen im Gesichte, eine viereckige Nase darunter und darunter ein Maul, weit geschlitzt und tief, fast hätte man ein einspännig Fuhrwerk darin wenden können. In solch widerwärtigen, viereckigen, schwammigen weiblichen Gestalten mit Schweinsaugen wohnt gewöhnlich eine grausame, erbarmungslose Seele. Die dritte Person war schlank und hoch, gelblichblaß das Gesicht, Augen darin, von denen man selten recht wußte, wollten sie Feuer sprühen oder Tränen weinen, einen festgeschlossenen Mund unter einer geraden Nase. In der ganzen Person war etwas Fremdartiges, als ob sie als eine Art Meteorstein durch den Rauchfang herabgefahren wäre, und doch war es die Tochter des oben beschriebenen Ehepaares, welche mit ihren Eltern hier hauste und Fische verkaufte in Solothurn, wo man etwas Gutes von jeher liebte, besonders wenn es nicht viel kostete, und noch mehr liebte, wenn es gar nichts kostete.

Wenn irgend ein Platz in der lieben Eidgenossenschaft (welche damals freilich noch keine war) zu einer Diebsherberge oder einem Lauerloche geeignet war, so mußte es dieser sein. Er hatte nichts Auffallendes und war doch schwer zu finden, und Unbekannte nahten nie unbemerkt und wunderselten ungestraft. Dagegen konnten die Befreundeten, mit Steg und Weg Bekannten entfliehen unbemerkt, wie sie nur wollten, aus dem weitläufigen Hause in Sumpf und Busch, gebaut mit Ausgängen, welche kein uneingeweihtes Auge sah, welche auf Wege führten, die jähen Tod brachten jedem, der mit ihnen nicht sehr genau bekannt war. Diese Stelle war ungefähr der Stelle gleich zu achten, auf welcher eine große Kreuzspinne sitzt, um gehörig alle Fliegen zu belauern und abzufangen, welche ihrem Netze sich nahen und hängen bleiben darin. Hier konnte man Kundschaft erwarten über alles, was von Bern nach Solothurn, von Solothurn nach Burgdorf, was den Gau hinab ging und hinauf nach Biel und Büren. War die Tat vollbracht, stäubten die Gesellen auseinander wie Spreu, in welche der Wind fährt; die Verfolger wurden irre, die Spuren verloren sich. Geschah es wohl zur Seltenheit, daß hart auf den Fersen die Verfolger blieben, so sprang der Verfolgte vom Rosse, ließ frei es laufen, Roß und Reiter fanden bekannte Fährten durch Sumpf und Busch und am Ende ihre Herberge; die Verfolger versanken im Moor, verwickelten sich in die Büsche, in die für Pferde so schrecklichen Brombeersträuche und schätzten sich glücklich, wenn sie mit heiler Haut und ganzen Gliedern einen Ausweg fanden. Der Ort war zehnmal sicherer als irgend eins ihrer Schlößlein; es war eine wahre Freistätte für die adeligen Räuber vor allem, dann aber auch für das bessere Lumpengesindel, das heißt die hübscheren Dirnen, die schlauesten Gaudiebe, die wildesten Räuber.

Sami, der Alte, der Herbergvater, gab sich mit den auswärtigen Angelegenheiten wenig mehr ab, wegen seinem lahmen Knie machte er nicht mehr den Palmerston; er tat, als sei er der Junker untertänigster Knecht, hätschelte sie, schmeichelte ihnen, dagegen war er des Lumpengesindels Freund nach dem Sprüchwort: Gleich und Gleich gesellt sich gern. Wenn aber einer der Junker ihm nichts mehr eingebracht hätte oder gar lästig gewesen, so hätte Sami ihn sich ohne Bedenken alsbald vom Halse geschafft, freilich auf seine Weise, das heißt durch andere Hände. Laut der Naturgeschichte fressen die bedeutenderen Tiere der gleichen Sorte sich sonst nicht, höchstens ein Schwein seine Ferkel und ein Kater die Kinder seiner Liebsten. Nun gehören die Menschen alle zu der gleichen Tiersorte, seien sie schwarz oder weiß, so gut als Schimmel und Rappen Pferde von der gleichen Sorte sind trotz der verschiedenen Farbe. Nur scheinen die Menschen durch die verschiedenen Stände in ebenso viel verschiedene Tiersorten sich zu gliedern, von denen die eine die andere auszubeuten oder zu verzehren sucht. So steht der Arme gegen den Reichen und umgekehrt, der Vornehme gegen den Gemeinen und umgekehrt, die Herrschenden zu den Dienenden und wiederum umgekehrt. Und wenn schon namentlich ein Niederer einem Höheren sehr nahe steht, so gleichsam an seiner Brust zu liegen scheint, so werden doch bei gegebenen Fällen unter Zehn Acht den Höheren verraten, ihn mit Fußtritten regalieren, an ihre Sorte sich wieder anschließen; ähnlich treibt es aber auch die höhere Sorte mit den unteren Sorten und opfert Stück um Stück derselben, besonders wenn das Standesinteresse mit ins Spiel kommt. Gelingt es auch einem aus den Unteren, an die Höheren sich anzukleben, dort festzuhalten, daß er ihresgleichen scheint und als Solcher wirklich auch behandelt wird, so wird es ihm doch nie vergessen, woher er gekommen; fort und fort muß er merken, daß man es ihm nicht vergessen, und bei der ersten Gelegenheit stößt man ihn wieder hinunter. Wird der Mensch ein Christ, so gestalten die Verhältnisse freilich sich anders, aber das Christentum war in dieser Hütte ein unbekanntes Ding.

Desto mehr andere Dinge barg diese Hütte; was alles, wußten nur die beiden Alten; vieles kannten des Wirts Genossen von der niederen Sorte, das Wenigste die junkerlichen Räuber. Es war eine sehr geistreiche Einrichtung: man konnte da erscheinen und verschwinden, sein und nicht sein, akkurat wie in einem Zauberschlosse. Mit näherer Beschreibung desselben wollen wir uns jedoch nicht abgeben, sondern es der Einbildungskraft der geistreichen Leser überlassen, sich dasselbe selbst auszudenken. Weit und groß war die Küche, welche zugleich das Salon- oder Gesellschaftszimmer vorstellte; in der Mitte derselben wie noch jetzt in uralten Häusern war der Herd, auf welchem das Feuer selten erlosch, und ebenso selten war es, daß über demselben an eisernem Haken nicht ein Kessel hing, in welchem in saftiger, kräftiger Brühe Fleisch weichgekocht ward. Die Brühe war um so kräftiger und saftiger, da der Kessel nie ganz geleert wurde. Drohte das Fleisch zu weich zu werden, so zog man entweder das Holz unter dem Kessel weg und ließ bloß die Kohlen liegen, oder man drehte ihn durch eine Vorrichtung beiseite; durch diese Vorrichtung waren die Bewohner der Hütte vor der Ungeduld ihrer Gäste geschützt, die groß und grob war. Wer kam, hatte nicht auf das Essen zu warten, nahm etwas Langes und Spitziges zur Hand, gabelte damit ein währschaft Stück auf und steckte es an. Mit Geschmack und Geruch nahm man es begreiflich so genau nicht, wenn es nur gegen den Hunger gut war und das Herz vor dem Hinunterfallen schützte. Die Räuber waren eben keine Diplomaten, die nehmen es genauer, die warten gerne sieben Stunden, leiden gerne höllischen Hunger, wenn sie dann nur etwas Feines und Gutes kriegen, von wegen, Diplomaten haben Geduld, haben sie aber auch nötig. Für vorrätigen Wein mußte ebenfalls gesorgt sein; diesen tranken sie gerne so gut als möglich, hatten aber auch Kehlen, daß wenn nicht besserer zu haben war, sie solchen tranken unbeschadet, den sie nicht in die Schuhe hätten schütten dürfen, weil es alsbald Löcher gegeben hätte. Zu solcher Lauge kam es indessen selten; der Alte hatte eine Quelle, aus welcher bessere Sorten flossen. In einem besondern Verhältnis stand er mit einem Pater Kellermeister in einem Kloster zu Solothurn. In diesem Kloster aß man die allerbesten und schönsten Fische, so daß man auf einen Tauschhandel hätte schließen können. Wir glauben allerdings, es sei so was gewesen, aber nicht eigentlich zwischen Wein und Fischen, sondern Sami, der Fischer, verbarg dem Kellermeister Sünden, und der Kellermeister vergab Sami Sünden, leisteten sich gegenseitig große Dienste, waren sich treu unverbrüchlich, von wegen, einer hatte den Andern in der Hand. Wenn Sami auch kein Christ war, wie vorhin gesagt wurde, so hatte er doch großen Respekt vor dem Teufel, zu dem wollte er lieber nicht. Er hatte einen großen und starken Glauben, aber nicht zu Gott, sondern an Zaubertränke und Zaubersprüche, und gerade wie er an derselben Macht und Kraft glaubte, glaubte er auch an den Pater Kellermeister, daß er den Teufel so gleichsam im Gütterli habe und Macht, ihn darin zu behalten oder ihn loszulassen, und zwar auf wen er wolle, so gleichsam wie man einen Hund von dem Stricke läßt und ihn jemanden an die Beine hetzt.

Hinter dem Herde nun, gegen den Hindergrund des Raumes hin stand ein großer Steintisch, man hätte ihn fast für einen Altar nehmen können; es war eigentlich auch einer, aber er trug die Opfer eines bösen Gottes. Hier wurden die Würfel geschüttelt und geworfen; was man gewonnen mit dem Einsatze seines Lebens, das ward hier auf die Würfel gesetzt, ward verloren, gewonnen, dann an Dirnen – welche sich immer einfanden nach einem Raube, so wie Bienen, welche sicherlich am Morgen dahin fliegen, wo Honigtau gefallen ist während der Nacht – verschleudert oder verschachert um nichts an das Gesindel, welches ihnen immer nachzog wie der Schweif dem Kometen. Schließlich erhob sich nicht selten ein wilder Streit, es setzte Wunden, und feucht von Blut ward die Küche. Die wildesten der Leidenschaften brausten hier, ungehemmt durch Sitte und Scham, wild durch einander. Leidenschaften kennen weder Vater noch Mutter, machen keinen Unterschied zwischen Freund und Feind, sie kennen den eigenen Herrn nicht, drehen gerade ihm am liebsten den Hals um. Leidenschaften sind eben Geister des Abgrundes; heraufbeschworen aus dem Abgrunde, gelöst aus ihren Banden, treiben sie Zerstörung rund um sich, zerstören das Haus, in welchem sie wohnen, den Körper, welcher sie beherberget, richten den eigenen Herrn zugrunde, die Seele, welche sie heraufbeschworen aus den Tiefen, kehren erst wieder zurück in den Abgrund, wenn ihr Werk vollbracht ist, zerstören die Stätte, wo sie weilten, zerstören Leib und Seele dem, der sie herbergete.

In diesem wilden, wüsten, höllischen Treiben war Kurt der Beste, ward aber immer zum Besten gehalten; er war der, welcher das Meiste tat, das Wenigste davonbrachte, der Riese, den die Zwerge narrten. War Kurt der Sturmbock gewesen beim Raube, hatte er die Püffe, welche allen galten, allein aufgefangen, so übervorteilten ihn seine Freunde auch bei der Teilung. War das vollbracht, so trat man zum steinernen Altare, trieb das trügerische Würfelspiel, schwemmte es tapfer ein aus mächtigen Bechern. Der Junker von Flumenthal handhabte die Würfel künstlerisch, so daß sie ihm zu Diensten stehen mußten, sie mochten wollen oder nicht. Der saubere Schwager von Inkwyl stand mit ihm im Bunde, half die Federn teilen, welche den Andern ausgerupft wurden. Blieb Kurt zuletzt noch etwas übrig außer dem Rausche, den er sich angetrunken, so borgte es ihm der Landshuter ab. Der war der Lüderlichste unter allen, wenn Grade unter ihnen stattfanden, hatte Weib und einen Haufen Kinder daheim und in jedem Walde eine andere Dirne. Bei ihm zu Landshut war die Armut noch viel größer als bei Kurt und oft der Hunger im Hause; Wald und Wasser waren nicht so reich als in Koppigen, und des Landshuter Frau war keine Agnes, fand den Rat nicht in sich, und wenn jemand ihr einen gab, so wußte sie nicht, was damit machen; das ist fatal. Am meisten betrog Kurt der alte Sami und dessen Weib; sie kauften ihm die Beute ab, nicht um das halbe Geld, versteht sich, und immer wohlfeiler als allen Andern. Dafür aber waren sie auch gegen ihn ganz besonders untertänig, krochen um ihn herum wie Hunde um ihres Herrn Füße; daraus schloß Kurt, wie noch viele andere Junker bis auf den heutigen Tag, auf ihre Gutmeinenheit und Ergebenheit, traute ihnen unbedingt. Wenn Kurt einmal hätte hören können, was hinter seinem Rücken über ihn gesprochen wurde, er wäre vielleicht andern Sinnes geworden, vielleicht auch nicht, denn Vorurteile, die einmal fest gefaßt sind, sind zäher Natur, weichen sehr oft den unmittelbaren Eindrücken auf alle fünf Sinne nicht; aber Kurt hatte einen viel zu schweren Tritt, um je unbemerkt in die Nähe und hinter ein solches Gespräch zu kommen. So war Kurt ringsum verraten und gerade von denen, welche er für seine Freunde hielt, und die, welche es im Grunde ihres Herzens allein gut mit ihm meinte, die floh er fast wie die Pest, sah sie oft mehrere Wochen lang nicht; so geht es ebenfalls noch oft in der Welt.

Frau Agnes hatte es um nichts besser, doch war sie eben nicht eine von denen, welche dem Unglück sich feig ergeben und bei der ersten Not die Waffen strecken, sondern sie zog Hosen an und kämpfte im eigentlichen Sinne ritterlich. Ihren wenigen Leuten, welche sie besaß, war sie lieb; sie half, wo sie konnte, und wenn jemand krank war, schmeckten ihm die Tränke viel besser als die der alten Grimhilde; sie hatte auch gute Worte im Vorrat, welche um so besser wirkten, je ungewohnter sie waren, denn Frau Grimhilde hatte deren nie besessen. Daher stand man ihr auch bei nach Vermögen, so daß ihre Küche nie leer war, die Hände nie fehlten, wenn sie etwas brauchte, welches in ihrer Leute Bereich war. Es ging also noch bei ihr ohne eigentliches Hungerleiden, in manchem Burgstall oder Schlößchen ging es zur selben Zeit viel elender zu; es war eben keine Zucht im Lande, dieweil kein rechter Kaiser war und jeder tat, was ihm wohlgefiel. Solche Zuchtlosigkeit führt gar manchen Mann ins Unglück und bringt Not und Elend in die Häuser, über die Familien, und bis hinein ins dritte und vierte Geschlecht reichen die Strafen, welche auf solche Unzucht folgen. Vor allem drückte Agnes eins: sie konnte niemanden alles klagen, was sie drückte. Mit ihren Schwestern war sie verfeindet, mit Ebenbürtigen stand sie nicht in Verbindung, und bei Untergebenen mochte sie mit Herzensergießungen sich nicht abgeben. Sie vermißte endlich recht sehr ihre Schwiegermutter, dieselbe hatte mit ihrem Keifen den Dienst geleistet, welchen der Wind den großen Wassern leistet, da er sie lebendig erhält durch die Bewegung, in welche er sie bringt, und ließ sie mal mit Keifen nach, so konnte sie mit ihr reden, konnte ihr klagen, konnte sie fragen; sie stellte doch noch jemanden vor, der Anteil an ihr nahm und mit dem sie von des Hauses Nutzen und Schaden reden konnte. Wenn Weiber über etwas reden können, ists immer ein großer Trost für sie; es wird ihnen um das Herz, als sei die Sache schon halb gemacht.

Der Winter war wieder gekommen über das Land herb und streng. Der Winter war für Frau Agnes keine schlimme Zeit. Das Holz brauchte sie nicht zu kaufen für achtzehn Taler das Klafter, und in solchen Wintern war um Koppigen herum bei den warmen Quellen, welche nie einfroren, Wild genug, und zwar Hornvieh und Federvieh, über deren größere Nützlichkeit jüngst im Kanton Bern sich ein sehr spitziger Krieg erhoben hat. Für damalige adelige Strauchreiter war es eine schlimme Zeit, eine Art von Fastenzeit. Im Winter und bei den damaligen heillosen Verbindungsmitteln stockte der Verkehr. Fuhren waren nicht auf den Straßen, Wanderer selten und noch seltener solche, bei denen etwas zu erjagen war. Im Winter zudem sind Fährten sicherer zu verfolgen, wenn jemand Lust zur Jagd hat; Wildschweinen und räuberischen Junkern ists möglich, aufs Fell zu kommen. Die Herren lebten also sehr knapp, und mißmutige Gesichter machten sie in ihrem Räuberschloß. Im Kessel war zwar immer Fleisch und eine dicke Brühe darum, der Wein war auch noch nicht ausgegangen, aber zu verdienen war nichts, es waren eben schlechte Zeiten, wie man zu sagen pflegt. Märkte gab es nicht, sie mußten sich an Meierhöfe machen oder Klosterhäuser, aber dabei setzten sie sich der größten Gefahr aus, denn wenn das Volk gegen sie in Harnisch kam, so waren sie alsbald verraten und ausgekundschaftet.

So kam Weihnacht heran, aber in dichten Nebel gehüllt,

wie sie üblich sind in wasserreichen Gegenden. Die Sonne scheint erloschen, nur noch ein Funke derselben scheint zu kleben am Ende des Dochts. Was man Tag nennt, ist Dämmerung, der Nebel ist so dicht, daß man glaubt, ihn nicht bloß mit Löffeln schöpfen, sondern mit Messern schneiden zu können.

In der Hütte sah es aus wie üblich. Das Feuer brannte, auf demselben saß der Kessel, neben demselben die Alte und machte ein böses Gesicht. Die Herren waren gegenwärtig nicht einträgliche Gäste, forderten viel und brachten wenig. Sie hatte wie gesagt von Natur eins, welches bereits böse genug gewesen wäre, sie machte es aber jetzt mit Absicht viel böser noch und ließ es so recht leuchten im Scheine des Feuers einer ihr gegenübersitzenden Figur. Diese schien lang zu sein, streckte magere Beine aus, hatte ein schmal Gesicht, einen spitzen Bart, eine hohe Stirne, weil sie bis in die Mitte des Kopfes, wo keine Haare mehr waren, zu gehen schien; das ganze Gesicht hatte etwas Spitzbübisches, doch sah man an der Kleidung und den Sporen an seinen Füßen, daß er nicht zum ganz gemeinen Lumpengesindel gehöre, sondern zum herrschaftlichen. Es war der Flumenthaler Junker, der schäbigste von allen, der seine Beute zu machen wußte und zu Neste trug. Er plünderte die Andern, ließ sich aber durch Sami und seine Gesellen nicht plündern. Er war der Dirne erster Liebhaber gewesen, hatte sie aber nie durch Geschenke verderbt, darum war ihre erste Liebe nicht bloß erkaltet, sondern in Haß übergegangen. Überdies saß er am meisten in der Hütte, aß das Beste aus dem Kessel, trank Wein für Drei, ließ es sich behagen am warmen Feuer, während die Andern nach einem Stück Wild trachteten oder nach einer Beute schnappten draußen in hartem Frost und unter Preisgebung ihres Leibes. Ihren Haß zeigte ihm die Dirne auch unverhohlen, höhnte bitter sein Nichtstun, sein Zehren von

Anderer Beute, sprach offen von seinen Betrügereien und übrigen Schlechtigkeiten; aber das kümmerte ihn nichts, er behandelte die Dirne, wie man einen Hund behandelt, welchem die Zähne ausgebrochen sind. Heiter war also die Gesellschaft in der Hütte eben nicht, und langsam schien die Zeit zu schleichen, und immer öfter sah die Dirne nach, ob niemand kommen wolle.

Der Erste, welcher die Gesellschaft vermehrte, war der alte Sami. Bart und Haare starrten voll weißen Reifes, und noch weiter als sonst bog sich die Nase vor aus dem gekrümmten Gesichte. Er war dem Fischfang obgelegen, brachte einen schweren Lachs oder Salm, wie man sie in dieser Gegend nennt, heim, den er mit dem Ger geworfen, und prächtige Forellen, welche er in eigentümlichen Netzen, welche man Wartlef nennt, in der Nähe ihrer Laichgruben gefangen hatte. Obschon die Beute gut war, war doch seine Laune schlecht, denn das Fischen in dieser Jahreszeit war eine kalte Sache und Sami nicht mehr in den Jahren, in denen man sich aus der Kälte nichts macht. Überdem mochte er denken, bei der schmalen Beute und den vielen und hungrigen Gästen trügen ihm die Fische eben nicht sonderlich viel ein. Mürrisch tat er dem Flumenthaler, der ihm seinen Becher reichte, Bescheid; er wolle nehmen, während noch da sei, der Wein werde hier, wenn es nicht anders komme, bald eine rare Sache sein, setzte er hinzu.

Der Flumenthaler ließ sich durch diese Bemerkung weder in seinem Trinken noch in seinem Behagen stören, doch ward ihm nachgerade die Zeit auch lang, da keiner der Spießgesellen kommen wollte und die Nacht in der Hütte die draußen einbrechende Abenddämmerung verkündete. Unheimlicher noch ward es drinnen, giftiger flogen die Worte hin und her. Es schien ein verlorner Tag werden zu sollen, der nichts brachte als aus den Herzen herauf auf die

Zunge den allerbittersten Bodensatz. Endlich wieherte draußen ein Roß; vorsichtig öffnete der Alte. Draußen stand Kurt, weiß von Schnee, und quer über das Roß schien nackt und tot ein Mensch zu hängen. Da ward der Alte noch giftiger und fragte, ob sie nichts mehr zu fangen wüßten als Leichen und ob sie fürohin mit Menschenfleisch ihren Hunger stillen müßten. Da ließ Kurt den vermeintlichen Leichnam vom Pferde rutschen, dem Alten vor die Füße purzeln, daß der, obgleich sonst nicht erschrockener Natur, weit in die Hütte zurückfuhr. Der Flumenthaler kam herbei, und da fand es sich, daß es kein Mensch, sondern ein abgestochenes, großes zahmes Schwein war. Nun gab es Spaß, und einige Sonnenblicke fuhren über die Gesichter. Kurt erzählte, wie der Landshuter, der Inkwyler und er hungrig umhergeritten seien, ohne etwas aufzustechen. Schon seien sie rätig geworden, beim Pfaffen zu Kriegstetten einzusprechen und ihm mit guter Manier zu Ader zu lassen. Da er zwar sehr herrschsüchtig sei und gewalttätig, jedoch seine bedenklich schwachen Seiten hätte, hätten sie gedacht, sie könnten dies probieren ohne große Gefahr. Schon hatten sie ihr Vorhaben ins Werk gesetzt, als ihnen der reiche Müller von Subigen in die Hände fuhr, er wollte mit zwei schweren Müllerschweinen und viel Mehl von allen Sorten nach Solothurn. Wohl war der Pfaff von Subigen sein ordinärer Beichtiger. Aber so ein Müller von Subigen hatte so viel Gelegenheit zu extraordinären Sünden, daß er alle Jahre um Weihnachten in die Stadt fuhr und dort bei den Kapuzinern gründlichen Ablaß suchte. Er wollte seiner Sache sicher sein und sie nicht so ungefähr haben, denn, sagte er, schlechter würde sich im Fegefeuer niemand ausnehmen als ein weißer Müller, denn bis er schwarz gebrannt wäre, wie die Andern von Natur seien, müßte er Höllenqualen leiden. Dem Dinge wollte er also zuvorkommen und sorgte freigebig dafür. Sie warfen ihn also nieder, was ein schwer Stück Arbeit war, fanden bei ihm noch einen schweren Beutel, in welchem Geld war, machten sich damit fort, verscharrten im Walde, was sie nicht auf ihren Pferden fortschleppen konnten, und suchten auf verschiedenen Wegen ihre Herberge, wo also Kurt der Erste war; die Andern kamen jedoch bald nach.

Nun, es war also der Tag nicht eitel gewesen, sondern etwas zum Teilen da, was alsbald zur Hand genommen, doch nicht ohne Zank vollbracht ward. Manch hartes Wort mußte der Flumenthaler hören über seine Faulenzerei am warmen Feuer, schuldig blieb er die Gegenrede nicht, sondern warf ihnen vor, daß sie die Abrede nicht gehalten, er sie an dem bestimmten Orte nicht gefunden, nicht in der Irre habe umherreiten wollen, sich zum Besten halten lassen usw. In Zorn hinein redeten sie sich, im Zorn aßen sie, was unterdessen bereitet war, im Zorn traten sie an den Tisch zum Spiel. Da verging der Zorn erst nicht, sondern ward alle Augenblicke heißer, denn beim Spiele ging es wie üblich, dem Flumenthaler zugunsten fielen fort und fort die Würfel. Bald war der größte Teil der baren Beute sein, und je zorniger Kurt ward, desto höhnischer grinste der Flumenthaler ihn an; sein spitzer Bart schien boshaft geradeaus zu stehen und in zwei Hälften gesondert Rübchen zu schaben.

Da fuhr Kurt der Zorn ins Haupt wie eine Feuerflamme durch ein Strohdach; er faßte den steinernen Krug, der neben ihm stand, und warf ihn nach des Flumenthalers spöttischem Gesichte. Diesem hätte sein Lebtag kein Zahn mehr weh getan, wenn der Krug sein Ziel erreicht, aber mit Kurt so gut bekannt als mit seinen Würfeln, war er auf seiner Hut, beugte aus und stieß mit dem Dolche nach dem auf ihn einstürzenden Kurt, aber traf ihn eben auch nicht. Ein plötzlicher Stoß von der Seite her ließ ihn taumeln weit durch die Hütte hin, daß er Mühe hatte, auf den Beinen zu bleiben. Die Dirne hatte das getan, sie sah den Streit voraus und rüstete sich, dafür zu sorgen, daß der Vorteil nicht auf des Flumenthalers Seite sei, wie es bei seiner Tücke und Kurts Ungestüm schon mehr als einmal der Fall gewesen war. Kurt, einmal im Zorne ein wütender Löwe, wollte ihn fassen mit seinen gewaltigen Händen, hätte ihn erwürgt damit. Da warfen sich die Andern dazwischen, wollten mitteln wahrscheinlich. Aber niemand stiftet leichter Streit als halbtrunkene Vermittler. Schwerter wurden blank, Hiebe wurden gewechselt, gebrüllt ward von allen Seiten, mit einem Feuerbrand fuhr die Dirne unter die Streitenden, dem Flumenthaler nach dem Gesichte; der hielt den Dolch entgegen, Blut floß, Leben wären entflohen, denn die Vermittler waren die zornigsten Streiter geworden. Der Alte fuhr mit einem langen Ger daher, als er das Blut seiner Tochter sah.

Da krachte es über ihnen, und mitten unter sie hinein stürzte plötzlich ein dunkler Körper. Wohl, da fuhren sie auseinander, wie Funken aus glühendem Eisen fahren, von der Schmiede schwerem Hammer getroffen, oder wie schwatzende Weiber auseinanderfahren würden, wenn mitten unter sie eine Bombe fiele. Das hereingeplatzte Wesen war wie zu einem Klumpen gerollt am Boden, akkurat wie es der Teufel machen soll, wenn er wie vom Himmel herab unter die Leute fällt und sich den ausersieht, mit welchem er davonfahren will. Es war auch Keiner unter ihnen, der ihn nicht für den Teufel gehalten hätte. Das Plötzliche ist es, was heraufsprengt das Eigentümliche in den Tiefen der Seelen, und dies ist bei den Ruchlosesten und scheinbar Ungläubigsten zumeist der dickste Aberglaube.

«Sami, dein Dach mußt neu machen, es hält ja keine Krähe mehr, geschweige einen Menschen», so sprach endlich das dunkle Wesen mit kläglicher Stimme und rieb sich die Beine. Da erhob sich ein lautes Gelächter rings aus allen Ecken der Hütte, wohin die Erschrockenen sich geflüchtet; sie erkannten die Stimme des vermeintlichen Teufels, sie gehörte Xaveri, dem Erzschelm. Lachend und spottend umringten sie den gefallenen Teufel, und Lachen und Spotten wollte nicht enden, bis Xaveri endlich zornig ward und sagte: Es sei ihm leid, daß er hier lauter Narren finde, er wolle weisere Leute suchen, um ihnen die Nachricht, welche er habe, mitzuteilen. Potz Kuckuck, wie rasch verstummte das Gelächter; näher drängte sich jeder, das Wichtige zu vernehmen, und Wein und Zorn und Angst, alles war verschwunden, und nur der Raubinstinkt streckte die Fühlfäden aller fünf Sinne aus als wie die fünf Finger, um die wichtige Nachricht zu hören.

«Heute war ich in Solothurn», sprach Xaveri, «um einigen Fräuleins, welche gerne Männer hätten, zu weissagen, ob sie welche bekämen und was für welche. Das wäre ein gut Geschäft, sie geben, was sie haben, wenn man ihnen sagt, sie kriegten einen, haben aber leider nicht eben viel zu geben. Hatte dann bei einem Domherrn viel zu tun, er hat Hühneraugen, die Köchin Hühner; diese Hühner mußte ich das Legen lehren, welches sie bisher nicht konnten trotz Hafer und Grütze, welche an ihnen nicht gespart wurden. Die Köchin war sehr beschäftigt, ich wußte lange nicht warum, vernahm endlich, es würde diesen Abend ein Zug von geistlichen Herren und einigen reichen Familien von Solothurn nach Fraubrunnen aufbrechen, um dort die Weihnacht würdig zu feiern, den Dienst der Kirche zu versehen und die verwandten Schwestern, Fräuleins aus den vornehmen Geschlechtern, zu besuchen. Da wäre Beute, dachte ich; das Beste, was jeder hat, zieht er an, und mit leeren Händen geht Keiner. Ich forschte nach dem Geleite und vernahm, daß es nur aus einigen Klosterknechten bestehen solle, mehr zum Dienste als zum Schutze, denn an Gefahr auf dem kurzen Wege in befreundetem Lande denkt niemand. Da mache ich mich auf die Beine, renne her, es euch anzusagen zu rechter Zeit, klopfte, pfeife draußen, niemand hört mich, drinnen ist höllischer Lärm und Geschrei. Da krieche ich aufs Dach, will runtersehen und rufen, aber wie ich oben bin, bricht es ein; glücklicherweise bin ich nicht in den Kessel gefallen zum andern Fleisch, geschunden bin ich wohl, doch lieber geschunden als gesotten. Aber jetzt tut Eile not, wenn ihr was wagen wollt.»

Wie die Katze vor dem Mäuseloch hatten die Bewohner der Hütte die Ohren gespitzt bei diesem Bericht. Zorn und Rausch waren verflogen wie abgejagten Hunden die Müdigkeit, wenn eine frische Fährte ihnen unerwartet vor die Nase kommt. Verwandelt wie durch ein Zauberwort war auf einmal das Leben in der Hütte. Die Weibsbilder mußten in den sogenannten Stall, der eigentlich mehr ein Loch war als ein Stall; keinem vernünftigen Menschen wäre eingefallen, dort Pferde zu suchen, aber eben das wollte man, als man ihn einrichtete. Die Männer aber setzten sich ums Feuer, suchten neue Stärkung im Kessel und hielten Rat in aller Besonnenheit. Man sah, es war nicht die erste derartige Beratung, sie war rasch und kurz; alsbald war der Nagel auf den Kopf getroffen, zu Deputierten in erster oder zweiter Kammer oder gar zu schweizerischen Tagsatzungsgesandten hätten sie durchaus nicht getaugt. Es wäre, beiläufig gesagt, sehr wünschenswert, man würde, um den Wert einer Rede zu bestimmen, vom bisherigen Längenmaße abgehen und wieder die Schwere zum Schätzungsmittel nehmen, mit Zentnern wägen statt mit Klaftern messen.

Der fürchterliche Nebel, in welchem man am hellen Tage nicht drei Schritte vor sich sah, machte die Nacht undurchdringlich, war eine bessere Deckung als Wald oder Berg. So konnten sie zum Überfall eine freie Stelle wählen, wo sie im Fall der Not nach allen Seiten auseinanderstäuben und ihren Schlupfwinkeln zureiten konnten auf ihnen allen bekannten Wegen durch Emme, Busch und Sumpf; denn zwischen ihrer Hütte und der Straße von Solothurn nach Fraubrunnen floß die Emme, welche in dieser Jahreszeit leicht zu durchreiten war, wenn man die Gelegenheit kannte, aber halsbrechend, besonders in Nacht und Nebel, für Unbekannte. Die passendste Stelle zum Überfall schien ihnen unterhalb Bätterkinden zu sein im ebenen Lande, auf freier Heide, wo man einen Überfall am wenigsten erwartete, der Zug dann doch am leichtesten von allen Seiten zu fassen war und ringsum der Weg zu Flucht oder Rückzug offen.

Der beste Rat ward rasch und einstimmig angenommen. Diese Strauchritter, welche sich kurz zuvor ans Leben wollten, machten sich nicht mutwillig Opposition, nur um sich selbst geltend zu machen; was dem Zweck am besten diente, das entschied. Waren halt weder Advokaten noch sonstige Schreiber. So einstimmig waren die Pferde nicht, allen, das des Flumenthaler ausgenommen, welches geschont war und Ruhe gehabt, war der nächtliche Ritt zuwider; sie sträubten sich gegen neues Satteln und Zäumen, die Junker mußten selbst dazu sehen und ihre selbsteigene Autorität gebrauchen. Dieser unterzogen sich denn auch die Tiere, wenn auch mißmutig, ließen sich aus dem Loche ziehen, wenn auch langsam, als ob sie bei jedem Beine, welches sie heben sollten, erst überdächten, ob sie eigentlich wollten oder ob sie nicht wollten.

Solothurn, die uralte Stadt, war von je hochberühmt wegen vielen Dingen, berühmt wegen Fabrikation von Schwefelholz und Vogelkräzen, wegen Gottseligkeit und Frömmigkeit, wegen Fastenspeisen und Lustigkeit, wegen

Treuherzigkeit und Behaglichkeit. Essen tat man, was man hatte, und je besser, desto lieber, trinken ebenso, und wenn man im Zweifel stand, ob man hinreichend habe für sich, begehrte man keinen fremden Gast; die Erfahrung hatte sie zu der Erkenntnis gebracht, daß bloß Selbstessen fett mache. Man fastete dort nie länger, als man mußte; hatte man selbst nichts, suchte man was anderwärts, am liebsten was Gutes; Fasttage liebte man mehr als Arbeitstage, und bei hinreichenden Schnecken zu dienlichem Sauerkraut, ellenlangen Forellen, tellergroßen Fröschen und Krebsen wie alte Katzen hätte man sich eine Verlängerung der Osterfasten gefallen lassen.

Fraubrunnen war ein junges Frauenkloster, lag in der Mitte zwischen Bern und Solothurn, drei Stunden von jedem Orte entfernt, gehörte nicht zum strengsten Orden; aus den vornehmsten Familien beider Städte stammten die meisten Nonnen. Das Kloster lag in einer lieblichen und reichen Gegend, noch jetzt berühmt durch Korn und Stiere, Schnepfen und Fische, Reb- und andere Hühner. Mit beiden Städten war das Kloster in steter Verbindung, in freundschaftlicher und kirchlicher, denn zu feierlichem, würdigem Gottesdienste an großen Festen, wie Weihnachten zum Beispiel, bedurfte es auswärtiger Hülfe, in sich hatte es die Mittel nicht. Doch neigte sich das Kloster mehr nach Solothurn hin, hatte mit dieser Stadt den stärkeren Verkehr.

In Solothurn war von je der südliche Sinn, welcher große Kirchlichkeit nicht bloß, sondern auch große zeitweise Zerknirschung mit heiterem Weltsinn und fleischlichen Genüssen auf wunderbare Weise zu vereinigen weiß. Diese wunderbare Mischung fand schon damals in Klöstern und namentlich in weiblichen statt. Der Kampf des Fleisches mit dem Geiste wird bestehen, solange die Erde in ihren Angeln geht, und ebenso lange wird die Vermittelung zwischen beiden gesucht, nach welcher ein inniges Sehnen ist. Die wahre Vermittelung geschieht durch Christus im Inwendigen, daß der neue Mensch aufersteht, die Zügel führt, dem alten Menschen seine angebornen Rechte läßt, aber keine mehr. Die falsche Vermittelung hat der Teufel in die Welt gesetzt, um abzulenken von der wahren; es ist eine äußere durch Zeremonien, äußern Dienst, zeitweise Züchtigung des Fleisches. Je größer diese Buße wird oder scheint, desto mehr wird dem Fleische zeitweise gestattet, desto kräftiger macht es seine Rechte geltend, weil es der Bezahlung sich gewiß glaubt. Diese Vermittelung hatte sich auch in manchem Kloster festgesetzt und thronte dort sichtbarlich und fiel, als in einem Orte auf Viele zusammengedrängt, weithin in die Augen. Wahre Christen nahmen von je an dieser Vermittelung und solchen Klöstern, welche dieser Vermittelung sichtbare Repräsentanten waren, welche taten, als entsagten sie der Welt, jedoch nur, um sie desto besser und sicherer zu genießen, ihr Ärgernis.

Einem großen Teile der Welt waren damals solche Klöster willkommen; man fand dort die Vermittelung, welche der weltliche Sinn liebt und ein unerleuchtet Gewissen befriedigt. Wenn der Mensch zum Selbstgötzen wird, dann scheint ihm jede Vermittelung unnötig, ja ein Majestätsverbrechen gegen seine Selbstherrlichkeit; dann haßt er alle Klöster, in welchen irgend eine Vermittelung, sei es die wahre, sei es die falsche, sichtbarlich oder gleichsam personifiziert in die Welt hineintritt, ja Steine hebt man auf gegen den hohen Vermittler selbst und will ihn steinigen mitten in dem, was seines Vaters ist. Seltsam war zur selben Zeit die Welt voll Furcht und Lust, voll Andacht und Wildheit, daher hochbeliebt die äußere Vermittelung. Wir wollen nun nicht sagen, die Berner seien der echten Vermittelung mehr zugetan gewesen als die Solothurner und die Welt sei weniger mächtig über sie gewesen, sondern bloß das wollen wir sagen, daß die Berner für Wünsche der Klosterfrauen weniger Sinn gehabt; der Ehrgeiz war mächtig in ihnen, und in dessen Dienste ging ihnen Anstrengung über Genuß, sie entschuldigten sich daher gar zu oft bei anderweitigen Ansprüchen mit Mangel an Zeit und wichtigen Geschäften; freilich war es selbst dazumal bloßer Vorwand, indem sie an einem bequemen Behagen viel wohler lebten als an einem Genusse, der etwelche Bewegung erforderte. Der Berner, welcher nach dem fünfzigsten Jahre noch den Narren mit Tanzen macht, ist ein rarer Vogel und muß stark blonde Haare haben.

Wenn an andern Orten im Lande der Nebel einem Erbsmus gleicht, so ist er in Solothurn akkurat wie eine Schokoladecrème, Geruch und Geschmack ausgenommen. Ein solcher Nebel ist keiner Reise förderlich, sondern macht schwerfällig, legt sich wie Blei über jede Bewegung, lähmte sogar die Köchinnen, welche die Vorräte bereiteten, welche die edlen Herren mitzunehmen gedachten. Es war nämlich nicht ein Ritt hungriger Ritter, welche wie Heuschrecken über ein Kloster herfallen wollten und, einmal eingebrochen, nicht abzogen, bis der letzte Bissen gegessen, der letzte Tropfen aus dem Keller getrunken war; es waren geistliche Väter und leibliche Verwandte, welche den jungen Schwestern Geschenke aus der Welt bringen und ihnen nicht lästig fallen wollten, denn wie gesagt, das Kloster war jung, hatte zu leben, war aber nicht reich, wurde es erst später. Als man in den dichten Nebel vor die Türe kam und abreiten wollte, trat noch mancher ältliche Herr zurück, versah sich mit währschafteren Tüchern, doppelten Pelzen und versäumte darob sich länger, als er dachte. Ohnehin gehts, wenn Viele zusammen reisen und alle dem Letzten warten wollen, oft eine Ewigkeit, bis endlich dieser Letzte da ist und vom Lande gestoßen werden kann.

Endlich waren die dicken Herren alle auf ihre Pferde gekugelt; die mageren saßen längst oben und taten ungeduldig, mochten nicht warten, bis sie als Nebelspalter voraufreiten konnten. Einige Mütter und einige Brüder, welche Schwestern im Kloster hatten, schlossen sich an, und hinterdrein kamen einige Saumrosse und zuletzt einige Knechte, bewaffnet wie bräuchlich. An Gefahr dachte man übrigens wie gesagt durchaus nicht, wenn auch alle, die geistlichen Herren nicht ausgenommen, bewaffnet waren. Wer nichts hatte, sich zu wehren, mußte darhalten vor allen Andern, so war es schon damals; freilich sagte man damals ebenfalls auch schon: Wehr dich nicht, es schickt sich nicht! So war es finster geworden in Solothurn, ehe man abritt. Gasbeleuchtung hatte man damals noch nicht in Solothurn, indessen war die Straßenbeleuchtung gut wie jetzt, wenn der Mond schien, und noch besser, wenn die Sonne schien; aber wenn der Nebel ist wie ein Wollhut und Nacht dazu, was helfen da Laternen, und wären es Pariser! Mit Not fand man die Brücke über die Aar, die Aar selbst sah man nicht, hörte sie bloß rauschen.

Da hielt man jenseits, die Knechte mußten die Fackeln anbrennen, die Herren stärkten sich durch einen tüchtigen Schluck bei der Herberge innerhalb dem Tore; die Damen nahmen zwei Schlücke, freilich etwas kleinere, sie vertrugen die Schlücke schon damals sehr gut, begreiflich: es ist kein Boden, welcher so viel Nasses schluckt und so leicht verbrennt, wenn das Nasse fehlt, als der Kalkboden, aus welchem bekanntlich die Solothurner gewachsen sind. Es war eine merkwürdige (romantische, würde man heutzutage sagen) Fahrt: ungefähr drei Dutzend Reiter von allen Arten, mehr als ein halbes Dutzend Fackeln, rabenschwarz die Nacht, so weit die Fackeln den Nebel nicht blutrot färbten, voll weißen Reifes die sonst schwarzen Tannen, hie und da rosenrot angehaucht von blutrot gefärbtem Nebel, dazu viel Lachens und Schwatzens, hie und da ein lauter Aufschrei, wenn ein Pferd einen Satz tat, ohne daß ein Mensch wußte warum, und dann allen einfiel, wie die Pferde gewahrten, was den Menschen verborgen bleibe. So zogen sie durch den langen wüsten Wald Hügel ab, Hügel auf, waren in Lohn, ehe sie daran dachten, und ließen sich von dem gastfreien Pfarrherrn, der sie erwartete und über dem Warten fast erfroren war, trefflich erquicken. Dann gings unter manchem Stolpern den jähen Berg ab durchs sumpfige Tal hinauf in den schauerlichen Altisberg, in dem verirrte Römer schlummern sollen den Tag über und nachts den Weg suchen nach dem schönen Lande Italien hin, ohne ihn finden zu können. Suchen und immer suchen zu müssen, ohne je finden zu können, ist schauerlich. Allen ward es unheimlich, und dichtgedrängt ritten sie; die Römer ließen sie in Ruhe, sie kamen glücklich aus dem Walde, glücklich über die Brücke des trügerischen Moosbachs, Limpach genannt, wahrscheinlich Lehmbach ursprünglich, da hier Lehm und Lehmart überall die Hauptrolle spielt in den Äckern und in den Herzen.

Im freien Lande schwand das Bangen, und rascher ging es dem sich nahenden Ziele zu; seltsam glühte der Nebel, es war, als wenn der Straße entlang derselbe zu Gestalten sich geballt, welche lautlos hielten und gleichsam Spalier bildeten wie Soldaten an der Straße, durch welche der König zur Messe schreitet. Plötzlich fährt ein gellender Pfiff durch den Nebel, fährt Mann und Roß durch Mark und Bein; lebendig wird der Nebel, wilde Gestalten zu Fuß und zu Roß werfen sich von allen Seiten über den Zug, werfen die Reitenden von den Rossen, ehe sie sich aus den warmen Gewändern gewickelt, die Waffen blank gemacht oder die Pferde gewendet, das Heil in der Flucht gesucht. Wenigen gelang diese, fast der ganze Zug war zusammengeworfen, ehe man ein Vaterunser hätte beten können; auf die Niedergeworfenen warfen sich die Plünderer, wälzten sich mit den Widerstand Leistenden am Boden, Geschrei und Fluchen, schlagende Pferde und blutrot glimmende Fackeln, welche besonnen die Räuber brennend erhielten; es war ein wildes, greuliches Bild. In der Mitte dieses Bildes war ein grimmiger Kampf: wild schlugen die Reiter, wild bäumten die Pferde sich, Jammergeschrei ringsum von den von wilden Hufen Getretenen, Geschlagenen. Zwei wilde, kampfgewohnte Junker hatten ihre Mütter geleitet, wollten ihre Schwestern besuchen; Gibeli hieß der eine, Gäbeli der andere. Der Anprall hatte sie nicht niedergeworfen, an Flucht dachten sie nicht, ihre Schwerter hatten sie frei bekommen, gebrauchten sie mit Macht, und mehr als eine der seltsamen Gestalten, welche aus dem Boden hervorgewachsen, aus dem Nebel geballt schienen, sank heulend zusammen. Kurt und der Landshuter ließen die Beute, warfen sich ihnen entgegen, während die Andern die Tenne fegten und in Sicherheit brachten, was sie errafft. Der Kampf war hart, die Junker waren keine Milchbärte, schienen im Feuer gehärtet, waren gut gerüstet, machten den beiden Strauchrittern heißes Blut; heiß rauchte es aus mancher Wunde in die kalte Winternacht hinein, zweifelhaft war das Ende. Da floh windschnell der Flumenthaler, der Fliehende gegen Fraubrunnen hin verfolgt hatte, vorüber, rief dem Landshuter was zu, führte im Vorüberjagen einen scharfen Hieb, traf Kurt statt einen Junker und verschwand im Nebel. Der Landshuter hob sich hoch in den Bügeln, schmetterte sein Schwert mit aller Kraft auf seines Gegners Haupt, daß dasselbe betäubt sich bog bis auf den Sattelknopf herab, sprengte dann dem Flumenthaler nach der Emme zu. Vom Flumenthaler getroffen, doch nicht schwer, war Kurt plötzlich zwei Gegnern gegenüber allein; da erfaßte ihn eine ungeheure Wut, was in der Hütte so rasch erloschen, loderte jetzt doppelt so wild wieder auf; er hieb sich frei, stürmte den Andern nach in den Nebel hinein.

Sobald die Waffen schwiegen, hörte er von Fraubrunnen her wilden Rosseslauf einer ganzen Schar schon ganz nahe; da erst ward ihm klar des Flumenthalers Verrat, der ihn den Feinden in die Hände liefern wollte. Tief in seines Rosses Leib fuhren seine Sporen, und ehe sie an der Emme waren, hatte er die Andern erreicht, hieb den Flumenthaler vom Rosse, stürzte sich auf den Landshuter; aber hinter ihnen schnaubten Rosse, die Sorge für ihre Sicherheit trieb sie auseinander und über die Emme.

Es waren nämlich in Fraubrunnen mehrere Edle aus der Umgegend eingeritten, um bei dem glänzenden Gottesdienste im Kloster die heilige Nacht zu feiern; auch von Bern waren Einige gekommen ihren Verwandten zu Lieb und Ehre. Als die von Solothurn immer nicht kamen, als es längst Nacht geworden war, bangte man, es möchte ihnen etwas zugestoßen sein, und die Herren wurden rätig, ihnen entgegenzureiten. Daß die Gegend unsicher sei, war zwar bekannt, aber daß die Strauchreiter die Tollkühnheit haben sollten, über einen solchen Zug herzufallen, daran dachte man nicht.

Bei allzu langem Ausbleiben von Freunden entsteht ein allgemeines Bangen, und in hunderterlei Gestalten stellt sich das Unglück dar, welches ihnen, wie man glaubt, begegnet sein muß, bis sie wohlbehalten vor einem stehen oder von etwas betroffen, an das man eben gar nicht gedacht. In der kalten Winternacht ritten die Herren scharf, und gut wars, denn noch waren sie oberhalb Bätterkinden, als die Flüchtlinge sie ansprengten und Kunde brachten vom Überfall. Da spornten sie die Rosse zum schnellsten Lauf, verjagten die

Räuber, und wer der Gegend in etwas kundig war, jagte dem Geräusche der Fliehenden nach; sie fingen jedoch niemanden, denn die Räuber kannten die Gegend doch noch besser, und bei Nacht und Nebel durch Sumpf und Busch, Fluß und Wald Fliehende verfolgen ist ein schlimmes Unternehmen, welches man aufgibt, sobald man kann. Da die Verfolger so nahe hinter ihnen waren, ritt Kurt um der allgemeinen Sicherheit willen nicht auf die Hütte zu, sondern hielt sich rechts weiter hinauf. Die Rache kochte in seinem Herzen, blutig sollte sie sein, das nahm er sich vor, und noch in dieser Nacht wollte er sie vollziehen.

Die verfolgenden Feinde blieben zurück; Kurt ließ ab vom harten Jagen, und in dem Maße, als sein Hengst langsamer ging, kühlte sich sein Blut ab, kehrte die Besonnenheit zurück, rascher als vielleicht vor einigen Jahren noch. Aber es bringen allgemach die Jahre dem Menschen, der nicht ganz hirnlos ist, die Besonnenheit, welche die Kräfte wiegt und den Erfolg ermißt. Es war ja möglich, daß Hinterhalt gelegt, die Hütte gesucht, gefunden, umstellt wurde; und war das alles nicht, was sollte er allein unter den Andern, allein, wo alles gegen ihn, niemand für ihn sein würde? Denn wenn schon das Gesindel, welches sich sicherlich auch einfand, ihm am besten wollte, weil es den größten Nutzen von ihm zog, so würde es doch in diesem Falle es mit der Mehrzahl gehalten haben, wie üblich damals und jetzt. Müde und wundenmatt nahm er sich vor, heimzukehren und einen andern Tag zur Rache zu erwarten.

So ritt Kurt langsam über das Feld, auf welchem jetzt Utzenstorf so unendlich lang sich ausstreckt, ritt dem Walde zu, hinter welchem sein Schlößlein lag. Je langsamer er ritt, vor Verfolgung sicher und um das Roß zu schonen, desto schneller wirbelten ihm die Gedanken, welche ihm sonst so langsam kamen und gingen, durch den Kopf. Die Rache brütete Pläne, der Stolz des Geschlechtes stieg in ihm auf; die Scham, daß er nichts anderes geworden als ein Räuber, dazu die Stichscheibe der Andern, regte sich, die Frage: Und jetzt, was willst du? stand wie ein schwarzes Gespenst vor ihm in dem dicken, schaurigen Nebel. In seine Gedanken versunken, ließ er sein Roß nach Belieben schreiten durch Nebel und Schnee, und da auf dem weiten Felde keine besondern Merkmale standen, welche anzeigten, ob man weiter oben oder weiter unten sei, so kam er viel weiter unten an den Wald, als es sonst zu geschehen pflegte, gerade unten an dem einzigen Hügel, welcher auf dem großen Felde und am Walde liegt, der Willenrain geheißen; an demselben merkte er, wo er war. Er hielt nun aufwärts südöstlich, ritt zwischen mächtigen Eichen dem Bachtelenbrunnen zu, wollte unten an der Bürglen durch den nächsten Weg nach Koppigen. Daß es die heilige Nacht war, daran dachte er schon nicht mehr, viele Gedanken auf einmal barg er in seinem Kopfe nicht; hätte er noch daran gedacht, er hätte sicherlich den Bachtelenbrunnen und Bürglen gemieden, denn daß es dort in der heiligen Nacht nicht geheuer war, das war ihm gar wohl bekannt. Es war eine rohe, wilde Zeit, roh und wild war zumeist, was im Leben sich zeigte, daneben mochten wohl in vielen Herzen herrliche Gefühle blühen, der Friede Gottes sich wölben, ein hehrer Geist durch viele Häuser wehen; denn große Taten sah man hie und da ins Leben treten, die einen tiefen Grund haben mußten, nur von hoher Kraft geboren waren. Roh wie seine Zeit war Kurt; das Zeichen des Kreuzes machte er wohl in Notfällen, aber dessen Bedeutung kannte er kaum, an den Teufel glaubte er ebenfalls, wie wir gesehen, und aus diesen beiden Stücken allein mochte seine Religion bestanden haben.

Im Walde herrschte ein schauriges unsichtbares Leben: über den Eichen schwirrte mit ihrem greulichen Rufe die

Wiggle, es rauschte in den Büschen, wilde Schweine schnauften vorüber, hungrige Wölfe heulten durch die Nacht, jagende Füchse kläfften langsam und furchtsam hier und dort. Kurt achtete nicht darauf, es waren ihm gewohnte Dinge; an irgend einen Fang dachte er nicht, er war zu abgespannt dazu. Matt und vorsichtig schritt sein Hengst durch den Wald, seit ihn die Sporen nicht mehr trieben; er hatte einen gar zu strengen Tag gehabt.

Auf einmal begann er unruhig zu werden, warf hochauf den Kopf, drängte zur Seite, schnoberte gar wunderlich in die Nacht hinein, zuckte zusammen mit dem ganzen Leibe, weckte Kurt, daß er achtsam ward, fest in den Sattel sich setzte und mit Kunst und Gewalt das Roß zusammennahm und vorwärts drängte. Anfangs glaubte Kurt ein wildes Tier in der Nähe, vor welchem das Roß scheute, aber von einem solchen war nichts zu merken; es erfolgte kein Angriff, er hörte kein verdächtiges Geräusch, und doch, je weiter er in den Wald hineinkam, desto heftiger schlotterte das Roß, drängte rückwärts, bäumte sich, drehte sich rundum auf den Hinterbeinen. So etwas hatte Kurt nie erlebt; er brachte sein Roß mit Angst und Not hinaus bis auf den Platz, in dessen Mitte der Bachtelenbrunnen quillt, und ward dabei selbst angesteckt von des Rosses Angst und Beben. Es war ein gar vortreffliches Roß von edlem Blute, ein vielbewährtes, das einzige Geschöpf, welches Kurt ordentlich am Herzen lag und dem er seine Aufmerksamkeit schenkte; draußen auf dem Platze stellte es seine Beine vorwärts, stemmte sie mit aller Gewalt gegen den Boden, als ob sie wurzeln sollten in demselben; nicht Sporn, nicht Schlag, nicht Fluch brachten es mehr weiter.

Es wurde Kurt nicht geheuer im Sattel, er spähte, ob nicht etwas im Wege liege: ein grimmiger Wolf, ein toter Mensch oder sonst ein Wesen, welches Pferde scheuen. Er spähte umsonst; blank war der Schnee, und stille war es hier, keine Eule ließ ihren Ruf ertönen, kein Wolf heulte durch die Nacht; da schien es ihm, als verdichte sich vor ihm der Nebel zur schwarzen Wand und langsam klaffe diese wieder auseinander, es wölbe sich ein ungeheures Tor, hinter demselben sei grause Finsternis, ein unendlicher Abgrund. In dieser Finsternis begann es zu brausen und zu toben, und näher und näher tobte es, wie aus des Berges Bauch der Bergstrom tobt. Es war, als rolle aus dem Abgrund herauf ein fürchterlicher Knäuel wirrer Töne, im Heranrollen entwirrten die Töne sich, Hundegeheul erscholl, Jagdgeschrei wütender Jäger, des Waldes Tiere alle heulten durch einander wie in Todesangst. Wie der Blitz durch den Himmel fährt, der Gedanke durch die Seele, vom Auge ins Herz hinab die Angst, brauste durchs schwarze Tor auf ihn ein die wilde, die wütende Jagd; gräßlich schrie sein Hengst auf, wandte sich in wütendem Jagen zur Flucht.

Da schien es Kurt, er schrumpfe mit seinem Rosse zu einem Tiere zusammen, es war ihm, als sei er das Wild geworden, hinter ihm her rase die wilde, die wütende Jagd; war er zum Schwein, war er zum Hirsch geworden, er wußte es nicht, aber jedes Haar auf seinem Felle sträubte sich, jedes Haar ward zum Auge, und jedes der tausend und tausend Augen schickte Todesangst und Höllenpein ins Herz hinein; jedes Auge sah andere Greuel, eigene Schrecknisse, jedes füllte das Herz mit unsäglicher Angst, trieb zu schnellerem Laufe. Hinter sich her sah Kurt die schrecklichen Jäger, sah ihre Augen voll hundertjähriger Glut, Flammen aus hundertjährigen Bärten, sah sie Speere schwingen, Bogen spannen, sah hinter ihnen drein, schwarz wie die Nacht, den Herrn der Jagd. Nacht war sein Roß; sein Gesicht, ein glühender Ofen, war einer schwarzen Wolke zerrissener Schoß, der Strahlengarben sprüht auf die bebende Erde. Kurt an den

Fersen saßen die Hunde mit Höllengeheul und Menschengesichtern, zahllos, gräßlich, und mit seinen zahllosen Augen sah er jeden Hund, jeden Zug in allen Gesichtern, und er kannte sie alle. An seinen Fersen zunächst hing sein Vater, ein schrecklicher Wolfshund mit blutigem Maule, mit diesem um die Wette schnappte nach ihm eine wütende Dogge, der Kopf eines Krokodils saß auf ihrem Rumpfe, aber er wußte, es war sein Großvater; nebenbei jagten schäumend und zähnefletschend Großmutter und Mutter, die schreckliche Grimhilde, hinterdrein die Ahnen allzumal, die Verwandten alle in großen Scharen, verstorbene Freunde, Bekannte mit grausem Geheul und aufgesperrten Rachen, ein schreckliches Höllenheer. Rings in Busch und Wald sah er hundert und aber hundert Gesichter, und die Gesichter kannte er alle. Es waren die Gesichter aller, welchen er Leid zugefügt im Leben, sie geschlagen, niedergeworfen, beraubt, erschlagen; alle jauchzten zur wilden Jagd, riefen: «Hatz, Hatz! Ho Sassa! Ho Sassa!», und gellend jauchzte vor allen und klatschte und hetzte ein mageres gelbes Gesicht, und Kurt kannte es wohl, es war das Gesicht des Hausierers, des ersten Menschen, den er meuchlerisch erschlagen. Wilder heulte dann die Meute ihm nach, gieriger stürmten die Hunde auf ihn ein, hieben in sein Fleisch die Zähne; aus Busch und Wald brachen andere Tiere, verrannten ihm den Weg, bäumten sich ihm entgegen, und er kannte auch diese Tiere. Es waren Rosse, welche er mißhandelt, grausam hatte hinschmachten lassen oder mutwillig sie verstümmelt; es waren zahllose Tiere des Waldes, denen er unnötige Pein verursacht, dem erlaubten Tode unnötige Marter beigefügt. Ja die Vögel des Himmels, welchen er boshaft die Nester zerstört, mutwillig sie geängstigt und gelähmt, umflatterten sein Haupt, schlugen mit den Flügeln ihm ins Gesicht, suchten ihn zu blenden; ja die Tiere der Tiefen, Fische, Frösche, Aale,

Schlangen, die er schrecklich zu Tode hatte schmachten lassen, wälzten sich auf seinen Weg, drängten sich unter seine Füße, damit er gleite, falle, den Höllenhunden zur Beute werde. Immer grimmiger ward die Jagd, immer höllischer heulten die Hunde, wütender, näher brausten hinter ihm her die Jäger, wilder, zorniger umdrängten ihn die Tiere von allen Sorten, und in den Büschen mehrten sich immer noch die Gesichter, riefen hitziger, jauchzender ihr «Hatz!» und «Huß!», ihr «Ho Sassa! Ho Sassa!» in die rasende Meute.

Kurt kannte den Wald, der zur höllischen Wildbahn geworden, gar wohl, war er doch kaum eine halbe Stunde von Koppigen und keine Ecke darin, in welcher er nicht irgend ein Jagdstücklein verübt hätte. Den Wald war er hinaufgetrieben worden auf der Utzenstorfer Seite, bald durch lichtere Waldung, bald durch das dichteste Gebüsch; war er in einer Lichtung, so bog er ins Gebüsch, im Glauben, es hemme die Jagd; aber weder Wald noch Busch hielt das wilde Heer auf, keine Hemmung war für die schrecklich luftigen Gestalten. Als er oben im Walde war, wo das Feld gegen Kirchberg hin wieder beginnt, da wandte er sich, und wie der Fuchs, hart gedrängt, seinen Bau sucht, um vor den nachjagenden Hunden sich zu sichern, so strebte Kurt instinktmäßig nach der Waldseite gegen Koppigen hin in seiner Todesangst. Immer blutiger umbrauste ihn die wilde Jagd, in die Ohren hatten sich Mutter und Großmutter verbissen, hinten schlug der Vater seine Zähne ein, die ganze Verwandtschaft hing sich in sein Fleisch; da konnte er nicht mehr fort, er war gestellt, heran brausten die schrecklichen Jäger, voran der Ritter auf dem Rosse der Nacht mit dem Gesichte flammend wie Höllenglut. Der Ritter stieß ihm den Speer in den Nacken, er fühlte, wie sein Leben durchschnitten war, der Knoten zerhauen, der die Seele festhielt im Leibe. Aber er starb doch nicht, Höllenschmerz flutete ihm durch Mark und Bein, Glied um Glied zischte, und wie abgebrannt durch höllisches Feuer fiel es vom Körper, schien ein eigenes Leben zu erhalten, zu einem besondern Wesen sich zu gestalten, und als die Glieder alle abgefallen waren, da traf ihn der Reiter auf dem schwarzen Rosse mit grimmigem Peitschenschlage, daß ein Wehgeheul ihm aus dem Munde fuhr. Plötzlich war er zum Hund geworden, zum alleinigen Hunde der Jagd, zum Höllenhunde; die anderen Hunde waren verschwunden oder saßen hoch zu Roß unter den Jägern.

Nun brauste auf ihn Jagdgeschrei, mit Holla und Hussassa, mit Speer und Peitsche hetzten sie den einzigen Hund zur neuen wilden, wüsten Jagd; mit gräßlichem Geheule jagte er dem Gewilde nach, das vor ihm dahinstob. Es waren seine eigenen Glieder, zu seinem Weibe und Kindern hatten sie sich gestaltet, sein eigen Weib und seine Kinder waren es, die er jagte als Höllenhund mit gräßlichem Geheule; weinend und schreiend liefen, purzelten sie vor ihm her, er hinter ihnen her mit höllischem Geheule, hinter ihm her die schrecklichen Jäger, mit Peitsche und Speer ihn treibend zur schrecklichen Jagd, zum fürchterlichsten Geheule. Näher und näher kam der Hund dem Gewilde, markdurchdringender ward dessen Gewimmer, und grimmiger und glühender trieben ihren Hund die Jäger zu immer rascherem Laufe, zu immer gräßlicherem Geheule, immer wehlicher tönte des Wildes Gewimmer, immer näher kam der Hund. Zurück hinter den Andern blieb das jüngste der Kinder, schrie immer wehlicher, herzdurchschneidender, je näher der grause Hund ihm kam; der Hund zögerte, hemmte den Lauf. Da, Funken sprühend, fuhren der schrecklichen Jäger glühende Peitschen ihm ins Fleisch, laut aufheulend, daß stundenweit die Menschen aus dem Schlafe fuhren, streckten seine Glieder

sich zu weitem Sprunge, ein Wehschrei des Kindes durch-
schnitt die Lüfte bis hinauf zum Himmel. Da wandte die
Mutter sich um, riß auf ihren Arm das Kind, floh den Kindern voraus in gedoppelter Eile weiter, nach ihren Kräften
flohen die Kinder ihr nach. Da ward wieder das jüngste der
andern das Letzte, der Zwischenraum zwischen den Vordern
immer größer, der Raum zwischen dem schrecklichen Verfolger immer kleiner, immer herzzerreißender des Kindes
Gewimmer, immer gräßlicher des nachjagenden Vaters
Höllengeheul; die glühenden Zähne im schwarzbraunen
Rachen wuchsen dem Kinde nach, immer wilder hinterdrein die Jäger, zorniger sausten die Peitschen. In der Hölle
Grimm und Angst schnappte er auf, nach dem Kinde fuhren seine Zähne; ein Schrei, der den Reif von den Bäumen
schüttelte, das Wild aus den Lagern jagte, die Fische in den
tiefsten Grund, rief der Mutter; sie warf sich zurück und auf
den zweiten Arm das Kind, warf sich wieder voraus in
gedoppelter Hast. Aber wieder blieb der Kinder eins hinter
den andern, lauter und lauter, herzzerreißender tönte dessen
Wehgeschrei, höllischer fuhren in Fleisch und Bein die Peitschen dem Hunde, je näher dessen Schnauze dem Kinde
kam, schon klaffte sie dicht hinter demselben weit auseinander; ein gräßlicher Notschrei entfuhr dem Kinde, mit
glühenden Speeren stachelten die Jäger den Hund, er sprang
ein auf das Kind, aber er faßte es nicht. Vor ihm stand die
Mutter, welche die beiden Kinder abgeworfen, fuhr ihm mit
dem Arme in den Rachen, hielt mit nackter Hand seine
glühende Zunge fest. Da floß es weich, kühl und leise ihm
durch die Glieder, der Brand erlosch, ein süßes Mattsein,
wie dem Müden vor dem Schlafe, kam über ihn; matt schlug
er die Augen auf, und es war, als stünde nicht mehr seine
Agnes, sondern ein hehres Frauenbild vor ihm in himm-
lischer Schöne, von blondem Lockenhaar umwallt wie von

einem goldenen Mantel. Alsbald sanken ihm die Augen wieder zu, er streckte die Glieder; Nacht ward es über seine Seele, es war ihm, als stürze er in eine Kluft, stürze immerfort, aber um das Ende des Sturzes wußte er nicht mehr, sein Bewußtsein war ausgehaucht.

Wie es doch verschieden zugeht in der Welt in der gleichen Stunde! Wie feierlich geht es wohl zu in der heiligen Nacht um die mitternächtliche Stunde im hohen Münster, wenn gefeiert wird die Ankunft des Sohnes aus der Höhe auf Erden, wenn angebetet wird in der Krippe das neugeborne Kind, zu dessen Füßen gelegt werden soll die erlöste Welt samt den Fürsten der Welt, das kleine Senfkorn, das zum weltbeschattenden Baume werden soll; wie wild ging es zu zur selben Stunde erst auf der Bätterkinder Heide, dann im Utzenstorfer Walde, als hinter Kurt her jagte die wilde Jagd, als Kurt die eigenen Kinder hetzte, verleugnete sein eigen Fleisch und Blut, von der ganzen Hölle verfolgt, gepeinigt, getrieben in Pein, Not und Wehe zum Fraße der eigenen Kinder!

Wie freundlich und lieblich ists, wenn im friedlichen Stübchen der Weihnachtsbaum brennt, zu mahnen, wie es licht ward auf der dunkeln Erde mitten in dunkler Nacht und das Kindlein erschien, das für die Kinder kam und zu Gottes Kindern machen will alle die, die zu Lichteskindern werden und an das wahre Weihnachtskindlein glauben, und die Kindlein überrascht die Hände zusammenschlagen, freudig aufjauchzen über das helle Licht und die bescherte Herrlichkeit und auf Erden sich im Himmel glauben! Wie anders ists, wenn zur selben Stunde Kinder im Finstern sitzen und hungrig, es ihnen zu kalt ist zum Weinen und zu trokken ums Gemüt zum Beten, sie so dasitzen in Schlotter und Elend, und es poltert zur Türe herein oder an die Türe ein wilder, böser Vater, oder es pocht an die Türe, und vor derselben liegt auch eine Bescherung: ein bewußtloser Vater, den man hineintragen muß als Weihnachtsbescherung mitten unter die Kinder, die im Dunkeln sitzen und in Schlotter und Elend! Oh, wie so anders geht es zu auf der gleichen Erde und zur selben Stunde!

Verschieden gehen auch die heiligen Tage über die Erde hin: einmal leuchtet am klaren Himmel die Sonne, lieblich ists, Erdbeeren gelüstet es zu blühen, und aufs neue lieb wird dem Menschenkinde die mütterliche Erde; ein andermal ist verhüllt der Himmel, die Stürme brausen, oder harter Frost zieht das Herz zusammen, unheimlich ists draußen, es flieht das Menschenkind und sucht eine künstliche Heimat, ein warmes Gemach, und sehnt sich nach einer besseren Heimat, wo es so rauh nicht ist, wo solcher Wechsel nicht ist, es nicht so unheimlich ist, wo ein freundliches, mildes Wohnen ist in unveränderter Klarheit.

Der Weihnachtstag, von welchem wir reden wollen, trug einen dichten, trüben Schleier; Tag schien es nicht werden zu wollen, und als es Tag war, wollte es doch nicht Tag werden, bis wieder die Nacht kam. Auch in Frau Agnes' Herz schien die Weihnachtssonne nicht. Es war eine tüchtige (praktische, würde man dato sagen) Frau, aber die höhere Weihe fehlte ihr doch; sie stritt mit dem Unglück, und das war recht, aber im Streite suchte sie nicht die Hülfe von oben, und wenn das Unglück stärker war als sie, wußte sie nichts vom einzigen Troste, und das war unrecht. Es war auch Nebel in ihrem Herzen, sie dachte nicht an Weihnachten und ihre Segnungen; sie dachte an ihre Kinder und ihre Not, an ihren Mann und ihre Verlassenheit, kämpfte mit Zorn um Rat, wie sie sich aushelfen wolle in dieser herben Zeit. Noch war es nicht Tag, als sie von ihrem Lager sich erhob, das Rad des Tagewerkes in Bewegung zu setzen. Eigenhändig schloß sie das Tor, welches doch noch ganz war, auf, um eine Magd nach frischer Milch zu senden. Es schien eingefroren das Tor; als sie mit Macht es aufstieß, fiel ein schwerer Körper ihr zu Füßen, als sie niedersah, erblickte sie Kurt bewußtlos. Sie schrie nicht hellauf, dazu hatte sie zu harte Nerven, aber ein mächtiger Schrecken ergriff sie doch, man kann es sich denken; sie glaubte ihn tot, erschlagen oder erfroren, hierher geschleppt von den Mördern oder aus den Händen derselben hierher geflüchtet. Als sie noch Leben in ihm fand, rief sie nach Hülfe; er ward an die Wärme getragen, und in der Heilkunde nicht fremd, suchte sie nach des Zustandes Ursache. Erfroren war er nicht, zerhauen war sein Körper, Wunden fand sie, aber unbedeutende; aber ein schreckliches Fieber, welches ihn erfaßt hatte und mit seinem Leben rang, bemerkte sie.

Kurt war in treuen Händen, in treueren, als er es verdiente. Frau Agnes werweisete nicht, was ihre Pflicht sei und was nicht, was sie ihm noch schuldig sei und wie wohl es ihr eigentlich ginge, wenn das Fieber Meister würde. Frau Agnes tat, was sie glaubte, daß gut sei, und was ihr möglich war; aber lange wollte der Tod nicht von der ergriffenen Beute lassen, setzte von neuem an, trieb Kurt in Fieberhitze und Angst herum, ärger noch als im Utzenstorfer Walde, daß Frau Agnes oft Hülfe nötig hatte, den unbändigen Kranken festzuhalten auf seinem Lager.

Allmählig wich der böse Geist, aber langsam; zum Bewußtsein erwachte Kurt wieder, aber unendlich schwach war er, und wenn die letzten Ereignisse, welche er erlebt zu haben glaubte, wieder vor seine Seele kamen, so kam auch das Fieber wieder und warf seine Gedanken unter einander. Doch allmählig verglomm die Glut, lichtete sich das Bewußtsein; die hellen Augenblicke wurden häufiger, länger, die Gedanken zusammenhängender, die Vergangenheit kam wieder ins Gedächtnis stückweise, aber umsonst mühte er sich, sie zusammenzuknüpfen mit der Gegenwart. Er fragte nach seinem Hengste, aber niemand wußte etwas von ihm, nie ward wieder eine Spur von ihm gefunden; dann fragte er, wer ihn hergebracht, und mehr als hundertmal mußte Agnes erzählen, wann, wo und wie sie ihn gefunden; aber wie er dahin gekommen, ward nie ergründet, nie begriffen. Die lange, treue Pflege hatte Agnes ihrem Manne wieder näher gebracht; er lag da so weich, so matt, daß die Kinder sich ihm näherten, daß sie ihn wieder fragen durfte um sein vergangenes Tun und Treiben, fragen, wo er gewesen und was ihm zuletzt bei vollem Bewußtsein begegnet.

Kurt erzählte, was er wußte, sein Herz war dem Weibe wieder offen. Dies freute Agnes sehr, und darin lag die Versöhnung, für sentimentale Zärtlichkeiten und Herzensergießungen fehlte Beiden der Verstand; dazu kam noch bei Agnes das Erbarmen mit dem armen Kurt, der erst von seinen Freunden verraten, dann so Schreckliches hatte ausstehen müssen. Kurt war es, als sei ihm ein Brett vor den Augen gewesen und jetzt abgefallen, er sah nicht bloß das Heillose seines Lebens vollständig ein, sondern auch, daß er der Narr aller gewesen und von seinen sogenannten Freunden und Bekannten es niemand gut mit ihm gemeint als vielleicht die Tochter in der Hütte; seine alte Verblendung war ihm rein unbegreiflich, denn jetzt sah er alles so klar und ganz anders. Er konnte sich das durchaus nicht anders erklären, als daß er durch Trank oder Spruch verzaubert und verhext gewesen, wie ja bis auf den heutigen Tag der Glaube an Tränke, wodurch das Innere des Menschen umgewandelt, in Liebe oder Haß entflammt werden könne, geblieben ist.

Der gute Kurt wußte so wenig als viele Menschen noch heutzutage, wie wandelbar der Menschen Herz ist, wie abhängig von äußern Eindrücken, wie leicht es umschlägt von einer Übertreibung in die andere, heute verflucht, was gestern sein Lebensglück geschienen, wie über Nacht einem Menschen ganz andere Augen wachsen können, daß er am Morgen schwarz sieht, was am Abende ihm weiß gewesen, und rot, was er grün gesehen, wie not es ihm daher tut, daß er etwas habe, welches fest bleibt, an dem er sich halten kann, wenn es wirbeln will im Gemüte und draußen wechselt die Welt; wie auch der Taucher, welcher Perlen fischt auf des Meeres Grund, festgebunden bleibt und wieder sich nach oben ziehen läßt, wenn unten ihm vergehen wollen Sinn und Gedanken, um frischen Atem zu schöpfen und neue Kraft zu neuem Fischen, oder wie der Mensch einen ewig klaren Spiegel haben muß in der Welt, darin sich täglich zu beschauen, wo ihm dann offenbar wird jeglicher Wandel in seinem Gemüte sowohl zum Bessern als zum Schlimmern und jedes Verhältnis im wahren Lichte.

So ward es wieder traulich in Koppigen, und die alte Liebe kam wieder in Kurt und Agnes, sie wußten nicht wie. Wie gesagt, mit besondern Herzensergießungen von Gefühlen über die Vergangenheit und Vorsätzen über die Zukunft gaben weder Kurt noch Agnes sich ab, trugen einander auch gar nichts nach, sondern ließen sich von Herzen wohlsein bei einander. Kurt fühlte zum ersten Male, wie wohl es dem Menschen in seinem eigenen Hause sein könne, die rechte Behaglichkeit nur im eigenen Hause wohne; es schauderte ihn ordentlich, wenn er in seiner Schwäche daran dachte, hinaus zu müssen in die Kälte, zu jagen, zu fischen, zu streiten; und wenn es so recht stürmte und sauste draußen, so stellte er wohl eine kurze Betrachtung an über den Unterschied, am warmen Feuer sitzen zu können oder draußen im Schneesturme reiten zu müssen; er fühlte zum ersten Male, wie bequem dem Manne ein verständiges, sorgliches Weib komme und wie gut das seine eigentlich sei und wie gut er es daheim haben könnte. Der Verstand, dies einzusehen, kam ihm erst, als ihm das Bedürfnis kam, daß jemand zu ihm sehe, für ihn sorge – in den ersten Jahren seiner Ehe wußte er davon nichts; auch trieb ihn jetzt kein Keifen und Zanken fort, den Krieg zwischen Grimhilde und Agnes hatte der Tod beendigt, und Friede war im Hause, denn Agnes war eine starke Frau, deren Obergewalt man sich willig fügte; bloß wo Schwäche ist, ist auch beständiger Aufruhr, ein ewiges Zanken um Macht oder Freiheit. Auch empfand Kurt eigentlich zum ersten Male Vaterfreuden und Vaterstolz; bei seinem unsteten Leben hatte er sich um seine Kinder weder gekümmert, noch kannte er sie, er wußte nichts von ihren Eigenschaften und Eigentümlichkeiten, wußte also nichts von ihrer Entwickelung, hatte keine Freude, zuzusehen, wie in ihnen aufging bald dies, bald jenes, wie zur Frühlingszeit in der Natur alle Tage etwas Neues. Ebenso wenig kannten die Kinder ihren Vater, sie hatten weder Freude, wenn er heimkam, noch hingen sie an ihm, wenn er daheim war; sie flohen ihn vielmehr, er war ihnen mehr der Bölimann, mit dem ihnen gedroht war, wenn sie nicht gehorchten, als der Vater. «Schweig, oder er nimmt dich! Gehorche, oder der Vater muß es wissen, wenn er heimkommt!» so hieß es. Jetzt waren die Kinder seine Kurzweil, die Bücher, mit welchen er sich die Zeit vertrieb und jeden Augenblick etwas Neues lernte. Erst jetzt wurden ihm die Kinder lieb, da er sah, was an ihnen war, und jetzt hingen die Kinder am Vater; er war ihnen kein Bölimann mehr, sondern in ihrem einsamen Winterleben war er ihr Mittelpunkt, recht eigentlich ihr Glück, dessen sie sich alle Tage von ganzem Herzen freuten.

Da Kurts Krankheit nicht rasch vorüberrauschte, langsam nur die Kräfte kamen, die Schwäche langsam wich, sein Leben außerhalb abgebrochen, nichts ihn draußen zog, daheim es ihm so wohl war, so ward das Daheimsein ihm lieb; er schlug Wurzel im Hause, in das Leben des Hauses ward er aufgenommen, wurde ein Teil desselben, so daß des Hauses Leben auch sein Leben war. Solange Winter und Schwäche Kurt ins Haus bannten, nahm er sich der Kinder an, lehrte sie Netze stricken, Schlingen flechten, Fallen machen, unterrichtete sie in den kleinen Kniffen in Feld und Wald, in Sumpf und Bach, in allem, was Jürg ihn gelehrt, was er jung meisterlich getrieben. Was das dann für eine Freude war bei den beiden ältesten Buben, pausbäckig, stämmig und doch rasch und gelenkig, ganz Schweizerschlag, mehr in sich tragend, als man ihnen äußerlich ansah, wenn sie auszogen mit ihrer neuen Gelehrsamkeit und neuen Netzen und Schlingen, und welche Freude, wenn alles sich bewährt hatte und mit reicher Beute sie wiederkehrten! Sie hatten lange gestümpert und doch gemeint, was sie könnten und wie viel sie vermöchten; um so mehr nun staunten sie den Vater an, der alles unendlich besser wußte und konnte, und freuten sich kindlich auf die Tage, wo er mit ihnen ausziehen wollte, wie er verheißen hatte. Er lehrte sie Waffen machen und Waffen brauchen, und was das für ein Jubel war, wenn sie mit den selbstgemachten Armbrusten schossen, und wie sie den Vater bewunderten, der auch hier aller Meister war! Das alles flocht eben aller Leben in eins zusammen mit unzerreißlichen Banden.

Eine trübe Bescherung war es zu Weihnachten gewesen, als der bewußtlose Vater der Mutter auf die Füße fiel; aber ehe der Frühling kam ins Land, war diese trübe Bescherung zur reichsten geworden, die es geben konnte, zu einem wahren göttlichen Gnadengeschenke: es war der Vater, der verloren war, wiedergefunden, welcher der kräftige Mittelpunkt eines neuen, freudigen Lebens ward, ja durch welchen nun alle Kräfte belebt und geleitet wurden. Was kann aber einem Hause Herrlicheres werden als ein solcher Mittelpunkt, der das Zerrissene bindet, das Tote belebt, alles lenkt zum

Besten und zu aller Wohl! Agnes wurde nicht eifersüchtig auf ihres Mannes neue Stellung, es freute sie herzinniglich, daß es so war; sie sprach nicht darüber, aber sie ward alle Tage hübscher, ihre Bewegungen rascher, ihre Mienen freundlicher, kurz sie ward ganz wie jung; man sah es ihr wirklich an, sie hatte verwunden alle Bitterkeit, hatte vergessen, was dahinten war, freute sich dessen, was jetzt war, verkümmerte sich dasselbe nicht durch Zagen und Zweifeln, ob es so bleiben werde, sorgte bloß dafür, daß es nicht anders werde durch ihre Schuld.

Als endlich die Sonne höher stieg, ihre Kraft den Frost brach, den Schnee schmolz, den Schoß der Erde aufschloß, die Zugvögel durch die Wälder strichen, die aufgefrornen Wasser sich belebten, die Fische der Oberfläche sich näherten, da erst ging in Koppigen ein neues Leben an, den Kindern ein neuer Frühling auf. Kurt war so weit erstarkt, daß er an sonnigen Tagen ins Freie durfte, einige Stunden darin aushalten konnte. Was das nun für eine Freude war, wenn der Vater mit seinen Buben auszog, teilnahm an ihrem Treiben, sie die wilden Enten fangen lehrte, das Ausspüren ihrer Nester, sie Schlingen legen lehrte den Schnepfen und den Fang der Füchse und Dachse, ihnen zeigte die besten Stellen zum nächtlichen Anstand, zur Lauer auf das Wild, welches zur Tränke wollte oder auf die Weide, sie lehrte die großen Fische stechen oder werfen mit dem Ger oder sie fangen an großen Angeln, die man an Weiden band und über Nacht im Wasser schweben ließ! Welcher Jubel dann am Abend, wenn man reichbeladen wiederkehrte, so viel Neues nun wußte, so viel Zuversicht zu der eigenen Kunst und Kraft jedes gewonnen hatte! Kurt selbst hatte die größte Freude und besonders an der Buben Anstelligkeit und Gelehrigkeit; aus den kleinen Anfängen schloß er auf Großes in der Zukunft, nach der gewöhnlichen Weise der Väter.

Wenn Kurt dann abends zu Hause war, kam eine große Müdigkeit in seine Glieder, er war oft noch matt zum Sterben – dann schwanden auch aus seinem Gemüte Freude und Heiterkeit, und das alte Leben trat ihm vor die Augen und vor allem desselben grausiges Ende; doch nicht daß es ihn gelüstet hätte, in dasselbe wieder zurückzukehren und neu es aufzunehmen, im Gegenteil, es graute ihm mehr und mehr davor, er konnte nicht begreifen, wie er ein Leben habe führen können in lauter Streit und Zorn, ein Leben, wo man erst das Leben einsetzte, um zu rauben, dann es noch einmal einsetzte, um des Raubes wieder los zu werden. Es plagte ihn die Reue mehr und mehr, alle kamen ihm vor, welchen er Übels getan oder gar sie erschlagen, und wenn er alles schon nicht nach dem heutigen Maßstabe maß, so hatte er doch so viel auf seiner Seele, daß es auch auf einer damaligen Waage schwer ziehen mußte. Da war dann sein Trost eben die schauerliche Nacht im Walde; er dachte, das sei nicht von ungefähr geschehen, sondern es hätte für ihn eine absonderliche Bedeutung. Der Teufel habe ihn nehmen wollen, dachte er, und verdient hätte er es; nun aber sei er demselben entrissen und gerettet worden, also dem Teufel solle er nicht werden, sondern für jemanden Besseres aufbewahrt, dachte er. Aber was Kurt eigentlich gerettet, das begriff er nicht; er dachte an ein silbernes Kreuz, welches sie an selbem Morgen dem Müller abgenommen, das er zu verspielen vergessen und noch bei sich getragen hatte. Dieser Talisman schützt bekanntlich und wirklich vor dem Teufel; wer das wahre Kreuz bei sich trägt, über den hat der Teufel keine Macht, aber das wahre Kreuz ist weder eins von Silber noch eins von Gold, sondern es ist der Sinn, der willig und mit Dank trägt, was ihm Gott auferlegt. Mit dem Kreuze ward viel Unfug getrieben von je, doch wohl nie größerer als jetzt von denen, welche das Kreuz in jeder Form, und wo sie es finden, verhöhnen und verspotten (ärger als ehedem die respektiven Juden Jesum am Kreuze verhöhnten) und jeglichen Kreuzesträger verhöhnen und mißhandeln, während sie jeden Missetäter und jeden Übeltäter hoch loben und preisen. Dann dachte Kurt wieder an die Gestalt, in welche seine Agnes zerflossen, als sein Auge ihm brach, an das wunderbare Frauenbild mit dem goldenen Lockenmantel. War das ein von Gott gesandter Engel, der seiner Pein ein Ende gemacht und ihn vor seines Schlosses Pforte getragen? In solchem Sinnen und Schauern schlief Kurt ein, erwachte am Morgen neu gestärkt und ging mit seinen Buben an irgend ein munteres Tagewerk.

Der Bachtelenbrunnen unten im Walde, wo oberhalb das verfallene Bürgeln liegt, in dessen Nähe nicht gern jemand des Tages kommt, geschweige in der Nacht, seit die sieben Brüder vom Teufel geholt worden waren, weil sie ihr schönes Schwesterlein mit armen Kindern und Weibern eben am Bachtelenbrunnen erschlagen, der Bachtelenbrunnen war der beste Wildstand rund in der Gegend, aber aus erklärlicher Scheu hatte Kurt denselben bisher gemieden, ihn seinen Buben nicht gezeigt. Bei den gewaltigen Eichen, unter welchen die schöne Quelle aus der Erde quillt und, gleich zum schönen Bache geworden, sanft und ruhig durch die Gebüsche fließt, sah es in hellen Nächten aus wie im Paradiese: Tiere von allen Arten gingen zur Tränke, plätscherten im Wasser, spielten unter den Eichen. Wie schrecklich es aber dort auch sein könne, hatte Kurt erfahren in der heiligen Nacht; kalt rieselte es ihm durch die Glieder, wenn er daran dachte, darum floh er den Ort. Und doch hatte er es wiederum wie ein Kind, welches bei Märlein und dunkeln Geschichten an Leib und Seele zittert, in die finsterste Ecke sich birgt und doch gerade zu solchen Geschichten mit unwiderstehlicher Gewalt immer wieder hingezogen wird, nicht satt sich hören kann in ihnen. Es zog Kurt nach dem Bachtelenbrunnen hin, er mußte immer denken, wie es dort sei, ob wohl Spuren zu sehen von dem schweren Tore und Pferdehufe eingedrückt im weichen Boden um den Brunnen? Und wieder schauderte ihn, wenn er unwillkürlich dem Brunnen näher kam, und er eilte weiter. Es war in Kurt eben der wunderbare Zug im Menschen, der eine wunderbare Lust empfindet an der Angst und dem Zittern, welche über den Menschen kommen, wenn er im Geiste das Nahen der Geister fühlt, das Rauschen der geheimnisvollen Geisterwelt vernimmt. Der Zug nach dem Brunnen ward endlich, wie es gewöhnlich geht, mächtiger als das Grauen davor.

An einem sonnigen Frühlingstage streifte Kurt mit dreien seiner Jungen unterhalb Koppigen durch Sumpf und Feld nach Beute; er war durch seine Krankheit gezimmert worden, von üppiger Kraft strotzte sein gewaltiger Körper nicht mehr, seine Erscheinung hatte nicht mehr das Rohe, Übermächtige wie ehedem, doch hätte er jetzt den Meisten besser als früher gefallen; stattlich war sein Körper noch immer, männlich sein Wesen, auf seinem Gesichte war das Wilde verschwunden, hatte einem ernsten, besonnenen Ausdrucke Platz gemacht. Desto wilder taten die Buben; wie junge Hunde in lustigem Gampel um die Mutter, wenn sie zum ersten Male mit ihnen zu Felde geht, tanzen in weitern und engern Kreisen, so umgaukelten die Jungen den Vater, flatterten dem Wilde nach oder schlichen leise ihm nahe, sprangen lustig daher mit gewonnener Beute oder suchten Pfeile wieder, welche nicht getroffen, lachten sich aus und balgten sich, taten übermütig oder schämten sich, je nach dem Erfolge ihrer Taten. Gewild war beständig in ihrem Gesichtskreise. Es war nicht wie jetzt, wo man drei Tage wandern muß, ehe man ein Eichhörnchen sieht oder einen Häher, und sieben Tage, ehe man die Spuren eines Hasen findet, der vor acht

Tagen da durchgelaufen. Wie man jetzt bei jedem Schritte auf Kinder und Bettler stößt, traf man damals bei jedem Schritte auf Tiere; Tiere waren auf den Bäumen, sie liefen im Felde, sie wimmelten in den Sümpfen, des großen Heerlagers, des Waldes, nicht zu gedenken. Der Vater schritt gedankenvoll weiter, näher und näher dem Brunnen zu, mischte sich in die kleinen Fehden der Jungen nicht; aber wenn einer einen guten Schuß getan auf einen Reiher im Sumpf oder ein Eichhörnchen, das neugierig seine Nase hinter einem Baumstamme hervorstreckte, flog es hell über sein Gesicht, und ein gutes Wort kriegte der Junge. Noch waren die Eichen nicht belaubt, die selten sich findenden Buchen röteten sich in den Ästen wie Mädchen in der ersten Liebe, es grünte im niedern Gebüsche, mit kläglichem Geschrei trieben eifersüchtige Häher sich in den Eichen herum, in süßem Verlangen ruggete und girrte eine zärtliche Taube von hoher Tanne her, in stiller, zarter Liebe hüpften die kleinen Vögel durch das niedere Gezweige, und schwarze Amseln koseten süß und schossen dann rasch über den Boden weg von Tannenbusch zu Tannenbusch. Je näher Kurt dem Brunnen kam, desto seltsamer ward es ihm zumute; das wollüstige Grauen strich in reichen Strömen durch ihn hin, und zögernd setzte er seinen Fuß vorwärts. Die Jungen, welche die Sage kannten und gehört, was der Vater hier erlebt, drängten sich um ihn, doch wenn eines der Getiere ihnen zu nahe kam, hielten sie sich nicht, sondern brachen aus, und als sie von weitem den gelben Glanz sahen, der von den schönen gelben Frühblumen – hier Bachtelen, woher auch der Brunnen den Namen trägt, andernorts Glockenblumen genannt – durch die Bäume schimmerte, jubelten sie laut auf, vergaßen, was sie wußten, stürzten sich auf das, was sie sahen, wie es oft geht in der Welt. Aber ernst rief sie der Vater zusammen, und alsbald drängten sie sich wieder um ihn her.

In stillem Frieden und hellem Sonnenlichte lag der Platz, mit goldenen Blumen dicht besetzt wie mit silbernen Sternen der Himmel. Wie war es so ganz anders hier als in jener Nacht, wo hier das Tor der Hölle stand vor Kurt, wo aus demselben der Hölle grimmigste Gebilde quollen und auf Kurt einbrachen mit unerhörten Schrecknissen! So wechselt nicht bloß dieser Platz seine Gestaltung, so wechselt das Leben Gestalt und Farbe, und dieser Wechsel, der alle Tage wiederkehrt, bleibt doch wie ein Fremdes dem Menschen, an das er nie Glauben faßt, wohl ein sicheres Zeichen, wie in seiner innersten Natur der Glaube an das Ewige, Unveränderliche lebt, seine innersten Triebe nach dem Ewigen, Unveränderlichen gehen. Da liegt die Torheit, daß er auf Sand ein festes Haus bauen will, daß er im Vergänglichen das Unveränderliche sucht.

Lange stand staunend Kurt am Rande über der Quelle unter einer weitästigen uralten Eiche, welche noch ganz andern Wechsel gesehen als Kurt; auf einmal sah er mitten unter den Blumen ein Wesen sitzen, golden wie die Blumen, aber größer, die hohe Königin unter ihren niedern Dienerinnen. Es war, als ob das Wesen sein geharret, denn sobald sein Auge es erschaut, erhob es sich; es war der Engel im goldenen Mantel, welcher ihm im schrecklichsten Augenblicke entgegengetreten, den Bann gelöst, ihn gerettet hatte. Es war ein wunderherrliches Frauenbild, als es aufgerichtet vor Kurt stand, goldene Haare flossen in nie gesehener Fülle einem goldenen Mantel gleich um die hehre Gestalt, mild leuchtete im Angesicht gleich freundlichen Sternen ein blaues Augenpaar. Kurt bebte; sollten die Schrecknisse wieder beginnen? Da machte die Frauengestalt das Zeichen des Kreuzes über sich, über Kurt und seine Kinder und sagte: «Ich harrte dein, wohl dir, daß du kommst! Dir vertraue ich diesen Brunnen an, wahre ihn mir rein und heilig;

sorge dafür, daß Ruhe um ihn sei, daß kein Blut ihn röte, von Menschenhand vergossen, keine Waffe die Eiche treffe, an welcher du jetzt stehst, alles Wild hier sicher sei, eine sichere Freistätte hier sei vor des Menschen blutigem Sinne! Dienst du mir so, wahrst du mir diese Stätte, dann soll dein Haus gesegnet werden, an dir und Kind und Kindeskindern reich vergolten, was du mir getan.» Da neigte sich Kurt und gelobte, den Willen zu erfüllen, soviel an ihm, und als er sich erhob, war der Engel verschwunden; Kurt hätte dies für ein Traumbild gehalten, geglaubt, eine täuschende Blendung erfahren zu haben im gelben Blumenglanze, aber seine Knaben hatten die Erscheinung auch gesehen, die Worte gehört. Jedem der Knaben war sie anders verschwunden: der eine sah sie versinken in die Blumen oder in den Brunnen, er wußte nicht bestimmt, in welches von beiden; der zweite sah sie in die Eiche gehen; der dritte sah ihr goldene Flügel wachsen, sah sie schweben zum Himmel auf. Sie sahen nie wieder sitzen am Brunnen den goldenen Engel, wie oft sie ihn auch suchen mochten, aber hold und lieblich, in unverwischtem Glanze leuchtete jedem die holde Erscheinung im Gemüte, solange er lebte. Frau Agnes klagte oft, daß sie das Bild nicht gesehen, und hoffte lange auf dessen Erscheinung, aber umsonst, sie sah es nie.

Was Kurt versprochen, hielt er; der Platz ward ihnen zum heiligen Platz, geweiht mit hohem Kreuze. Hier wurde kein Bogen mehr gespannt, kein Speer geworfen, keine Falle gestellt, kein Netz ausgeworfen, kein Tierlein ward hier gestört im Spiel unter den Eichen, im Trinken am Bache, im Gaukeln durch das klare Gewässer. Aber Blumen sammelten im Frühjahre die Kinder, schmückten mit großen Sträußen die Häuser, und im Herbste sammelten sie auf dem Platze die Reckholderbeeren, Kranken zur Erquickung, allen zur Stärkung; nirgends waren die Glockenblumen goldener, die

Reckholderbeeren kräftiger als auf des goldenen Fräuleins geweihtem Platze.

Aber von derselben Stunde an ging auch des Fräuleins Verheißung in Erfüllung. Kurt ward gesegnet: seine Äcker trugen wieder, kein Mißwachs ward auf ihnen gesehen, sein Vieh mehrte sich, keine Krankheit verzehrte es, seine Jagd war reich, was er unternahm, gelang, seine Dienstleute hatten Glück in allen Dingen und hingen an ihrem Herrn von nun an mit Leib und Seele.

Mit seinen alten Genossen hatte Kurt für immer gebrochen. Anfangs dachte er an Rache, aber er gab sie auf; er war zu glücklich und zu besonnen, um selbst wieder sein Glück zu stören. Der Flumenthaler war tot, die andern Spießgesellen suchten Kurt einigemale auf, hätten gern wieder das alte Leben mit ihm fortgesetzt, aber er fertigte sie ab, daß sie ihn fürder in Ruhe ließen; konnten sie ihn nicht töten, so hatten sie Ursache, ihn zu schonen, denn er wußte zu viel von ihnen. Eines Morgens stand eine wilde, schwarzbraune Dirne vor dem Tore und bat um Einlaß. Es war des alten Samis Tochter; er und die Alte waren gestorben, die Dirne hatte die Hütte angezündet, alles verbrannt, was darin war, und suchte nun Schutz bei Kurt; sie ward aufgenommen und wurde der Frau Agnes treueste Magd.

Als Kurt ein ehrbarer Haushalter wurde, welcher dem Seinigen treulich vorstand, wurde er ebenfalls wieder ein geachteter Junker, den nicht bloß seine Leute liebten, sondern auf den auch noch Andere etwas hielten. Es ist kurios, aber die wahre Achtung geht immer vom Hausvater aus, in den höchsten und in den niedrigsten Ständen, unter Heiden, Türken, Mohammedanern und selbst unter den Juden, wie sehr die auch am Fleische hängen. Paulus sagt nicht umsonst: «Wer seinem Haushalt nicht Vorsorge tut, ist ärger als ein Heide!» Auch unter den Edlen gewann Kurt seinen Platz wieder, er ward ein Mann, zu dem man Vertrauen hatte, und allenthalben war er ein gern gesehener Gast. Die Verlegenheit, wie mit Ehren in die Welt kommen, in welcher er und Jürg gewesen war, plagte ihn nicht in Beziehung auf seine Kinder: einem Ehrenmanne öffnen sich ehrliche Wege in die Welt und durch die Welt; das ist frommer Eltern Segen, der den Kindern Häuser baut. Kurts Söhne lernten in edlen Häusern das Waffenhandwerk und übten es unter ehrenwerten Bannern.

Kurt ward Bürger zu Bern, und sein Stamm erlosch daselbst; seine Güter kamen an das verwandte Thorberger Haus, mit Thorberg ward nach der Sempacher Schlacht 1386 auch Koppigen gebrochen und seither nicht mehr aufgebaut. Als der letzte Thorberger Peter zu Ende des Jahrhunderts die berühmte Karthause zu Thorberg stiftete, schenkte er ihr auch die Güter zu Koppigen. Auf dem Hügel, wo das Schlößchen stand, das Bühl genannt, stehen jetzt stattliche Bauernhäuser; der Bauer ists, der das Land besitzt, und zwar mit Recht, er hat nicht bloß Brief und Siegel dafür, sondern durch Fleiß und Verstand ist er des Bodens natürlicher Herr geworden, er zwingt denselben zu großem Ertrage. Der Boden, der ehedem Frau Grimhilde und Jürg nebst zwei alten Hunden dürftig nährte, erhält jetzt nicht bloß über tausend Menschen, sondern gab Manchem noch einen Reichtum, zu welchem Frau Grimhilde in ihren schönsten Träumen sich nie verstiegen hatte.

Anmerkungen

Kursivschrift bezeichnet die von Gotthelf in Klammern beigefügten, in unserer Ausgabe gestrichenen Erklärungen berndeutscher Ausdrücke. – «korr. aus» bedeutet, daß eine Stelle von uns gegenüber dem Wortlaut der bisherigen Drucke verbessert wurde.

Seite

5 Des Göttis: (*Paten*). – Kachelbank: Geschirrbrett.
6 im Maad (besser: Mahd): Name eines Hofes.
7 Gotte: (*Patin*).
8 die Gottwillchen: (*in Gott willkommen*). – Jungfrauen: (*Mägde*).
10 zwölfmäßig: zwölf Mäß haltend.
17 Drei aus dem feurigen Ofen: s. Buch Daniel Kap. 3. – wie die Knechte im Evangelium: Matthäus Kap. 22.
33 stättig: störrisch.
58 Schwiegermutter: sie heißt in der Folge Großmutter.
60 ausladen: fertig aufladen.
76 Bystal: Fensterpfosten.
94 ward der Sterbet: korr. aus «war» (Gotthelf verwechselt die beiden Formen nicht selten).
95 ein Söhnlein ward: korr. aus «war».
96 eine höhere Hand scheint: korr. aus «schien».
101 Es sollte doch: korr. aus «solle» (auch diese beiden Formen unterscheidet Gotthelf nicht genau).
106 zuechehocke: (*zu Tisch sitzen*). – Vorstuhl: Bank vor dem Tisch. – «Wo chunst und wo wottsch»: (*wo kommst du her, und wo willst du hin?*)
107 Füllimähren: Stuten.
109 zu Bette gehen: «gehen» von uns ergänzt.
114 hoschen: klopfen.
117 allgemach ward: korr. aus «war».
119 mit dem Schelmen: (*einem Diebe gleich*).
120 reiten: fahren. – nicht eigielich: (*keine Komplimente*).
122 sein könne: korr. aus «könnte».

Seite
126 Schallenwerk: korr. aus «Schellenwerk»; das Gefängnis im alten Bern.
128 Gauzeten: (*Hauptstreit*).
133 grusen: (*grauen*). – die Lätzen: (*Unrechten*).
134 Kuder: minderwertiger Flachs.
143 nötiger: bedürftiger.
151 anfechtig: angriffslustig.
194 Eugen Sue: der von Gotthelf oft bespottete französische Unterhaltungsschriftsteller. – die Sand: George Sand, die emanzipierte französische Schriftstellerin, gleichfalls eine Zeitgenossin Gotthelfs. – den Storch: der deutsche Romanschreiber Ludwig Storch.
200 Es scheint: korr. aus «schien». – die Nase: korr. aus «der».
224 gemütlich: zu Herzen.
239 Palmerston: der englische Außenminister der vierziger Jahre. – Nur scheinen: korr. aus «Nun».
241 Gütterli: (*Fläschchen*).
259 geballt schienen: korr. aus «schien».
263 Wiggle: Eule.
276 Ger: (*Wurfspieß*).
279 Gampel: (*Gaukeln*).
282 Reckholderbeeren: (*Wacholderbeeren*).

Inhaltsverzeichnis

Einleitung des Herausgebers VII

Die schwarze Spinne (1842) 1

Elsi, die seltsame Magd (1843) 103

Kurt von Koppigen (1844) 137

Anmerkungen 285